袭人香
番外
李瑞雪 千寻 著

袭人香

番外

CONTENTS

目录

关于《袭人香》

今生从没想过，在我的长篇小说中，会有这样一部小说，不只是因为它在我的电脑文档中被搁置了很多年，而是因为，很多年过去了，我依然想不起它的存在。

终于，有那么一天，2019 年 9 月 18 日，或许是因为头一天晚上我梦到电视画面中有人提到了我的名字；或许是因为某件事的没能成行让我心生万般遗憾与慨叹；也或许是因为一首不知与我心情是否有关联的歌曲，总之，我放下了在写的文字，开始彻底整理我一向不太留意也从不打开看一眼的小说文档。

于是，我发现了这个被我长久搁置在电脑里早已忘记了的文档，我想，它被如此长久地遗忘，是因为它那乱如一团没有头绪的麻，更应该是因为从写这作品的最初就一直没有找到我想要的切入点和落脚点，可是，我不敢再无视它，我将原名为《深闺那场幽梦》正式改为《袭人香》。

说到“袭人”两个字，跟《红楼梦》里的袭人没关，想到了“袭”这个字，一是因为我属龙，再有就是我更喜欢龙字下面的“衣”字，我要写的是美女，我要写美女身上穿着的那袭华美的长裙，即便那长裙依然与“袭”字无关，但是，仅仅是一个字而已，我却如此喜欢。

那一天，从早上冲好一杯速溶咖啡到下午四点多的阳光落尽，我将所有与之相关的文档一一归拢在一起。2008 年 9 月的一天傍晚，我在公交车站等车时，见到的三位从我眼前优雅从容走过的美丽女子而生发出的创作灵感，再次想起，且依然清晰可见。

记得当时回到家，我在笔记本里写下了《三个女人一台戏》的小说名字，并在网上搜出一张与我见到的三位美女气质和容颜都不太相符的图片，在电脑的小说文档中存好了文图便不了了之。三年后的春天，我才开始动笔，虽然当时天马行空地完成了十多万字，但是，十多年过去后，当我将文档右侧的翻页箭头从上拉拽到下，从开头看向结尾，好看的字随处可见，但整个小说却离“作品”两字相差甚远。

有形式而没有内容，我这样为那些文字下了评语，简直是一团乱麻。

想我这些如同乱码的文字，当时写了也就写了，写的时候也确实是用了心，但是，到头来不仅放下了还被彻底遗忘了。

究其原因，不仅因为它的乱，更因为它的没头绪，它实在缺乏一种可以将小说支撑起来的骨骼框架，即便有故事的来龙去脉，也不过是错综复杂的支离破碎，包括很多根本无法拼接到一起的小片段，不是一般的天马行空，而是毫无目的更无章法的想当然。可即便如此，我也不敢再次将它置之不理，我知道，一旦将它放下，就不再有什么后会有期只能是一种要多久远就会有多久远的永远无缘。

像这样一部以男主人公为主要人物的小说，缺乏的又岂止是切入点和落脚点的骨骼框架，更有最初创意时就始终纠缠着的概念不清。一方面是写作程序上的本末倒置，另一方面是写了十多万字还没体现出来风格与特质，由此，想到一直联合编剧的才子千寻，意欲将这部小说交给他，想让一向有创意的他，将好的想法加到小说里，使之趋于完善、完整或完美。毕竟，对于作者，性别本身虽然不一定会成为写作障碍，但是，男性作者写以男主公为主的小说，性格把握会更精准、更到位。最重要的是，这千呼万唤始出来的一堆乱码文字，只有这种方式才能像以往我与千寻合作编剧的作品那样，实现真正意义上的锦上添花。

都是创作之人，尤其是男性作者，会有更多契合人物真实心理的感悟，于是，说到长篇小说的写作计划时，我提到了这部已经开始在创作的小说。

我说：《袭人香》我已经开始写了，元旦时给你，你写第四稿和第五稿，还有之后的全本电影剧本都你写。

千寻回复说：好的，一定的了，不只要写电影剧本，电视连续剧的剧本也要写……

我很是感激，也很感动，既感激于这样一种无条件的支持和认可，也感动于这种一拍即合的默契，只是，话虽然可以这样简单地一问一答，对于每天都要写一万字的千寻，有些更适合他写的内容，在我处理文档一开始时便将固定的空白位置留给了他。

我想，一个故事中的某段情节或某一场戏，谁写得更好，就应该由谁来写，这不仅仅是简单的锦上添花，而是如虎添翼。当然，我更不敢有丝毫的怠慢，自己对这样一件事情的发起到最后完成，信心和鼓舞自然也是必不可少。

我在微信朋友圈发了一条留念文字——静守我的流年，把玩我的文字，于漫天飞花间存我初心，千年不变！

于是，我重新调整了小说所要描摹的重心，将故事中原来的一个男主人公围着三位美女读者寻答案，改成一个男主人公围着自己的灵魂要方向，这样一来，整个故事的开局和收场就有了本质意义上的改变，原来的以个人为中心的重点是偏向于狭隘的、无意义的，更改之后的重点则有了普世的意义，也有了社会价值。

故事，便不再是简单的故事，而有了纯正鲜活的血脉，并从第一章的“码字的快乐”开始，有了随之而来的“茶香袭人”“深闺那些幽梦”“另一个自己”“秋风不来花不开”，直到第六章的“真爱都有归宿”。

“窗外，混混沌沌的微光中，是一朵又一朵隐藏在绿篱中不易被发现的白色小花，橄榄形的叶子不再是白天看到的那种墨绿，而是一片片的漆黑，在麦桐无法辨清哪是哪的暗影中，被这世界彻底沉落到泥土里。尽管如此，麦桐依然羡慕那些花草，同样是生命，却无需用物欲武装自己，只要春风吹来，便能完成一年一季的花开花落，从稚嫩到成熟、从碧翠到金黄。比起花草，人活得太不容易了。即便麦桐依然拥有着别人羡慕的生活！”

小说中这番心理陈述，在新建的文档中，比之前的现实土壤之上更显浪漫。与千寻提到这部在写小说，我说，从小说这个角度看，它相当于《夜遇：蓦然回首》的姊妹篇，只不过《夜遇：蓦然回首》是从女主人公彷徨醒悟的角度写现实婚恋观念，这部小说则是从男主人公的自身提升与灵魂苏醒的觉悟过程，这样一来，两部作品无论内容还是形式，都相得益彰地可以遥相辉映了。

我说，《袭人香》要比《夜遇：蓦然回首》好很多。

第一个好，是从时间跨度上的长久历练，因为，在写作这件事情上，作为作者，没有经过岁月风蚀的历练，不会有对人性本真更深入揭示的能力。爱情和婚姻这千百年来始终被我们津津乐道的永恒话题，在一部小说里，虽然不一定得到尽善尽美的拆解与诠释，但它会靠着作者的感知能力和表达能力被很好很到位地展现出来，即便不能面面俱到或淋漓尽致，也会具有最起码的美。

我说，《袭人香》会成为比《夜遇：蓦然回首》更好的情感教科书。

千寻听了，即刻回复我说："争取后面有 2、有 3、有 4，并说到了写作的匠心，说匠心，不过是在重复的岁月里对得起每一寸光阴。"

我想，如果之前的《夜遇：蓦然回首》是带着对生活的思考和对人生的态度，那么，《袭人香》这部小说就是对生活深深的思考和更正确的人生态度。

记得翻出文档前的那天夜里，夜半醒来，便再也睡不着，想着我即将上架销售的长篇小说《夜遇：蓦然回首》，便想到了写那部小说的那些年，虽非常久远且早已模糊的都是旧事旧物，却如暗夜中的水草，漫上黑漆漆的夜空，星星般地在一片朦胧月色里，闪着光亮，有些微弱，却不失为一盏又一盏灯火。于是，在各种意态纷呈不断涌现的第二天清晨，我打开了电脑，一个文档一个文档地看过来，便发现了这个被扔得太久不能称其为故事的有如一块璞玉的故事雏形。

我及时又适时地将它从我久远的记忆中抽出来，并将它小心翼翼地抛向一片新天新地，并从开始动笔书写的那一刻，眼见着它不断地向上，向更高更深中延伸，由此，一个又一个难得出现的切入点和拐点，让我将原来的三位美丽女子由原来三种不同的服饰改成三种不同的性格，这有质感的跨越，让我的认知获得了急速的提高。当然，男主人公也由原来一直模糊不清的人，变成一位与妻子闹矛盾后毅然决然地搬进出租屋终日写作的孤单作家。

出租屋成了男主人公麦桐躲避现实的世外桃源，只可惜，好景不长，出租屋很快便由最初的自由天堂变成了桎梏心性的牢笼，但这并不影响麦桐的生命之花继续绽放。麦桐在日月更替的思考中，不仅完成了作品的创作，也完成了思想的历练与情感的终极归宿。

一切都在有了一个崭新的开始后，又有了一个好的过程。我想，“袭人”本身，体现和展示更多的应该是小说中的男主人公麦桐与三位美女读者、妻子周松儿、好朋友魏星和上司姜君之间，在保有一定距离中所产生的由内而外的从容、稳健、优雅与睿智，包括他们彼此间生命与生命因相互吸引而停下来的驻足欣赏，由此，不想因自己的怠惰而将滚滚红尘中有如浪花般的文字，将那一根根一碰就断的链条失散于不经意的疏忽之间。

我想，文学首要的虽然是人学，但更重要的应该是让看到之人，在感同身受时获得可以战胜自己、超越自己的一种能量和力量，当然，也要获得热爱生活的热情和对生活的感激，而这些，正是创作者的责任和义务，更是作者必须有的一种担当。

这担当，一方面要让读者在能够产生共鸣的故事中，找到可以共生的思想和想法，找到可以对号入座的目标和方向；另一方面还要让这目标与方向成为一种引领，是高屋建瓴的智者也是发现潜能的贵人和挖掘才干的伯乐。让意欲爱生活爱人生之人，不负生命的鲜活和完美，并从平凡又平淡的寻常中，理性地窥见有如冰山之下所蕴藏的深厚根基，将一言一行和所念所想都感悟于这种遇见的幸运。

因为，那根基是可以拯救余生少添烦恼的一把金钥匙，也是可以在任何情况和任何心境下，可以随意解开心结的本领和能力。这本领和能力，可以成为一粒种子，也可以成为自救的方式，是自我救赎的一种希望。

收放自如，需要的不仅仅是点滴常识，更需要理性的思维和智慧。

关于合作这件事儿，世上纵有万千也不外乎两种，一种是好的，一种是不好的。好的合作不只需要三观一致的达成，还必须有通过好的合作而实现共赢的结果。

我一向推崇好的开始才会有好的过程，才会有好的结果，与千寻的合作就完全是这样一个过程。从最初的一拍即合，到过程中的一部又一部，无论是电影剧本还是长篇小说，都一如“茶香袭人”那般，给人回味悠远的不只是文字，更有创作之外的为人处世。

《袭人香》这部小说正是这样，不早也不晚，就在它可以像一壶香茶那般，在幽幽的弥静中，展现出它的价值所在时，我们及时抓住了它，并通过努力，最终拥有了它。

人生里的写字为文就是这一番景致吧，终日徜徉在文山字海中，一方面学海无涯以苦作舟，另一方面又沉迷执着于一份不为人知的独守快乐，将所有的心事和心愿都落于笔端纸间，让读到文字的人，也能感同身受于一种美好，是对美好生活珍视的美好，也是对美好人生珍惜的美好。

说到千寻刚一学到就即刻教给我的，运用文档中的查找替换功能，随时改动小说中的N个人物姓名时，我说，自从跟你学会了这个本领，我就一次又一次地想当然地替换小说里的人物名字，结果三个美女的名字已经分不清谁是谁了，因为虞柏荷最初叫周松儿，因为太喜欢周松儿的名字又将它转给了女主人公，但是，改了名字为刘苏的虞柏荷因为戏份太多，又觉得刘苏的名字很俗，便将其改成了席梦涵，最后还是因为不喜欢又确定为虞柏荷，只是这一次又一次地通过全选全部替换，每次都有将几百个名字的同时变动，结果因为操作不当，将文档里三位美女的名字完全变成了小说里的天女散花。

千寻听了，没觉得可笑还及时对我进行了批评教育，说前面的故事线、人设和大纲都是至关重要的，要先完善到不能再完善后固定了就不能轻易地改动。我听了，即刻自知了因缺乏预见和总是不听箴言的恶果。想到比之前更糟的小说正文，无言以对时又觉得，这明确的要求和教诲，在我与千寻合作之初写第一部电影剧本时，千寻就一再强调，只是我听了根本就不以为然地当了耳边风，结果，在合作电影《嘿，老妈》的剧本时，男 1 号的名字，人物小传和剧本正文以及后来的电影字幕，便有三种不同的称呼，这才真切地意识到，这自认为是微不足道的小细节，真的会造成一种非常混乱的局面，甚至，会给电影后期制作的所有参与人员带来很多不必要的麻烦。

我回复千寻道：所以，写作的过程中，我的缺点和缺陷，正好是你的优势和长处。而我这种对此认知的提升和自觉意识的增强，体现在《袭人香》里，真的是不早也不晚。

我认真彻底地整理了包括名字在内的不仅仅是每个人物角色名字的确定，更对故事主线、副线包括辅线都不再敢有任何的更改，因为在那之前如果说这部小说的主线是一根风中摇曳的细细绳索，它不停地随风摆动，而这种摆动根本就来源于我一次又一次的想当然，但在这之后，我将每一章的内容都确定了固定的内容梗概，每一章都按照梗概中的故事线向前推进，由此，写作变得更轻松更没有压力了。

我想，这世上最好的合作，不仅仅是合作本身，而是合作所带来的进步和随之而来的喜悦，这关乎个人创作的成长，乃至于成熟，对创作来说，是何其的重要。我想，我与千寻之间，不只是创作天地间有幸地遇见了彼此，更因为这种遇见，而成就了彼此。因为每每提及一个故事，无论长篇小说还是电影剧本，都会有一拍即合的心有灵犀，最重要的是，我们都通过这种遇见，获得了一种相近又相似的希望。是能够更好地实现各自梦想的希望，是在创作道路上可以走出去更远的希望。

说到千寻在写的那部二十多万字的——由千寻主笔的也是我们共同创作的长篇小说《我要第一个见到你》时，千寻对我说：“你是我的恩人。”

我见了，即刻回说：“你是我的导师。”

我想，这脱口而出的评价，这彼此都准确无误的用词，确实道出了各自内心对对方的认可，也是意义非凡的由衷感激。

无法忘记，每一次电影剧本或长篇小说的合作，基本都是千寻的创意在前，将一部作品初始阶段最难的披荆斩棘，完全重任在肩地从不推脱，不只如此，还在偶尔的制片方急于要剧本我们又不得不白天黑夜连续交接班写作同一个文档时，主动承担整夜的续写，此举不仅将风和日丽的白天留给我，还将一种深深的感激永远地根植到我的内心。想必，有这样担当的合作之人，即便世上有很多，遇到一个也定然是求之不得，况且，这样的人根本就不会很多，所以，我必须珍惜，所以，每次在朋友圈转发千寻作品时，我都在他的名字前加上“才子”两个字，我想，这世间，虽有才子万万千，但是，与我一起创作一起进步一起追梦的，只有他一人，这样一想，万分的感激这来之不易的缘分，便不敢不珍惜这人生难得的遇见之缘，因为这缘既是有缘的合作，也是有缘的共同成长。

最初，我写一部院线电影剧本需要几个月的时间，后来，我们一起写，只需要十几天，这量变和质变都在急速提升的飞越，不只是锦上添花的志同道合，更是更上一层楼的庆幸与幸运。

最恰到好处的合作莫过于此吧！都将各自的才能发挥到极致，再在各自的创作中尽各自最大的努力扬长避短，如此，不只会写出更好的作品，也会将各自才华最大化地通过不断修正不断完善进行意义非凡的尽善尽美。

恩人在百度百科里有这样解释：指给予过自己帮助或者是施恩的惠者。

导师在百度百科里同样也有解释：在大事业、大运动中指示方向、掌握政策的人。

我想，恩人也好，导师也罢，过程是好的，结局就会更好，因为好作品的首要前提是要有好的人品作基石，送人玫瑰手留余香的本身虽然已经很美好，但比这美好还要美好的是更美好的记忆，或是更美好的回忆。

关于写作，我一向的理解是，在长满荆棘的一片又一片荒野中，走出一条又一条开满鲜花的长路，而合作，则是在那一条又一条开满鲜花的长路上，越走越花飞满天，不仅如此，还前程似锦有着更多的希望。所以，与千寻的合作本身，如果没有他对我不断的警示和警告，我自己虽然不一定是寸步难行，但绝对不会走出如此之远，而前行的路上，有千寻的不断提携和指正，我相信，一定会走出预想不到的无限远。因为，写长篇小说，不仅仅是辛苦，对自身能力和耐力的战胜和超越更是头等大事。因为，作者要跟着作品里的一切，穿越四季繁复、等候白昼更替、体会故事中的雨雪风霜、体味故事中的各种人情事故，这种艰辛，要做到完完全全的感同身受才会有真情实感，才能最大限度地让读者信服。而作者无异于小说中所有人物的先知先行的践行者。

当然，写小说又是快乐的，所有的心思都在故事里，所有的关注点都在小说中的人物身上，作者要与小说里的人物一起悲欢一同喜乐，或与他们一同期盼一个又一个亟待拆解的谜底、意欲知晓的各种答案，而这过程本身，或艰辛或惬意、或快或慢，都会有无穷尽的才思泉涌、更会出现无止境的精彩纷呈，这就是写作让人无法抗拒又最吸引人也最令人陶醉的天然魅力。

韩国电影《寄生虫》在92届奥斯卡斩获四项大奖的高光时刻，我情绪有些激动地对千寻说，看来，国际大奖真的不只是欧洲人的专利，千寻也同样情绪激动地说起那部同届一起获奖的一镜到底的长镜头电影《1917》，在这样一个获奖本身与我们并没什么关系，但却与我们的梦想有关的时刻，我竟然忘乎所以地说道：“我们都是前途无量的人，因为我们有天助。”

千寻即刻对我的忘乎所以进行了适时的指正。

“最关键的一环，还是要自助！”

这永远有别于“天助”的“自助”，在千寻，虽是脱口而出，在我，却不失为一种适时的引领及来日方长后的更需严格自律。

是的，自助！在通往未来的路上，在继续前行的追梦途中，不倚靠他人，也不异想天开，守好每一个可以努力的清晨及努力之后的每一个无悔的夜晚，就像千寻之后曾经发给我的那句：在重复的岁月里，对得起每一寸光阴。

我说千寻是我的导师也正基于此，总是在我举棋不定或心高气傲时，一针见血地一锤定音，让我在遇见任何事情之时，都可以轻装上阵地走在通向未来的那条长路上。

有人说，人生是一场漫长的旅程，重要的不只是目的地，而是一路看风景的心情，我说，一路看风景的心情固然重要，但是，人生的意义和价值，更多体现在终极的结果里。天天开心愉悦会是美好的一生也是众生人人祈盼的人生，但是，如果明了这种想望会有万般的不尽如人意地不可能，便不如静下心来，做自己想所的事、做自己能做的事，无论是以文字的形式还是其它。有好结果，才是令人满意的结果。

想这人世间的缘，有深有浅，有长有短，在中国这 14 亿人口的泱泱大国和无限辽远广袤的天地之间，我在东北的辽宁，千寻在西南的四川成都，彼此遥不可及又能因文字一路携手而成就一部又一部写也写不完，看也看不尽的电影剧本和长篇小说，我想，这其中靠的不仅仅是缘和各自的才华。

每次，遇到我难以判断是非或无法做出决断时，问及到千寻，没有任何一次的搪塞和敷衍，即便重要决定也一向责无旁贷地敢于担当也勇于担当。我想，一介文人，即便有才华，如果个性品质中的良好秉性和初心不具备，才华便无异于中看不中用的摆设。幸好，我遇见了一位两者兼具的同路人。

关于茶，写这部小说之前，因为喜欢喝咖啡，对茶的了解，不仅知之甚少，甚至，只泛泛的略知一二。写这部小说的某一天，修改到男主人公见到三位美丽读者时联想到的水，顺便就想到了茶，瞬间，关乎茶的种种，我知的和我的所不知，瞬间成为我必须知道的。

这才知道，茶这种有异于酒、有异于烟、有异于诗、有异于画的日常饮品，居然与博大精深的中国字一样，古老而深邃、悠久而醇厚，无论哪一点、哪一面都不可触及的宽泛又不能不触及的丰富多彩，于是，有关白茶、黑茶、红茶、绿茶、花茶、普洱茶等，全部成为我生活中的一项创作之余所必须了解也必须品饮的新宠厚爱。

这份意外循来的新宠和厚爱，顺理成章地成为我小说中恣肆洋溢的想象和行云流水的文字，并有计划有节奏地出现在小说的每一个章节，并在水到渠成的环节中，或多或少地现出了茶的影子、茶的香韵以及与茶有关的各种小细节。

于是，所有的人物和情节，在茶香的品饮和茶韵的缭绕中，有了有别于俗尘凡世的高冷不自傲、孤芳不自赏。于是，借着这种余香的迂回，离开小说文档，我到微信朋友圈间接性地在几幅有如仙子的茶图上方附写了我的有感而发：如果说《夜遇：蓦然回首》是借爱情写诗情画意，《袭人香》则是借茶香的诗情画意写爱情……包括一些小秘密。

这“一些小秘密”于我，不外乎是品茶写字过程中，找到了这部小说里紧紧贴伏于主线之上的与茶有关的带有香气的灵魂。而这带有香气的灵魂，不过是高于精神层面上的理性引导和指引、是心理层面上的有序掌控、是人心的意念主宰和寄希望沉迷于梦境永远不要醒来的一份执念。

因为茶香已经不仅仅是茶香，而是岁月的留香，无论在小说中，还是在小说之外，因为，我平时不太喜欢喝茶，知道了这世间不只有柴米油盐酱醋茶的喝茶，还有琴棋书画诗酒茶里的品茶，便觉得以往所有的文字或写字的过程中，如果有这茶韵的馨香，一定能让思维的天空和大地香气弥漫，也会令思维的花朵别样地绽放，一如茶的品质，一如包括我在内的芸芸众生之人，一如茶芽最初的弱不禁风和风霜岁月中穿行后的碧翠饱满，仿佛所有的枝脉所浸润的，不只是茶树生命的蓬勃盎然，更有茶叶傲然展立于或疏或密的无限绿意中的千千万万种风情。

茶，在小说中不再是一杯一饮一香韵的千篇一律，而是与不同的人在不同的地点品饮出不同的心境，这才发现，毫香十足的茶芽，会萌生出怎样的初心和欢喜，舒展的叶片上，会凝聚着怎样味甘气稳的果香绵绵，而细细长长的木质茶梗上，又会聚集着怎样轻易不会被游离出来的茶树精灵。

喝了茶的精髓，怎能不神清气爽？

写《袭人香》的最初，正赶上七十周年国庆，看着电视屏幕上比比皆是的“如你所愿”，不禁在想，茫茫人海的举国欢腾中，想着刚刚始于足下的长篇小说，免不了在自设的困顿旋涡中现出自然生成的焦虑和愁烦，但是，一想到更多更多的如我一般地被牵绊被束缚被无望的无助所侵扰的人，便不得不坚强。就让我们的文字做为迷茫之人的指路明灯好了。让更多的人，通过我们这可以不断衍生出来的各种文学及影视作品，很好地了然一种爱，明确一种被爱，懂得缘分的难寻难觅和稀世的少有，更明白珍惜眼前人的意义所在，让所有人的人生都更圆满，而少有不必要的纠结与惶恐。

一盘、一碗、一香甜。

一街、一巷、一茶盏。

一字一句，如风一缕如云花成烟……

偶尔，在东北的冬天，室外寒冷，屋内异常温暖时，我一边听歌一边写字，仿佛在歌曲的无尽缠绵中，又推送来各种不可思议的灵感，脑海中不断地涌现出各种景象，朦胧而凄迷，带着无穷尽的魅惑，让我不得不为故事中的人和事做一次为期不只是几个月的停留，而完全有可能是跨了年也不一定会完成的我不得不流连缱绻的终日眷顾，便自艾自怜地觉得，一本书的写作何尝不是一生用心用情的写照，而一段情感生活的描摹，又何尝不是作者与小说里人物一同成长到成熟的历练。

这历练，不仅仅是一种必不可少，更是一种职责和己任，通过对文字的热爱，让读者也同样地热爱生活，尤其在这样一部在时间跨度上，历经了十年春秋与沧海桑田的变迁后，将一种沉淀和深沉的思索，被描述、被定格，且被清楚地看见，流经岁月的长河，怎样地变成滋养美丽容颜与生命的水。

不禁想起唐朝诗人温庭钧《望江南》里的那句“过尽千帆皆不是”的遗憾，想我努力写作的今生，到头来，在对的时间，遇到了更对的人，然后，共同成就这满纸行走着思索和智慧的文字，并让这些文字，在这个日异变革更新的多元化时代，尽最大潜能地发挥作用。以我们各自的才能和才华，以文字的形式，施用于更需要它们的人。

我想，这种合作应该是世上最好的遇见，不早也不晚，在各自的才能通过相互的扶持可以最大限度地变为一种双方认可的价值，而这价值是一部又一部电影剧本和一部又一部的长篇小说。当然，也是这些在写着的一篇篇文章、一首又一首的诗或一首又一首的词。

我想，幸运之人，或是更幸运的人也不外乎如此吧，在拼搏奋斗的岁月中，在漫长崎岖的征途上，走累了或走不下去时，适时而及时地遇见了那么一个人，给你一份克服困难、战胜困难的力量和勇气，纵然知道前行的路会更加艰难，登高望远的未来会更加遥遥无期，依然坚定着所有的信念。

我想，这才是成就这本书最坚实的基石，励志、向上且面对周遭的残酷无所畏惧。这部小说无论有着怎样的前途和命运，都已经不再重要，因为，重要的都已经获得，余下的是如何更加有效地提升作为作者自身的才能，更好地服务于社会。

2020 年的跨年夜，想到终日守着我们一起编剧已经制作完成的长篇电影小说，我对千寻说，今年就这样了，待明年，你把你一直在写的《嘿，老妈》那本像粘糕一样粘着你的长篇小说送给我，我把这我这本原本就是一块粘糕的《袭人香》送给你………之后，再接着送。

仔细想想，那样的时刻，那样的祝福，最能有效地相互鼓励和鼓舞。日日夜夜在一本书的字里行间徜徉，用飞扬的思绪与天马行空的神奇想象相纠缠，各自独立行走在各自自设自创的完美世界里，无视春花秋月的周而复始、无心于白天黑夜的更迭和交替，目的只有一个，将各自主笔的小说，写到最完美和最满意。

小说终于接近了尾声，从 2019 年的秋末到 2020 年的盛夏，原来的十二万字，很多被删除了、很多被化解了都以一种崭新的形式改头换面地出现了。初始的那些文字，成为了整本书的土壤，并让这部看上去更美更深邃的小说，在土壤之上开出了绚丽的花朵。

这花朵，用不了太久就会从电脑的文档中，穿越地域空间，以文字的形式，走向人间广袤，在新天新地的阳光雨露中，在芸芸众生的捧读鉴品中，不只有原滋原味的励志于雄风中的高傲娇美，也会有弥静中花开不败的暗香袭人。

世间的浪漫真的不过如此，将心心念念的情绪或心结，付诸于文字，在自己也感同身受之时，尽心尽力地引领众人一起达成共鸣或共识，由此而知，这世间有太多的人因着太多相同的情感在文字的天地间徜徉、流连，用各自的才华、用各自的时间，用各自的“举手之劳”。这很简单，却又很奢侈，因为《袭人香》历经了漫长岁月的洗礼，包括结下尘缘的两位作者在内，都在最后迎风遇雨时，历练成这部华丽唯美的心理与哲理双重叠合的爱情小说。

这爱情，深沉而饱满，质朴又纯粹，通篇满满的都在寻找着爱，却因为男主公原本的拥有，而无法眷顾其左右。这让深陷情感世界的所有人都深知，别人的情结也好，自己的劫难也罢，都不过是愿打愿挨的心甘情愿，都是人性里最难能可贵的执着与爱恋。谁又能说，特立独行是难能可贵的景致，风雨同舟不是难遇难求的景致中的景致？

乱象纵横的茫茫人海中，风雨同舟比特立独行更让人不得不刮目相看，因为这缘分需要的不仅仅是包容和善待，更有克服困难的毅力和决心，而相爱本身，谁又能说不是遇到困难不是躲避而是不折不扣地坚守？而《袭人香》所描述的，正是这种不折不扣地坚守。

这坚守里，有最初的一眼定终生，有不得不保持一种距离后的反思与自省，有看清自己之后的懊悔和下定决心的痛改前非，这些需要的不仅仅是一种思维形式上的改进，更有情感观念上的大智大慧。

“人文、人文……我终于抓到了有点儿虚无缥缈的人文！”

那一天，我终于从无数的摸爬滚打中，看清了前面更高高在上的智慧灯塔，那便是“人文”，是人类文化中的先进部分和核心部分，是体现在尊重人、关心人，爱护人、重视人的文化，而文学，不过是属于人文学科的学科分类之一。

这一切，不仅仅是救命稻草的所获所得，同样也是我的救世主，因为前路漫漫的长途跋涉涉及更多的早已不是走到终点那般简单，而是一路走得安全又顺畅，或许，是自己的能力确实有了很大程度的提高，还有另外一种可能，那便是有量无质的所谓写作无异于在做无用功。

这才是最可怕的，这让我茅塞顿开的“人文”，成了我一路前行中又一个里程碑，尽管这“人文”属于人类、属于人类的历史，属于拥有人类的这个世界，但是，我的人生有它会更加的路途坦荡。

“感谢命运，从今往后，再也不可能放开我的两只手。”

我唯恐将这已经成为已经拥有的创作慨叹不被记忆永久地存储，而急急地发了配有搜狗百科详解截图的朋友圈。并附加了文字：我今生最大的遗憾就是与“人文”之间的相见恨晚，如果，我能更早地遇见……还好，遇见了，就不晚。

如此，我还意犹未尽地在评论处附加了一句：人文，将是我今后文字的主题歌。

我想，原来的我虽然也在用心尽力于写字为文中的各种人文，但是，却从未如此强烈清晰明了于自己的责任和义务，甚至是永远不能卸载的重任在肩。这世间，有太多的人在迷茫中找不到方向，看不到未来，更不知道希望在哪，而这希望不过是一种可以通过各种形式可感可知的对生活的热爱，对生活的热情，对生命的赞美。

千寻见了，第一个点了一个大大的赞，这有如及时雨的支持和鼓励，让我知道，一路前行的路上，真的有一种无比珍贵的用心和陪伴，因为这世上无论谁遇见谁，都不难，难的是懂得，这种懂得是你知遇难求的快乐，是有人能及时与你分享的快乐，不仅如此，这分享已经不仅仅是一种简单意义上的分享，更是可以成倍增长的几近于“自我膨胀”式的快乐。

幸好，我与千寻，都在今生最需要懂得彼此的时候，有幸相遇，这是我们双方都可以让各自的梦想更好地得以实现的遇见，是各自倾尽一生所追所求能够得以实现的一种希望。而写作本身，抑或是严格意义上的创作本身，正是将这种希望，不断地实现，并通过这种实现，将希望变成种子，在这世间播撒，因为希望种下的虽然还是希望，但是，这希望是可以成长的希望，是可以成熟的希望，就像我们喜欢莎士比亚、喜欢巴尔扎克、喜欢贝多芬、喜欢李白和李清照，所有的喜欢都是将世代流传的希望常青树般地解读之后的爱慕与爱戴。

我想，关于《袭人香》这本书，如果不是因为想着继续合作，如果不是觉得生命中的某些人和某些事必须放下，好像永远都不会想起我的文档中居然还完好地保留着这样一个一直要写却一直没能写成的故事，这从准备到有了开始到最后的结束，用了从深秋到跨年再到第二年的春天、夏天才结束的整整九个月的时间，差不多完全是整个的疫情前和疫情过程中，在这突如其来的人类灾难面前，仔细想想，人的求生欲望如此这般的强烈，为了生存及梦想，努力地活着，拼尽了全力，也正因为如此，人类才能在千百年中一路走到今天，不只是一路成长、一路壮大，更是始终与日月山河同在。

人啊，你是宇宙的精华，万物的灵长！四百多年前的莎士比亚这样说。

每每写字写累时，我便自然而然地想起莎士比亚这句经典名言，想着自己也是莎翁赞美中的一员，便觉得人间真美，活着，真好！

写作很辛苦，写长篇小说更是苦上加苦，在写完长篇小说的基础上再写出电影剧本和电视连续剧的剧本，真是无法想象也不敢想象的人间之苦，但这所有的苦，都会在秋去冬来春风再吹来的时候，让我们意欲一步步将其变成白纸黑字的设想中，更好地体会，任岁月怎样变迁，任江河大地怎样更改，任时光怎样流逝，这美好的人间，不仅不会物是人非，而只能是痴心执念落满纸间笔端后的人间隽永中那份天然自带的引人入胜及意味深长。

无法忘记，写作这部《袭人香》时，一位影视圈的朋友劝我不要写爱情了，多写一些高大上的民族大业多好，我说小家的和谐与大国的发展是息息相关，民族大业与个人情感不发生冲突，它们是一体的，也是不可分割的，更是相辅相成的。我对那位朋友说，我对你这个建议可以多借鉴，我可以将两者有机地结合起来，因为国家和民族大业虽然是重中之重，但是，人与人之间的情感也绝不能被忽视，甚至被无视，因为任何一个生命本身，都是值得尊重的，也应该得到尊重。

我说，时下很多媒体或平台都几乎公开将男女情感公示为各种套路，这本身就违背了人性最本质的美好。如果所有的人，都不用心用情而是使用套路，这对一个国家和一个民族来说，应该是件非常可怕的事。如果14亿泱泱大国里，只有某些人这样还无可厚非，是个人行为，但如果能成为一个民族崇尚的社会风气，那就太恐怖了，因为这是对情感的渎职，也是可以成为藏匿在每个家庭里情感不和谐的隐患，更是可以殃及整个民族的劣根导向。这样的爱情观，不是将人类美好的情感当成一种憧憬去追求，而是当成一种游戏去把玩，所以，我要写人的冷暖，也要写人的悲欢，通过这种方式记录这个伟大时代最真实的脉搏和最鲜明的印记。

我觉得文学艺术不仅要抚慰人心，更要给予人心以力量，让人们在迷茫、困顿、无助时，知道只要活着就会有希望，尽管还不知道希望在哪，但是黑夜过后肯定是黎明，寒冬过后肯定是春天，这是规律。

我觉得，这规律本身就是一种方向，而我作品中的爱情、亲情和友情，相对于人类的大爱来说，个人的情感和情绪，不过是展示故事的载体，我所要表达的，是对生命本身和写作本身的无限热爱和敬重。

我觉得，写作的意义和价值在于引导，引导人们爱国、引导人们爱中华民族、引导人们爱生命，因为只有每一个生命都是鲜活的，都是充满力量和智慧的，中华民族才会有无限蓬勃的生机和更锦绣高远的前程。所以，我不过在用文字的手段，用“爱情”这人人离不开并深陷其中的情感，引导人们去热爱生活、热爱生命。因为生命于每个人来说，不仅仅是自己的，也是他人的，更是国家和民族的。

我想，我的今生虽然一次又一次地做成了自己想做的事，但更庆幸的是有幸拥有这命运给予的不经意间的安排，实则是一路向前的水到渠成，因为命运一向眷顾努力之人，任何成功都容不下企图贪念侥幸而得来的任何意外。

于是在《袭人香》即将完成时，因为在朋友圈里见到千寻负责附文的——为你写歌《胡海舰带我们聆听烟雨“万灵”》再次见到千寻俊逸洒脱空灵俊秀的文字，喜欢之余我问千寻，可不可以将你这些文字加进《袭人香》里？于是，小说中便有了如下的美丽文字：

麦桐生病了，可能是因为淋到了雨，也可能是因为受了风寒，更有可能是因为没有接到周松儿的电话，总之，麦桐在那个雨夜过后，每天早上都是混混沌沌地去上班，傍晚，再迷迷糊糊地下班，醉生梦死般地不知道怎么吃的饭怎么睡的觉怎么进行的工作,反正,天天夜里都做梦,但是，哪一天夜里的梦，都跟他度过的白天一样，不仅一团乱遭还没有任何头绪。

麦桐实在难受，路过药店时就买了一盒药，吃过晚饭再吃过药便早早地睡了。夜里，麦桐梦到一个美丽女子，仿佛走过千百年的时光，深情款款地走到他面前，只那么稍稍一闪，便安静地躺到麦桐的温暖怀抱中。

润滑晶亮,仿佛一颗被风雨铅华洗得干干净净的夜明珠。

麦桐即刻享受到阳光般的滋养和雨露般的滋润，还有日月星辰的无声陪衬，仿佛，那女子的呼吸都在麦桐熟知的词句中灵动着均匀的脉搏，让麦桐清醒了许多也通透了许多。

麦桐不禁仔细地辨认起这女子的模样，清秀、温婉，似曾相识的感觉，仿佛每次经过她身旁，都是眼前这般地会不经意地停足、流连、回眸。

麦桐慢慢地睁开了眼睛,但仅仅是睁开了眼睛,麦桐觉得,自己依然在梦中，依然觉得在梦里，看着闪动着水灵灵眸子的女子，一颦一笑都足以让麦桐再次沉睡到不再醒来。是的，醒着或梦着又有什么区别？还不都是生活的袅袅炊烟，漫过小桥，飘进古老的画卷。

麦桐觉得，非常熟悉的猪儿粑的味道和童年的青涩一起被包裹起来，星光落在每一片灰青色的老瓦上，地面上的方石砖承载着时光和岁月的沉重，斑驳的老墙，脱落的颜色犹如麦桐的深情回忆，时而朦胧着一种陈酿的醇香悠长，时而又挂壁在唇齿之间。

麦桐又闭上了眼睛。

麦桐觉得，自己，再折回的梦里，是手拿一把折扇，不停地摇着夏日的温热，沱湾码头也许不再渡着谁的前世今生，但一定会有那么一个人，坐在老石头的凳子上，用目光守望，也总会有一个人，如惊鸿掠过般的暗存那么一丝丝的缠柔……

我想，世上最美好的才华莫过于“才华”遇见了“才华”，而《袭人香》这部长篇小说，就是这种“才华”的遇见。

李瑞雪　2020年8月18日　抚顺

茶香袭人

——关于长篇小说《袭人香》前后

秋日的午后，暖暖的阳光透过落地窗照射在室内的地板上，室内像挂起了一个小太阳，我慵懒地靠在凳子上，桌子上的电脑已经锁屏，屏幕上时不时换动着屏保，每张屏保上系统自动生成一些名言警句。落下的一片叶被阳光斜照，影子穿过双层玻璃落在地板上随叶的飘落而移动，像极了一只美丽的枯叶蝶，我刚拿起手机并唤醒沉睡的它，想拍一张枯叶蝶般影子的美，叶子却突然间消失了，我带着小遗憾再次把手机放回书桌上。

我往前挪动了一下椅子，随手端起放在电脑旁的杯子，翠芽的馨香漫过玻璃杯壁，通过我的鼻腔进入肺里，香极了。我很喜欢这种味道，清茶的香味，极像把整个春天装在杯里，足不出户携春同住；也极像是我端起整个春天，捧着春一天一天变化着的温度，然后我看着每一芽嫩色穿破峭寒微暖的风，舒展着稚嫩的芽，这些芽又在渐渐变暖的风里开展，直到后来大片大片的绿层层把冬裹在深处，一朵一朵的红又次第盛开在诗人多情的指尖上，每一朵花也是诗人眼里妩媚而端庄的女子，一颦一笑的恰到好处，让人心生淫而不乱的一种臆想，而这种臆想的高度也是恰到好处的，手指尖刚好接触到肌肤。而此时的我，如同虚设的那个码字的角色麦桐。

我一手挪动鼠标，点击关闭了电脑屏保，微信窗口闪动的消息提示，我点开窗口，李瑞雪发来一个小说文档，《袭人香》？我突然眼前一亮，特别喜欢这个题目，恰好和刚才那杯翠绿如此的契合。文档里人设简介、故事大纲非常完整、故事脉络非常清晰、主线非常明确，一看就是娴熟的手法。还未等我来得及赞美，李瑞雪说入冬开始就动笔写这部长篇，她也说这部长篇将会超过她以往的任何一部作品，其实这就是进步，一个人的进步就是不但自己能认识到自己的不足，同时能发现自己的优点，并客观地处理好两者之间的关系。她问我有啥地方需要完善不，我说文档和故事都非常完美，人设也非常饱满，特别麦桐是我最喜欢的角色，仿佛自己。由于那段时间刚和李瑞雪把一电影剧本《蓦然回首 2》签约给电影公司，还在完善一些最后的事宜，所以都没有忙于新作的创作，而是学习、沉淀，蓄势待发的一种状态，当把剧本的所有事宜都完善后，李瑞雪说状态不错，立刻动笔，我一万个点赞支持，就这样开始了新一部作品的创作。创作是辛苦的，但也是幸福愉悦的，只有潜心、静心的人方能体会其中之乐趣。

我一直认为好的作家就像一个合格的医生一样，必须具备好医术和品德，有切开伤口的勇气、缝合伤口的技术、治愈伤口的能力，缺一不可，差一样的话最多只能算一个作者而已，作家李瑞雪皆具备。和她认识已经有几年了，但具体什么时间真想不起来，记得是在一个群里，看她有小说出版，编剧的电影上线，我觉得很了不起，就加了她，但几乎没有聊过，她也说熟悉和喜欢我的一首歌曲。和李瑞雪的合作是从那部网大《嘿，老妈》开始的，这部家庭情感戏源于一个单亲妈妈和叛逆儿子成长之间的故事，母亲的溺爱儿子的叛逆，在一场大病面前儿子懂事，单亲妈妈从病魔手中逃了回来，这是夹带亲情、友情、爱情的戏，亦正亦喜，让你思考也让你捧腹。

而在此之前我写着歌词，也断断续续地写着长篇，当然了，几部都半途而废地存放在电脑里，总是找着各种理由为自己的半途而废去说辞，也独立完成了一部长征时期题材的大电影剧本，当然了，这没有运作出去，这也是存放在电脑的文档里睡大觉。而李瑞雪有多部小说出版，也有几部独立完成编剧的电影上线，对于这样既能完成长篇也能把长篇改成剧本并成功投拍的作家我是佩服得五体投地的，我也暗下决心要走这样的一条艰苦而漫长的路，比如我就特别崇拜海岩，他的长篇几乎每一部都被拍成电影或是电视剧，还有几部被翻拍，对于这样的作家我是打心底佩服，在交流中我把这想法告诉了李瑞雪，她说可以啊，那就合作，我无比地兴奋，李瑞雪对我的印象来源于那首歌曲，天籁天版本的《花千骨》，她说这首歌不但歌词朗朗上口、旋律优美，更吸引人的地方是歌词所包涵的人生哲理在里面。所以源于对文字这份共同的爱好，就有了后来合作的基础。

然后开始了合作创作，她开始了那部《袭人香》的创作，我开始了把电影《嘿，老妈》的电影改编成长篇的创作，在创作的过程中一切都非常顺利，年末的时候，她手里那部《袭人香》已完成，而我手里这部《嘿，老妈》节奏慢一些，比预想中还差几万字才完成，她把那部给了北方文艺出版社的编辑看后，很快得到了编辑的认可，答应在北方文艺出版社出版，年后签约出版合同，这无疑感觉是2020年春节最好的礼物。

万家灯火团圆之际，为生计和梦想暂居在外的人都奔赶着回家，他们装着乡愁背着行囊往家的地方赶。恰好此时一场疫情席卷全国，很快从武汉封城到全国封城，专家说新冠病毒的毒源来源于动物，在担心之余我嘲笑了一下人类，千百年来，人类想方设法把动物关进笼子里，这终于有一天，动物把人类也赶进了笼子，真可谓报了一箭之仇、扳回一局啊。疫情期间我和张序、胡海舰、夏亮合作创作了一首歌曲《我要第一个见到你》，这首歌曲上线后在网上的点击率破一千万次，而出自于对文字的洞悉和敏锐，我突然有个想法，感觉这个题目也是一部很好的长篇的题目，我把这想法对李瑞雪说了，她非常赞同，让我抓紧整理文档抓紧动笔。是的，当疫情结束后你第一个想见到的是谁？这应该是很多人想过的问题。被关闭被隔离了那么久的人，放开后一定有一个她或他想见的第一个人，亲友也好、恋人也罢，总有在思想里急切相见的第一个人，就像久别的重逢。

有隔着一条街道不能相见的亲人或情侣，在如此近在咫尺的距离被隔开不能相见，这在所有人的一生中是第一次遇到，我很快完成了故事的设置和人物的设置，给李瑞雪看，她做了很完整的修改和润色，而后我就投入了创作，用了 23 天的时间完成了 22 万多字的初稿创作，几乎平均每天一万字，我还记得有一天达到了一万五千字的创作。其实第一天才三千多字，一开始不是那么顺手，甚至开篇的文字有点生硬，但后面越写越顺手，越写越进入一种完美的状态。当我把初稿完成丢给李瑞雪的时候，她很惊讶，但也相信我有这个能力，她看了之后比较认可我的文笔，后来我们就交换着修改、修补，我修改她手里那部《袭人香》，她修改我手里这部《我要第一个见到你》，前后修改了五六次才达到了比较满意的效果。那部长篇结束后我网购了一件礼物送自己，算是犒劳自己，创作期间喝的茶是李瑞雪送的，有茶香袭来。

但由于持续的疫情，迟迟不能出去，久久不见复工，很多人对生活和未来迷茫起来，而作为爱好文字的我们来说，除了每天会关注疫情外，多余的时间和心思都投入到文字中去了。后来，企事业单位陆续复工，而电影业迟迟不见动静，也因为受到疫情的影响，去年签约的电影也是一直不见开工，这部小说的合同也是迟迟未签约，但对于佛性的我和李瑞雪而言，继续着创作，这些事情也就放在了一边，等着该来的和会来的。

在这期间，我在李瑞雪这里也学到了很多，创作的经验和做人的道理，人和笔下的作品其实是一样的，做人大气作品就大气，有格局作品就有深度。我们多数的时候都把时间给了创作，其实交流的时候不多，但每次交流对作品的质量都会有所提高。他们说人和人之间最大价值的交往就是相互提高，彼此成就，这一点不假的，在这浮世忙碌的年代，真没有那么多时间去扯东扯西，后来的作品更见其深度和完美，在一边完善以往作品的空闲，我们又各自整理了一两个长篇的文档，适宜的时候就动笔。

生命是有限的，人生也是短暂的。而有梦想和追求的人，总是想让人生更加多姿多彩，那只有自己去辛勤地彩绘。也许，明天和昨天一样的多风雨，但对于创作的人来说，作品是最好的保护伞，可以保护那颗藏在身体里的寸草心，也可以保护自己走过来的人生路。我们都知道脚下的路很泥泞，但心里有梦想，走起来就很舒畅。

关于这部长篇《袭人香》，短短的文字是道不尽说不完的，里面有很多精彩的故事组合，接下来也会有很多精彩的故事发生。和李瑞雪沟通交流中，依旧会沿着之前的创作路线去走，那就是运作关于影视方面的事宜，当然了，是电影还是电视剧，就看本书的命运了，最后不管是以电影还是电视剧的形式呈现，都是对《袭人香》最完美的安排。

附：《华龙听品会为你写歌——再慢一点，胡海舰带我们聆听烟雨“万灵”》

华龙网－新重庆客户端 6 月 30 日 19 时讯 这个雨季，漫过了谁的旅途又淋湿了谁的思念？是否有人还在一抹烟雨里，守着那位让他（她）眷恋的人啊！谁又在一纸伞下，紧握住过往不放。

著名音乐人胡海舰从烟雨万灵中走来，带着他的新歌《万灵》走来，歌曲《万灵》由猪八戒网联合创始人、著名音乐人刘川郁作词作曲。

《万灵》中的万灵，她走过千百年的时光，仿佛是一颗被风雨洗净的明珠，静静地躺在荣昌的温暖怀抱中，享受着阳光和雨露，也享受着日月和星辰，她的呼吸仿佛在诗句中灵动着均匀的脉搏，似乎每一次经过她身旁，总会不经意地停足、流连、回眸。也好像是梦里那位闪动着水灵灵眸子的姑娘，一颦一笑都足以让你沉睡在不醒中。

生活的袅袅炊烟，漫过小桥，飘进古老的画卷中，猪儿粑的味道和童年的青涩一起被包裹，星光落在每一片青色的老瓦上，方石青砖承载时光和岁月的重，斑驳的老墙，脱落的颜色犹如记忆，时而朦胧着一种陈酿的醇香悠长，挂壁在唇齿。

折扇摇着夏日的温热，沱湾码头也许不再渡着谁的前世和今生，但一定有那么一个人坐在老石头的凳子上，用目光守望，也总会有一个人如惊鸿掠过那丝缠柔。

《万灵》如同这个名字那般好听的民谣，慢慢轻摇的时光是可以留下来的，城市疲惫的你也可以留下来的，我们似乎走得匆忙，忙了自己也忘了自己，也许，在万灵听着《万灵》你就可以找到自己，虽然年龄已不再少年，心却可以归来少年。

千寻 2020年7月21日 于重庆

砚池笔床，渊雅俗堂。酸甜苦辣咸，全记上。无需斟量，望舒柔甲扶光。难淡忘，苍灵长赢，加诸许，遍野花香。撰无垠，碧落星幕，纸间生长。

袭人香

李瑞雪　千寻　著

天津出版传媒集团
百花文艺出版社

图书在版编目（CIP）数据

袭人香 / 李瑞雪，千寻著 . -- 天津 : 百花文艺出版社，2023.9
ISBN 978-7-5306-8616-4

Ⅰ . ①袭… Ⅱ . ①李… ②千… Ⅲ . ①长篇小说－中国－当代 Ⅳ . ① I247.5

中国国家版本馆 CIP 数据核字 (2023) 第 124830 号

袭人香
XIRENXIANG
李瑞雪　千　寻　著

选题策划：王　欣　　**责任编辑：**李　信
特约策划：谢秋慧　　**装帧设计：**米　乐
出版发行：百花文艺出版社
地址：天津市和平区西康路 35 号　**邮编：**300051
电话传真：+86-22-23332651（发行部）
+86-22-23332656（总编室）
+86-22-23332478（邮购部）
网址：http://www.baihuawenyi.com
经销：全国新华书店
印刷：三河市龙大印装有限公司
开本：880 毫米 ×1230 毫米　1/32
字数：290 千字
印张：11.75
版次：2023 年 9 月第 1 版
印次：2023 年 9 月第 1 次印刷
定价：79.80 元

如有印装质量问题，请与三河市龙大印装有限公司联系调换
地址：河北省三河市泃阳镇兰各庄村
电话：（0316）3655788
邮编：065299

爱与被爱的成本里，不只有献出去的情感，也包括时间。

——题记

华语编剧网版权登记号：2019—B—03655

目　录 \ CONTENTS

Xi

Ren

第一章

Chapter

码字的快乐

Xiang

一

麦桐穿上一直想洗却懒得洗的亚麻T恤，反手拉上出租屋的门，风一般地奔到楼下，站在路边，看着来来往往的车辆，怪兽般地冲着从他面前急速驶过的一辆车，长长呼出一口气。

总算结束了这场马拉松!

这除了麦桐不可能有第二个人知道的内心独白，如庄重又酣畅的一句道别辞，既是麦桐对刚刚完成的已经备份到移动硬盘里的一部长篇小说，也是对刚刚过去的不同寻常的夏天。

姜君，由曾经与麦桐有如过命兄弟的关系变成了麦桐的前领导；周松儿，麦桐曾想与之白头偕老的妻子，成了麦桐拥有的那一纸婚约上的形同虚设。

立秋了!

秋天的第一个节气，带着麦桐再熟悉不过的清凉，让麦桐知道，这个秋天必定与去年的秋天有着很大的不同。

麦桐回头看了一眼出租屋棕红色的彩铝窗框，好像从未擦过的每一片窗户玻璃镜子般地反射着对面楼体缝隙间透出的条形光亮。秋风吹来，竟吹动了玻璃上麦桐那若隐若现的视线，让人产生了一种无法挥却的沧桑感，刚刚的好心情，只这一阵秋风，便消失了一多半。

没人知道麦桐在那间物件不多的出租屋里，在刚刚过去的那个无比燥热的夏天，独自一人与文字为伍的情形。

不分昼夜，昏天黑地，用麦桐式的写作方式。虽然寂寥痛苦中不乏几分怡然自得，但麦桐的心智和慧根却几乎被透支了，虽然又完成了一部长篇小说的创作，但内心的愉悦却因为没有任何人知晓而如海水退潮般地转瞬即逝。

曾经，麦桐因为不想把属于自己的时间浪费在别人的生活里而不刷微信朋友圈，也不关注任何公众号，在把所有人都得罪之后，将自己的全部身心包括灵魂完全地安置在出租屋里，如一只不知疲倦的猛兽，做自己的王，不停地跋涉在文字大漠中，在战胜着自我的同时，不断地超越自我。

麦桐知道，在命运面前，自己又赢了。

一个存活在这世间的人，如果无论怎样都注定要以一种孤独的方式存在，那么麦桐宁愿永远选择这一种——亲疏随缘，爱恨随意。

二

麦桐必须先去“未来书店”，拿回魏星在电话里说的那三本没有卖出去的书，结清由魏星帮忙代售的书款，请魏星出去吃喝玩乐，尤其麦桐一直想去却一直没去的“浅水湾浴都”。

麦桐要好好地洗澡，洗身体、洗灵魂。

麦桐要将与自己有关的一切过往都洗得干干净净，脱胎换骨，不留一丝俗尘。

麦桐无法忘记，整整一个夏季，自己没日没夜地坐在电脑前，看着电脑显示屏上的文字，将自己所要表达的画面和人物，变来变去、改来改去，无时无刻不在整理头脑中时而混乱又时而清晰的思路。虽然也不乏坐在电脑前许久许久，大脑依然一片空白的窘迫，但是大多数情形是麦桐一边听着单调而有节奏的键盘敲击声，一边看着电脑显示屏上越来越鲜活的文字，欣欣然地与每一位被虚拟出来的人物一起，隐忍着各种不为人知的喜怒哀乐以及不得已而为之的悲欢离合。

这很辛苦，但苦中有乐。

这很艰辛，但让麦桐在长满荆棘的荒野中，开垦出了一条长满鲜花的长路。麦桐很佩服自己，在文学的殿堂中，以千变万化的方式和形式，与众多的人物和事情相遇、相聚，再相互分离；一边体会摸爬滚打都无法修成正果的欲望难遂，一边感悟用苦行僧般的自律日趋强大起来的创造力和思维能力，一次又一次地将企图长期霸占自己的消极情绪彻底击退。

彻底打败。

关上电脑的那一刻，麦桐知道自己又成功了一次。没让失望变成绝望，并从失望中找到了希望。最终，还抓住了希望。

麦桐看着瞬间暗淡的显示屏，体会着出租屋里的寂静，突然觉得很伤感，甚至是委屈，麦桐很想躲到某个角落大哭一场。但是，麦桐不能哭。

哭了，就又输了。

三

走在去“未来书店”的路上，麦桐的脚步是轻松的，虽然内心依然有些沉重。看着满街满地的人来人往和车来车往，麦桐明确地知道，无论在什么地方，无论与多少人擦肩而过，大家都是路人。因为，麦桐的心里没有人。

巨幅的广告牌和林立的高楼让麦桐再次感到了自身的渺小，以及完成了小说也没有太多改变的狼狈和疲惫，这让麦桐很伤感。终其过往，想来，最有缘的不是相伴的某人或某些人，而是每天都要栖身的房子、卧睡的床、裹体的衣裤和维持生命延续的柴米油盐，包括刚刚画上句号的那本小说文稿，以及魏星手里即将结账的书款。

“我这就去书店跟你结账。”

麦桐关上电脑的那一刻，拨通了魏星的电话。

“还有三本书没卖出去呢。”

魏星的话音还没结束，麦桐即刻直截了当地冲着电话直言道：“不卖了，不差那三本。”

麦桐没打电话时就决定，将即刻要做的事都一一完成，然后自己找个安静所在，或独自发呆，或继续拉着魏星，像以往那样，花钱宿醉，不醉不归。因为麦桐最需要的，也是必须尽快落实的，就是以最快的速度，甩掉出租屋里再也无法忍受的孤单和寂寞。

只是非常遗憾，麦桐一想到这个决定，心绪便瞬间如以往那般晦暗起来。甚至，比上一部作品完成时的心境还要悲摧。

怎么会这样？

麦桐搞不懂了，一向写完小说就会有的那种春风得意的志在必得，怎会没有一丝一毫？当初的无所顾忌，不就是想以完成小说来消除那种辞职后、离家后的愤懑和不满？不就是想以完成小说来摆脱焦虑和不安？并以此来寻找那些比自己优秀的人用各种成功来消磨自己自信的突破口吗？

怎么都无缘获得了呢？

麦桐深深地叹了一口气。

麦桐无法忘记，完成小说稿最后那个句号时，心里那种被掏空的感觉。那一瞬间，仿佛离开了朝夕相伴的恋人一般，既有失落，也有沮丧。麦桐希望自己也能像小说里的人物那样，几经周折后，各个都心有所属，皆大欢喜，即便个别人的结局不符合常规，甚至有些牵强，也比走在人流喧嚷的街上，却仍然感到四大皆空的一片荒凉要好很多。

原来，生活是最好的小说。

麦桐不得不佩服生活对人的摧残和践踏了。无论你怎样倾尽全力，生活都不会按照你的付出及时给你一个顺心遂意的结果，幸好还有魏星手里的那笔钱，算是麦桐眼下最具魅惑的希望。

四

麦桐绕过路边黑色的铁艺围栏，走向十字路口的方向。这时，一辆麦桐上班时偶尔会乘坐的公交车拉着满满一车的乘客，在麦桐的视线中，慢慢驶向车站的站台。车停稳后，车门打开的一瞬间，车上蜂拥而下的乘客将麦桐好不容易才安宁的片刻变成突如其来的一场喧嚣。

喊叫的、追打的、回车上取落下东西的，包括吹口哨的、奔跑的、小孩儿哭的、闺蜜搂着腰言笑的。麦桐看着眼前之人的无所顾忌，以及不知是谁的手机来电炫铃，下意识地拿出手机。

麦桐准备再给魏星打电话，可是，还没等麦桐看手机的显示屏，一个擦肩而过的身影让麦桐整个人僵住了。

是周松儿。

麦桐条件反射地看了一眼周遭，知道周松儿不是从车上下来的乘客，而是从自已的身后走过的“路人”。

“这个坏蛋！”

麦桐在内心里对自己嘟哝了一句，麦桐从未想过，与周松儿分开整整一个夏天之后，竟会在立秋这一天，以这样一种方式遇见。

周松儿有所觉察地停住脚步。

周松儿慢慢地回过头，麦桐看到，周松儿的脸色被浅灰色的薄风衣领口衬托得有些苍白，冷漠的眼神看着发愣的麦桐时，像看一位陌生人。

麦桐急忙收起手机，正当他拿捏不好是要置之不理还是打个招呼时，竟与周松儿突然露出的笑容对接到一起。只是那笑容是一个如昙花绽放般短暂。

周松儿即刻转过身，扬长而去。

突然间，麦桐有了一种想追上周松儿的冲动，可是说什么？说想她了？麦桐没有，即便想过，也不过是写作过程中思索某些过往，不是真正地想。

可是，就这么眼睁睁地看着那个还在一张结婚证上并肩微笑的女人，如此这般在自己的视线中消失？

麦桐收起了手机。

也只能如此了。

麦桐劝诫着自己。

“你为什么就不能像燕妮支持马克思那样支持我？”

麦桐没离开家时，曾气愤至极地近于咆哮地冲着周松儿大喊。

“你是马克思？”

当时，周松儿手里拿着饭勺，像看怪物似的，用极其惊恐的眼神看着麦桐，好像麦桐的不自量力不仅是个笑话，更是她周松儿无法原谅的低级错误。

“我确实不是马克思。”

麦桐从牙缝里挤出这句话后，看着周松儿近于狰狞的脸，所有人生过往中的美好荡然无存。

麦桐觉得，自从周松儿说出了这句问责之后，麦桐想在周松儿面前消失得无影无踪的想法无比强烈起来，甚至有一种永不再见的愿望。

麦桐不得不承认，离开家之前，周松儿一直是麦桐舍不得放手的一根纤细的救命稻草。那个时候，麦桐希望周松儿能给予自己一些温暖，哪怕仅仅是一句什么意义都没有的轻声细语。可是周松儿从没给过一字一句，周松儿给麦桐的，是无尽的指责，是白天持续到黑夜的抱怨，还有视麦桐为空气的漠视。

如果说周松儿确实是麦桐心中一棵开满鲜花的树，那么那一刻之后，麦桐不是在内心里将这棵树推倒，而是连根拔起，随后一并将记忆都甩到了太平洋。

“你以为你是谁？还马克思，还燕妮，你不过是个天天靠写那些烂字来维持你美梦的假文人！”

周松儿举着手里的饭勺，像举着全世界对麦桐的嘲笑，让麦桐觉得，自己确实是随时应该逃离这个世界的废物。那一刻，他的世界除了实在舍不得扔掉的，还可以称之为“写作”的文字之外，便什么都没有了。

麦桐彻彻底底地成了孤家寡人，即便在别人眼里，麦桐依然拥有原来的一切。但在他的世界里，除了不得不继续活下去的本能，便只剩下那个或许可以用文字来转化的作家梦了。

麦桐清清楚楚地了解了，自己所有的用心和用情，全部败给了生活——是柴米油盐酱醋茶的生活，是天天想写字为文的生活。前一种生活，但凡麦桐可以脱离，那么他一分一秒都不想停留；后一种生活，是麦桐无限热爱的生活，是可以无限度、无底线、无原则地沉迷其中的生活，是麦桐可以抵达灵魂栖息地的动力所在。

麦桐觉得，只有在喜欢的状态中活着，才能成为自己命运的主宰；麦桐觉得，只有在文字的天地之间，无休无止地码字，才可以听到键盘噼啪作响式的绕梁之音。与自己的文字做最倾心的交谈，好像也只有这样，才能将所有的心事及与心事有关的心路历程，在繁杂的耕耘中，化整为零，直到化腐朽为神奇。

麦桐向周松儿离开的反方向走去。

麦桐不想沿着周松儿走过的路线去体味那些残存在空气中的她的气息，尽管这方向的变动使得麦桐不得不多走至少八百米的路程。但是，麦桐觉得，只有这样，自己才可以在时空和地域上与周松儿保持更大限度的距离。

人们都说好的婚姻可以美容，甚至能够达到整容之效。麦桐觉得自己与周松儿的婚姻，外在，早已成为残花败柳；内在，更是败絮纷飞。刚刚的冤家路窄，不只毁了容颜，也毁了记忆。

麦桐抬头看了一眼天空，蓝蓝的，碧澄如洗，有几片缥缈的白云在遥远的天边离群索居地惨淡着。麦桐想起青春年少时那些盲目又盲从的对爱情的憧憬，那份狂热和没来由的信誓旦旦，麦桐竟无颜面对今朝的这份狼狈。

都是无知惹的祸。

麦桐回头偷看了一眼走过十字路口后依然若隐若现在人流中周松儿的背影，在巨幅广告牌下的圆柱旁，那件浅灰色的风衣偶尔会闪出已经不再显眼的微光。

今生再也不会出现真爱了。因为，真爱只能出现一次。

麦桐这样一想，即刻难过起来。余生漫长，这才刚刚开始的人生之路就走得这般艰难，最要命的是，麦桐对写作之外的任何事都不感兴趣这让他有些不寒而栗。

麦桐觉得自己作为一个自然人，始终在变化。但不是变到更好的状态，而是变到了更不好的状态，更准确地说，是更加奇怪的状态。如果麦桐是水，那么周松儿便是鱼，麦桐觉得没有鱼的水则更清澈。只是周松儿那条鱼，将来会遨游在哪片汪洋里呢?

管她呢!

多亏周松儿对自己写作的不待见，才让自己可以在出租屋里安心于那部刚刚完成的小说创作，不然，说不定电脑已经被周松儿砸了，文档已经被周松儿毁了，甚至家都不让麦桐回了。

一切皆有可能。

可是，麦桐万万没有想到的是，那个天天跟自己作的周松儿，整整一个夏天过去了，不仅不作了，还能安然无恙地在冤家相遇的那一刻送自己一个谜一样的微笑。

麦桐拿出手机，有心给周松儿打电话，但随即便下意识地收起了手机。麦桐可不想再与周松儿有什么瓜葛。生活已经让麦桐无可奈何到心力交瘁，再不能雪上加霜了。

麦桐觉得，自己的生活不需要周松儿的所谓管理，更不缺周松儿歇斯底里般的几近于失控的掌控。只是，麦桐真的搞不明白，自己怎么就与曾经同床共枕了三年的周松儿如此这般地生疏？

完完全全地形同陌路。

是因为了解了周松儿所有的缺点？

是因为知道了周松儿所有的缺陷？

是因为厌恶着周松儿所有的不好？

还是因为想不起周松儿任何的好？

眼下自己的努力又是为着什么呢？

麦桐觉得未知的困惑总是不断地涌来，又不断地离去。来的时候，无法阻挡；去的时候，浑然不觉。

麦桐有些后悔。离开家时，为什么没偷着带出一张周松儿的照片？现在倒好，自己的脑海中，除了刚刚的那个笑容和灰色的背影，以往的一切都模糊不清了。只是，拿周松儿的照片做什么？想她？想起她对自己大喊大叫时扭曲着的一张丑脸？想起她在自己的家里对自己无穷无尽的数落和抱怨？

那时，无论麦桐和周松儿谁走进教室，都会把目光投向对方的座位，像必需的签到，又像在认真地监督。而教室里，无论有多少同学，都在他们各自的眼中幻化成 N 多个虚无。

那时，麦桐的世界只有周松儿，那时，藏存麦桐内心里更多的是无怨无悔，是春风拂面的热情洋溢，是志在必得的骄傲和自豪。也正是从那个时候开始，麦桐比周松儿多了很多自觉与主动。

每天麦桐要比周松儿早到学校，一如护花使者，在期待和等待中，蝶恋花般地与周松儿度过大学时代所有的欢乐时光。

麦桐觉得，那才是彼此相爱着的世界。好似这世间的鲜花只为他俩而开放，这世界的飞鸟只为他俩才飞翔。而现在，两人好像早已将那些过往埋葬于滚滚红尘，彼此之间形同陌路，不仅远隔着万水千山，更有万水千山之间的人山人海。

好像最初的相亲相爱是由于懵懂期的情不知所起，好像两人一起过着过着，就过成了一贫如洗。

尤其周松儿刚刚的那个笑容，怎么看都让麦桐觉得不怀好意。

是自己离开了她，让她很快乐?

还是她离开了自己以后，活得很开心?

麦桐没有答案，但有一点可以肯定，那笑容，绝对是一种暗示。也罢！一个终日只想着如何索取爱，时刻都想操控自己老公的女人，不配拥有幸福。

麦桐这样一想，即刻轻松释然了。但他又觉得不该这样想，因为很没有君子风范。

麦桐再次感受到在万事万物之间，自己与灵魂窃窃私语，有多么惬意。这感觉极好，好到可以看穿世间的任何事情，又不被他人所知；好到无论周遭怎样吵嚷，也无论刚刚所见之人怎样让自己心生忧烦，都可以自己劝慰，与自己和解。

麦桐战胜了自己，但也在瞬间惊觉。自己已将自己越来越孤僻的性格随叫随到、随用随取地完全边缘化了。这或许是写作带来的衍生本领，各种各样的未知和不确定，无常和无法掌控，都一概看成白驹过隙。只是麦桐万万没有想到，这一路，不只有漫无边际的胡思乱想，更有他命中注定的一场尘缘。

五

“不许走，我已经到了，我急需那些钱！”

麦桐快到书店时，本想提前给魏星打一个电话，告诉他自己已经到了，不承想，电话里传来魏星极不耐烦且毫不掩饰的声音。

简直无法无天。

麦桐不得不情绪失控地冲着电话里的魏星大喊道：“又这么不够意思，是不是？”

“不走、不走，我肯定不走。”

麦桐即刻听到了魏星一迭声的保证。

麦桐觉得魏星不是一般的不够意思，不仅迟迟不肯让麦桐去结账，还总推脱自己太忙。要知道，这世上唯一能让麦桐有所关联的，除了魏星，就再没有任何人了。可魏星明明知道，却总用各种理由和借口推脱，好像帮他是不得已的责任，躲避他却是魏星更不得已的责任。

“你以为我喜欢你？”

麦桐挂断电话后，一边咬牙切齿地收起电话，一边自言自语地嘟哝。

如果不是因为钱，麦桐才懒得找魏星，在麦桐的潜意识里，人性中最见不得人的卑微让麦桐永远不想看魏星一眼。由此，麦桐不得不用一种根本不像他的强势来制约魏星。但是只有麦桐自己知道，自己的卑微无人知晓，即便有机会对麦桐回击，也不会有任何作用。

六

麦桐一把推开书店的大门，内心仿佛一把将魏星推到门后一般畅快。

“坏蛋！”

麦桐走进书店那一刻，在心里暗暗地骂了魏星一句。

“一点同情心都没有。”

整整一个夏天，麦桐不食人间烟火，对精神世界里的食粮甘之如饴，在出租屋里，独自行走于文字的天地之间，将自己的整个灵魂都投入到那个自认为可以逃避现实的精神殿堂。好像为了眼前的此情此景，将天降大任于斯人的抱负进行了实打实的演练和兑现。

身后的书店大门关上的那一刻，麦桐如释重负地叹了一口气，好歹还有个魏星，算是这大千世界、茫茫人海中的一根救命稻草。

七

“未来书店”很大，夏末进行整体装修时，扩充了一些新项目。比如，读者读书的区域、读者品茶聊天的区域；比如，读者留下只言片语的“回音壁”区域。这更人性化的环境，让麦桐的书在天时地利人和的契机里，几乎全部售罄。

将来事上见。

麦桐不止一次地这样告诫着自己，自己的书之所以能有这样的结果，确实要感激魏星的鼎力支持和一手操持。

大厅西侧的售书专柜，麦桐见到了魏星。魏星一身书店统一的藏蓝色工装，显得干练洒脱，且不乏大腹便便。

“这肚子。”

麦桐不动声色地嘟哝了一句后，走近魏星身边，刚要打招呼，发现后腰靠着旋转楼梯栏杆的魏星面前有一位风姿绰约的女子，那女子正漫不经心地翻看着书架上的书。

“德行。”

麦桐在内心嗔怪了魏星一句，觉得完全可以看得出魏星通体饱满的卑躬屈膝，不只是虔诚，还有几分卖弄的嫌疑。但是，对于魏星那种什么时候都傲人得不可一世的目中无人之人，在一个女人面前如此这般，也很难能可贵。

“这书真不错，是我朋友写的。”

魏星的殷勤并没有换来那女子的关注，反倒让麦桐觉得，魏星在女人面前时最不像魏星。

“确实是本好书。”

魏星仍不甘心地坚持。

“这人！”

麦桐觉得魏星这点最不好，死乞白赖地向那女子大献殷勤，不过是为了推荐一本书。

麦桐发现，那女子不只是风姿绰约，还很优雅，一袭白色长裙很显腰身，在书店或明或暗的光线中，胸前那枚烤蓝别针若隐若现地闪着诡异的光。一对巴洛克耳环和一条若隐若现的项链都在环环缠绕中绵柔着恰到好处的活色生香，仿佛手捧一本书的低眉顺眼和不经意间的举手投足，都天生自带一番美好。

“你看看内容就知道了，我不骗你。”

魏星将手里的书放到白衣女子手里，麦桐这才看到，那书不是别人的，正是自己的《无佳人》。瞬间，麦桐对魏星的些许不满全部一笔勾销了。

人间最美的不就是这种情谊吗？互相扶持，将有形或无形的力量与支撑给予对方。

麦桐有些后悔，怎么就没想着把魏星写进刚刚完成的那本书里？怎么就一直没由衷地认可魏星的好？眼前的魏星为了自己的书而屈就一位对他爱答不理的女人，这不像魏星，但又确实是魏星。

“我知道这本书，一看书的名字就没意思，魏星，我跟你说，即便我写书评，也不可能给这种书写。”

女子说完，将手里的《无佳人》还给了魏星。

“书名又不能代替内容，你又不是不知道。”

魏星说完，又将《无佳人》放到白衣女子手中。

“我当然知道，但是，这种书还是你自己留着欣赏吧！”

白衣女子看都没看一眼，便将手里的《无佳人》甩给魏星，然后，转身离开了。

“你说你这什么态度？”

魏星冲着离开的女子抱怨，见没有任何效果，便无奈地看了看手里的书，嘟哝道：“说的也是，这书名确实不怎么样。”

麦桐听了，只觉得刚刚的激情豪迈转瞬便被魏星的话给彻底泯灭了，甚至包括麦桐的自尊也一同被震得七零八落，对因这书而变得越来越脆弱敏感的麦桐的神经来说，仿佛与魏星合谋上演的独角戏被已经离开的那位顶级高手杀得片甲不留且一地鸡毛。

“也是，咋起了这么个败家的书名！”

魏星一边嘟哝，一边顺着手势，将《无佳人》扔到书架上，转身要离开时，又想起什么似的，回身将书拿到手里，刚要走，一抬头却见到了麦桐，即刻气不打一处来地将书扔给了麦桐。

“给，你的破书。”

麦桐一把接住自己的书，觉得瞬间火气冲天到足以给魏星挥去两拳。但是，麦桐强压住内心的火气。

这哪里是人？这哪里是自己印象中的那个人啊！

麦桐看着魏星，心中在想，刚刚还用自己的书极尽能事地讨好那个女人，这一转眼，就跟丢垃圾似的带着浑身的不满和不屑，甚至带着鄙视。

“坏蛋。”

麦桐不自觉地嘟哝了一句，内心却使劲骂自己一句“活该”。

谁给魏星可以羞辱自己的机会？是自己。

“刚才那位是我们书店的重量级人物。”

魏星表情有些复杂地对麦桐说。

“你们书店的经理？”

“经理都没她厉害。”

麦桐的话音刚落，魏星便大声豪气地跟麦桐卖了一个关子。

“这么跟你说吧，我们书店所有的书，没有一本她不了解的，我们书店独一无二的图书情报硕士，人家还要读博士呢。”

魏星趾高气扬，好像说的不是那女子，而是他自己。

“确实厉害。”

麦桐不由自主地跟着夸了一句。

“人家名字也好听啊，虞柏荷，虞美人的虞，柏树的柏，荷花的荷。”

魏星说话的语气好像夸赞的不是什么虞柏荷，而是他自己，这让麦桐觉得魏星异常陌生。这世上，魏星可以夸赞的，一是他自己这既能上天揽月，又能下河捉鳖的能人，再有，就是他善良美丽的老婆。

真是难得，麦桐不禁想起，一次酒后，魏星大言不惭地对麦桐说的话。

“我那善良美丽的老婆真挺好，可我还是想出轨！”

麦桐这才明白为什么不愿意在自己的小说里写魏星了，魏星太虚伪、太口是心非，虽然在魏星的身上不用杂取众人，只他自己就足够费笔墨描摹，只他一人的身上就集结了太多人的优缺点，而且，不止如此，魏星的可塑性太强，完全可以这样讲，写活了魏星一个人，就等于描绘出了众生相。但是，即便如此，麦桐也没有写魏星的一丁点儿欲望。这不仅仅是因为不能写魏星，而是麦桐压根儿就不想写魏星，即便麦桐与魏星之间确实存在着既可见，也可感知到的友情。

友情，也要有得写，才可以写，而魏星身上的好，麦桐更愿意熟视无睹。

“去我办公室。”

魏星向麦桐挥了一下手，算是对刚刚的一切做了一个了结。

八

麦桐跟在魏星身边，觉得自己也很怪，不仅仅是对待友情，也包括爱情。

麦桐曾将爱情看成世间最美好最浪漫也最有魔力的情感，并为之付出了自己的真心，到头来，除了一本花了很多钱才得以出版的书，几乎两手空空。不止如此，明明身边的魏星在帮自己，自己心里却依然在抱怨，好像自己与魏星之间所有的和谐都是不得已的包容。

“你怎么回来了？”

走向魏星办公室的途中，遇见了虞柏荷。

“我忘拿包了。”

虞柏荷头都没回地回答。

“拿包怎么不去你们二楼？”

魏星十分关切地问。

虞柏荷听了，停下脚步，将目光锁定到魏星的脸上，多少有些不满并带着疑惑说：“我去你们一楼的卫生间不行？”

虞柏荷说话时，不经意地扫了麦桐一眼，但是只这一眼，麦桐便发现，虞柏荷眼里闪现出一种近乎怪异的光，像自己来书店的路上时，周松儿脸上突然绽放出的那种笑容，诡异又不可思议。

麦桐发现，虞柏荷看了一眼自己手里的《无佳人》。

“对了，他就是我朋友，麦桐，这本书的作者。”魏星看了一眼麦桐后，对虞柏荷说，又看向麦桐道，“虞柏荷，我们书店大名鼎鼎的图书情报员。”

魏星说完还要说什么，虞柏荷却离开了。

“这人，这什么人！”

魏星不满地转回身，见麦桐面无表情地在发怔，竟气不打一处来地对麦桐说道：“我说你来得咋这么不是时候？”

麦桐没回答，而是看了看自己手里的书，麦桐觉得，自己的书跟自己一起，在魏星对虞柏荷卑躬屈膝的讨好里受到了莫大的羞辱。

“你不知道，虞柏荷的文笔不一般，不只是我们书店的图书情报员，还是我们书店读书会的执行主席，如果她能给你这本书写篇书评……”魏星一边说，一边回身看着书架上琳琅满目的图书，继续对麦桐说，“看到那些书了吧，即便是常规出版的书，也不排除有垃圾，像你这种书，即便是自费出版，也不排除有经典。”

“你说啥？”

麦桐瞪大了眼睛。

“我在夸你呢。”

魏星瞪了麦桐一眼。

“真的？”

麦桐异常地兴奋起来。

“当然了，你这书确实不错。”

魏星一本正经地说。

“真的？”

麦桐的眼里充满了对魏星的无限感激。

“别用这眼神看我，我受不了，我也就是那么一说，现在的书，鱼目混珠的太多了。”

魏星的转折随即泼了麦桐一头冷水。

“德行！”

麦桐说。

“啥？”

魏星问。

“我说还行。”

麦桐回答完，不禁乐了。

“怎么说呢，虽然虞柏荷的书评写得好，但是，很多时候，她也追不上时尚热点。”

魏星不无遗憾地说。

“我看你是拿推荐我这本书当幌子，实际上想接近人家，对吧？”

“你怎么知道？”

魏星没等麦桐的话音落下，便扭过头，直截了当地问询麦桐。

“你不是另一个我嘛！”

麦桐回答时，觉得在这一点上，魏星比自己强很多。

“搅了你的好事，对不起啊。”

麦桐看着已经显得大腹便便体态臃肿的魏星，觉得在这一问一答间，彼此的关系亲近了许多。

“跟她能有什么好事，一个大龄剩女。”

魏星说完，甩开两个手臂，完全一副气宇轩昂的神态，活像大款或大亨似的推开办公室的门，坐到自己的办公椅上，用麦桐再熟悉不过的扬扬自得的神态，将一个棕色记事本的纸页翻得哗哗乱响。

“赶紧签字。”

麦桐听了，即刻接过魏星递给自己的笔，刚要签名，便听到魏星冷着声地说：“老弟，你真那么缺钱？”

“你不缺钱？”

麦桐反问。

“我当然缺，我不仅现在缺，我永远缺。”

魏星瞪着一双圆溜溜的大眼睛，每一字都掷地有声铿锵有力，麦桐看着魏星，觉得一片祥和光线中的魏星，不只是可爱可恨，还跟自己一样可怜。

“想去哪儿吃喝玩乐，说，我请你。”

麦桐一边签字，一边说着，全是心口合一的感激与感恩。

“这话不错，好听。”魏星很是惬意地拍了拍自己的肚子，又接着说道，“最近我的酒量又长了。”

“那就多喝。”

麦桐把笔放到笔筒里，看着一提到酒就兴奋的魏星，觉得自己也即刻兴奋了许多。

麦桐不禁羡慕起魏星来。他和魏星从小到大，开始是前后楼住着的邻居，偶尔在一起玩耍过。后来，两人进了同一所小学和同一所中学，一直都是同班同学。高三时，麦桐还和魏星同桌过一年，正因为如此，两人之间总是不分彼此地亲近着，只是让麦桐万万没有想到的是，最后，魏星却以这种方式挣到了麦桐用写字挣来的钱。

如果这世上确实有命运不公，说的就应该是麦桐和魏星，魏星不写一字一句就能靠着麦桐点灯熬油打拼的汗水和心血分羹煮酒，还沾得了一身的书香气，末了，还可以理直气壮地享用麦桐的真诚感激。最重要的是，这感激是可以载入史册的感激，是永远都不可能被抹杀的感激。

“我这一夏天都没喝酒，今天好好地陪你喝。”

麦桐说这句话时，想顺便说“我又完成了一部小说”，但是，话到嘴边，麦桐却打消了这个念头。麦桐不是怕魏星知道，也不是怕魏星知道后会因趾高气扬、心直口快而说出一些让麦桐伤筋动骨的话，麦桐只是不想在这完全可以放松的状态时再找不自在。

“这么跟你说吧，麦桐，你的命确实不错。”魏星写完单据，抬起头看着麦桐，又继续说道，“就你这种情况，在我们这儿，这么多的代售书里，能在这么短的时间内都卖出去，确实是个奇迹。”

“有那么夸张？”

麦桐觉得魏星在夸大其词。

“你不知道，一年连三十本都卖不出去的也不是没有，我这儿有记录，这一年卖几本的都有，不信你自己看。”

魏星将单据册拿给麦桐看。

“我信，我当然信。”

麦桐一连声地回应。最初，麦桐不是没想过自己的书或许会卖不出去，或许只卖出去一部分。但是，当有一天魏星打来电话，说麦桐的书一天能走货三四十本时，麦桐高兴之余，后悔的是为什么不多联系几家出版社。

中国这么大。

中国的出版社这么多。

中国卖书的书店更多。

最重要的是，中国有着全世界人口排名第一的绝对优势。但是麦桐只在那么一瞬间想过自己的悔意，之后便将所有的用心都投注到新书稿的写作上。觉得万事开头难，只要自己的想法和做法还能达到知行合一，就要相信未来。

“你别说，一开始，我还真怀疑过是不是你在买榜。”

“啥？”

麦桐很惊异。

“我知道，你不可能花钱干那事。”

魏星收起记事本和单据册。

虽然麦桐不完全明白魏星的话，但是麦桐了解魏星表达的意思。敢情是书卖得好就有疑点，卖得不好，就是因为质量。他挺讨厌魏星这种没逻辑的思维方式，甚至想对魏星说“多说我的书好能要你的命？”但是他什么都没说。魏星当着虞柏荷的面没少为自己的书说好话，这就足够了，虽然魏星的殷勤里有项公舞剑意在沛公的嫌疑，但他还是觉得没有足够的证据去证明魏星的本意就是如此。

“字签完了，账也算完了，拿着我的单据，去趟财务就可以了。”

魏星一边说，一边将单据放到麦桐手里，好像最后时刻的交接带着一丝恋恋不舍的仪式感。麦桐的心再次涌起无限感激。毕竟魏星是他的《无佳人》最初的出版创意者，也是这一过程的参与者，更是售后的终结者。

魏星永远都功不可没。

“走，我好好地请你，无论你想干啥。”

瞬间，麦桐对魏星的感激达到了至高无上的顶点。

“先领你的钱去吧，我今天、明天和大后天都已经有安排了。”

麦桐的话还没说完，魏星便面无表情地说，好像麦桐的真心诚意与他魏星没有一丝关联。

"这叫啥话？"

麦桐无法理解魏星的回应。

"放心，但凡我有时间，必定第一个找你，快去吧。"

魏星卖起了关子。

麦桐有些不爽，觉得这个特殊的日子，只有跟魏星在一起才最有意义。也只有这样的日子，麦桐才有可能口无遮拦地跟魏星说一些推心置腹的话。

"快去吧，缺啥赶紧去领啥。"

魏星说完站起身，一脸的木然，仿佛麦桐的邀请与他魏星早就脱离了干系一般，又扯在了一起，至少沾惹了一些言语上的必要的麻烦。

麦桐想再强调一下自己的诚心诚意，但是魏星的表情让麦桐明确地知道，这是无法变更的逐客令。

"你忙吧，我走了。"

麦桐转身离开了，两袖清风，没带一丁点儿的留恋。

九

麦桐去了书店的财务，领了自认为跟自己的付出无法成正比的所谓"收获"，那些"收获"返还到麦桐账户时，他既没像想象中的那般感慨万千，也没像实际上的那般无动于衷。他觉得这是一件合情合理的事情，生意也好，交易也罢，反正和书店之间是之前谈好的，是你情我愿的事情。

麦桐的内心是复杂的，是无法平静的。他觉得所谓的精神殿堂，一旦与金钱挂钩，再怎样光芒四射，也变成了眼里苍茫的在水一方，甚至让他怀疑自己依然为之努力奋斗的人生。

为了更好地写作，麦桐付出了常人无法想象的艰辛，没日没夜没季节更替，也没有存在般地只当自己是凡间的行尸走肉。到头来，并没像想象中的那样出人头地，或被众人瞩目，反倒越活越没出息地胆怯、自卑，一如经商的小商贩，小心翼翼时，更加畏首畏尾，意念中的被崇拜、被宠爱依然是可望而不可即的奢侈。

甚至连原来都不如了。

麦桐发现，自己的内心不但没在这个句号画上之时更强大，反倒在迅速地衰败，甚至觉得自己不该选择写作这条路。

这条路，实在是太崎岖，太漫长，太不好走了。从开始那天到现在都是一个人的长征不说，还不像想象中的那般美好。不仅如此，对于魏星，自己倒像欠了一辈子都偿还不起的情债，包括那个或许还在等着自己还更有多情债的周松儿。不然，她怎么会在与自己擦肩而过的那一刻送给自己一个那么灿烂的笑容。要知道，对于麦桐来说，周松儿的笑容早已经是西边升起的太阳，不但不可能想望，而且不可能存在。

十

走出书店大门时，麦桐想的就是怎样让自己尽快地与书有关的想法做出完全彻底的断舍离，至于银行卡里的书款，麦桐会在日后适当的时候全部归还给周松儿。

别因为这些钱，再委屈死了你！

麦桐觉得，还给周松儿钱时，一定要附加上这句自己必须说的话。

十一

麦桐以最快的速度来到“浅水湾浴都”富丽堂皇的正门前。

麦桐之所以要选择“浅水湾浴都”，一方面，确实想找个可以使自己脱胎换骨的好地方；另一方面，“浅水湾浴都”是魏星常来的地方，用魏星的话说，就是在“浅水湾浴都”，完全可以通过宫廷般的场景和服务，感受到犹如皇族般的尊贵。

麦桐却从没来过。

麦桐不是不想来，而是以前忙于工作，主要是忙于业余时间的写作，没时间，更没机会，待有时间了，又赶上手里拮据，“浅水湾浴都”外表的富丽堂皇及内里如梦如幻的奢华，足以让没钱的他望而却步。

麦桐一推开旋转玻璃门，就感觉到了一股隐隐的带着潮湿气息的暖流，这暖流，清新温馨且宁静，这才是放松心境最好的地方。

麦桐很快便躺到“浅水湾浴都”洁净清宁的温热池水中，仿若置身世外溪水潺潺的桃源地域。仿佛花落之处不再惹尘埃地可以永远心境如止水。当然，万念也随之可以无欲求了，尤其站在花洒之下，不停息的水流让麦桐觉得又经历了一次生命的轮回，像脱胎换骨的人生转折，从一场大雨滂沱的泥泞中走出来，获得了重生。

或许洗浴的意义就在于此吧，清除所有灰尘，让一切在水的清洁净爽中得到回归，像刚出生的婴儿，转眼之间，整个世界便恢复到人之初的状态。

麦桐身着一身米灰色的棉布衣裤，手里摆弄着花色手牌，在水汽朦胧中，一路途经仿瓷花廊、宴木基座和水景瀑布，包括头顶那些巧夺天工的创意吊灯以及灯光映衬中的那些碧水蓝天和水光一色，无论是目所及之处，还是人所到之处，无不是由外到内、由上到下地让麦桐身心爽朗到每经过一处景致，每见过一个物件，都会感同身受到身体和灵魂的被过滤、被净化，甚至被救赎。

只是非常可惜，整个过程接近尾声时，麦桐又成了原来的麦桐，脱胎换骨不过是自己不切合实际的想法。

麦桐不禁叹一口气，没离开家的时候，烦恼来自工作和周松儿，现在离开家了，当初拿出去的印书款已变通成售书款，自己依然不快乐。

没有知心的人可以相伴，没有可以想念的人牵挂在心。

有的只是自己一个人无尽头无止境的孤单与寂寞。麦桐看着天花板上的碧水蓝天，有心找出一个自己想要的答案，又苦于找不出来，只能空想。

麦桐看了看周遭，所有人都如自己这般安静着，或发着呆，或想着心事一般。麦桐觉得，自己俨然成为那种可以在死寂中寻得生存希望的一个强者，但不是真的强者，只是空想地强者。

那些曾经有过的怦然心动、那些曾经许诺过的信誓旦旦、那些依然挥之不去的种种奢望，到头来，都败给了这一场空。

一如这偌大奢华的“浅水湾浴都”。

是的，谁不想在这偌大的世界里有个知音、谁不想自己的灵魂有个好去处和好归宿。但是，这一切都求之不得时，只能独自这般不着边际地空想。

麦桐决定，再不来这种地方。这种地方只会让麦桐的心更空。

十二

“喂，你的书。”

麦桐离开“浅水湾浴都”，走下长长的阶梯，准备过马路时，听到身后传来女人的喊声。

麦桐转回身，见是三位年轻美丽的女子，站在阶梯最上端的缓步台处，全神贯注地俯视着循声看过去的麦桐。

“你的书。”

身穿白色长裙的女士举着手里的书向麦桐示意。

“虞柏荷！”

麦桐即刻认出向自己举着书的人不是别人，正是在书店遇见的那位准备读博士的图书情报硕士虞柏荷。

麦桐即刻低下头，见自己的手里除了一条湿毛巾外，什么都没有。

“我……”

麦桐想说什么却没有说出来。

“这书是你的吧？”

没等麦桐走近三位女士，虞柏荷态度谦和地对麦桐说，这完全改变了麦桐在书店对虞柏荷的第一印象，甚至麦桐觉得自己有可能认错了人。

“是我的，谢谢你。”

麦桐一边客气地说，一边态度和蔼地接过虞柏荷递给自己的三本书。

“这书真是你写的？”

虞柏荷身边穿着红色裙子的女子看着麦桐，无限惊异地问着，好像只要麦桐说一个“是”字，她便能一如之前那般大呼小叫。

“是我写的。”

麦桐一边回答，一边在内心升涌起一股缠缠绵绵的温情，从最初的意欲出书到后来写书，直到出版了书，他就从没听过这种赞许的问询。好像从开始写书，每天就不得不面对自己的焦虑、压力和来自周松儿与自己无休止的争吵，直到辞职、直到离开家、直到独自一人在出租屋里度过整整一个夏天，直到又完成了一部新作品的创作。

“你真了不起。”

麦桐听到了来自穿红色裙子女子的由衷赞许，不禁看了一眼自己手里的书。曾几何时，为了这本书的出版，麦桐受尽了想方设法能将之出版成书的煎熬和日思夜想的期待和等待，也听尽了周松儿的全部唠叨和所有抱怨，麦桐敢说，准备写这本书的时候，并不知道出版这本书会如此艰难。

那时的麦桐盲目无知地以为，一旦将书写完，便功成名就了。

只可惜，麦桐跨越了万水千山般的艰难，倾尽了全部力气，将书付诸出版了，卖书又成为一座无法逾越的高山。

那些日子，一想到已经印刷完毕，很快就要运送到家的完全有可能堆积如一座小山的书，麦桐便吃不好也睡不安稳。麦桐根本不知道自己执着于梦想，到头来，会让自己如此身心俱疲到无处闪躲，甚至成了一块石头，重重地压在心上。

那些日子，麦桐时不时地站在镜子前，久久地看着镜子里的自己，没有喜悦，也没有哀伤，有的只是越来越僵硬的五官和内心越积越多的愁烦。都怪自己平时不善于交际，缺少朋友，都怪自己的脸皮太薄，羞于到处去找门路，都怪自己只是一味地自以为自己的书是老王卖的瓜，想自卖自夸，又苦于无人理会。

那些日子，麦桐除了怪自己，再无人可怪。

“她叫米粒。”

虞柏荷向麦桐介绍穿红裙子的女子。

“你好。”

麦桐冲米粒点点头。

“她叫彭露露。”

虞柏荷又向麦桐介绍黑衣女子。

“你好。”

麦桐又冲着彭露露点点头。

“她俩都是我的好朋友。”虞柏荷说完，又补充了一句道，“没想到，能在这儿以这种方式遇到你。”

麦桐看到，虞柏荷说这番话时，语气上是带有歉意的，表情上也是带着友好的。麦桐还看到，垂在虞柏荷胸肩处的散落头发丝丝缕缕地泛着银光，那些银光与虞柏荷胸前的烤蓝别针交相呼应，竟让麦桐恍恍惚惚，生出一种恍如隔世的感觉。

“走吧。”

虞柏荷冲着米粒和彭露露低声招呼一声后，随手拉起米粒和彭露露的手准备离开，一时间，麦桐有些不知所措。

麦桐看了看手中的三本书，觉得这书如果是种子，开花结果后就能成就一番随心所欲的托付；如果是桥梁，就该成为连接彼此间随遇而安的纽带。

麦桐瞬间想起自己毫不犹豫地辞职、租房，带着必须在权衡较量中得出胜负和输赢的决心与毅力，然后，一路向前地、没日没夜地将小说完成。即便如此，到头来，非但没有感受到功成名就的安然自得，反而有了离开家和公司就相当于离开整个世界的感觉。

麦桐觉得自己彻底地成了这个熟悉世界的边缘地带的一粒尘埃，即便自己一直在努力。

十三

“等一等。”

麦桐拾级而上地冲到虞柏荷、米粒和彭露露面前。

“这书送给你们吧，正好三本，一人一本。”

“好啊。”

麦桐的话音刚落，米粒便脱口而出，虞柏荷和彭露露则对视了一眼后，谁都没说话。

麦桐看着虞柏荷，想起在书店虞柏荷当着魏星的面说过的那些冷言冷语。

“在书店的时候，我是急着要走。”

虞柏荷看出了麦桐的心思。

“我们要去参加一个非常重要的聚会！”

米粒见了，抢先做着解释。

麦桐发现，虞柏荷说话时，一旁的彭露露不动声色地笑了笑，虽然那笑容如草叶上一颗露珠般晶莹着玲珑剔透的光影，却不失凄惶，仿佛这星星点点的上善若水中，隐藏着不易言说的心绪。

麦桐不太喜欢这种表情。没辞职前，经常在上司姜君的脸上见到这种表情，尽管这种表情无伤大雅，却将近在咫尺之人拒之千里之外，不仅如此，还让被拒之人觉得，一切与之相关联的人和事都与己无关。

“给我签个名吧。”

虞柏荷用手指轻轻拂过书封面处麦桐的名字，轻声说。

麦桐没言语，他觉得那声音太轻，以至于让听的人觉得，肯定中包含更多的是否定，风一吹就了无尘烟了。

“可是……”

麦桐一边说，一边看了看自己手中的湿毛巾。

“那就以后再说吧。”

虞柏荷说完，略有所思地翻开书的封面，动作缓慢地翻开一页，又翻开一页。麦桐觉得，眼前的虞柏荷与自己在书店看到的那个虞柏荷简直是判若两人。

“以后怎么说？敢情你们认识。”

米粒嘟着嘴，显得很焦躁。

麦桐则没听见也没看见似的，只是盯着虞柏荷那对巴洛克耳环和那条闪烁银光的项链，在阳光下，它们闪着的光与书店见到时的所有不同。

麦桐不禁心生莫名的感伤。一直以来，所有的孤单和委屈以及不为人知的苦痛，好像都在细碎的朦胧中找到了命中注定的归属。麦桐这才发现，那对巴洛克异形珍珠耳环，在金色丝线的环环相扣中，如鸟巢里的蛋一般小巧精致，如果不是因为近距离，根本无法想象。而那枚烤蓝别针上凸显着的是一片片待开未开的小小花片，好像每一片都成为阵风吹来后被抖落于一汪碧水中的零落星辰。

顷刻间，麦桐感受到陌生而新异的类似创作前的冲动和创作后的安心，一切的一切都在麦桐不为人知的思索中，有了一个顺遂心意的结果。

如花开。

也如花落。

“你们谁都没有笔？”

米粒瞪着好奇的大眼睛，向每个人的脸上、身上扫视，而每个人都没听见也没看见似的，继续关注着虞柏荷手里翻动的书。

“这……”

虞柏荷的目光在手指顺着书页的文字游移时，突然顿住，像被蜜蜂蜇了一下。米粒和彭露露的目光也不由自主地随着虞柏荷的所指之处，不知所以然地都想看个究竟。

麦桐的心里不由得跟着打了一个结。

麦桐想起创作《无佳人》的那段时光，他把工作之外所有的时间都交付给了这本书的创作。在与世隔绝的寂寞中，他的大智大慧如泉水奔涌般地跃然于纸上。有来往的人，逐渐变成不再来往之人；熟悉之人，逐渐变成陌生的人。即便与他人有可以加深了解的机会也一再错过，包括周松儿也完全被麦桐推到永远都不想去找寻的角落。其中还包括在单位动不动就对麦桐颐指气使的前领导姜君，同样被麦桐绝情地抛到遥不可及的无际荒野中。

“这写啥了？”

米粒好奇地问虞柏荷。

“没写啥。”

虞柏荷有些爱答不理地敷衍米粒，不屑的神态跟在书店回应魏星时一样。

“这……”

米粒发现了什么似的，用手指着书页中的某一处，虞柏荷即刻怕米粒看到似的，用手指轻轻一捻，便翻过好几页。尴尬的米粒即刻将目光投向正看向她俩的麦桐，两人目光对接的那一瞬间，米粒和麦桐不由自主地同时看向彭露露。

彭露露没有任何反应，依然是先前的高傲。

“你怎么回事？”

米粒拍了彭露露一下，彭露露即刻用不耐烦的神态回应米粒道：“什么怎么回事？”

麦桐见了，什么都没说，而是在内心里给虞柏荷打了一个满分。

这既源于虞柏荷看《无佳人》时的认真细致，也源于麦桐对虞柏荷这份认真细致的无限感激。这不仅仅是因为虞柏荷前后判若两人，更重要的是，麦桐的书能得到虞柏荷这种人如此这般的关注度实属不易。

麦桐决定，再不用自己的文字描述丑女人。如果这世界上没有丑女人，男人活得会更美好。小说更是如此。

人们说女人是水做的，麦桐只能说还不确切。因为水和水之间有着很大的不同，比如凉水，比如热水，比如纯净的水，比如浑浊的水，比如河中之水，比如海中之水，比如地下之水……麦桐觉得，在这一刻，自己俨然成了奔腾不息的河流，这河流正穿流于各种水源之间，向着大海的方向，不仅仅是向前，而且是勇往直前。

麦桐感受到了自己的变化，是意想不到的变化。

曾经，麦桐的眼里、心里和嘴上看着、想着、念着的都是周松儿，好像这世界除了周松儿，就没有别的女人。可是，眼前这三位已然让自己产生了好感还不断在想入非非的女子，不仅让麦桐感知到了自己的变化，还觉得这世上好像哪一个女子都有她的可爱之处。

唯独周松儿，不但不可爱，还非常可恨。

麦桐完全沉迷于继续关注翻看书页、寻找共鸣而懒得将散落到书页上的一缕秀发挪移开的虞柏荷，这名字叫“虞美人的虞，柏树的柏，荷花的荷”的虞柏荷，在麦桐眼里，宛若波光潋滟的一湖碧水，安然沉静且神秘幽深，仿若一日的繁华与喧嚣，在渐渐来临的墨色苍茫中，带着女儿身的纤细娇巧，让麦桐这等铮铮铁骨的男儿立于河岸再久，也不想离开。

即便夜色沉沉。

即便有可能夜黑风高，好像一旦离开，眼前的景致便会落入日后迷离朦胧的岁月再也寻她不着。

麦桐不会错失这个机会。

这一定是一位双商很高的女子，时时处处都绵里藏针般地于无声之处，不停地传达出她的与众不同。就像刚刚说出的那些话，内容不多，却传递着更深层的内容和含义。

麦桐不禁动用了所有的潜意识，最大限度地自我传递出一种信息，用不了多久，这眼前的虞柏荷就会像小说里安排的那般，与自己不期而遇，或发生一些奇迹。

“别看了。”米粒看了一眼彭露露后，对虞柏荷说。但是，米粒不过是随口说说而已，而彭露露虽然没说过一句话，却完全可以从她身上看到一种刻意的漫不经心，是故意与周遭疏离的贵相加贵骨的高冷，这不仅仅体现在彭露露浑身上下的奢华时尚，更是因为那些被麦桐看在眼里的依然在刻意掩饰的内心苍凉。

只有内心空无一人也空无一物之人才会那样，麦桐凭着对自己的了解，觉得彭露露就是自己认定的这种人。看上去绝对是无话可说，但实际上，却是有很多话要说又无从说起，带着由内及外的忧伤，那神态像夕阳西下时的汩汩河流，在墨色的旷野里，弯弯曲曲地抒怀着自然风光中的星星点点以及零零落落，包括那抹最后离散的微光碎影。虽然只一瞬便暗淡了河床上所有的光晕，却由此而缠绵温婉出一种别样的情怀。

“走吧。”

虞柏荷“啪”地合上书，转过身，没看任何人一眼，毅然决然地走向身后的台阶。

“虞柏荷，真不让他签字啦？”

米粒焦急地喊虞柏荷。

“我都说了以后再说。”

虞柏荷头都没回地继续走向台阶。

“敢情了，你们认识。”

米粒一边说，一边着急地看着彭露露，彭露露依然没有任何表情也没有任何感觉地只瞥了麦桐一眼。

麦桐见了，不禁在内心哼笑了一声。

这一眼好，这一眼相当于礼貌的道别。

麦桐看着虞柏荷的背影，觉得外表柔弱、内在如此刚烈的虞柏荷，比之前在书店见到时，更多了几分厚重和干练。甚至麦桐在思索的那一瞬间，脑海中竟然显现出一个故事的大致雏形，这故事一显现，便带着自然而然的开端，带着自然而然的新鲜欲念，还包括一些莫名的不可告人的小心思及呼之欲出的小甜蜜，在麦桐内心深处陡然升起一厢情愿的怦然心动。

这心动因着道德操守，变成昼夜交替时疏散着跳跃的疵点，既无法修正，也无法遣散，虽然有遗憾，却也蕴藏了继续更替往复的无限希望。

“你先别走啊。”

米粒一步一回头地看着麦桐，带着万分的遗憾和不甘心。

麦桐见了，一边悲悯着米粒的也是遗憾自己的，一边无所适从地继续想入非非，好像那个立于河岸的铮铮男儿，只这一会儿，便为情所伤、被情所困地一个猛子扎进了河里。

淹死或冷死，终是自己的一厢情愿。而人生不如此一回，就不足以说活得明白，而米粒的单纯如半空洒落的瀑布，从最初的飞流直下，到最后的本色清凉，都在一泻千里的势不可挡中，又怎一个孤单的“单纯”可以概括。

这猝然间不断闪现的灵感，带着让麦桐很想抓握的印记，有形又无影、有影又无踪地突兀着来又突兀着去，只忽闪了那么一小会儿，便让麦桐的大脑一片空白。仿佛什么都未曾发生，就像与街路上的某个陌生人，对视一眼时，知道是男是女是老是少，擦肩过后，便没有了任何印象。新故事的雏形，在麦桐的脑海中，从遥不可及的地方，云朵般地飘过来。但是，还没等飘到麦桐的记忆边缘，便被无形的风吹散了。

麦桐站在原地，成了天地间的独自一人。

麦桐四下看了看，连个人影都没有，麦桐希望，在这个时候，如己所愿地收到一个谁在想念自己的信息，即便只有两个字“想你”，麦桐也会相信，这过程将是自己生命长河中最美丽的情话。可惜，麦桐的手机，在喧扰的环境中，石沉大海般地安静着，如之前的每一天一模一样，在寂静安然中与麦桐相互为伴。

麦桐明显地感受到自己内心深处热血沸腾，源源不断地生发出濒临绝境般的困顿，且活生生地牵扯出无限辽远的渴念，像远处满大街行色匆匆的路人。眼里带着顾盼流离，心里揣着擦肩而过的木然，抑或有见到美女对自己匆匆一瞥时的暗自欣喜，也不过是一缕清风、一丛绿草般地司空见惯。

所有的美好，不过是自己赋予的。

麦桐内心的失落，带着不可阻挡的强势，将麦桐时隐时现的那些惬意和自得，全部埋葬。

“赶紧出来，我要喝酒。”

麦桐拨通了魏星的电话，这种时候，魏星才是麦桐的救世主。

“不行，我减肥呢。”

魏星又搬出与在书店时不同的借口。

“今天必须陪我。”

麦桐冲着手机，耍起无赖。

“你说得没错，论属相，我属藏獒；论车标，我是霸道！老地方，不见不散！”

麦桐说完，挂断了手机。

麦桐完全失控了，好像一切的错，都因魏星而起。

“等着，我这就到。”

麦桐收到了魏星发来的信息。

“这才叫哥们儿。”

麦桐说完，竟笑出了声。

十四

“疯啦？这一转身的工夫就得出来陪你喝酒，你没工作了，我还忙着呢！你跟周松儿分开了，我还有家有老婆呢……”

魏星刚一坐下，便没完没了地抱怨，麦桐不说话，听着魏星的抱怨，觉得很受用。

“我说，你跟周松儿是分开了还是分离了？”

魏星话锋一转，将酒杯一推，神秘兮兮地凑近麦桐的脸，很神秘地问。

“你啥眼神？”

麦桐反问魏星。

“分开也对，你家那个周松儿也太作了。”魏星从麦桐的表情里判断出了事实真相，但随即又补充道，“这你俩分开了我才敢说，周松儿的作简直就是作天作地作空气。”

“作我也作她自己。”

麦桐随即面无表情地进行了补充。

“要我说，你一个作家还怕离婚？”魏星说完，见麦桐的表情难看，急忙改口道，“我还巴不得我老婆能跟我离婚呢。”

“你老婆不善良了？”

麦桐看着魏星，突然好奇地问。

“善良、善良，她可善良了……”魏星嗫嚅着嘟哝完，又说道，“要我说，你跟周松儿能过到现在才分开也算是个奇迹，麦桐，我劝你，如果再找，一定要找个善良的，作为一个男人，你必须知道，只有善良的女人才能对你好，也只有善良的女人才能对你的家人好。”

魏星一边说，一边悠哉悠哉地跷起二郎腿，麦桐见了，非常懊悔自己一遇到事情就找魏星喝酒。

“我说错了？”

魏星问麦桐。

“你说得非常正确。”

麦桐一边回答，一边在内心狠狠地骂自己没脸没记性，并在魏星更加忘乎所以的状态中，将魏星曾经对自己的好再次进行扫荡式的一笔勾销。

“我说错了？”

魏星又问。

“没错，你说得非常正确。”

麦桐看着根本不把自己的烦忧往心里去且没心没肺的魏星，真想使劲给他一巴掌。但是，麦桐只是慵懒地看了魏星一眼，好歹银行卡里刚打进的售书款全部是魏星的功劳，包括刚刚送出去的三本书。

“喝酒、喝酒、喝酒！”

麦桐举杯劝酒时，觉得自己的“忘恩负义”很不可理喻。

“那三本书我送给虞柏荷了。”

麦桐的话还没说完，魏星惊得差点儿喷酒。

“你说什么？”

“给你打电话之前，我把那三本书忘在‘浅水湾浴都’了，正好被虞柏荷她们发现了，我一看她们一起是三个人，正好一人一本。”

“行，你真行！”

魏星向麦桐伸出了大拇指，一迭声地夸赞着麦桐，好像麦桐不只是送出了三本书，还一并完成了他魏星都没能完成的一项伟业。

麦桐发觉，虽然自己的机敏灵活比不上魏星，但才华和智慧确实比魏星只有过而绝无不及。

“也是，白送谁不要。”

魏星的话随即变成一盆冷水，顺着麦桐的头顶浇遍全身，麦桐看着魏星，一个字都不想说了。

麦桐终于明白，自己之所以孤单，就是因为这世上的人，无论多亲近，无论多了解，都无法做到完全意义上的感同身受。

除非某一天，魏星也与他老婆分开。

麦桐看着魏星，心想，嘴不对心的话说得再多也无异于对牛弹琴，麦桐决定回家就将刚完成的那部小说打印出来。

十五

麦桐走在回出租屋的路上，觉得所谓的轻松或放松，不过是迎面吹来的风，还没等感受到，就已经拂面而过了，身心俱疲，风却依然如影相随。原本想着靠写作转嫁情感和事业所带来的烦恼，不承想，压力没得到缓解，反倒平添了烦恼。

为什么就不顺便告诉魏星，自己又完成了一本新书？

恍然间麦桐觉得，这人世间最后一个可以相靠相伴的朋友也行走到了渐行渐远的路上，而麦桐周遭路上的车辆载着不同的人和不同人的不同情感，从麦桐的身前、身后，和麦桐的不开心，或一路同行，或擦肩而过，带着寂静的沉默，或是大声鸣笛，呼啸而过。

人们都是彼此的过客，即便从小到大，即便曾经同班同桌。只是，除了魏星，那些依稀还能记起的和已经完全忘记了叫什么名字的小邻居、小同学们都在做什么呢？他们是不是也如自己一样，已成家立业，已到而立之年，已与曾经相亲相爱的人分开，一如自己这般，独自彳亍在街头，流浪一般地没有任何归属感。

或许，在身边的某个酒店里，就有他们的身影。

或许，男同学们在酒后微醺的状态中，正用余光搜寻视线范围内的魅惑女子，而女同学们……

麦桐累了，他不愿意因为那些小邻居和小同学们而多想任何事。

十六

麦桐走进了天地广场，二十多年前，天地广场还是一片荒草地，到处是堆成小山的生活垃圾，垃圾堆的边缘处有一个被垃圾污染变质的污水池，每到连雨天，污水池里会散发出浊污气味。

天地广场的南面是那个从上到下是宝石蓝玻璃窗的三十多层大楼原址，曾经是个菜市场，每到夏天，菜市场便带有永远不变的潮腐气味，那种气味传遍四面八方，无法想象，那种地方怎么能有新鲜的菜蔬。

曾经，路西边三角地的那家大型超市是一所破旧的小学校，麦桐和魏星都在那个学校里念过书。麦桐依稀记得，那时的自己和魏星放学和上学相约着兴高采烈地走近路的情景。如今，不只是学校没了，连同学也都失联了，虽然还有魏星陪自己喝酒，但是，麦桐实在不想在这个时候再想起魏星。

麦桐觉得，生活或是人生，目标不对可以调整，方向错了也可以纠正，但是，每个人都无法两次踏进同一条河流。麦桐宁可继续偏执，也不想随随便便地向任何人或任何事妥协。这样一想，麦桐倒觉得，最让自己心仪也最让自己想坚守的，唯有写作。

文字不会背叛自己，更不会欺骗自己。不止如此，浩如烟海的文字还取之不尽，用之不竭。这才是写作的魅力所在。

麦桐想起来了，离家前的那一夜，自己就这样漫无目的地从天地广场附近一路不停地走。路上，不知途径了多少个十字路口、多少个过街天桥及多少个地下通道，与今天不同的是那天的麦桐绝对没有今天这般清醒。

虽然那天麦桐没有喝酒，而今天却喝了很多，这让麦桐想起了所有写作的日子，沉潜淡定地写下字字句句时，虽没争分夺秒，却无时无刻不在感受着来自文字的贴心与忠诚。只是，让麦桐没有想到的是，夏天过去了，秋天到了，小说完成了，日子依然是原来的样子，没什么大的改观，而自己依然在路上重复着原来的心态，在一个看不见人影的天地广场里，注视着一个个木椅上洒满了白月光。白天，那里是何等人影攒动、热闹喧嚣，而此时却如此萧瑟清凉。

十七

麦桐走进一家茶庄，昏黄的灯光看上去快要打烊，麦桐想转身离开时，听到一句幽幽的问询。

“买茶？”

麦桐这才发现，一位头发有些稀疏的中年男子，在柜台角落的长案旁，拿着一个放大镜，正细致认真地鉴赏着各种茶料。

麦桐没有回答，而是看着长案上那三个柱形玻璃杯盏里沏好的一盏绿、一盏红和一盏黄的茶汤，像一幅静态水墨画。旁边有一个更大的、透明无色的、单独放置的椭圆形杯盏，里面漂着一大朵绣球一样的金菊。

“这菊花茶好看吧？”

中年男子顺着麦桐关注的视线，一边说，一边将盛放金菊的圆形玻璃杯盏放到已经走到长案近前的麦桐面前。

“真好看。”

麦桐说。

“你看这花形、这花瓣，一点儿损伤都没有，喝完这茶水，每天再用清水养这花，可以保证这花七天不变色。你再闻闻这茶香。”

中年男子一边说，一边将杯盏放到麦桐手里。

“我刚泡好的热茶，现在喝正好。”

中年男子示意麦桐喝。

麦桐没喝，他只是端起玻璃杯盏，细细地观赏杯子里的菊花花瓣，一片一片、细细长长，麦桐拿杯子的手稍一抖动，所有的花瓣便跟着一起微微颤动起来。

“这茶叫金丝皇菊，是南宋的皇帝给起的名字。”

“真的？”

麦桐从没听说，皇帝竟然会为一种花茶起名字。

“是南宋诗人黄庭坚将这菊花进贡给皇帝时，得了这个好听的名字。”

“何止是名字好听。”

麦桐被这须臾间的小小细节所感怀，甚至觉得生活就是这样，总会在不经意间意外地带来一份惊喜。然后，让自己的思维在这份惊喜里，久久地流连、徜徉，再不断地生发出很多美好的想象，直到下一个惊喜的到来。于是，这些便成为被暂时搁置起来的记忆。

“那你看我买点儿什么茶好？”

麦桐这样说之后，卖茶的中年男子仔细地看了麦桐一眼。

“平时，我的生活没什么规律，有时熬夜，有时起得也挺早。”

麦桐放下手里的杯子，将目光看向柜台上的另几款茶饮。

“我看，你还是选几样既能抗疲劳，又可以提神，还能去火的茶吧。”

中年男子一边说，一边动作娴熟地将他为麦桐挑选的茶一包一盒又一盒一包地装进一个米白色的手提袋中。

“再来一套白瓷茶盏吧，透茶色，还不贵。”

中年男子依然是一边说，一边动作娴熟地将他选的一套茶盏连同茶叶都放进一个更大的手提袋里。

“我叫郁金凯，这‘玉上烟’茶庄是我的，希望你常来。”

郁金凯一边说着护送麦桐离开，一边用手指着他们头上的茶庄匾额说。

麦桐这才发现，“茶庄”两个字的前面，在茶香缭绕之间，有三个不易被看见的青白色仿宋行草的字。

“玉上烟”。

“对，玉上烟。”

麦桐看着郁金凯笑了笑，觉得自己这个决定不错。虽然买到手的不过是一些没有灵性的叶子，但是，它们与水相遇后，便会成就今生注定的一场邂逅，这才叫万丈尘缘中的难得情趣。

“有时间我一定过来。”

十八

麦桐走在铺满皮粉色步道砖的街边便道上，灯火辉煌中，各色串灯被一圈一圈地缠绕到树枝上，和着立秋暗夜的清凉，伴着麦桐身上残存着的暖意及茶韵的余香，让麦桐生发出一种由衷的欢喜，好像生活又在不经意之间多出一些美好。

人原本就是自私的，时刻想着与己有关的一己私情根本就没错，谁愿意在别人的喜怒哀乐中投入过多的担忧，无关痛痒又怎能真正地感同身受？麦桐再次释然了。麦桐甚至觉得，没进“玉上烟”茶庄之前的那些抱怨都是因为自身的修行不足。

或因为没与茶结缘。

麦桐明显地感觉到一些漫无边际的思索和思考正在无边遥远的暗夜中聚集着无法遏制的力量。这力量或许能让麦桐超越原来的自己，或许能更好地让麦桐超越他人。

麦桐惊异地看到，在一家花鸟鱼虫店的门口，木质的窗柱和木质的横梁上交错缠绕着更多的串灯，那些灯一如茶庄的金丝皇菊，个个闪烁着通体透明的金黄。

麦桐走到串灯的近前，发现菊花灯的最末端有几个形状特殊的小圆灯，辣椒红的灯芯与橘黄色的灯笼罩，在一种祥和且温暖的光线里，从黄红交错的那一抹抹结点里，绽放出的不只是无法拒绝的一种诱惑，更是错过便不会再现的一种召唤。那些靠近麦桐的小圆灯成为麦桐的一种想象，顺着这种想象，他在夜色里走着。

麦桐径直走进店里，在一个不锈钢的格架中间看见了那几尾荧光闪动的小鱼。

“真好看。”

麦桐看着不停游动着的弱小生命，自由自在地在水中游来游去，始终不能离开那方小小的生存空间，很像自己，整日被囚禁在出租屋，守着自认为是无限热爱的写作。实际上，这是不得不执着的选择。

麦桐买了那几尾小鱼，虽然文字是麦桐最好的陪伴，但是，相比之下，麦桐更喜欢这弱小生命的鲜活和无忧无虑。

麦桐抱着鱼缸走出店门时，觉得人生最好的遇见不只是某个人与某个人、某些人与某些人，而是这种特定的时间和特定的情形中，生命与生命的遇见，哪怕仅仅是一个人和几尾小鱼的相遇。

十九

透过夜风中轻轻摇晃的树梢，月光和灯光将斑驳的光影落在树下的草叶上，也包括麦桐踩到的每一块步道砖上。白天的各种心绪带着依然存在的某些关联，透过夜风，将树叶和树枝间灵动着的脉息一点一点地传输到麦桐的感知里。而此时此刻的麦桐像只身穿越到小说中的人物，在这夜路上，快乐着不为人知的快乐，忧伤着同样不为人知的忧伤。这就是在文字里跋涉的麦桐，他疲惫而忧伤，却又轻松而快乐。

走到出租屋所在的小区大门口时，麦桐竟鬼使神差地绕过大门西侧的石阶，转向家的方向。这是一条很长很长的夹在楼群之间的通道，仿佛混在钢筋混凝土之间，它窄而且阴暗潮湿。那些走惯了的行人也无所谓这条通道的属性，它仅仅是连接两个出口的一条通道而已。

麦桐走过那条通道，转过一处很大的圆形转盘，再穿过一个被钢网围起来的篮球场，便站到了一堆假山石后面的原石台阶上。在夜风中，看着自家客厅及卧室的窗户，不知该何去何从。

“该死的！”

麦桐几乎是咬着牙挤出这恨铁不成钢般的抱怨。因为他清晰地从客厅的落地窗看见周松儿拿着手机在客厅走来走去地通着电话，而他的手机在黑漆漆的夜里却死寂沉沉。

这不公平。绝对有某种阴谋，不可告人的事情在一个通信工具中是可以发生的。

麦桐觉得自己仿佛成为被周松儿冰封了万年之久的一座冰山，虽然当初是麦桐自己选择离开的。麦桐看着周松儿一边与谁通着电话，一边用手势配合情绪的认真投入，不禁想到周松儿每次怒斥自己时满脸的狰狞。仿佛这个他甩不掉的女人正站在面前一再对他奚落，而麦桐竟找不到合适的话去反驳。

麦桐转身离开了。

麦桐决定再也不回来了，他原本是寄予了一些模糊不清的希望，不承想，却将曾经的不愉快在内心再次上演。这重复的过往出现一次就会痛苦一次，最重要的是，这些重复的痛苦并不会改变麦桐已经形成的态度。

在周松儿的世界里，或许早就没有了自己。麦桐这样想着时，在内心对自己的行为做出了判断。如果不是因为自己完成了小说创作，如果不是因为自己喝了一顿不太开心的酒，如果不是因为回家的路上漫无边际的胡思乱想，麦桐相信，即便有十头牛，都不可能将自己拉到那个站立了好几分钟的台阶上。

麦桐看了看怀里捧着的鱼缸和手里拎着的手提袋，觉得自己很可笑，已经心无所恋，为什么还要这样？作践。麦桐给了自己两个他常在小说里用到的字眼。

这时，麦桐的手机响了，他心头一震，难道是周松儿看见了自己？

不可能。这样的事情一般是不可能的，除非有事相求。麦桐太了解周松儿了。

麦桐手机显示的是陌生的电话号码。

麦桐即刻接听了电话，他觉得这个电话打来得实在是时候，即便是陌生人的电话也好啊，只是让麦桐没有想到的是，那个陌生女人一开口便劈头盖脸地一顿指派，说什么你一定要把衬衣和鞋子都带过去，别一见面就什么都说，又交代麦桐说她说过的那些事不要随随便便地说出来，好像麦桐是做事轻率又不懂规矩之人。当电话的另一头发现听她讲话的并不是她要找的那个人时，竟连一句对不起都没说就把电话挂断了。

多说一句能死?

麦桐觉得自己正听得饶有滋味，对方却瞬间没了声息。麦桐看着没有任何声响的手机，觉得这个时候的自己太需要有人说说话，尤其陌生人。麦桐觉得这个时候的自己只有在陌生人面前，才能敞开心扉，才能实话实说。

麦桐向四周看了看，周遭十分寂静，空无一人，连个人影都没有。这情形让麦桐觉得连自己都失去了最初的本真，整个人六神无主般地空洞，仿佛在这之前，便灵魂出窍地都不知道自己是谁了。

或许是因为被自己隐藏得过于隐秘了，或许是因为自己总想深藏不露，结果面对生活、生存，这本该鲜活着的生命竟如行尸走肉。初心的本色好像再也找不到了，即便麦桐对写作的狂热依然还在。

麦桐想起了姜君。

如果让麦桐必须在内心衡量、比较出魏星和姜君谁与自己更知心一些，麦桐会毫不犹豫地选择姜君。姜君的话没有魏星多，也不像魏星那般趋炎附势和浮躁，从男人的角度上看，姜君的担当和沉稳比魏星要多很多。但是从本质上讲，姜君骨子里的冷漠甚至虚伪与魏星进行比较，只有过而绝无不及。可即便如此，这一刻，麦桐还是很想与姜君在一起。男人和男人在一起的时候，也会很知心，会谈论很多话题，比如事业和女人，比如昨天和今天，还有不知道的明天。

也许是因为无聊，也许是想更深地探讨或是研究。

此时麦桐好想和姜君随便找个僻静安闲的角落，推杯换盏之间，或半遮半掩，或口无遮拦，推心置腹，把之前所有事端的来龙去脉说个透彻明白。然后，像以往那样轻装上阵，重新确定一个十分正确的前进方向。无论是工作，还是情感，抑或梦想。再然后，努力朝着那个方向，携手前行。

可是，这一切都在麦桐将辞职报告甩给姜君的那一刻成了不能的。回望的历史，爽快却异常沉重，让麦桐独守一份守口如瓶的悔意，无处安放，更无力化解。麦桐不知道姜君为什么会变得越来越不近人情，甚至让麦桐无法忍受。但是，要让麦桐做到无论什么事都要隐忍，好像与自己无关一般，甚至心态平和地接受，就当什么事情都没发生过，麦桐做不到。

麦桐觉得，无论是姜君作为自己领导的近乎不人道的精神打压，还是来做亲子鉴定的那些与麦桐只有间接关联的各种悲欢离合，麦桐作为一介凡人，根本做不到无动于衷，更无法全然漠视。因此麦桐很讨厌姜君的那些做法，姜君也曾说过这样的事情需要得到别人的理解，麦桐也就理所当然地成了别人里面的一员，但麦桐不想成为别人里面的一员。

麦桐只能选择体面地离开。但是，在麦桐离开家之后，再进行空前绝后的自我毁灭，麦桐无论如何都做不到，麦桐能做到的就是在自己被毁灭之前先强大起来——用文字的形式。

麦桐这才发现，这世间竟没有可以说心里话的人，虽然之前有过这样的情形，但那是麦桐不肯就范于别人。现在却不同，即便麦桐肯放下自尊，与谁说说心里话，也应该算是一种奢望。

曾经，姜君那么被麦桐看好，看好得自认为人生得一知己足矣；曾经，麦桐那么在意呵护与姜君之间的上下级关系。可是好景不长，不可避免的分歧和矛盾还是时不时地将两个人从一开始的暗示到明说，发展到互相给脸色，直到最后的恶语中伤。姜君好像从大学时代与麦桐相识时就对麦桐的浑身文艺范儿很是喜欢和欣赏，然而这种感情却在岁月的变迁及相互磨合中渐变成一种厌烦，甚至逐渐演变成一种厌恶。

“小郝，你告诉麦桐一声，工作时间少想那些与工作无关的事。”

一次，月例会结束后，麦桐无意间听到姜君对小郝的嘱咐，麦桐听了，无名之火即刻怒发冲冠般地恨不得直接去踢姜君两脚。麦桐觉得姜君实在是太过分了，怎么可以阻止一个人头脑中的想法？怎么可以阻止一个自由人对自由的渴望和向往？麦桐莫名地对姜君讨厌起来，就像有时候反感自己那般。

最重要的是，他姜君知道麦桐在想什么？麦桐却在无意中偷听到姜君想干什么。

麦桐觉得，自己有十万个为什么可以去质问姜君。但是，麦桐压制了自己的愤慨。麦桐明白，姜君之所以这样，一方面是想让小郝知道，他姜君已经不像从前那般赏识麦桐了；另一方面，姜君想通过这样的方式警示麦桐，他俩之间再不是从前的关系。

那一刻，麦桐没等小郝及时将信息传递给自己，便从内心自己给自己定下一条铁律，今生永远与姜君形同陌路，即便有来往，也仅仅局限于工作。

这想法让麦桐和姜君之间自然而然地拉开了距离，甚至很快演变成相隔万重山水的距离。这结果让原本可以称兄道弟的情同手足，瞬间成为彼此的陌路。

在那之后，尽管姜君不止一次毫无缘由地对麦桐示好，但是麦桐都表面平和而内心里拒之千里之外，将姜君的话当成了耳边风。包括在那之后，麦桐与姜君工作上的种种往来只局限于表面上的应和，内心深处从没真正地认同过、配合过，哪怕姜君确实是绝对意义上的正确。麦桐觉得这样完全是源于那五斗米，源于自己还需要一点儿物质的支撑，不然的话，按照他的个性：滚你的吧姜君，老子看不惯你。

麦桐才不在乎那些虚情假意的客套寒暄，虽然是以工作的方式出现，只是让麦桐没有想到的是，离开一个人或远离一个人会如此简单，简单到一句话的被听见，简单到一些听上去确实可以当作良言的规劝。

基于此，麦桐竟感激起姜君。因为人不能有太多的奢求，多一种奢求，就会多一把灵魂的枷锁。至少麦桐在这种无情无义的冷漠中，因无路可走，不得不选择写作，如果不是因为姜君那样的话，也许麦桐还在每天朝九晚五往返于一条上班的路上。麦桐通过文字，在自建的精神殿堂里看到了那些用文字构建起来的种种希望，尤其与周松儿的分开，让麦桐在婚姻的流亡中，安然无恙地寄居到自己的精神家园中。

麦桐很庆幸自己辞职时想对姜君说却没能说出口的那句话。

“你以为你是谁？你就是被我踩在脚后跟的一块烂泥。”

麦桐觉得当时之所以没说，是因为一些模糊的记忆，现在想想，幸好有那些记忆存在，不然，二人之间的关系都得随同当时的冲动一起葬送掉。

不是所有的记忆都可以保留的，比如，扎心蚀骨的记忆；比如，不堪回首的记忆；比如，眼下还能想起姜君的记忆。

一切都是最好的安排，鲜活的小鱼和以后天天可以喝的茶，都会成为麦桐开启好心情的一把把金钥匙。

二十

麦桐回到出租屋，轻松中带着急于言表的兴奋，只愁没人看见似的，让麦桐觉得自己最好的状态就是眼前这个样子，不仅可以彻底关闭自己的不良情绪，也可以瞬间开放自己愉悦的闸门；不仅收放自如，还可以张弛有度。这能力既可以让麦桐及时止损，也可以让麦桐更加深切地感知自己的成长乃至成熟。

麦桐觉得，今生再没必要像原来那样，通过奉承来获得什么存在感。比如工作过程中，也不需要通过贬低自己来提高谁的优越感，比如在魏星的面前，尽管魏星确实帮助了麦桐；更没必要通过充耳不闻来成全谁“爱的名义”，比如与周松儿一切都必须听从和服从的不对等关系。在人和人之间的相处中，麦桐努力地把握着一种很难把握的度，虽然他嘴里常说君子有度，但是麦桐从来没有以君子的名义去定位和标榜自己。

麦桐将鱼缸摆放好，将杂物架上落满灰尘的花瓶擦得干干净净，这时，房间里明亮了很多。麦桐又想起住进出租屋时当着房东的面放置到门后的那张仕女图，心情大好地拿起画轴，展开，将画挂回原处。这当初因为麦桐不喜欢而扔置到一边的画，被挂到墙上那一刻，让麦桐觉得，这出租屋是真正的世外桃源，可以任由自己远离所有不喜欢的人和事，在只有自己的世界里，自由随意地所思所想。

麦桐发现，画中女子葱黄色的裙腰绸带，因描绘时的疏忽而跑墨严重，女子低垂的眼眸和身边盛开的海棠带着一种幽静，使麦桐那些许的焦躁情绪，在这一刻全部被化解了。

“我不喜欢这画。”

麦桐第一次见到这画时，表情漠然地对房东说。

“那就摘下来。”

房东一边说，一边将挂画摘下，卷好，但没带走，只是随手将画轴放到了门后的纸箱里。

麦桐站到画前，弄不清陈设如此简单的房间，为什么会有这么一幅与陈设完全不搭调的画，尤其画上的女子一脸醉态地卧于假山石处的慵懒。

闲倚胡床，庾公楼外峰千朵。与谁同坐，明月清风我。

麦桐这才发现，画轴右下角假山石和芭蕉之间若隐若现的几句被写得龙飞凤舞的行草小字，是苏轼的那首《点绛唇·闲倚胡床》。

当时，怎么就没注意这些呢？

“与谁同坐？明月清风我？”

麦桐觉得画这画和写这字的人应该与自己一样，都有着不合于凡尘的某些固执甚至偏执。因为麦桐始终坚信，自己的不合群不过是表面上的一种孤独，而合群之人才是内心真正孤独之人。

只是，麦桐真的希望能有那么一个人，可以给予自己适时的指引和陪伴，一如眼前的字画，正是一种声响，仅此而已。

房间里，没有任何声响。

这世界，根本不懂麦桐。

恍然间麦桐明白了作画之人借词抒怀的真正用意。任何一个人都应该是这样，用一生一世的时间去找寻，也未必能找到那个懂得自己的人。只是非常遗憾，懂得自己的人始终没能出现，这让麦桐不得不继续以往的生活，与自己的灵魂做伴。因为鱼也好，茶也罢，抑或眼前的挂画，即便与麦桐有着深浅不一的缘，却也都无法让麦桐与它们更亲近。

麦桐决定即刻将小说文稿打印出来，麦桐要亲自去出版社与编辑面对面沟通和交流。麦桐觉得，这世间只有文字才能成全更高级别的与谁对坐。

麦桐打开电脑后，打开了小说的文档，打开了打印机。在连续按了几个“确定”键后，麦桐看到，纯白的A4纸页随着打印机有节奏的机械声，不停地抖动着白色的纸角，带着越来越浓重的墨香，一张接一张地越积越厚。他莫名地有点儿兴奋，随之把这种源自内心的兴奋挂在脸上。

麦桐明白了为什么心甘情愿地让自己的全部身心都被这些文字所囚禁，不过是想在属于自己的世界里无拘无束地随心所欲罢了。虽然这种随心所欲前有古人，后有来者。但是麦桐的身边，却没有几人能活出此等境界。

麦桐拿起一沓刚刚打印出来的文稿，全部黑体字的封面和全部宋体字的正文像已经被确定的恋情即将被公之于众的时刻，庄严而浪漫，神秘而美好，让麦桐觉得，所有写字为文的付出，在这一刻得到了空前完美的回报。

想到离开姜君和周松儿，不得不忘却所有并写下心情，再用几近于痴迷的执着，不厌其烦地将意念中的各种想法定格到这些纸页的字里行间。这是冒险，更是孤注一掷。

只是这一次，麦桐既没有见到第一本书的打印文稿时的那般欣喜若狂，也没有像得知可以出版那本书时那般喜出望外。不过是一本书稿，担承不了太多。麦桐已经不在乎那些模糊不清的未来里究竟可以寄托多少凌云壮志了，至于那些雄心勃勃，已经被眼前现实的飞沙走石冲击得几乎毁灭。

这才是让麦桐不安的根源。

高兴、激动、悲伤或烦恼，在麦桐这儿已经习以为常了。

麦桐搬出那箱始终没有开过封的《无佳人》。

最初，《无佳人》邮寄到书店时，魏星让麦桐拿走一箱，麦桐不肯拿，麦桐不是不想拿，而是当时的情绪太低落。麦桐觉得，与姜君闹掰了，自己就没有了好朋友，即便魏星就在自己眼前。麦桐还觉得，与周松儿分开了，就没有了亲人，尽管麦桐和周松儿之间已经一点儿都不亲了。

“你这人咋这么怪？”

魏星数落麦桐。

“你怎么看自己的书像看怪物似的？”

魏星非常不理解麦桐的态度。

“我还真没见过你这样的作者。”

魏星在麦桐离开的那一刻，将一箱书拿给麦桐。

“留作纪念！”魏星是真心的。他说完这四个字时，脸上的表情没有夹带一点虚伪。但麦桐却瞟都没瞟一眼。

麦桐将那箱书抱在怀里，没有一星半点儿的喜悦。一路上，带着满满的、从内到外的垂头丧气，直到将那箱书放到出租房的角落，直到后来，麦桐又放上去一双鞋并落满灰尘。

麦桐剪掉一条又一条塑封带子，打开一层又一层蓝灰色的包装纸，看着一本又一本皮粉色的书脊整齐地排列在眼前，如一道道规整的栅栏，又仿佛是一个又一个听话的儿童，惹人喜欢的同时，让人不得不心生爱怜。

麦桐觉得自己确实怪，怎么能在如此长久的时间里，与自己的书同处一室，却一直无视它们。

对自己钟爱的文字，对自己倾注太多情感的故事，对自己生命中早已注定的这份尘缘，麦桐觉得有必要好好地反省一下。或许，这世界上的其他人都是正常的，唯独自己是个另类。

曾经，麦桐夜以继日地意欲将这件有如浩瀚的工程尽早完成而无视任何事情，包括周松儿的吵闹，包括姜君的不支持，包括被冷落的魏星对自己的挖苦。麦桐无视一切，也对一切无动于衷，不感兴趣，为的只是这一本又一本的书。怎么到头来，却弃它们于无物般地放任在自己的生活中?

这很残忍。

这真的很残忍。麦桐突然开始讨伐自己为什么违背初心。

他有些心疼地翻开《无佳人》，发现刚刚打印出来的那部文稿与书中的文本有着相近的格式。但有一点应该是不同的，那就是这一本本书里仿佛都带着被麦桐无视或忽视的委屈。

麦桐像虞柏荷那样，翻开书看了第一章的第一页，仿佛开启了一次神秘之旅，他的心被书里的文字所照亮。麦桐觉得，自己灵魂深处郁积了太久的那些阴霾都在这一刻被抛到无限远处。此刻他迎接着一缕阳光。

房间里所有的东西都在向麦桐传达出一种声音，是一种温柔的、关切的声音。这声音不仅与他相依为命，还血脉相通。

人间值得。

麦桐一边看，一边这样想，如果不是这样，千百年来一代又一代传承至今的所有人类怎么都是哭着来，却又那般不舍地微笑或哭着离开。

这种写作的生活竟如此之美。

此生足矣。

麦桐在内心原谅了周松儿，还有姜君、魏星，甚至自己。

X i

R e n

第二章

Chapter

茶香袭人

X i a n g

一

夜里，窗外的风肆虐。

麦桐做了一个梦。

麦桐梦到自己像前一天夜里那样，走在大街上，不同之处是麦桐弯着腰，在一处低矮的屋檐下正看着枝繁叶茂间的红豆。一个女人也在看，两人都全神贯注地看着时，那女人不经意地倚到了麦桐的肩膀，麦桐见了，佯装没有感觉到似的暗自窃喜，有些不可名状的眩晕。因为这情景像极了墙上的挂画，只是很遗憾，麦桐正思索时，那女人冷不防地起身跑开了。

麦桐直起腰身，犹疑着想追时，被什么东西绊了一下。

麦桐醒了，他睁开眼睛，满眼晃着的都是树叶，再定睛看时，才发现不是树叶，而是强光照射到鱼缸的水面上，小鱼游动时，水面上的碎光被反射到屋顶，定睛一看，像晃动着的树叶。

头一天的酒喝得太多了。他敲了一下额头，自言自语道："这真要命，下次可要注意。"但对于喝酒的人来说，见到酒的时候又会忘了前次的痛。麦桐也不例外。

麦桐觉得，这时的自己不仅眼花，还头疼，一起身，浑身哪儿都疼。

前一天的路也走得太多了，最重要的是，前一天想得也太多了。

麦桐洗脸、刷牙。想着前一天还信心满满地预想着如何进行下一步，此时的内心却又有了或多或少的犹豫。

窗外，雾霾很重，风已经安静下来，没有任何嘈杂声，整个世界还像前一天夜里那般安静。麦桐站到窗前，从开着的窗玻璃上看到了自己，头发有些蓬乱，除了眼珠在动，身体的其他地方却死寂沉沉。

作家的人生不该这样。

麦桐这样想。

那作家的人生又该怎样呢?

如果自己的人生没有写完的、在写的和即将要写的那些文字，自己还能拥有什么呢?什么都没有。

麦桐自问自答地环顾一眼房间，空荡荡的。问题是，这样一个空旷清冷的空间，却与麦桐进行着彼此的相伴相守，如生命的哲学，都在新陈代谢的周而复始中，注定要成为彼此的过客。

麦桐觉得自己很不够意思，拿起一本《无佳人》，和头一天打印的书稿一起放到手包里。心想，或许命好，能一路顺风。

麦桐觉得很对不住这本书，一字一句地将它写出来，再费尽心力地将它付诸印刷，最后上架销售。自己却因为一念所阻而怠慢了它，甚至整整一个夏天，都无视着它的存在。

或许已经过去的夏天确实有着太多太多的不堪言苦。也或许已经过去的夏天确实让麦桐领略到了真正意义上的孤单。一个人带着随时都有可能消失的坚守，几乎是苟延残喘地行走在文字的天地间，断绝所有与外界的往来，自设战场与自己为友的同时又与自己为敌。“这就是作家吗?很不正常啊。”麦桐给了自己一句台词。

整个世界除了那本前一天打印出来的书稿，就真的没有任何东西了。

人生总会有遗憾，比如麦桐死水一潭的爱情。虽然经过一夏天雨水的冲刷，这爱也没被激活，甚至在秋凉中比之前还冰冷。不只如此，生活的简单和麦桐内心的摇摆不定再次让麦桐清楚地知道，在梦想和未来面前，自己依然不知该何去何从。前一天刚刚树立起来的信念，仅一顿早饭的工夫，便被消耗得所剩无几了。

二

麦桐选了那家第一次出书时就想去但没敢去的出版社，心情复杂地敲开编辑部的铁皮大门，一位穿着花白衬衫的老编辑接待了麦桐。

简要自我介绍后，麦桐从手包里拿出小说文稿。感觉上像进入当年的高考考场，浑身所有的细胞都在忐忑，却不得不用表面的镇定来掩饰。

“《不远不近》。”

老编辑看着书名，抖了抖厚重的小说文稿。

麦桐没言语，他在极尽用心地等待着尘埃落定的一刻。也许这一刻就像刚才那句话：不远不近。

“道不远人，远人非道？”

老编辑看向麦桐，眯起眼睛问。

“道不远人，远……”

麦桐从没听过。

“人之相与，聚久则腻，散久则思？”

麦桐依然没有听过这句话，因为没听过这句话，自然不懂。因为不懂，自然就不知该如何回答，这哪里是投稿，这是高考。

“直接叫《中庸》多好啊，还多浪费了两个字。”

老编辑一边玩着幽默，一边将手里的文稿放下。这个放下的动作，让麦桐顷刻间知晓了答案。

麦桐知道，在老编辑这里，自己的小说是绝对没戏了，虽然麦桐很想对老编辑说自己写的是小说、是爱情故事、是时下人们最关注的情感问题。但是他知道，什么样的爱情、什么样的情感问题，在一直思古问今的老编辑面前，都是苍白而无力的。

麦桐发现，老编辑不仅上衣花白，裤子花白，脸色也花白，唯独一双黑漆皮鞋，亮得有如地灯。

老编辑拿起桌上的水杯，仿佛对杯子里的水说："这小说暂时还没达到可以出版的要求，你再去别的出版社看看吧。"

"这绝对是一本好书。"

麦桐没等老编辑说完，便抢答般地对老编辑说，麦桐很想在最后时刻进行一次非常有必要的争取或叫作挣扎，是对已经将脸转向窗外喝水的老编辑，也是对自己的努力和付出，麦桐不想就此错过，或许自我吹捧真能奏效。

"你说你的书好，我没看出来！"

老编辑突然回过头，看都没看麦桐一眼，对着对面的白墙说。而麦桐这样一个大活人在老编辑的身边如空气一般存在。无形的尴尬，只有麦桐自己才能体会到。老编辑见的作者和作品多了，也许麻木了，而忽略了故事的细节。

麦桐没再言语，他明白了，老编辑这辈子一定是面对过成千上万个类似自己这种成竹在胸的作者。别说是老编辑的神经，连老编辑的神经末梢都可能早已麻木到连说梦话都能如此这般不近人情。这时麦桐再多说一个字，都应该算是打扰。

麦桐将小说文稿收进手包，小心翼翼的同时还在想着有没有必要将《无佳人》拿给老编辑看一眼。但是，麦桐只是那么想，没有任何的行动。麦桐不想让如孩子般的书也跟着自己受这种羞辱或委屈。

麦桐准备离开。

麦桐想，如果自己与老编辑之间用文字搭建起来的文稿连接不再有，那么，自己与老编辑便也形同陌路了。麦桐心中所有的敬畏和敬意，在拉好手包拉链的那一瞬间消失得无影无踪，他甚至觉得依然在喝水的老编辑既缺乏文人的风采，也缺少文人的风度，尽管老编辑一开始说出的话麦桐确实没听懂。

不过是借用古人的说辞来嘲讽今人的无知罢了，没什么了不起。

“《中庸》早就有人写了。”

麦桐走向门口时，冲着铁门扔下这句不说肯定会后悔的话。

“我还不知道有人写了？”老编辑说完，反应极快地站起身，快步冲到麦桐面前，“我跟你说，你这小说得改，不只内容要改，名字更得改。”

老编辑说完，没等麦桐回答，转身回到自己的座位上。

麦桐略有所思地看了一眼老编辑，想说“你连内容都没看，还跟我提什么内容”。但是，麦桐第一次感到作者与读者之间隔着一条又一条无法逾越的鸿沟，但是作者与审阅自己文字的编辑之间则有可能永远都隔着万丈红尘，不止如此，还有可能隔着从古至今的所有朝代。

三

站在出版社的大门口，麦桐有些后悔，后悔为什么不去书店看看哪家出版社的书籍更受欢迎，就过分相信了自己亲自登门拜访的成功概率。发电子文稿不就可以免掉这种没被瞧上的尴尬了吗？可是书店有魏星，麦桐怕被魏星见到当面戳脊梁骨。话又说回来，即便将文稿投进那位老编辑的邮箱，结果也是一样。

或许，看一眼书名，老编辑便将内容直接枪毙了。

“《不远不近》《无佳人》。”

麦桐默念着自己两本书的名字，他之所以给自己的书起这样的名字，是不想通过书名赤裸裸地把已经被世俗化的概念直白白地表达出来。麦桐喜欢更含蓄更有深意的诠释。他想起了那个转瞬即逝的新故事雏形，虽然当时没被及时捕捉到，但应该有一个与《不远不近》和《无佳人》寓意相同的名字。麦桐觉得，无论自己写出多少小说，在立意和主旨上都应该与原来的作品在内容上和形式上有兄弟姊妹般的关系。只是，麦桐内心的想法只在他的内心，是一个不一定是秘密的私事。

一架飞机从麦桐的前方天空划出一条长长的弧线，在吵嚷喧嚣的周围，呈现一个动态的图画，让麦桐觉得人类的伟大卓越与渺小孤单之间各自独立着、相互对峙着。

或许，老编辑的话是对的。自己没用灵魂能达到的高度和审时度势可以抵达的深度进行必须也是必要的对立统一，虽然仅仅是一本书的名字，充其量不过是在人性的边缘以文字的形式站了那么一小会儿。

不清不楚的名字怎么会有清清楚楚的内容？麦桐想修改文稿。只是，“修改”二字，说和想都很容易，做起来实在是太难了。

不说将近二十万字的连篇累牍，单从文字本身的更改和故事从头到尾的进程，仿佛从结束结绳记事的历史到造纸术、印刷术，直到书籍的出版和计算机技术一日千里的飞速发展，麦桐觉得，人类虽然如此强大，但在探索自己内心这一点上越来越不值一提。

正如麦桐自己。

萨特说：“他人即地狱”，连自己都不能正确地认知自身，又怎能奢求他人？

原本以为一部用心用情书写的小说写完了，便大功告成了。不承想，一投稿，就被老编辑的几句话击得粉碎。麦桐有些辨不清自己小说最基本的内核究竟是优秀的还是低劣的，既然如此，麦桐也不能不遵从“修改”这条路。这样一来，麦桐只能用更长久的时间面对电脑，与自己刚刚完成的文字再聚首。

当战胜不了别人的时候，只能想办法先战胜自己。

四

麦桐决定，在修改文稿之前，先找个地方好好地静一静，或喝酒、想事，或干脆放空自己，好一切从头再来。

麦桐顺着一条石子小路走向河边的公园，公园里人很少，垂柳一棵挨着一棵，慢坡上的草在湿漉漉的泥土中沁着春天才有的绿意。

一切皆有可能。

麦桐不是不懂，他只是不愿意面对这事先已经预想到的结果而已。麦桐知道，这结果才是自己的生活。

河对岸是鳞次栉比的店铺，人影攒动中，充满了热闹和喧嚣，与麦桐站着的岸边形成鲜明对比。他想着以往的自己最喜欢在那种境遇中或呼朋唤友，或醉生梦死，不只是今朝有酒今朝醉般的无忧无虑，更有为说新词强说愁的自寻烦恼。但眼下，麦桐的烦恼却成为不愿意面对也无法排解的秘密。

“麦桐，我告诉你，总这样肯定不行。”一天，吃晚饭时，周松儿放下手中的筷子，面无表情地对麦桐说，麦桐知道迟早会听到这样的话，却当没听见一般继续吃饭喝水。

周松儿一把抓起筷子，使劲地敲击着盘子的边沿冲麦桐喊：“我跟你说话呢，你耳朵聋了？”

麦桐的耳朵没聋，他都听见了。只是，听见了那些话的麦桐，眼神空洞地盯着眼前的一切。

“装聋是不是？”

周松儿又用筷子敲了一下盘子，发泄般地仿佛正敲打着的是麦桐的头，即使这样，她内心的愤怒也得不到释放，虽然每次在麦桐面前她都极力释放自己的各种不满。

麦桐表面上没有任何态度，内心里却非常想像影视剧里的男主人公那样，一把将桌子掀翻，然后痛痛快快地咆哮大喊，再摔门离去。但是麦桐只是微微地动了动手指。

“我这儿不是旅馆，更不是仓库。”

麦桐明白了，周松儿的前半句话是在向他指派驱逐令，后半句话是明令禁止麦桐在家存放他的书，这完全是在无视麦桐的梦想并在挑战他再也无法坚守的底线。就因为这一句话，麦桐觉得，没能给予周松儿更多陪伴的歉意全部勾销了。

“把你要说的都说了。”

麦桐冷冷地看着周松儿，希望在自己一个转身便有可能是一辈子之前，再给周松儿一次向自己发泄情绪的机会。毕竟，天天说委屈、夜夜吐苦水的周松儿明明就是在向麦桐说明，她周松儿嫁了一个爱写作之人不是她最大的荣光，而是她一生的不幸。

“不然你就搬出去。”

周松儿终于下了驱逐令。

“搬出去？往哪儿搬？”

虽然麦桐料到迟早会有这一天，但没想到，周松儿说这话时如此态度决绝，麦桐被周松儿的话提醒了，也完全被激怒了。

“我早就想搬出去了。”

周松儿惊讶地看向麦桐。

“我只是没有跟你说。”

麦桐干脆而生冷的回答掷地有声。

麦桐一向认为自己可以隐忍这连白开水都不如的生活，奈何眼前的周松儿已经将这白开水绝情地倒掉了，余下的便只能顺其自然了。想着整日面对周松儿铺天盖地的数落和抱怨，离开或就此分开才是解决问题的最好办法。想着周松儿曾经说过不许麦桐将书拿进家里一本，以及麦桐因为忍无可忍而向姜君交了辞职报告后，勉强维持夫妻关系，麦桐这会儿连仅剩下的苟延残喘都没了。

麦桐再也无任何话可以说了。

周松儿与麦桐对峙良久后，“啪”的一声将手里的筷子扔到了桌子上，任凭麦桐看着眼前的筷子，东一根西一根地飞落到地上后，随着“嘭”的一声关门声，周松儿闪进卧室。

整个世界变得悄声无息了。

麦桐看着桌上早已冰冷的残羹剩饭，觉得自己的家，包括周松儿，自己都不想要了。

麦桐离开了。他没有回头看一眼这个曾经有过温存的小窝。

五

那一夜，麦桐带着来势凶猛的愁烦，漫无边际地、形单影只地走在楼群中、路灯下、商铺门前，来来回回，毫无方向。最后，在通往出租屋的台阶上长长久久地呆坐着。

麦桐想不明白，自己怎么会产生有家不想归的欲念，怎么会义无反顾地离开家。麦桐更想不明白，人心的凉薄与冷酷怎么能如此这般地深入骨髓，这不仅让麦桐无依无靠，甚至觉得生无可恋。

麦桐觉得自己从小到大一向不知何为忧愁，总是一往无前。但是，从这一天开始，他对未来产生了无限的恐惧，好像未来属于自己的每一分每一秒都会在无法掌控中跌入万丈深渊，无论自己怎样挣扎，也无能为力。

麦桐懂得了人的脆弱和渺小——实际上是他自己的脆弱和渺小。重生成为他遥不可及的奢望。

麦桐明白了自己为什么用情至深地沉迷写作了。因为写作可以让他在自己开辟出来的天地之间寻得一份属于自己的悠闲自得，也只有在那种悠闲自得中，才能拥有真正意义上的自由。或者，从另一个角度上看，也只有这种形式，才可以让他成为强者，虽然那强者没有作为参照的弱者。但是，写自己想写的字、编织自己喜欢的故事、塑造符合自己善恶美丑标准的人物，就算不能让他成为真正意义上的强者，至少可以让他逃避不想面对的现实。

这才是麦桐喜欢的写作的魅力。

麦桐永远不会忘记，那一夜的第二天是个休息日，他起来后，本想将前一天晚上的一切忘掉，就当是周松儿习以为常的无理取闹好了。可是，当麦桐将墙角的杂物清理了，将自己偶尔休息用的小木床推向靠窗的墙，准备用那一方空间存放即将邮寄来的书时，周松儿站到屋门口，女魔王般地对麦桐冷冷地直言。

“你可以走了。”

周松儿说完，突然按捺不住地要咆哮。

麦桐即刻回应道：“你别急，我这就走。”

麦桐说完，拿出头一天晚上在一块告示牌上撕下的一条租房信息，快速拨打了上面的电话号码，并当着周松儿的面，冲着对方说了句“我要看房，看完房立刻租房”的话之后，随手抓了一些东西，包括一本《庄子》，便离开了。

不到二十分钟，麦桐就走进女房东的出租房。

从那天开始，麦桐的生活除了文字还是文字。但是，与他之前的文字不同，麦桐开始在所有文字中将真实的自己小心谨慎地藏匿了起来。他再也不写什么曾经的经历和伤痛，那些曾经拥有过的梦想和拼尽全力的挣扎不见了。麦桐的文字除了写观念的转变、理性的思考，便是情感的升华以及情感世界中可望而不可及的奢华。

麦桐这才发现，写作本身已经成为他好好活着的一种根基和一种“需要”，他只关心写作，不关心他人。

为何要关心他人?

他人又不理解他的写作。

从此，与其说麦桐在出租屋里安静的环境中终于可以认真地倾心写作，倒不如说麦桐通过安静地写作才真正获得了内心的安宁。也正是从那时开始，麦桐决定，用这种方式将那些已经成为过去式的生活彻底地遗忘和删除。他已经开始这样运作自己。

只问过程，不问结果。过程很长，夹杂各种滋味。结果在一瞬间，只是一种结局。

麦桐这样决定后，觉得这世界竟如此之美。虽然已经是秋天了，但岸边的小草依然带着崭新的绿意，这不是生命在四季步入末端之时的蓬勃昭示，又是什么? 如果之前觉得这世界不美好，那只能说明自己的心境不美。

六

麦桐走进一家名字叫“星月”的酒吧。这个时候，喝酒应该是再好不过的决定，尤其独斟自饮，不好的心情完全可以在酒精的作用下全部被化解，好的心境可以继续延伸到更好。虽然麦桐没有什么好的心境，但是，他可以利用这个机会，将不清楚的事情想清楚、将打不开的心结打开，尤其决定修改文稿的想法，可以在这样一顿美酒的浸润中，有一个坚定的开始。

“星月酒吧”很大，人却不多，一长溜儿的黑色沙发很像灰暗无边的夜，一架三角钢琴的边缘处有稀疏散落着的实木桌椅。一对男女相互倚靠着坐在一起，却各自低头翻看着各自的手机。

麦桐觉得人很奇怪，当初自己也是那个样子，时时刻刻都机不离手，时时刻刻都在关注着眼花缭乱的别人的世界，后来毅然决然地改变了那种状态，逼着自己学会独处，学会静思，学会天人合一，学会内外合一，到头来还是如此不开心。

麦桐觉得，酒确实是个好东西，它不是朋友，却远远地胜过朋友，因为它任何时候都在。不止如此，它还可以让人在清醒时糊涂，也可以让人在糊涂时清醒，这样一转化，烦恼、压力和消极情绪便可以在它或绵柔或清冽或甘醇的回味悠长中得到释怀。

麦桐觉得，有些事，朋友不一定能做到，酒却可以做到，比如离开和背叛。麦桐觉得，这世界上，酒才是最后的陪伴，也是最忠诚的陪伴，更是最让人依恋的陪伴。因为一想到酒，即刻便信心满怀地忘却了一路走来的那些烦恼。只是如此不顺利，是不是在说明自己确实写不出好作品。

麦桐在想，或许自己不但把握不住当下人性的本质和本真，也无法准确剖析人们善变的价值取向，以及有可能已经被自己扭曲的审美标准。如果天地万物一直如此，惊世骇俗的作品又会与自己有什么关联?

活着本身已经如此不易，还要想着如何更上一层楼。

麦桐觉得自己除了会自讨苦吃，好像什么都不擅长。那些破文字折腾几天几个月也卖不了几个“破铜板”。

七

“人呢？”

麦桐觉得这酒吧的服务实在是差劲，本想依仗着酒力给自己一种过渡的调节，为即将开始的下一步及时添砖加瓦，好一往无前地扬帆远航。不承想，这久不见人来的怠慢和自己没完没了的胡思乱想，让麦桐的不良情绪如天边的云朵，飘过来，再飘过来。

麦桐向四周张望了一圈，觉得自己进来得确实不是时候，慵懒缱绻的午后只适合小憩，或是找个角落像刚刚在河边那样沉默。一个人，在被整个世界遗忘的境遇中，让失落惆怅的心绪走向极端。好像一个人也只有在那种冷静的状态中，才能想明白很多原来身处其中都无法想明白的事。比如姜君为什么不再像原来那般地迁就和待见自己；比如魏星为什么动不动就用他的养尊处优来奚落自己；比如周松儿为什么动不动就用她的原则和规定为自己界定权限，甚至时不时就指责自己责任感哪儿去了？还有没有良心？

说实话，麦桐都不知道过去的美好哪儿去了，还有没有。或许是因为彼此之间太没有距离感了、太亲近了，便可以颐指气使、肆无忌惮，他们甚至忘记了，麦桐的自尊和麦桐的尊严。

“你——你怎么？”

终于来了一位女士，麦桐刚要说几句诸如“你们这都什么态度？这都什么服务？”时，定睛一看，来人不是别人，正是得到过自己赠书的米粒。

“怎么是你？你怎么？”

麦桐觉得有些如梦如幻，米粒比麦桐更云里雾里。

“你等一下。”

米粒愣了好一会儿，突然扬了一下手便消失了，还没等麦桐反应过来，米粒又蹦跳着奔到麦桐面前，手里举着《无佳人》，几乎手舞足蹈起来。

“给我签名，大作家。”

米粒恭敬有加地将书放到麦桐的面前。

“你再等一下。”

米粒没等麦桐说话，又消失了。

麦桐循着米粒离开的方向，见米粒奔跑到钢琴后面的小舞台处，半蹲着身子，钻进一个棕色盖板的下面，旋即又钻出那个棕色盖板，手里举着一支笔，依然兴高采烈地奔向麦桐。

“大作家，快给我签个名。”

米粒把笔放到书的旁边，满眼抑制不住的喜悦，脸上满满的都是笑意。

“你在这里工作？”

麦桐没急于签字，而是好奇地问。

“你再等一下。”

米粒说完，又消失了。

麦桐拿起笔，想着要怎样写，又想着这令人称奇的缘分实在是不可思议。前一天在“浅水湾浴都”门口相识，第二天却以这种方式相遇，最重要的是，麦桐的心情被这突如其来的偶遇折腾得有些莫名其妙。

“大作家，送你一杯我最爱喝的冰拿铁。”

麦桐刚将自己的名字落款到书的扉页上，米粒便将一杯冰拿铁端到麦桐眼前。

麦桐看着眼前的冰拿铁，觉得米粒很奇怪，在酒吧上班，不是问自己爱喝什么，而是拿了她自己爱喝的冰拿铁。

“晚上我请你怎样？大作家？”

突然米粒怕被别人听到似的悄声问麦桐。

“邀请我？”

麦桐好奇地问，他觉得因为一本自己签了名的赠书，完全没有这个必要。

“我想让你好好地帮我分析一下这本书。”

米粒将麦桐的书拿起后抱在自己的臂弯里。

“分析这本书？”

麦桐下意识地端起那杯冰拿铁，看都没看一眼米粒，一口就喝光了。

“对，等着，我再送你一杯。”

米粒转身又跑了，但是刚跑几步，又转过身非常开心地对麦桐说了一声“谢谢”。

麦桐有些不知所措，他拿起杯子，见杯底的碎冰碴还在，觉得自己情急当中唐突了，一定显得很不成熟，应该像个没见过世面的孩童。但是，麦桐的心情是愉悦的，米粒的态度和邀请将他之前所有的不愉快消除得一干二净。

这是比酒更好的解药，用一份无比真诚的态度和行动，让麦桐得到了一份最希望得到的尊重和认可，最重要的是，这份尊重和认可不只是麦桐的求之不得，更是米粒的认真。

麦桐有些后悔为什么没立刻答应米粒。

“我快下班了，去隔壁怎样？我要向你请教的问题非常非常重要。”

米粒端着一杯冰拿铁，不再匆匆忙忙，也不再慌慌张张，她走近麦桐，用心用意地对麦桐说。

麦桐依然感到很意外，在老编辑面前，麦桐被说得一无是处，但仅仅几个小时之后，麦桐又被肯定得神圣且完美。尤其米粒说出的“重要”两个字，将麦桐灵魂深处早已久违的存在感彻底地拉扯出来了。

这才是活着的感觉。被肯定、被认可、被盛赞。麦桐享用着明朗畅快的心境，身心愉悦且毫无杂念。

“好，非常好。”

麦桐爽快地答应了米粒。

米粒高兴得蹦跳起来：“你真好！”

米粒无法抑制的好心情实实在在地影响到了麦桐，麦桐端起冰拿铁，如一开始那样，看都没看就一口全喝了，然后，看着杯底的冰碴，一边觉得没能慢饮细品这从没喝过的咖啡实在是一种罪过，一边看着米粒的兴奋和激动，感受着从地狱到天堂的神奇美妙。

“我去换衣服，马上就过来。”

米粒说完，又消失了。

麦桐看着米粒消失的背影笑了，这多舛又不可思议的际遇跟自己写的小说一样，看上去好像无法掌控，但从开始下笔时，就已经划定好了框架和准则。

八

麦桐跟在米粒身后走进“星月酒吧”的邻家，这是一家比“星月酒吧”更安静更小一些的酒吧。

米粒一走进酒吧，就向服务员点了一盘石榴、一盘无花果和两杯橙汁。

“再来两杯鸡尾酒。”

服务员听了，即刻心领神会地将米粒点的干果和鸡尾酒快速地摆放到桌上，麦桐看着有些不搭的红蓝黄白，不但不觉得别扭，反而生出急于倾听米粒说事情的兴致和兴趣。

“这才叫缘分呢。”米粒一边兴致很高地慨叹，一边将属于麦桐的橙汁和鸡尾酒一一推到麦桐面前，“喝吧，喝吧，慢慢地喝吧。”

麦桐看着米粒，不禁笑了起来，麦桐觉得这根本不适合自己喝。这时，他没有挑剔，不再把自己搞得很有个性的样子。

在薄薄的玻璃杯里，黄色的橙汁闪着挂壁的黏稠，贴着杯沿上斜插着的红色草莓透出果香，不仅轮廓分明，画面还在麦桐的视线中极强地招摇着。

这样的橙汁，就算不喝，看着也好。

这样的橙汁，虽然不是酒，也一样有着空杯留香的幽雅和持久。

麦桐冲米粒笑了笑，米粒也冲着麦桐笑了笑。但不像刚刚见到麦桐时的那般兴高采烈，好像有莫名的悻悻然，满脸的愁云，但丝毫没有影响到麦桐的好心情。

麦桐喝了一口橙汁，与冰拿铁不同，柔柔甜甜，很清爽，也很解渴，这才是生活该有的浪漫情调和色彩，麦桐觉得，这感觉已久违得很陌生了。从住进出租屋的那天起，麦桐的生活便是写作、写作、写作。好像每一天和每一个夜晚，除了听键盘的响声，就是躺在床上望天望月望星空的寂寥。何时，又在哪里见过这么艳丽的色彩和与这色彩如此契合的好心情。

是的，很久没有了。

麦桐为自己的这个决定感到欣慰，如果没有漫无目的地走上那座白石桥，如果没有因为河对岸的那些百无聊赖，自己又怎么会与米粒邂逅？这邂逅虽然仅仅因为自己的一个签名，却一扫麦桐内心所有的阴霾。麦桐觉得，那些阴霾里有春天一路走来的种种不如意，有夏天阴雨连天时的所有困顿和煎熬，更有回忆中的和刚刚遇见的那些扎心的话、痛心疾首的往事，甩都甩不掉。

麦桐不禁扭头看了一眼通体透明的玻璃窗外，三三两两的行人在路上来去匆匆。河对岸，低垂的柳树在河水的波光中，是细碎的没有边际的动态倒影，一阵风吹过，树上掉了很多叶子，那些叶子轻飘飘地打着旋儿，一路飘摇着落到地面。

人又何尝不是叶子一般呢？总是身不由己，总是无能为力。

“其实，我是那种为了更好地活着而拼尽了全力却没能活好的人。”

米粒的声音不再是初见麦桐时的清净爽朗，倒是多了有板有眼的庄重，麦桐看着米粒，觉得米粒的变化让自己无所适从。

米粒已经完全不是麦桐熟悉的那个米粒，所有的亲和感和亲近，在麦桐看向窗外再转回头之间，消失得无影无踪。

“可这种情况什么时候才算是个头啊？”

米粒说完，竟流出了眼泪。

麦桐蒙了，他下意识地摆弄起手里的杯子，后悔自己因为高兴而得意忘形，他甚至觉得，生而为人，男女老幼的烦恼是一样的，不安也是一样的，不过是有的人能很好地承受，有的人则很敏感脆弱，就像眼前的米粒。

“你看过我的那本书了？”

麦桐转移了话题。

“我就弄不明白，一样的同学，为什么会有不一样的人生，彭露露她老公可爱她了，虞柏荷……”

米粒想起了什么似的抹了一把泪，之后气哼哼地拿起自己的那杯橙汁，草莓的红色和米粒衣服的红色迅速在麦桐的视线中重叠在一起。

色彩也可以重叠？

麦桐的精神溜号了。

麦桐拿起自己的橙汁，像在“星月酒吧”那样，又一口全喝了。放下杯子的那一刻，麦桐明白了米粒所说的“重要”意味着什么了。原来，表面活泼开朗的米粒，心中有太多说不出来又不能释放的情绪和压力。

想必这世上的每个人都如此吧，将最积极最阳光的一面展示给所有的人，且努力顽强地想让所有的人都知道自己的惬意和如意，而那些怕别人知道、不想让别人知道的心事和心结越藏着掖着，越是只想在一个最合适的时机，在最适合说的人面前，全部一吐为快。

一吐为快。

说出积郁心中的郁闷一点儿都不亚于给内心深处来一次大扫除，将所有的情绪垃圾统统倒掉，在熟悉的陌生人面前，无所顾忌、无所保留，想说什么就说什么。

“其实……”

麦桐看着若有所思地将杯子里的吸管搅来搅去的米粒，知道米粒跟自己一样，都在搜集着适当的辞藻，想着如何开始这实话实说的“一吐为快”。

麦桐觉得奇怪，原本是两个遭遇或想法都有相似之处的人，在这样的时候，为什么还要犹疑，平等且推心置腹地交流，有什么不好？只是，这短暂的沉默让麦桐觉得他们各自手里的杯子就如他们各自熟悉的世界一般。唯一不同的是，麦桐的世界已经空了，米粒的世界还有着艳丽的色彩。

“继续说。”

麦桐拿起一个无花果，觉得这种果实很配眼下这种氛围。

“昨天，我跟男朋友吵架了。”

米粒的声音不大，但吐字清晰。

麦桐想问“是在我们遇见之前还是在我们遇见之后”，但瞬间觉得，什么样的问题或怎样问都没有意义，而且说不准还会引起对方的多疑或猜测，他不能这么聊天。

“本来说好了去吃火锅，到了火锅店，我们却因为选什么样的锅底，在火锅店里吵起来了。”

米粒说完抬起头，淡漠地看着麦桐。那神情不是因为心思不在自己想要的答案上，而是整个人已经回归到了昨晚的吵架现场。

“继续说。”

麦桐又拿起一个无花果，这才想起自己还没吃午饭，怪不得一杯一杯地喝咖啡、喝饮料。

米粒没有说话。

麦桐觉得人就是怪，过于纠结沉迷某件事时，吃饭、休息或睡觉这些行为好像都可以忽略，甚至没有了饥饿感，也没有了困乏的感觉，有的只是无边无际的在意和在乎，眼前的米粒就是这样。

“我喜欢清汤锅，可我男朋友偏要吃麻辣锅，我说我唱歌，不能吃辣的，可他说吃火锅就要吃辣的，不吃辣的他就不吃了。”

“结果呢？”

麦桐有些好奇。

“谁都没吃。”

“真的？那怎么不点一个鸳鸯锅？”

“忙于吵架，就忘了。”

麦桐觉得米粒和她的男朋友都太小题大做了，不就是一顿辣还是不辣的火锅嘛，怎么能因为意见不一致而放弃了？

“我到现在都没吃饭。”

米粒嘟着嘴说完，再次泪眼婆娑，但说完了“没吃饭”倒好像有了胃口似的，像麦桐那样，喝了饮料、喝了鸡尾酒、吃了无花果，也吃了石榴。

“我觉得，我们应该一人来一碗大米饭。”

麦桐见米粒一样一样地喝了又喝，吃了又吃，觉得自己虽然喝了很多，但肚子依然是空空如也。

“就当减肥了。别说是一顿，饿几天都应该没事。”

米粒像没听到麦桐说的话似的，吃着吃着不吃了。

“你那小说要是能改编成电影就好了。”

米粒一边说话，一边自顾自赏地看起手指甲，麦桐这才注意到米粒的每个手指甲上都有一个淡黄色的小树叶，很像抽象画，没有生命力，也没什么生机，但脉络清晰，有一种独特的美。

“你刚才说那小说要是能改编成电影就好了？”

麦桐问。

“对呀，我平时喜欢写歌词，我男朋友作曲可好听了，我们都有自己的梦想。”

米粒一边说，一边心悦怡然地看着手指甲上的小树叶，好像欣赏的不是她手指甲上的树叶，而是她男朋友的一片真心。

麦桐想说，彼此相爱的两个人要学会沟通、要学会控制脾气、要学会调整情绪，但他一个字都没说出来。因为在两个人的情感中，他都做得很失败，他实在没有资格这样开口教条似的对米粒说话。

麦桐觉得冠冕堂皇的道理，这世间之人都懂，但是，懂得是一回事，做到又是一回事。

麦桐觉得自己没资格说这些，尤其在米粒面前。至少米粒找到了可以轻松倾诉的人，而自己即便想倾诉，也找不到合适的听众。

麦桐感受到了米粒的能力，认知到了自己的无能，并从米粒的幸运中认知到了自己的不幸。

“其实，你根本无法想象我为了出版那本《无佳人》，付出了多少，又放弃了多少。”

麦桐一反常态地脱口而出。麦桐说完，着实吓到了自己，这完全是米粒的状态，怎么转瞬就到了他身上？

米粒听了，看着麦桐，愣愣的，非常好奇又有些不知所措，好像她第一次觉得有必要认真地揣度一下眼前这位大作家究竟与她有着什么样的不同。

麦桐从米粒的眼神中看到自己在米粒的心目中一落千丈地失去了最初在米粒心目中的被仰视和被崇拜地位。

麦桐很受伤，虽然他知道米粒的心中只有她想念的男朋友，但麦桐顷刻间又从意欲一吐为快，瞬间被打回原形。

心事，之所以被称为心事，是因为只能放在心里。

麦桐看着米粒，在想：心事就永远地成为心事好了。将其永远地搁置在内心深处，直到自己跟随着岁月老去后，再让那些心事一一变成古董级的记忆。

“我的书就相当于我的孩子！”

麦桐管不住自己的嘴。

他不管米粒是否认真倾听了，他只想将心事毫无保留地倾诉出来，一吐为快，他实在不想放弃这个来之不易的好机会，这完全源于他对自己的悲悯和爱怜。

不说，或许就再也没有机会了。

不说，或许会非常后悔。

“孩子？”

米粒愣愣地瞪着一双大眼睛，好像坐在她对面的不是麦桐，而是由她男朋友变成的麦桐。

“是孩子！”

麦桐小声地嘟哝了一句之后，看着红红的樱桃，却吃了一个无花果。

麦桐觉得自己又无话可说了，他觉得一个堂堂的男人喝着这活色生香的饮品，吃着这毫不搭调的干果和水果，靠着这有一搭没一搭的自说自话，各自言说着不愿示人的心事来体现各自卑微的存在，既没有意义，也没必要。只是这种情形在感觉上比他最初想一个人坐到某个角落暗自神伤地自斟自饮要好很多。

有些话，说给谁，或谁在听，真的不重要。换言之，即便有适合倾听的人在听这所谓的肺腑之言，对方也不一定就会感同身受。这世上，最了解自己的除了自己还是自己。

“也难怪。”

麦桐自言自语地说。

“难怪什么？”

米粒无心地问。

麦桐看了米粒一眼，浑圆的脸上，一双大眼睛是唯一的亮点，如果不是因为化妆品的重点修饰，估计走在大街上，也不过是远远看过去是美女而已。

仅此而已。

麦桐觉得自己变了。从前，只认可心中的女神，何时何地看过女神之外的任何美女，可如今，与美女在一起，即便自说自话地几乎互不相干，居然心悦怡然。

麦桐不知道自己究竟是进化了，还是退化了。

美女！

麦桐吃了两个红红的樱桃，吃的时候，好像想吃的不仅仅是水果，更想吃到水果的美色，只是这水果的美色不太够，让麦桐有些失望。

无滋无味。

米粒给麦桐的，就是这种感觉。

麦桐叹了一口气，觉得自己越来越扫兴，不仅在消沉，还在消极。如今的大街上有太多米粒这样的女子了，看第一眼时觉得很美，看第二眼时就觉得不那么美了，再仔细一琢磨，根本不是因为美女美还是不美，而是因为自己一开始就看走了眼。

尤其走近之后，就像自己与米粒以一本书的签名作为沟通的桥梁，真正交流起来，却是我不在乎你的感受，我只在乎我自己的感受。

“我不要他觉得，我只要我自己觉得。”

米粒嘟着嘴低声地嘟哝，像自言自语，却根本就是在抱怨。麦桐看着米粒，心中不禁在想，这世界之所以如此纷繁复杂，就是因为人心始终是千差万别，而且千变万化的。如此才使得人与人之间像万花筒里的图案般变幻莫测。也正因如此，米粒才会因为一顿火锅而跟她的男朋友吵架闹翻。也正因为一本自费书的出版，周松儿才轰麦桐离开家。

麦桐想起了出租屋里挂画上的那句“与谁同坐？包括“清风和我”。

是的，与谁同坐？

明月、清风和我才是最惬意的结果。

米粒或周松儿怎么能做到清风那般随和与随意？米粒和周松儿的脾气怎么能容得下她们自己想要掌控的那个男人如此不听她们的话？都说清清爽爽的女人天生自带着一种天然的安静，简单而率真。但是，彼此间若没有了距离，不羁或难以收拢的野性才是她们最无法掩饰的初心，是在爱情面前一直以爱的名义意欲操控对方的野心。

这野心不是爱。

麦桐最享用不了这种被野心驾驭驱使下所获得的被爱。

麦桐谎称自己还有事要处理，准备随时与米粒结束这次见面，尽管这样决定时，麦桐还想过一开始的私心，寄希望自己能借这样一个机会，多了解一些虞柏荷的情况，以便日后找个合适的契机，让虞柏荷给自己的书写评论。但是，对米粒和自己心态做出判断甄别后，他的私心杂念已经在不知不觉中占了上风。

向不关心自己的人诉苦无异于对牛弹琴。最要命的是，各自念的根本不是一个经，这无异于在浪费自己宝贵的时间，也在耗费着他人的时间，而自己的情感本已千疮百孔，在这样一种你无心我也无意的无效交流中，不只是残忍，更是不负责任。

对自己、对他人都是。

麦桐的意念中浮现出刚与周松儿相识时，周松儿也如眼前的米粒这般清爽安静，简单而率真，不同的是，周松儿一脸的素颜低眉，而米粒却满脸脂粉。

或许是自己做错了某些事，米粒在爱情面前的狼狈和自私让麦桐恍然有了这样一种疑问，怎么从没想过周松儿嫁给自己是不是觉得很幸福?

曾经麦桐很爱周松儿，但从没对周松儿说过一次爱她的话，尽管麦桐知道周松儿一直希望自己能亲口对她说很爱她，但是，几个轻描淡写的字又怎么能概括得了一个人对另一个人的一往情深?

当然不能。

麦桐再次感知到茫茫人海中的无依无靠和孤立无援，人生真的太不容易了，不说努力前行会有多少障碍和挫折，单单想找个诉说心事的人都如此艰难。

一花一世界。

一人一宇宙。

即便麦桐和米粒之间有一本书的文字和签名存在，彼此沟通也无法畅通无阻。

米粒对麦桐的文字并不是真正上心，她想的、说的、念的，都是自己情感里的琐碎，并在交谈中，将麦桐的好奇心和好感变成不得不中止的索然无味。

九

麦桐漫无目的地走在大街上，这毫无收获的一天即将过去了。周遭的人依然跟平日里一样，迎面走来，再擦肩而过，谁都不可能因为谁而停下来，更不会有谁在这样一个已经接近日落西山的时刻，有一份闲心去关注街路上确实走着麦桐这个心无所属之人。

或许，所有的人都像麦桐这样。

十

麦桐到街边吃了一大碗面，之后索性坐在路边的木椅上，悠闲地看天上的一弯月牙与 颗星星挨在一起，在自己的视线中，越过远处的楼顶，越过近处的树梢，或明或暗。

怎样都是独处，无论是在酒吧米粒的对面，还是在这路边的木椅上，又有多大区别?

没有任何区别。

麦桐拿出手包里的打印书稿和《无佳人》，觉得自己虽然不开心，但还是很富有的，即便这世上没有任何人的陪伴，至少有文稿和书，有他写出来的故事。

麦桐看着自己用心写了整整一个夏天的文稿，觉得很无辜，不过是刚见天日的文字，却要担承被遗弃的羞辱，他心生几分疼惜和不甘心，自己的文字不被老编辑看上也就罢了，在这样的夜里，居然还要跟着自己一同被冷落，这不公平。

文字，同样有生命。

文字的生命，同样需要被尊重。

麦桐用手轻轻地抚摸着纸页上那些仿佛与自己一样流着血液的字，觉得虽然只是一些密密麻麻的字而已，却与他一样在幽幽的月色下，有着不甘心的挣扎。

麦桐想起某位作家提及成名作时说过：自己的作品实际上就是自己。

是的，麦桐手里所有的文字都有他的难以割舍，都有他的希冀和祈盼，更有他一次又一次重拾旧梦时发现的自我。那自我是麦桐成长着的自我，也是麦桐逐渐成熟的自我，更是麦桐义无反顾的自我。那所有的自我都是一份执念，是一个梦想，是麦桐的爱和不爱。

麦桐将打印的书稿紧紧地抱在怀里，像米粒抱着签了名的那本《无佳人》一般。麦桐想，已经存在于天地之间的这“孩子”，尽管有些丑陋，尽管不被有识之士认可，尽管需要再用心培养、培育，但是麦桐相信，这“孩子”绝对有谁家女儿初长成的美，不仅如此，还会有青春少年的英姿和飒爽。

麦桐抬起头，看着头上方直到夏天才硕壮起来的梓树，在这初秋时节，已经是满树招摇着的椭圆形树叶，在霓虹和月光的交错中，呈现出麦桐非常喜欢的葱黄色，并星星点点地与树干处的白色石灰交相呼应出一种难得的和谐。这和谐让麦桐觉得，一切过往，心甘情愿也好，委屈求全也罢，都是自己的人生轨迹，都值得珍藏，更值得书写。

麦桐摸了一下脸颊，清清凉凉，是不知不觉间流出的眼泪。这不经意间的发现让麦桐好生奇怪，这难得的眼泪怎么在自己惊异发现的那一刻，如甘泉般让他的整个身心感受到一种比之前的所有感受都多一份温暖。

曾几何时，麦桐非常难过，却一滴眼泪都流不出来。如今独守这份冷清时，却能如此这般。

麦桐又摸了一下脸颊，依然是顺着脸流淌出来的颗颗泪珠，带着他的体温，更有他无处述说的心事，与树叶上的那些星星点点一起，让他更真切地了解了自己。

如果不是孤单到极限，怎么会如此地放任自己。在这有行人和车辆的路边，仿若置身无人的天地之间。

如果不是孤单到极限，在这喧嚣吵嚷的闹市，任自己在木椅上，放任自己在这无人能给予一瞥的地方暗自垂泪。

麦桐把文稿和书放进手包，安静地看着周遭所有的光影。从自己的视线中，或斜，或横，或明亮，或晦暗，或模糊，或清晰，像他记忆中很少浮现的那些过往。欢乐的、愉快的、难忘的和懊恼沮丧的，或交织在一起，或各自分离，但无论是哪一种，都不如眼前这一种更让他体会到，偌大世界，在一地清凉中，如人饮水般地真真切切地冷暖自知。

麦桐站起身，像刚刚完成这书稿时，站在路边，长长呼出一口气那般冲着周遭和夜空大喊："再来一场马拉松好了。"

上天的路再难，鸟儿不还是掠过树梢飞进了云层，飞机不还是离开地坪飞上了云端?

人虽不能像鱼那样游进深深海域，不一样能整日航行于浩瀚大海?

麦桐站起身，准备像《无佳人》里的女主角那样，在夜里从一条街走向另一条街，从一座天桥走向另一座天桥。可是，非常遗憾，天公不作美——下起了雨。

夜风夹杂着雨点，落到麦桐的头上、脸上、手臂上和手包上，手包上的雨点亮晶晶的，像贴挂到皮面上的银片子。麦桐下意识地擦了一下手包，手包上的银片子一边纷纷下滑，一边反射出路灯细碎的光。

麦桐走在风雨里。

他艰于前行时，却心生几分惬意。好歹躲雨挡风的过程少了许多胡思乱想。不过是风吹，不过是雨淋，真的不算什么。只是，那风和那雨只做了一个过于短暂的停留。

雨停了。

麦桐走到天桥的正中央，手扶栏杆。在雨后的清爽中，一边看更加明亮的万家灯火，一边漫无目的地将自己的视线随心所欲地投向夜雨后的任何一个方向。只是，无论哪一个方向，都只有灯光和无尽的暗夜。

麦桐感到了自身的孤单和弱小，像每次那样，自叹自怜时，抽身到不远处，冷眼旁观着自己，不过是暗黑中的一个人影。每到这时，所有的努力和付出都好像没有了任何意义。

最初，麦桐以为离开了姜君，便可以眼不见为净地摆脱是非；最初，麦桐以为离开周松儿，便可以自由自在地天马行空。但是，摆脱和离开都不过是暂时的逃避，愁绪和忧烦像生命中与生俱来的一部分一样，不仅如影相随，而且指不定什么时候便卷土重来，即便周遭根本就没有姜君和周松儿。

麦桐觉得自己就像站在城市边缘的废墟中，没有了方向，也失去了目标，除了手包里的小说稿和书与自己血脉相依，这世间，再没有任何可以依靠或可以投靠的人或者地方了。

麦桐这才是生命里最可怕的事，自感无助，却不得不自己鼓舞自己。自觉可怜，却不想把心事说给别人。所有情感的链条虽然清晰可辨，却全部细如游丝，连接不到这世间的任何人和任何事。

人孤单，心便孤独。

心孤独，人更孤单。

这恶性循环的往复原是可以最大限度避免的。但是，麦桐了解自己，不肯屈尊就范于任何来自他人的掌控或操纵，更不想卑躬屈膝、趋炎附势。于此，便不得不选择写作，只有通过写作来填补内心的空洞，才能适当地得以充实；只有通过写作将空洞幻化成花香鸟语，才能堵住可退的所谓后路，才能勇往直前。

麦桐抬头看了一眼天空，星星比之前更加明亮，他在那种明亮里，更加了解了自己的脆弱。虽然已经决定修改手中的文稿，但那只是意念中的一个瞬间决定，真要实际操作起来，还需要莫大的勇气，更需要一定能坚持到最后的耐力和能力。麦桐清楚，这不得不做的决定是自设自建的一个囚牢，是自己给自己附加的即将被动用的一种酷刑。

麦桐怕。

麦桐又不怕。

他决定，不仅仅修改文稿，还要将故事的主线和副线进行适当的调整，虽然不一定对已经定型的故事做颠覆性的大手术。但是，对主要人物的心理脉络一定要进行改头换面的移植或嫁接，以及适当的修补或填充。目前稿子都是对原来浮于表面的人或事进行更深入细致的描摹，尤其展开不到位的情节，要进行更有高度、更有深度的向外延伸及向内挖掘。

麦桐的心情无比畅快起来，好像第一次在脚步沉重、心情沉重和夜色更沉重的境遇中，体会到了豁然开朗后的畅快和惬意。

做自己意念的主人。

无疑，写作或认真对待写作才是世上最好的成全。突然间，他有种孩童那般的雀跃之感。

麦桐走进了酒吧，是在心境越来越畅快的状态下决定的，这源于他刚刚做出的决定和已经坚定不移的决心。一部长篇小说的修改，对于作者无疑是伤筋动骨的浩大工程，他知道这个念头出现的瞬间对自己究竟意味着什么。也正因如此，他才想让自己在踏上这条路之前，可以得到全身心的放松。

十一

推开“夜廊酒吧”厚重的大门，熟悉的酒香迎面扑来，低回的乐曲声从酒吧幽深的回廊处时断时续地传来。他想起与魏星一起因为自己的《无佳人》来这里的所有情景。

那天，自己的书第一天在“未来书店”上架销售，麦桐比和魏星约定的时间早到了半个多小时。终于等到书来，却不是即刻将书摆放到书店的书架上，而是受命于魏星的指挥，配合搬运工将所有书都先存放到书店的仓库中。完成了全部体力劳动后，便是找喝酒的地点，一来是麦桐为自己庆贺；二来是麦桐真诚地向魏星道谢。

“去‘夜廊酒吧’。”

还没走出书店，魏星便向书店的西侧扬了一下手，麦桐听了，高兴地跟在魏星身后，开心地走向“夜廊酒吧”的方向。

那是麦桐最高兴的一天。那天也是麦桐第一次感觉到不可抗力的不期而遇。这真的是既有将人一拳打进深渊的能力，也有一把将人托举到云端的气力。顺其自然还是逆袭，努力虽不一定能为自己做主，却可以摆脱束缚与纠缠。

或美其名曰只要付出，必定会有回报。虽然这句话很鸡汤，但麦桐在举杯的那刻是信了，即便后来他开始怀疑这碗鸡汤有毒。

麦桐于胜利在望之前，既小心翼翼，又脆弱无比地感念于自己的执着，也佩服自己的毅力，靠着内心的强大，“游刃有余”地让跟在魏星身边的自己不停地游离于光明与黑暗之间。

“看见没？那个灯箱上大大的‘夜’字？”

魏星兴奋地问麦桐，好像那个“夜”字既神奇，又漂亮。

“这是我最喜欢的地方！”

魏星根本不在意麦桐是否回答，而是一见到“夜廊酒吧”的招牌，便有些失控地用手指着灯箱上不停闪烁着的“夜”字，像一场久别重逢的兴高采烈。

麦桐也受到了魏星深深的感染。

“夜……”

麦桐看着那个“夜”字略有所思，在那一刻，彻底地感受到了那个“夜”字的深刻内涵和夜幕遮盖下来能掩藏的所有。

黑暗中，夜有着迷人的魅惑；夜，会呼吸，也知冷暖，更明了入微细致的体贴。人，只有在夜里，才更需要抚慰，才更需要在不清不楚的纠缠中，或难舍难分，或藕断丝连，或干脆沉浸在生与死之间，或醉生梦死，或花天酒地。

麦桐还知道，自己也只有在夜里，才会更安宁，从安宁中获得一种类似旷达的浩瀚，是意态纷呈的波澜壮阔，是文字汪洋的妙不可言，更是小说故事中所有人和事必须进行的碰撞、磨砺与和解，而不是让人像白天那样，清醒而理智地将所有经不起长久透支的付出和习以为常的自私自利败给情感世界里的理所应当。

这世界，如果没有了暗夜，人，还会不会如此深爱这世界？

走过那个魏星无比喜爱的“夜”字旁边时，麦桐这样想，虽然奇怪，虽然无解，却很有趣。

十二

麦桐走到靠窗的角落坐下，自斟自饮了一杯便离开了。

他离开的原因是从他将要走进“夜廊酒吧”的那一刻，直到离开，都觉得不是曾经来过的那种感觉，尤其墙壁上线条夸张的大色块的抽象涂鸦，有一种让他窒息的幽闭感。

麦桐觉得自己不是因为太孤单了而不喜欢这个文艺范儿很浓的地方，而是因为自己太累了，为着轻易不能实现的梦想，更有不可多得的一份惬意。

“夜廊酒吧”的“夜”并不像魏星喜欢的那样，总能让人浮想联翩。有时，那个“夜”字无比刻板、荒谬，甚至令人恐怖，就像能吓破每个细胞一样。

十三

第二天，麦桐醒来时，窗外已经人声嘈杂。

麦桐的衣服虽然没脱，被子却盖得齐齐整整，怎样开门、怎样进屋、怎样躺到床上的，他都已经没有了印象，但头一天所有的想法依旧萦绕在脑海。

那些失望和那些希望。

后退还是向前，依然在一念之间。

窗外混混沌沌的一片，但室内却非常安静。窗户玻璃上明晰可见的污渍，让每一块玻璃都像镶了边一样在麦桐的视线中招摇着。乳白色的微光像一声又一声的叹息，搅扰着他内心的宁静，更嘲笑着他一天一夜都没有停止的各种挣扎。

麦桐觉得，此时此刻，窗棂上那些日积月累的尘污正肆无忌惮地打着明晃晃的硬结，在那片混沌的光影中阅读着所有与他有关的信息。是那些抵御不了的诱惑，也是那些驱不散的挣扎，一起搅和到他的灵魂里，成为一股势不可挡的暗流。并聚集了一定的能量，让麦桐面对它们时，不得不认真地告诫自己，要想活，就要将其打败。否则，就会被它们打败，虽然仅仅是一些尘污而已。

麦桐觉得自己越来越怪，好像越来越想与整个世界为敌。不仅如此，还经常自设战场地没事找事，还在给予无限希望的某一时刻，获得某一种同情或是温暖。

麦桐觉得自己越来越爱这样不知天高地厚的异想天开。

他起身站到窗前，想着已经决定改写小说文稿，以及灵感出现时构思的那个新故事，觉得自己还没有言行一致，不再踌躇不前地犹疑着。

窗外，混混沌沌的微光中，有一朵又一朵隐藏在绿篱中不易被发现的白色小花，橄榄形的叶子不再是白天看到的那种墨绿，而是一片片的漆黑。在麦桐无法辨清哪儿是哪儿的暗影中，它们被这世界彻底沉落到泥土中。尽管如此，他依然羡慕那些花草，同样是生命，它们却无须用物欲来武装自己，只要春风吹来，便能完成一年一季的花开花落，从稚嫩到成熟、从碧翠到金黄。比起花草，人活得太不容易了，即便他拥有着别人羡慕的生活！麦桐把书稿从手包里拿出来，既不想吃饭，也不想打开电脑，更不想修改文稿，他不知道自己究竟要干什么。像一种必要的程序，又像一种无意识的无所事事。

麦桐坐到电脑前，没有修改小说，而是想起了虞柏荷。

麦桐决定，天亮后去书店。或许，虞柏荷可以通过自己的书来感受自己内心的声音，甚至可以成为自己灵魂的依靠。

麦桐了解战胜自己远比战胜别人更不容易，虽然文稿里有他的成长，有他的回忆，有他经历的人生坎坷和他不为人知的辛酸甘苦。但是，如果不能把书稿变成令编辑眼前一亮的文字，那么这本书的结果会与《无佳人》一模一样。

甚至不如《无佳人》。

麦桐实在不想在走过的路上再走一次，这不符合他的性格，也不是他一向推崇的。这样一想，他瞬间觉得，有一股远古的原始力量从脚下一刻不停地往上蹿，觉得在这种力量中，有让他臣服的力量，仿佛他眼里看到的，不再是自信满满的可以预见的希望，而是一眼望不到头的绝望。他从镜子中匆匆一瞥，见到了自己依然青春的脸上带着若隐若现的沧桑。

十四

麦桐不知道自己是怎么睡去的。

他早早地醒来，到小区门口的早餐铺喝了两碗粥，吃了五个包子，好像要以此来对抗依然残留在身心的那些无望和无助。

他吃过早饭后，没有立刻离开，而是安静地看着眼前闪着光亮的彩釉瓷勺，一件件地梳理着各种已知和未知的羁绊，这样想完之后，才像真正意义上领略了最真实的自己。

他以为出租屋是可以远离尘嚣的世外桃源，以为写作可以化解莫名的忧伤和烦恼。殊不知，在这孤独的时刻，他的思维产生了更加明晰的思辨。这会儿仿佛所有的神经末梢才现出真实感受，只是想来想去，他的心里和眼里什么都没剩下。

整个世界依然是空空如也。

眼前，一盘一碗、一勺一筷子。

孤单总是不请自来。

写小说不容易。看来，改写小说更不容易。

麦桐看到窗外的树上晃晃悠悠地掉下一片干枯残败的叶子，已然没有了任何生机，那叶子飘飘忽忽地落到地上。没有情节，却像人为制造了一些节外生枝的故事，还有着不为人知的情节。

麦桐觉得自己很了不起，不过是一片干枯残败的落叶而已，他却赋予了它结束生命时的最后挣扎。虽然仅仅是下落，却有障碍，有冲突，有抗争，更有博弈和较量。微弱而强大的冲撞。

十五

走在路上，麦桐觉得虽然自己去的是书店，而不是出版社，感觉上却大体相同，都有一份期待和雄心勃勃，都有一份轻松自在和忐忑不安。好像修改稿件的压力和动力在这个时候不是被再次减弱，而是大大地增强了。

麦桐说不清这是好事还是不好的事，但有一点他可以肯定，虞柏荷——在这个时刻，是灯之有光和火之有焰的希望。

十六

书店大门外，一张棕褐色的折叠桌上放着整整齐齐的一摞新书，书的旁边有一把折叠靠椅，靠椅上挂着一个玻璃水杯，水杯的绣袋上挂着一条红色流苏。

麦桐停下了脚步。

“我写的书，要不要买一本？现场签名。”

弯着腰从书桌下的纸箱里又拿出一摞书的作者，将桌上那叠新书最上面的那一本递给了麦桐。

麦桐本能地想躲。但是，想躲的想法不但没有表现出来，反倒拿出手机，连价格都没问直接开始扫码。作者见了，十分感激地向他伸出大拇指，随后，在扉页上写下了自己的名字。

“你这名字……”

麦桐看一眼作者，觉得作者的名字和作者眉清目秀的面容有着几分不协调，甚至觉得与作者的年龄也不相符，不过是个大学刚刚毕业或正在读大学的学生样子，居然在这样的年龄就有这样的能力和魄力，完全可以相信，不太久远的将来，眼前的作者只要没有放弃写作，定然会是个优秀的作家。

“您还有事？”

作者看着麦桐，觉得他不是有话要说，就是还想买书，麦桐见了，急忙冲着作者点点头，径直走进书店大门。

这倒是一种难得的勇敢。

麦桐走进大门后，不禁又回头看了看卖书的作者，觉得自己与他相比，在生存和生活的态度上都相差甚远。卖书本身无异于卖菜、卖服装、卖车、卖楼，都是一样在做买卖。

作家不过是通过书，“卖”一种思想和见解，更是严格意义上的在“卖”一种责任、使命和担当。麦桐忽然觉得，如果一个作家在自己的作品里，不能将吃饭、睡觉，以及行走这些日常生活，用最简洁的方式，用最明了的文字写进作品，那么，无论怎样都不可能出好的作品。

小说，说的就是人。

小说，写的也是人。

看小说的，更是人。

这样想过之后，麦桐觉得书店实在是个好地方。

十七

麦桐站在大厅，透过落地玻璃窗，看见书店外置楼梯处那扇可以直接走进“读书会”的对开门。

他返身走出书店大门，顺着外置楼梯走到“图书会”门口，隔着玻璃门看到靠在对面墙体处一排办公桌，每个办公桌上都有一台电脑，门边立着一个摆放着很多书的铁艺架子，阳光透过玻璃窗，照在大理石的地面上。

麦桐看见地面上斜斜地映着虞柏荷的身影，纤长且袅娜。

他站在玻璃门外，觉得眼前这番景象绝对是命中注定的一个开始。因为虞柏荷依然穿着遇见她那天穿着的那件白色长裙，散落在肩的长发泛着明亮的光晕，仿佛在给麦桐某种暗示，好像他只要走近虞柏荷，余生，便会有无尽的牵扯在里面。甚至他还听到了自己灵魂深处生发出的一种声音或叫作指令。

所有的所有，都是命中注定。

麦桐相信，如果从决定写《无佳人》的那一刻，就能预料到眼前的这一刻，他相信自己完全可以战胜更多的艰难困苦，虽然写作本身是一个异常艰难又困苦的过程。

“《无佳人》。”

麦桐惊异地看到，虞柏荷手里拿着的一本书不是别人的，正是自己的那本《无佳人》。瞬间，他感到自己内心最隐蔽的角落里那股轻易不会流淌出来的暗流，从灵魂深处出发，并汩汩流淌到这静谧的空间，不只如此，还与耀眼的阳光一起，无声地飞舞。

如漫天飞花。

麦桐觉得，虞柏荷手里的书已然不是一本书，而是从虞柏荷内心生发的一道如光环的影像，那影像既有外在的欲求，也有内在的冲动，那欲求和冲动快速地成为他心灵成长的轨迹和心智成熟的标志。他即刻觉得，前一天的夜里，自己虽然还因为无法坚定信念而神不守舍，且不知该如何战胜自己超越自己，但这一刻，不仅放飞了想象，也放飞了心情，是面对眼前和再面对一切都无所畏惧的好心情。

“你，你怎么……”

准备倒水喝的虞柏荷放下手里的书，在端起水杯的那一刻，发现了站在门口的麦桐。

“我，我那个……”

比虞柏荷还吃惊的麦桐，有些不知所措地拿着手里刚买的书，不知道该翻开还是该合上，抑或将书放到哪儿。当然，还有他手里的文稿。此时，都像见不得人的隐私，让他无比慌张。

“我，我这……”

虞柏荷拿起刚刚放下的书，也有些不知道该如何面对眼前的麦桐。

“我在书店门口买了一本书。”

麦桐说完，觉得自己说的完全是一句废话，他这才发现，文字表达能力和语言表达能力在某些情况下根本就没关联。

“那书挺好的。”

虞柏荷应和着麦桐说的话，一边点头，一边若有所思地翻开手里的《无佳人》。麦桐看到虞柏荷的手翻动书页，但她在观察着他，好像想跟他说话，又觉得不太妥当地比他还紧张。

这倒是让麦桐万万没有想到，在他最初的印象里，虞柏荷在魏星的面前，对魏星推荐的《无佳人》不但是不屑一顾的高冷，还爱答不理。但是，只这一两天的时间，虞柏荷整个人竟然变成了麦桐完全陌生的人。

或许这是一件好事。麦桐看着虞柏荷，不安的心绪七上八下地跌宕起伏着，甚至有想流泪的冲动。麦桐觉得，自己的书在这个时刻，完全成为可以高架在他和虞柏荷内心或灵魂的一架桥梁。

他相信自己的直觉，他看到虞柏荷的身后阳光暖暖地照着，这让他觉得温暖也可以成为依靠，想起了那些艰难写作的日子，想起了自己的事业和情感都沉入人生低谷时，独自一人靠着从泥沼里爬将出来的狼狈和艰辛，以及日后已经遍体鳞伤到体无完肤却不得不自我疗伤的种种无奈。

如果那时能认识眼前的虞柏荷。

麦桐这样假设时，觉得自己身心最柔软也最需要抚慰更需要爱怜的那些敏感地带也被这阳光和温暖照耀到了，而且是以这种做梦都梦不到的美好方式。

这说明自己还活着。

他看着虞柏荷，给自我传递了这样一个准确无误的信息。

“你知道我在这儿？”

虞柏荷像完全感知到了麦桐的心思一般，将手中的书页翻过去再翻回来，关注着书中的内容。

这让麦桐异常感动，书里的字句对他来说，无论是积极的还是消极的，无论是美好的还是病态的，都是他人生经历过的酸甜苦辣。最重要的是，大时代的洪流中，心绪浮躁的生存状态中，谁肯这般由表及里地将满眼的字字句句认真揣摩到如此。

尤其一本新书。

“魏星说你书评写得好。”

麦桐有些尴尬地讨好，说完，不禁痛恨自己。

“确实好。”

虞柏荷说。

“确实好？”

麦桐非常惊异地问。

“是好。”

虞柏荷看着麦桐笑了。

麦桐看着虞柏荷也笑了。

麦桐觉得，自己从虞柏荷的笑容中看到了一种久违的希望，这希望是与他近在咫尺的希望。

“我想……”

麦桐刚要说话，手机铃声响了，静谧的空间中，手机的铃声不亚于一颗突然被引爆的炸弹。

他看着手机上的陌生来电显示，不知如何是好。

“接电话吧，没关系。”

虞柏荷一边说，一边环视一下自己身边或看书或写字的其他人。麦桐见了，一边犹疑着是否接听电话，一边充满歉意地向虞柏荷示意自己要立刻离开。

十八

“我是彭露露，不知道你是不是还有印象，那天你送我们三人每人一本你的小说……”

站在玻璃门外，听着电话里陌生的声音，麦桐有些听不懂对方在说什么。

“米粒说她昨天见到你了，你给她的书签了名，但我不是找你签名，我想跟你说一些我的事。”

麦桐这才听懂，是那位在“浅水湾浴都”门外收到自己赠书却始终没说过一句话的彭露露。他实在是吃惊不小，觉得彭露露说话的语气虽然冷静平和，但表达清晰的言语中，已经给了他一个完全可以预知到的答案。

彭露露要对他说一件关于她的重要的事，对于这样的信任，麦桐吃惊不小。

“不知道你有没有时间……”

彭露露的问询在电话里听起来根本不像是问询，更像是命令。

“这个……”

麦桐看了一眼玻璃门内的虞柏荷。

麦桐有时间，他怎么能没有时间？即便没时间，也能找出时间，只是这电话来得实在不是时候。但是，他不想错过这个机会或叫作邀请，他更感兴趣的是第一次相识之时，米粒有抑制不住的兴奋，虞柏荷有让麦桐意想不到的热情，唯独彭露露始终与己无关地将自己置身事外。

可是，就是这样一个人，却在给他打电话，说有重要的事情要对他说。这才是最让麦桐觉得不可思议也最感兴趣的地方。好像已经站在一座城堡的入口处，看着已经了解了外观的城堡，不舍得离开，只想走进去，即便城堡里与城堡外一样，不过是房子、树木、街路和跟自己一样的人。

好奇之心是行动的动力。

这个邀请，对于正处在迷茫中举棋不定的麦桐来说，无疑是难得的一场及时雨。他觉得，自己是一株立于泥土之间的急需成长的幼苗，一方面急需阳光；另一方面急需雨露。要知道，麦桐头一天的雨中行走和之后的花钱买醉都没能让他得到强而有力的精神支撑。此时此刻，他的全部身心却被这个电话注入了兴奋剂。

尽管这场会面距离麦桐的精神支柱十万八千里，但是，他觉得自己在这人生最脆弱的当口，别说是一个邀请，哪怕是一句话，都有可能成为雨露或阳光。

“那就‘醉艺坊’的‘董酒’包房见。”

彭露露高兴地与他交代着见面的具体地点。

“好，‘醉艺坊’的‘董酒’包房见。”

麦桐即刻回答。

麦桐实在太想好好地“与谁同坐”了，如兄弟姐妹一般，甚至如爱人知己似的赤诚相待，将内心所有的繁杂和不良情绪进行一次斩草除根般的彻底清除。想自己一夜辗转反侧，为着已经决定的事这般举棋不定地苦恼。这时，能与谁在一起，推心置腹地无话不说，实在是求之不得的好事。

没想到，这简单的一问一答……

麦桐正想着，便看到了脚下慢慢挪过来的一个影子。他抬起头，见是贴附在玻璃门里的虞柏荷，他即刻条件反射般地收起了手机。

“那个……我有点儿事得离开，等有时间的时候我再过来。”

麦桐隔着玻璃门向里面的虞柏荷交代。

“等我看完这本书就给你写书评。”

虞柏荷推开玻璃门，手里举着麦桐的《无佳人》，态度很谦和地对他说。

“这个……好、好的。”

麦桐因为彭露露的相邀，已经忘记了找虞柏荷的目的和动机，看着虞柏荷手里的书，竟一时有些语塞，不知该说什么才好。

“我过后再来。”

他觉得，在自己离开之前，只有这句话才能将自己的歉意最大限度地缩小或降低。但是，他却有些后悔，为什么要那么爽快地答应彭露露，像怕拒绝这次邀请，就再不会有机会似的，这根本不像自己。

麦桐了解自己，终日无所事事中，任何一件可以碰触到自己兴致的想法或是一件小事都会把自己吸引过去，像一只没有任何方向感的昆虫，飞到哪里或飞向何方根本无所谓。

十九

麦桐走过书店对面的马路，回头看了一眼已经掩映在泛黄的树木中的书店，见虞柏荷站在二楼通体透明的玻璃墙处，面向窗外，不知道是在看离开的自己还是在沉思。他心生几分不安，但仅仅是瞬间，便被意欲赴约的兴奋完全抵消了。

麦桐才不会眼睁睁地看着自己历经沧桑后所剩无几的余力再支离破碎，最后变成一缕清风。他要将它变成可以让自己在写作道路上后浪推前浪的一种力量。

一个想倾诉，一个想倾听，是人与人交往过程中的交换。外在的冲动包含了更多的内在需求。

仿佛人类千百年来因为想好好地生存所必须自我调整的自救方式，此时此刻，明晃晃地向麦桐印证着不可否认的一种魔力，无法阻挡。即便如此，他还是多少有些后悔自己的草率，虽然虞柏荷说看完书会写书评，但是，他却因为离开而失去了一个可以跟虞柏荷进行沟通交流的好机会。他始终认为，好的书评就相当于书的好看外衣。对于某一本书来说，想看书的人，或看过书的读者，在无法将感官上的感受上升到理性的认知高度时，书评绝对是高屋建瓴的一种引领。

日子必定会这样，像小说里的某个情节。转折，总在不经意间便步入向好的拐点，只稍不留神，便见到了峰回路转。

希望总在一念之间。

麦桐走向了一条笔直的大道，走到中间的位置向右拐，走到第一个岔道口，再向右拐到一条更笔直的大道上。又走了不太远，便看见了气场巍峨的“醉艺坊”。

他多次从“醉艺坊”的门口经过，但从没进去过，被只谋一面的彭露露相邀在这里，他连做梦都想不到。

仅仅因为自己赠送的一本书。

仅仅因为彭露露要跟自己说点事。

麦桐的好奇心在不断膨胀中渐渐超越了他赴约的兴致。想着在这样一个用金钱堆积起来的奢华所在，囊中羞涩本身让他内心生出几分胆怯。但是，即便如此，有自己的书在彭露露手里，从某种意义上讲，他又瞬间在内心生涌出几分自信。虽然他还无法为这场即将到来的会面做出任何分析和判断，但是，从麦桐迈进自动开启的对开玻璃门，步入金碧耀眼的大厅，在几位迎宾礼貌谦和的引领中，从一楼走到二楼，再从二楼走到三楼，直至走进“董酒”包房的门口，都懵懵懂懂的。

原来，这世间最复杂的心态莫过于麦桐此时的状态，他凝聚了所有的心力，依然可以感知到身不由己的惶恐。

无法摆脱，又妙不可言。

在气势恢宏和波澜壮阔面前，作为一个自然属性的存在，麦桐内在的情感和情绪都不过是浩瀚汪洋中的一滴水、波涛汹涌中的一朵浪花、大千世界的一粒微小尘埃而已。可即便如此，也不能不善待自己，哪怕是一件小事。

麦桐感受到了自己内心越来越强大的个性舒展，并从悲观自然而然地游离到乐观，再从茫然无助跳跃到怡然自得，仅仅因为一个相邀的电话及意料之中的被款待。

没错，听从自己的内心，成为自己说一不二的主人。他觉得，活着，就得学会自我疗愈的本领，虽然要靠着一种外力给予的方式。

二十

“你好。”

“你好。”

麦桐推开“董酒”包房的门，非常惊异，这足可以容纳三十人同时就餐的房间里，只有彭露露自己。

“你喜欢喝什么酒？”

麦桐还没有落座，彭露露便问。

“我不喝酒。”

麦桐将头摇得像拨浪鼓。

“那就喝茶。”

彭露露一边说，一边将桌面边沿处已经备好的一套白色三才盖碗转到他近前。麦桐有些后悔，但又觉得自己回答得正确无误。

“这‘醉艺坊’是我娘家舅舅开的，我说我要招待一位非常重要的客人，舅舅就把他的宝贝拿给了我。”

“哦。”

麦桐一边点头应诺，一边关注着已经被彭露露转到自己眼前的那套三才盖碗。

“你打开盖看看。”

彭露露示意麦桐拿起碗盖。

“舅舅说这是他开店时就囤储的老茶，已经在醒茶罐醒了将近三个月。”

“醒茶罐？”

麦桐头一次听过。

“我知道红酒佳酿需要醒，茶也需要？”

麦桐一边说，一边看着杯子里的茶水，觉得黄润如金的茶水中，不断弥散着一缕缕清爽甜润的茶香。

“现在喝应该最好，虽然茶应该在餐后喝。”

彭露露一边说，一边微笑地看着麦桐，好像邀请他不过是为了来品茶。麦桐端起盖碗，看着盖碗外延器韵至美的几朵祥云，顷刻间，便能感知到一套茶具中，盖为天、托为地、碗为人的天地人和。

麦桐看了彭露露一眼，似笑非笑又不置可否地看着手中的茶具自忖，以往的自己太在乎自身的感受和感知了，很多时候的很多事也都太过于关注自身了。他好像这才感悟到，手中的一碗不足以成为一道景观，一托加一盖合在一起，再怎样从数量上取胜，没有那碗，依然会不和谐。难怪自己孤单，都是平日苛求完美使然，不怪别人，更不应该怪这个世界，要怪只能怪自己过于追求高大上的内心。

“好茶！”

麦桐真正感知到了几缕氤氲的袅袅茶香，无限悠长地从荡漾绵柔的茶水中溢漾开来，让他仿若走进茶园，置身一片绿意的俊秀山川间，以及禅茶一味中，万事如意、诸事顺遂。

“真是好茶！”

他不禁再次脱口而出。

“你没来之前，我就冲泡了三次，你来，这茶应该被彻底唤醒了。”

麦桐听了彭露露的话，怔住了，他从没想过被唤醒的茶是一部分还是全部。他只知道，自己为自己的决定欣然而起的满意和满足。仿佛从离开出版社的那一刻，就一直在不停地索要和索求。

这源于麦桐决定修改文稿的决定，麦桐不想负重前行，虽然麦桐不得不负重前行，麦桐想轻装上阵，麦桐不想背负沉重的行囊及压抑的心理重负上路，麦桐极力在寻找一种平和宁静的心态和心境，无欲无求无杂念，在知足常乐的状态中坦然面对。

“我舅舅说，原来的茶香被沉寂得太久了，喝之前必须去除堆味和仓味，让茶香从陈化中醒过来，这样，才能喝出满口生甜的回甘。”

麦桐看着彭露露，觉得彭露露比自己第一次见到时优雅美好很多。只是，他听着彭露露给自己进行详解时，觉得在家的时候，周松儿也说过类似的话，只是周松儿说的时候，他觉得周松儿喝杯茶还那么煞有介事，不仅做作，还吵得自己无法认真写作。

人心真怪。

麦桐喝了一口茶，琥珀的颜色，顺滑醇厚中居然有一股淡淡的果香，好茶就是好茶，尤其彻底被唤醒的好茶。

麦桐这样在内心深处自说自话地说着、想着、品着，不禁静观起视线所及之处的奢华，皮椅、实木桌、玻璃转盘、精致的杯盏以及陆续端上来的美味佳肴，更有墙上的古风画幅以及门脚边成排的驼色茶水柜，都暗自生香又暗自发光地向他昭示着一切，多么隆重，又是多么盛大。

一本赠送的书真的不算什么，麦桐觉得彭露露不免有些大动干戈了，麦桐甚至觉得被唤醒的何止是茶，而是自己的灵魂，被一种近乎温柔的决绝唤醒。是的，或许前行要面对更多的辛苦，白天黑夜，不知疲倦地一路前行，但不如此，会更加痛苦。

开弓之箭，回头无岸。

这才是麦桐苦苦求寻的答案，在一杯茶水里，在一次被邀请的盛情中。

回头无岸，一如开弓之箭。

麦桐守着已经得到的答案，仿佛走出人生最重要的考场，不止如此，还上交了一份最满意的答卷一般，或被醒脑，或被醒心，让深睡或尘封的怠惰，在苏醒的过程中，焕发出最壮美的本质属性。

麦桐惊觉，人与茶之间竟也有着如此可遇而不可求的机缘。想自己碗中的茶，浸过哪年哪月哪棵树上飘摇过的风雨，又有过哪年哪月哪里的日月星光。或刚刚长出嫩芽，还没见到世间的模样，便被辗转尘世角落，一路颠簸着被封存，最后再被长久地搁置，再被一壶滚烫的茶水唤醒，散发出它的悠悠醇香。

这又如何不是自己与他人的人生？茁壮地成长，本想着可以成才，不承想，还没来得及登上人生舞台，便一路走起下坡路，最要命的是，还无法自控，心急情急又如何？生活的残酷或是生活的平淡将原本的一腔热血，熄灭在一个又一个周而复始的日常琐碎中。如他眼前的这般，小心翼翼地、屏住呼吸地、认真极致地唤醒茶质，一边感慨茶香里凝聚着的甘润香甜，一边慨叹着深沉饱满中浓重的醇厚与纯正。

如此，芸芸众生，唯我独醒又如何?

如此，茫茫人海，唯我不醉又如何?

走不出去的路、走不到目的地和走不出去又有什么区别? 麦桐了解自己，之所以如此地犹疑着下不了决心，无非是缺乏底气，也缺乏耐力，更缺乏动力罢了。

谁都不是谁的救世主。

自己也可以怀疑自己。

他摸了摸手包，想到里面的文稿，对彭露露相邀油然而生一种感激和敬意，多亏彭露露的邀请，避免了他对改稿信心的大打折扣，没人知道他的脆弱，尤其在即将踏上改稿征程之前，他实在需要一种鼓舞、一种力量、一种来自任何人任何方向的任何力量。

麦桐不禁不动声色地叹一口气，即便虞柏荷给予自己小说全方位的肯定又如何? 虞柏荷不过是虞柏荷，虞柏荷不是出版社的编辑，最重要的是，虞柏荷不是花钱买书的读者。可即便如此，麦桐依然是兴奋的、开心的，因为一杯茶喝出了希望的春天，一杯茶也品出了希望的源泉。

麦桐不禁想起与周松儿冷战的那些日子，那时觉得冷战本身虽然不好，但很有必要。不冷战就不知道谁能输、谁能赢，不冷战就不知道自己在对方心目中的地位和价值。只是，现在看来，这一切没什么意思，更没什么价值。

他整理了修改文稿的思路，不只是改动小说的立意主旨，也变动小说的主线脉络。不仅如此，还要重新确立作品的风格和创作方向，不再无病呻吟，也不再急于求成。要比之前更从容地将自己的想法与客观的实际相整合，拿出百分百的工匠精神，用亲力亲为的方式，完全介入作品所有人物的生活，并通过人物个性的展示，尽可能地彰显人性的本色。无论是自私的，还是丑陋的，抑或善良美好的，都要尽最大可能地贴近生活。

忽略从前自认为是必须遵循的所谓技巧和规则，尽最大可能地编织浪漫和美好。毕竟看书的人与写书的人一样，都想心情愉快，而不想找什么不自在。

“我老公跟一位‘于先生’来往缜密，只是，那位‘于先生’并不是‘先生’，而是一位‘女士’。”

彭露露的话不可思议又完全在麦桐的预料中。

“他们来往很久了。”

彭露露近乎呢喃地说完，示意麦桐吃菜，他这才弄明白，彭露露这唐突的邀请不仅带着她的疑惑，更有她意欲破釜沉舟地说出秘密的决绝。

“你一定想象不到，新婚之夜，我老公就把我给扔下了。”

彭露露的说话声很小，但是在偌大的包房空间里，再小的声音也是那般掷地有声，最重要的是彭露露并不在意麦桐的想法，口无遮拦的直言，好像她早已进入无人之境。

麦桐怔住了，彭露露的话确实印证了他一开始的判断。但是，他却不知道该如何回答彭露露，他甚至弄不清第一次见面没说过一句话的彭露露此时此刻为何如此信任自己。再有，面对如此伤情不堪的往事，为什么在彭露露的脸上看不到任何痛苦的痕迹，仿佛彭露露述说的不是自己，而是别人。

麦桐的心被触动了，不是为彭露露说的事，而是她脸上的淡定与从容，这一定是长期深陷绝望当中且努力挣扎在情感泥沼里可怜又可悲的生命，就像自己。

麦桐不禁心生恻隐之情，并在暗自思忖时，觉得自己彻底变了，变得比原来更沉默寡言、更深思熟虑，觉得自己越来越会将别人的苦痛与自己的痛苦进行衡量、比对，甚至用自己所剩无几的悲悯和耐心给予对方以些许的关怀，好像她的悲伤就是自己的悲伤、她的不快乐就是自己的不快乐。

麦桐发现，彭露露依然穿着他们第一次遇见时穿着的那身黑色长裙，只是衣领的翻角处别了一枚蓝鸟别针，那只蓝鸟的尖尖嘴里叼着一颗红豆，那红豆的红色在黑色衣色的包围中火热而炽烈。

女人真可怜！

麦桐看着彭露露心中在想，这应该是一位比周松儿还不会含蓄婉转的女人，强势且直来直去。咄咄逼人的口无遮拦中，让他不知该如何应对。麦桐想起第一次与彭露露见面时脑海里有关水的那些想法，他觉得，如果彭露露真的是那一脉汩汩流淌的河水，时不时地跳跃着星星点点的光泽在墨色苍茫中，那么，此时彭露露僵冷的表情和那天比较起来，多的就不只是借此倾诉自己的疑惑与悲伤，而是将自己一直在流血的伤口，意欲通过他的文字桥梁，展示给更多的读者所知晓。

女人也很可恨！

麦桐看着彭露露，心中又想，明明没有爱情，却追求着爱情；明明在情感的世界里遍体鳞伤，还如此这般满怀着希望。这也很像他，明明一切都没有什么希望。但是，麦桐依然觉得有希望，或是希望还在，或是只要自己继续努力就会有希望。

他不禁暗自哼笑一声，觉得自己与彭露露，以及这世上所有的人一样，骗别人没有能力，骗自己永远是强项，如彭露露的秘密，无异于从泥泞中摸爬滚打出来的钢铁侠，却用自己的隐忍和历练创造着刚强。但是，彭露露的不真实和一向示人的冷漠却让麦桐不得不望而生畏地敬而远之。

麦桐放下筷子，拿起盖碗，喝一口茶后，又拿起了筷子。他觉得给出什么样的答案都不如沉默好。他也不是不想说话，只是怕自己一张嘴，那些被埋葬或依然散落在周身的苦痛就会死灰复燃且来势汹涌。

麦桐看了一眼窗外的不远处，树梢在风中轻轻地摇晃，像坐在彭露露面前的他，时不时地就用沉默来保留自己早就一文不值的所谓自尊。

跟彭露露一样满面疮痍的过往、跟彭露露一样尴尬狼狈的眼下、无力回望的过去和无心展望的未来，都让麦桐不得不将所有要说的话严严实实地隐藏起来。彭露露那样说与他人的秘密，他不是没有，只是觉得自己都无力承载，又有何能去帮助他人?

麦桐看着彭露露，很想对彭露露说“你不知道，我也是个需要帮助的人”。他更想说“我也跟你一样在生不如死的一种状态中”，甚至他还想说“我的生活远远不如你”。但是他什么都没说，只是将筷子拿起再放下，然后，将盖碗端起再放下，好像无论什么样的无聊举动都可以缓解眼前这沉默中的尴尬。

彭露露点燃了一支烟，透过火光，麦桐看到她衣领上的那个景泰蓝的蓝鸟，羽毛上画有细细碎碎的金色短线，那些短线合着一颗红豆的光，瞬间张扬了整个房间里的奢华一般。

麦桐不禁对不同或相同的人生无限感慨起来，他突然觉得，所有的人，包括眼前的彭露露，都与自己一样，没有任何区别。人前，良好的心态和状态；人后，白天黑夜且周而复始地疗伤。就像彭露露，点燃了烟之后，在突然熄灭的火苗中，升腾出的不是吸烟的惬意，而是更加无法自持的焦躁不安。

这种状态，麦桐太熟悉了。彭露露在掩饰，麦桐很想安慰他，可是麦桐清楚地知道，安慰对于永远无法释怀的苦痛无异于隔靴搔痒。

他不想做无用功。

她也并非真的需要。

麦桐将自己的视线转向窗外，透过玻璃窗，可以看到窗外不停摆动的树枝和树叶，看久了，又觉得那些摇摇欲坠的生命仿佛残喘着不顺的脉息，将它们的无奈和挣扎从室外完整地传递进室内，他决定用无言来完好保留自己已为数不多且急需拯救的自信。

人类即便睡着了，依然还有梦！他觉得有必要好好地保护自己。自己的梦自己圆，别人永远都是无法参与其间的看客或过客。

“这菜好吃。”

彭露露在麦桐将头转过来的那一瞬间，尴尬地露出似笑非笑的表情，深深地吸了一口烟，像活吞了旧事中所有的不开心。旋即，又双眼追随着烟圈，像祈盼着所有的奇迹可以发生似的。

“这菜确实好吃。”

彭露露见麦桐愣愣地看着她，用手里的筷子点了点自己眼前的一盘老醋蜇头。

“应该好吃。”

他有口无心地应和着。

“我们几个都爱吃，我老公也爱吃。”彭露露转移了话题后，又随即补充了一句道，“我也爱吃。”

“我，这菜，我……”

麦桐准备应和时，想起了周松儿一向不敢吃蜇头的糗事，瞬间，与周松儿相识时，因为吃这道菜的不愉快一股脑儿地浮现到他的脑海中。

“你爱吃就多吃，我不吃。”

周松儿当时说话的表情和语气清晰且带着隐隐的不悦。

“你爱吃就多吃吧，这菜，我原来确实爱吃，现在好像有点儿过敏。”

麦桐一边说，一边将彭露露转到自己面前的老醋蜇头顺势转回到她的面前。

“过敏？原来吃没事，现在过敏？”

彭露露很好奇。

“是。”

麦桐一边应答，一边感受着自己的心情，一向爱吃的菜怎么能不爱吃？麦桐不过是不想因为吃着那道菜想起曾经过往，麦桐甚至惊觉，同一道菜，在不同的人在不同的时间、不同的地点、怀揣着不同的心情，心里的滋味会如此不同。

与周松儿一起吃的时候，尽管周松儿不吃，但是，周松儿从不反对麦桐吃，不止如此，还每次都给麦桐点这道菜，好像也正因如此，麦桐才不愿意在同样爱吃这道菜的彭露露面前尽显自己对这道菜的青睐，彭露露说她们几个都爱吃的话，更是让麦桐觉得，这菜在她们面前不仅成了自己的禁忌，还完全有可能永远都绝口不提。

凡是与周松儿有关的过往，在麦桐这里，都会逐渐成为不得已的一种克制，麦桐不想让已经成为过去式的记忆再在自己现状或未来生活中有任何意义上的延续。

“最初，我确实以为那位‘于先生’就是于先生，他们之间通话我也从来没有设防，后来，无意间我才发现，‘于先生’不过是个张冠李戴的假称谓。”

彭露露说完，将手里燃着的烟用力按灭在烟灰缸里，感觉上好像已经知道麦桐也给不出什么好答案，即便是作家，也不一定能说出什么破天荒的惊世真言，而自己手里的烟确实也成不了能够解决问题的魔杖。

麦桐觉得自己置身的仿佛不是相邀的包房，而是某个空荡荡的被探视的空间。空气异常凝重起来，茶和菜已经在麦桐的眼里黯然失色了，好的情绪和好的心绪都被彭露露这几句自怨自艾的心事搅扰得无影无踪了。

“你是怎么知道的？”

麦桐放下手里的筷子，不得不关注地问，但在麦桐的内心，已经在筹划着什么时候以什么样的借口离开。虽然麦桐对彭露露相识之初时的冷傲有成见，但是，对于这件极具隐私的秘密，真没兴趣。

“这个！”

彭露露有些迟疑说还是不说。麦桐倒觉得，谜一样的故事在生活中虽然比比皆是，但实际的生活比起按照写作技巧和规则章法创作的小说，即便是一道茶，也淡而无味。

如果生活有意思，人类就不用发明小说了。

麦桐喝了一口茶，确实是淡而无味。

“我知道，跟你说了也没用……”

彭露露还算聪明，完全看出了麦桐心思一般，之后，便稍稍示意麦桐赶紧吃菜，自顾自地吃菜喝茶。

麦桐看着彭露露的进退两难和欲说还休的为难，恍然间觉得彭露露这光鲜亮丽的外表之下应该是一颗凌乱破碎的心灵。想必彭露露有着很多的难言之隐想对她面前的作家说，就像米粒那样，只是她做不到像米粒那般无所顾忌，甚至一吐为快不过是她的愿望，机会真正到来，她又无法说出口。

没有谁的心灵可以一尘不染，彭露露应该是似懂非懂。

“快吃吧，你也别想太多，都是我自己的主观猜测……”

彭露露用自己的筷子示意着点了点盘子里的菜，声音虽然温和，但在麦桐听来，却好像带着不可思议的弦外音，麦桐有些搞不懂彭露露的真正动机了，是用这种方式给自己提供一个写作素材？对一个只有一面之缘的陌生人？揭自己的伤口，再通过这个陌生人将其公之于众？

或许，彭露露觉得作家思维严谨，判断能力强，对她的疑惑能一语道破天机，问题是这信任来历不明。

“虞柏荷找没找你？”

彭露露问。

“虞柏荷？”

麦桐吃惊不小，并下意识地将头转向包房门口，甚至在麦桐的潜意识中，觉得彭露露的第六感非常准确。

“估计她会找你，也能给你那本书写书评。”

彭露露说话时，既没看麦桐，也没看眼前的盘碟杯盏，而是略有所思地犹疑着、揣度着，麦桐隐隐约约地明白了彭露露的用意。有些时候，人和人之间的关系既不能简单下结论，也不能复杂地做评判，微妙才是最真实的本质。

“你是想让我帮你把你说的那件事给查清楚？”

麦桐问。

麦桐觉得，既然自己欣然前往这邀请，就不应该没有作为而仅仅是吃和喝。

恍然间麦桐觉得彭露露跟《无佳人》里的那个齐琪一样，将所有的秘密都隐蔽到灵魂深处，在漫长的岁月中，甘愿让那秘密生息繁衍出一片龙荒蛮甸，且一任自己在那荒凉的泥土间，一面承受着阳光的明媚灿烂，一面接受着来自土地的潮湿阴冷。

挣扎，就是这样一番情形，拿不起，也放不下。

都说女人傻，麦桐没见过这般傻的女人，心甘情愿地在被欺骗的阴影里自说自话、自问自答，卧底般地在婚姻中备受煎熬。麦桐无法想象彭露露是怎样在老公和那位“于女士”之间的夹缝中求生存，这不仅需要胸怀和理性，也需要放下自尊，屈从卑微的牺牲。

“清楚了也没用。”

彭露露哀叹了一句后，又点燃了一支烟，但是，这一次跟上一次不同，这次虽然是重复动作，却多了几分不得不放手的释然，但随即深吸一口烟时，仿若吞咽了所有委屈，在吐出那一缕烟圈时，有意地将旧事进行掩盖和遮蔽，最后，将根本就抓握不着的“过眼烟云”彻底抛向空间。

房间里异常安静，麦桐和彭露露都安静地看着慢慢消散的烟雾，好像彼此都有急需倾诉的万语千言，又无从说起。

“其实，我正要修改一部刚完成的小说，至于你说的事，我想，之所以能拖延到现在才说，只能说那个‘于女士’并没有真正地影响到你的生活。”

“不说是秘密，说了也是秘密，其实有答案和没答案都一样。”

彭露露根本没听麦桐的话，而是继续着自己的自说自话。

麦桐听了，倒有些羡慕彭露露，包括米粒，她们都能敞开心扉且口无遮拦地在陌生人面前说出自己的困惑，而自己却始终在自建的囚牢里，期盼那个根本就等不来的能与自己合得来也能说到一起的智者。

聪明反被聪明误，说的就应该是自己这种人。

麦桐觉得自己很可怜，也有些讨厌自己，内心已到了崩溃的地步，脸上依然无所谓的样子，好像这世间的任何事和任何人都与自己无关，甚至连自己都好像与自己无关。

“我觉得，你也别总在这件事上纠结，一个男人能给一个女人婚姻，就足以说明这女人在这男人心目中的地位。”

麦桐觉得在不明因果的情况下，说和是最应该的。

“我明白。”

彭露露连连点头。

“至少你还拥有你们的婚姻，至于那位‘于女士’，我想，不过是你生活中的一片乌云，遮不住你的生活。”

彭露露听了，呆呆地看向麦桐，好像她用尽了气力要听到的就是这样一句话。

“你说得太对了。”

果然，彭露露装作波澜不惊，但实际上已经激动万分地赞许着麦桐刚刚说过的话。

麦桐见了，则无奈地摇了摇头。麦桐觉得，彭露露真的不仅仅是傻，还很呆，别人的评判怎么能代替自己的生活？麦桐甚至觉得，彭露露所说的秘密不过是一个符号或一个标识，那符号和标识不过是记载了一些与她有关的过去，不应该再用来印证现在和将来。

麦桐不想针对彭露露捕风捉影的所谓秘密再探讨下去了，没有意义，也很无聊，甚至觉得彭露露看上去好像有城府，实际上就是小题大做地故弄玄虚，放着好好的青春岁月熟视无睹，为赋新词强说愁地自寻着烦恼，不仅如此，麦桐还有了与米粒在一起就出现过的感觉，那就是话不投机半句多。

麦桐心里想着念着的是怎样快点离开。

二十一

麦桐走出“醉艺坊”，心情无比轻松惬意，虽然是一场不得已的逃离。但麦桐觉得，一大早想去书店找虞柏荷企图打开自己无法解开的心结，被这突如其来的邀请彻底打开了。

“给你这个。”

麦桐走出酒店大门时，彭露露在麦桐回头与她示意道别时，犹疑着将一张精致的名片交给麦桐。

“我在‘奢华商贸’经营高档服装，虽然一张名片没有你的书有分量，但是，希望有机会能与你合作，也希望你能继续光顾我舅舅的‘醉艺坊’。”

“‘奢华商贸’？”

麦桐愣了一下，但很快就恢复了原来的状态。

周松儿虽然在“奢华商贸”上班，但是，“奢华商贸”实在是太大了，再者，麦桐与周松儿的现状，除了魏星，没人知道。

“不只有高档服装，也有限量款的包。”

彭露露又补充了一句，说话时，脸上掠过一丝不易被觉察的献媚，但随即便恢复到麦桐第一次见到彭露露时的那种孤傲高冷。

麦桐觉得彭露露与周松儿之间真的有很多相似之处，居高临下的漠然，仿佛她视线所能及的你不过是空气一样的存在，而且这空气根本就是她不需要的。但是，又在不经意间流露出一掠而过的风情万种，好像她们的强势都是装出来的样子，是摆给你看的一种假象，仅仅是外强中干的徒有虚表。

麦桐不禁哼笑了一声。

如果周松儿不是变得越来越婆婆妈妈、冷若冰霜，或许麦桐不会离开家。

如果周松儿不是将用在出书的钱上给麦桐强加了一个“自私自利”的帽子，麦桐不会认为自己作为男人，立于天地之间却无立足之感，甚至因为自己写的书而没有了尊严……

如果，或许……

麦桐看了一眼手里的名片，觉得彭露露如果不是善于挣钱的“财女”，而是一位才华横溢的才女，或许，在麦桐的内心会对这样的相邀有一个更有感慨深切的认可。虽然麦桐时时处处都死守着刀枪不入的阳刚，但是，只有麦桐知道，自己的脆弱早就不堪一击得如强弩之末，只是非常遗憾，麦桐不过是彭露露生命中擦肩而过的一个过客，而彭露露对麦桐来说也是如此。

不过是因为一场遇见，彼此停下脚步，打声招呼，然后，各自走回各自的道路上，仅此而已。

二十二

天黑了，黑得很快，秋天的夜晚就是这样，刚刚还有夕阳在，转眼之间，所有的路便在街灯的闪耀中越来越晦暗。

走在路上，麦桐看着自己的身影在路灯下不断地变换着各种不规则的形态，觉得自己好像越来越怪，无论在哪儿都明明是自己一个人，却始终要寻找一个安静所在。明明一直在思考，却总想身处安静所在，好更认真地思考。最重要的是，什么状态下都没有停止过思考，却也没有思考出啥名堂出来，他觉得自己是一个悲催的伪文艺青年。

麦桐再次感知到了前路漫漫。多元化的时代，于滚滚红尘中摸爬滚打着的读者，再不是从前的不会辨别、不会选择，他们甚至比作者还有思想。

在一幅巨型广告前，麦桐停下脚步，一对相拥而过的情侣正情意绵绵时，被迎面而来的一行人意外地分开。之后，两人便是你找我、我寻你的有些不知所措。麦桐恍然如梦般地看着，便如泉喷涌般地有了灵感。这灵感突如其来，却没有即刻消退，是一个完全有别于《无佳人》和《不远不近》的新故事。

一座四面环海的孤岛上，一对随群伴出游的男女，一场暴雨后，说不清的缘分让他们在月色下，不是再次擦肩而过，而是擦出爱意浓浓的火花。之后，便双双沦陷在随之而来的更加风大浪高且无法按照既定归期返航的困境中，不止如此，还在一个意外的境遇中，一个必须离开，一个只能留下。

这很残忍，却符合矛盾冲突的设置，更有利于情感在温床中被孵化或被分解甚至被放逐。这时，更考验人性的已经不再是事件本身，而是自我认知中，对感情的态度和对自己的了解。

虽然这故事落于俗套，但是可以用推陈出新的文字，将这老套的故事进行一次旧瓶装新酒的改头换面，只是结局让麦桐觉得不得不用人文的思考来斟酌、考量。如果没有对人的尊重、对人的理解和对人的宽容，小说又怎么能称其为小说。麦桐有了作为作家应该有也必须有的责任和担当，实际上也是一种觉悟，是将自己完全置身事外，暂时将自己作为一个旁观者进行观察、进行描摹，通过一个又一个不如此就无法判明是非的细节，完好地一一对接到小说的脉络中，不做作也不空洞，并在人物性格的完整构建中，真切地展现生活的无奈、人性的真实，以及人生无常的必然。

当然，爱情和亲情乃至友情，都要进行必要的处理。因为在情感面前，无论是成功的还是失败的，人们更愿意遵从自己本能的期待，希望有好的结果，希望有好的过程，纸上谈兵的虚构再怎样忠实生活，也无法与真正的生活进行重叠，可人们愿意自己骗自己，包括作者。

麦桐看了一眼天空，一只不知被谁放飞的孔明灯，在黑漆漆的夜空中，像蒲公英的种子一般，不知道能飘到什么地方。

麦桐看了看自己手里的手包，本想找个人好好地聊聊自己的小说、聊聊自己的何去何从、聊聊自己的文字究竟能有几斤几两的价值，却行走了一天，如浮萍草芥般地到处做着无用功，好在意外获得了写作的灵感。

麦桐决定，去除所有杂念，给手里的原稿做一个改头换面的大手术，从头到尾，一行一行地完善、一章一章地修正、一层一层地剥离、一块一块地处理，甚至每一个字、每一个标点符号。

X i

R e n

第三章

Chapter

深闺那些幽梦

X i a n g

一

麦桐再次走进“夜廊酒吧”。

他觉得，在天亮之前，如果不完成一次一直想独自花钱买醉的行程，修改文稿的决定就永远不能有真正意义的开始。喝酒或自斟自饮是一个非常重要的仪式。

二

麦桐再次走到靠窗的角落坐下，原来坐过的位置旁的窗台上多了一排绿色植物，他叫不上来它们的名字。

原本麦桐可以约上魏星。但有魏星时的吵嚷让他又有几分惧怕，都说喝酒时，呼朋唤友地吆五喝六最畅快，但那样酒过几巡后，总有更加失落的感觉。

甚至分别的酒醒之后更是寂寞得难耐，好像喝的是酒，消耗的则是一向都不太多的自信，尤其喝不到尽兴，更觉得再聚的欲望与日俱增，直到再聚重复以往，结果是更深重的孤单。

唯有静思，才能思考出很多平时无解的来龙去脉。尤其写作，一个人跟一个故事终日纠缠在一起，一方面要不离不弃；另一方面要与故事中的一切斗智斗勇，稍不留神或稍有懈怠，自己便会成为与故事无关的局外人，不止如此，还一荣俱荣、一损俱损地在不知不觉中融为一体。

麦桐想起了虞柏荷，有些后悔自己的匆忙离开，更后悔为什么没能把打印的手稿留给她。或许将手稿给了她，这个时候的自己便可以问询一些有关虞柏荷对自己文稿的看法。

麦桐觉得，能与自己说到一起的八成只有虞柏荷。文字在某些时候，也像人和人之间的缘分一样，虽然都是头脑中的想法，表达得不清楚或不明确时，会雾里看花般地辨识不清。但是，读者会在看过之后，在内心深处产生一些涟漪，即便是隔岸观火般地有着距离，但心应该是相通的。

麦桐觉得自己实在是太需要虞柏荷这种会写书评的读者了。

在秋凉中，像麦桐寻它而来的心绪一样，在一抹清凉的夜里，无事可做，又千头万绪地要找一个方向。

他看了看杯子里的酒，透明、甘醇。酒无疑成了可以助推这一切完成的一个介质或载体。

麦桐看了一眼墙壁上那些线条夸张的大色块抽象涂鸦，觉得那些涂鸦没再像上次来时那样，给人令人窒息的幽闭感。但是，也没有第一次见到时的新奇感觉，一切都好像见怪不怪到熟视无睹，像手里的酒，没得到时想着念着，将它们把握在手时，又觉得一切不过如此。

有和没有。

拥有和失去，真的没什么。

麦桐觉得，静思中的自己和墙上画一样，都被这世界无视且冷落了，如窗台上的那些绿色植物，在昏暗的光线中，成了已经无法辨识的碧翠，想招摇，只能等待明天的太阳。

他起身站到窗前，看着窗外梓树浑圆阔大的叶子，在漆黑中，沉静得像一张又一张女人内敛平和的脸或是内心。仔细看过，又都不尽相同，有的叶子很圆润，有的却不乏丑陋，脉络分不清，还扭曲着叶柄和叶尖，尤其那一束束细长的果实，在夜风中一刻不停地纠缠着。

麦桐看了看手里的酒杯，觉得酒杯和酒从未如此可亲可敬，默不作声地陪伴，毫无怨言地跟从，像知心爱人，虽然不是。

他将酒杯里的酒一饮而尽。

酒一向与文字一样，都是他的最爱。文字可以让他顺遂心性地有感抒怀，虽然是以小说的形式，但所有人物无不倾注着他对人生、对世界、对生存的深深思考。而酒却可以让他将这种思考更加深入、更加细腻、更加精准到位地描摹和描述的良药，不止如此，也是麦桐心绪不好时最行之有效的解药。也只有酒，你说啥，它都会谨记于心地配合你；你忧，它仿佛比你更忧，一起悲苦到心碎；你乐，它倾尽全力地陪你一起欢歌沉迷。好像它生而为你，牺牲还是为你，直到你心绪平复到把它忘得一干二净，哪怕对它有所抱怨和记恨，酒依然是酒。

已经两天了，麦桐仍然对已经决定的事犹犹豫豫，好像所有的义无反顾都变成了此时此刻仍然无法抛开的畏首畏尾。仿佛改写文稿或一字不改已然成为麦桐生活中随时可以变通角色的隐士和圣斗士，说不定什么时候，哪一方就会占上风，指不定什么时候，败下阵去的另一方又会张牙舞爪地返杀。而麦桐则像一个只能观战，却根本无力参战的木偶或是傀儡。

怎么又是这样了？

麦桐为自己的懦弱感到羞耻。

他想到了刚搬进出租屋的夏天，那时，麦桐不顾一切地背负着无比沉重的心灵重负，没日没夜都与星月为伴，与天地相融，一边体悟生活的酸甜苦辣，一边在文字的汪洋中坚守执着自己的挚爱。

那时的自己多么坚强！而现在的自己又是如此脆弱。都是同一个自己，怎么会如此这般？

麦桐坐回到自己的座位，将酒杯倒满酒，没有任何犹豫，没有任何想法，端起酒杯一饮而尽。

是因为爱情?

当然不是。

麦桐一直明白，爱情不过是自己人生的一部分，即便全世界都不再有爱情，他依然可以在自己的文字中创造出爱情，而且是美轮美奂的爱情。

是因为缺乏一种精神支撑?

一种精神的力量?就像砖瓦依靠框架才可以建成高楼大厦，就像花朵有了和煦的春风，才能够绽放出美丽花儿。

麦桐无法忘记，自己与周遭格格不入时，是写作让他找到了方向，通过文字的涤荡，让内心纯净、使灵魂安宁。从那个时候开始，麦桐学会了用文字来梳理自己近乎痴狂的执念。

通过文字，创造出一个自己喜欢的世界。

通过文字，构建出一个自己深爱的世界。

通过文字，假设出一个与自己何时何地都能和解的世界。

麦桐在自己的创作和假设中，完全获得了自己想要的一切。

原来，喝酒抑或喝茶，这一过程本身虽然很重要，但更重要的是，可以通过这样一个过程，使心绪得到很好的化解。人活着，无论与谁相处，都会有一些开心或不开心，都会有一些话适合说或不适合说。但是，喝酒或喝茶时，可以借助酒醒或茶歇，推心置腹地肝胆相照，反正是喝醉了，管它是醉了酒还是醉了茶。

麦桐明白了，自己的心绪之所以不顺畅，总是事事不如己愿，就是因为自己的胆怯以及自己无法战胜的欲言又止，到头来，只能如眼下，一次又一次地将心事倒进酒杯，与自己的那些文字交流。

是在困难面前。

是在接近曙光到来前的至暗时刻。

是在舍与得和得与失之间不断地权衡、计算，甚至寄希望于有一种可以不劳而获的天降甘霖。

“真是笨蛋！”

麦桐骂了自己一句。

他觉得，自己真是白白地生而为男人，做事拖沓不果断，还总在举棋不定的犹疑中，反反复复折磨自己，消耗自己。

麦桐起身离开了。

他觉得，不必要的挣扎和纠结无异于浪费自己宝贵的生命，最重要的是，在明天和意外不知道哪一个会先到来的今夜，任何一分一秒的浪费都是对未来的犯罪。

三

麦桐一头倒在出租屋的床上时，心里想，这一直想喝的酒还是没喝好。因为他的思维里依然是思绪万千，感觉上就像走进了一个迷宫，知道有出口的时候还有希望，但是无论怎样都找不到出口时，就绝望了。尤其觉得迷宫就是自己逃不出的世界时，迷宫就不再是迷宫了，而是自己的人间地狱，这才是痛苦无处排解的可怕之处。

而写作的残酷正在于此，写作要战胜的不只是走出迷宫，还要引领走不出去的人一起走出去。

麦桐怕自己的半途而废、怕自己的知难而退、怕自己一直都在坚定和迷茫中的六神无主。有太多立志写作的人没能成功，或输在前行的路上，不是被对手打败，而是自己的勇气不足、不能坚持、缺乏信念，而离开了既定方向，甚至永远都找不到一离开就再也看不清的那条回头路。

四

麦桐在等待，等待虞柏荷的电话，他有些心急如焚地对这个一直没有打来的电话寄予了很大的希望。他十分清楚，这希望不过是一根稻草，既救不了命，也替代不了小说文稿的改写。

但是，他仍然在焦急、静默的等待中，对这样一个可以为自己的文字写出评论的人寄予着太多希望，究其原因是他太在意自己的文字是否能有自己所期盼的那种社会效应，哪怕仅仅是虞柏荷自己一个人的认可。

如果虞柏荷能对麦桐的文字给予一定的认可和肯定，这认可和肯定就可以成为他的一个好的开始。

这开始意味着麦桐可以继续向前的持续动力，是非常重要的第一步。他不能在这至关重要的第一步上，有任何的迟疑和犹豫了，说到底，他在乎的是读者，希望有人通过自己的书对自己灵魂进行真正解读。

五

麦桐终于给虞柏荷打了电话，这不符合他的性格。但是，麦桐无法在这样一件急迫解决的事情面前冷静下来。

虞柏荷在电话里说她这几天一直有事，麦桐听了，虽自觉几分自惭形秽，仍不得不假装随和地说自己不过是想起了就那么随便一说。虞柏荷听出了麦桐的心思，即刻说她会择日登门拜访，虞柏荷说她不仅要好好地给麦桐的书写一篇好书评，还有一些话想对他说。

末了，虞柏荷说让麦桐等她电话，麦桐有些忘乎所以。但是，这一等，几天的光景又过去了。

六

电话终于响了，在麦桐等待得耐心几乎要熬碎的那一刻，麦桐手机的铃声带着优美欢快的旋律，让他一边接听着虞柏荷的电话，一边忘了身在何处。

虞柏荷在电话里说她用不了多长时间就能到他家。麦桐听了，不仅不知所措，事先想好的一些问询重点也全部忘光了。麦桐的血液升腾着所有的热度，一刻不停地击打着他的胸膛。

虞柏荷不是普通意义上的读者，她是一个救星。麦桐神情紧张地放下电话，不知所措地愣了片刻后，几乎一步冲到书桌前，想到已经开始进行的修改，觉得已经打印出来的文稿完全拿不出手。麦桐即刻将文稿放进抽屉，但是关上抽屉的那一刻，他又将文稿拿出来，之后不可理喻地将封面一把抓起来，使劲揉成团，再使劲地扔进纸篓。

麦桐看着被揉成团后扔进纸篓的小说封面，表情怪异地有几分欣喜，好像这一举动是必要的，也是及时的。因为小说里不好的和不满意的都被扔掉了。

麦桐快速地整理起房间，乱放的衣物、不规整的被褥、没拉伸到位的窗帘，包括还没有洗净茶垢的茶具。麦桐这才发现，自己已经住了很久的房间竟如此凌乱，这种乱是与自己正在书写的所有美好的文字成反比的乱。如果不是在这样一个特定的时刻让麦桐可以冷静认真地审视自己居住的地方，他真的无法相信，自己就是在这样一个环境里写下了还在修改的小说。

《不远不近》。

多好的名字，与一切好的和不好的都保持一定距离。无论是身体还是心理，无论是失望还是希望，无论是爱还是被爱，都在一个被限定的标准距离里，最大限度地保持着自己，麦桐为人处世的态度一向如此。

可是麦桐想将那个被扔掉的有着这几个字的小说封面再捡起来，但是却来不及了，敲门声让他知道，那个让自己等待了几天的会写书评的读者虞柏荷马上就用一种能以让自己眩晕的方式走进他的房间。

这很不可思议，又很浪漫。仿佛这是世上最近又是最远的距离，在用一种意外寻来的方式，热切亲和地告诉麦桐，他急切等待的那个人也与他一样怀揣着相同的期待。

敲门声一声接一声地传来，像疾风骤雨，让麦桐觉得，从放下电话到听见敲门声，几乎没有任何时间上的过渡。

麦桐快速地打开门，见虞柏荷依然穿着初见时的那条白色长裙，在门外略显昏暗的阴影中，虞柏荷的白色裙摆变成了青灰色，这倒让她显得更加神态娴静，只是脸色却异常苍白。

虞柏荷冲麦桐轻轻地点了点头，算是两人见面时的一声无言招呼。之后，便一边轻轻地将一只脚迈进房门，一边将视线不经意地转向写字桌前。

麦桐这才发现，电脑一直开着，修改的小说文档明晃晃地昭示着自己正在进行的写作，他急忙关掉电脑显示屏。

“我刚才在找文件。”

麦桐极力敷衍，虞柏荷却像根本没听见似的。不仅如此，麦桐觉得，虞柏荷的用心和用意都是若有若无的状态。如窗外投进的一缕光，虽然照到桌面的白纸黑字上，却因为距离而无法一目了然。

麦桐感到了前所未有的紧张，带着有异于常态的暗自悸动，他不得不尽力压制自己内心的慌乱。

“我是不是打扰到你了？”

虞柏荷看了一眼电脑桌上的小说文稿。

“怎么会打扰到我？”

麦桐来不及弄清虞柏荷为什么要这样说，索性将窗子打开，他要在冷风的吹拂中，将体内越来越膨胀的热度最大限度地降低。甚至某个瞬间关乎麦桐最新创意的故事，在他的脑海中春光乍现般地闪出几个从未有过的与之相关的小细节。

孤岛上的那一男一女一先一后地回到了他们居住的城市。一次出游，将他们从前的不认识变成了此后的不想再分开。但是现实抛给他们的回答是，他们不能在一起，这便成了这个故事必须解决的问题。

麦桐作为这故事的创造者也是直接参与者，必须将最好的解决方案拿出来，冲破重重阻力，解决所有问题，化解所有矛盾，直到将这个故事给出一个皆大欢喜的结局。

麦桐在虚幻的想象中，带着有如细雨洒落凡间的丝丝迷离，在依然显得空荡荡的房间里，因为虞柏荷的到来，将刚刚那些铺天盖地涌来，又悄无声息退去的灵感，小心翼翼地收到记忆当中。

麦桐想起了周松儿。

曾经，周松儿写诗。

曾经，周松儿想当诗人

…………

虞柏荷走向挂画。

“与谁同坐，清风明月，我？”

虞柏荷自言自语地一边小声嘟哝着，一边转过头来看向麦桐。

“不是我的画，也不是我写的字。”

麦桐将头摇得像拨浪鼓，就像彭露露问麦桐是否喝酒时一样。麦桐发现，离开家以后的自己越来越喜欢回避，越来越喜欢将真实的自己隐藏起来，完全就是明目张胆地撒谎。

“别乘一来，有唱应须和。”

虞柏荷没再自言自语地嘟哝，而是有板有眼地一字一句，好像每说一字一句都有一段佳话在后面跟随。

麦桐见了，非常后悔，为什么把这一开始不喜欢的画又鬼使神差地挂到了墙上。

“是苏轼的《点绛唇》。”

麦桐表情尴尬地应和虞柏荷。但是，说话的时候，他产生了恍然隔世的感觉，好像如此相近的两个生命，前世就有眼前的这个约定。

“你平时喝茶吧？”

麦桐想打破这份尴尬。

“几乎不喝。”

虞柏荷说完走到书桌前，坐到椅子上，是麦桐没接到电话时心神不宁地坐着的那把椅子。

他发现，虞柏荷在安静地审视着书桌上的所有物品，麦桐顺着虞柏荷的目光一路跟随，一台旧电脑、半沓A4纸、两支黑色水笔、一个茶杯、一个厚厚的记事本，还有书桌边沿放着的小说稿。

“水开了。”

麦桐一边说，一边将滚烫的热水倒进玻璃茶壶。

如果作者与读者之间确实可以通过一部作品作为媒介，完成连接彼此想法和认知的桥梁，麦桐很想抓住这个机会，且不仅仅是媒介和桥梁，他更想让这样一场遇见变成一场及时雨，或是一根救命稻草。

麦桐偷偷地将扔到垃圾桶里的小说封面拣出来摊平，其间，他看到虞柏荷柔软而纤细的手，在如丝的光线中，只稍稍碰了一下桌上的墨盒，一种若有似无的惬意或者自豪让他的热情顷刻间激情澎湃起来，这份注视和关注才是麦桐最需要的支持和鼓舞。

是读者给予作者的。

是虞柏荷给予他的。

麦桐将摊平的封面放到文稿上，意欲拿起笔写上：欢迎虞柏荷的到来！却在拿起笔之后放弃了。

麦桐觉得自己不能太唐突，虽然他想以那种方式表达自己的感激，或是想通过那种方式缓解刚刚见面的尴尬，或仅仅是想快速消除虞柏荷从进屋就到处查看的沉默无语。但是字画上那首词的解释让他不由得暗自警示自己，做事一定要有分寸。

你知道吗？清风明月本由我独享，你来之后，就是我们两人平分了。

那首词后面跟坠的一小堆行草小字，虽写得有几分飞扬，虞柏荷却不可能看不见，而自己好端端地在房间里挂这样一幅画，本意和初衷虽然都与自己无关，但是很难让看到的人不多想。

房间里又无声无息了。麦桐不禁认真打量起虞柏荷，依然是那袭白色长裙，近距离时才发现，清晰可见的纹理带着密密细细的小茸毛，将虞柏荷白皙的脖颈衬得更加颀长。麦桐这才注意到，虞柏荷原来披肩的长发被梳理成一个松散的发髻，像中国旧式的女子，低眉抬眼之间，犹如白莲飞雪般的夜月下，带着儿女情长的种种心事，既沉迷于心，又随时可以呼之欲出。

这样的女子！

麦桐不禁又想起了周松儿。

虞柏荷拿起桌上的那沓文稿，但没有翻看，而是用手轻轻地抚平依然发皱的封面，好像继续让自己的心事在瞬息万变中，一会儿繁花似锦，一会儿又了无尘烟，虽不急不躁，却欲说还休地矜持着什么，是难言之隐，或比难言之隐还难以启齿。

这状态与麦桐的状态正好契合，都有欲言又止的心事重重，又都是不说便不足以让内心安然的冲动，更有失去了机会，便会后悔的怯怕。

“这是我新写的一部小说，其实……”

麦桐想说“一直想把这小说也拿给你看，想让你提提宝贵意见”。但是，麦桐看到虞柏荷抬起头来盯视自己的目光时，根本不是想看这部小说，而是带着游离的坚定、从容，清清楚楚又无法捕捉。

麦桐觉得，虞柏荷的安静和沉稳依然是当初见到时那般，一如月光下的一湖碧水，清幽深邃、沉静神秘，只是眼下的虞柏荷更似一株盛放的百合，急于寻找的不仅仅是花开的意义，也有花谢的价值。

“我准备修改小说稿。”

麦桐没话找话地说。

虞柏荷依然没听，但一边翻阅着文稿，一边下意识地摸了摸自己的头发，这不经意间的微小动作，在麦桐看来，竟带着几分优雅的妩媚，与已经清凉的立秋相得益彰般，好像不经意的手势里交相辉映着无欲又无意的隔空关怀，且在弥散温情隽永时，带着无限度的张力，将细致而深远的问询，通过文稿里的文字，完好无缺地传递给麦桐。

在麦桐的内心深处，顷刻间也像魏星那般无端地卑躬屈膝地满眼满心都是虞柏荷。

这才是麦桐体会人生感悟时最想顾盼流连的美轮美奂，虽然伴有苦茶的生涩，但回甘的绵软却不乏唇齿间的甘醇。麦桐发现，虞柏荷的手偶尔会顺着额头轻轻顺一下发丝，但只是那么轻轻一顺，乌黑的发髻便在他眼前幽幽地闪出炫美的光环。

又是小说里的情节。

疏影横斜之间有着无限的暗香浮动，如烟似雾般美好，不经意间的低垂眼眸、有意地耸动鼻翼都静若清池般地妙不可言，虽然都是微不足道的小小细节，但在麦桐的眼里，却被掺进太多的想象成分。

麦桐揉了揉眼睛，觉得自己把生活完全虚构化了，虽然他明确地知道，生活不是小说，小说也不是生活。但是这个时候的麦桐已经分不清哪是小说哪是生活了。

虞柏荷抬头看了麦桐一眼，想说什么，却什么都没说，而是继续看小说稿，根本无心于文稿中的任何字，麦桐有些不知所措。感觉上，虞柏荷拿起的不只是麦桐已经开始修改的有着瑕疵的文字，而是他文字表达的缺陷和太多的先天不足。

麦桐后悔，为什么不把整个文稿都丢进垃圾桶。

"你真了不起。"

虞柏荷说。

麦桐听了，瞬间觉得生疏感和亲和感在自己的体内相互交融，并迅速从自己的周身弥散到整个房间，像一把把可以击穿所有顽疾和怠惰的利剑，将他一直期待着的强而有力的一旦开始便再没有结束的勇气和无所畏惧完完全全地呈现出来。在他的身体里，在他的灵魂深处，在他能寄予希望的无限渴望中。

"喝茶吧。"

麦桐虽然很享用这种没有任何声息的静谧时光，但是他更希望让自己的希望不仅仅是刚刚的所获所得，而是一任自己兴致勃勃的思绪放纵成一树花开，不仅生如夏花般绚烂，还要果实累累，直到生出新的枝叶和根芽。

"苦丁茶？"

虞柏荷问。

"是苦丁茶，我这一着急……"

麦桐觉得虞柏荷的语气里好像包含着不喜欢，因为虞柏荷说"苦"字时很用力，且不是惊喜，而是惊异。

他想说自己拿错了，又觉得没必要。因为最初在沸水中不停旋舞的两根焦墨色茶梗，这时已澄澈清明为壶中的一泓青绿。只稍冷眼一看，椭圆形的玻璃茶壶俨然成了一块硕大的碧玉，盈润剔透中的四片茶叶仿若天际下凡的仙子，不仅沉迷陶醉于沸水的旋回之中，还不停地抖动着细密脉纹的绿色裙裾。

“你爱喝苦丁茶？”

虞柏荷问。

“这茶太苦了。”

没等麦桐回答，虞柏荷继续说。

“没关系，我泡速溶咖啡。”

“别麻烦了，你的书我看完了。我觉得，有些地方……”

麦桐刚要转身，被虞柏荷阻止了。

麦桐听了，异常紧张。

“我觉得，写的应该就是我！”

虞柏荷的声音不大，低着头，却带着不可辩驳的肯定，仿佛她是麦桐书中女主人公的原型。

麦桐吃惊不小。

“你肯定不信，当看到齐琪在深夜独自一人从城北走到城南，我哭了。”

麦桐听着虞柏荷一字一句地说完，有心想说“那个人就是我自己”。但是他什么都没说。他相信，但凡一个鲜活的生命开始用无言的沉默与这个世界进行对抗，答案就只有一个。

这生命太孤单了。

无话可说，无人可去述说，但凡这生命可以在众人皆醉唯我独醒中再坚持或再坚守，就没必要走那么长久的路。在夜里，还是独自一个人。

心无所依时，每个人都像渴望得到庇护的孤儿。

麦桐觉得，虞柏荷这简单的心灵独白很像自己创作小说的过程，写作的初始，即便想好了所有的过程和结局，写的过程中，也不免会节外生枝出一些与之前不同的想法，就像他的新小说，兴高采烈时被老编辑的一顿奚落，现出了拐点。而眼下，他正想通过虞柏荷，指引一个方向。

麦桐端坐到沙发上，眼睛直直地盯视着茶壶中早就舒展开的茶叶，怎样在自己的视线中，由原来的点点沁绿变成淡淡青黄。

“你不知道那种感觉，虽然是从城北走到城南，却像从天堂落到地狱一样。只是，我再从城南走回到城北，却没能从地狱回到天堂。”

麦桐不知道该说什么才好了。

他写《无佳人》时根本不知道这世上有虞柏荷的存在，即便现在知道了书里的文字与眼前的虞柏荷也没有任何关联。

麦桐很不明白，自己完全虚构的一个人物，在现实生活中，怎么会有与之相对应的人，而这人不是别人，是收到自己赠书的虞柏荷，更重要的是，虞柏荷就在自己的面前，说着令自己无比惊异的话。

“尤其沙滩上的那一段，有的人跌倒了很快能站起来，有的人再也站不起来了，就像齐琪。”

麦桐敢保证，虞柏荷最后说的那两个字本应该不是“齐琪”，而应该是“我”。

房间里又现出死一般的沉寂，麦桐的大脑不再浮想联翩般灵光，而是一片空白。不仅如此，这世间已经没有任何想法或是想象出来的画面可以将这空白填充完满。

他万万没有想到，自己的人生中会出现此时此刻的这种情形，感觉自己的未卜先知，在找上门来的虞柏荷这里，被证实成一个的事实，仿佛虞柏荷就是小说里“齐琪”的原型。

麦桐静默地看着不再准备说话的虞柏荷，觉得虞柏荷的来访不是因为自己的书，更不是因为书评，而是好像与米粒或彭露露一样，都想在自己这里寻得一个她们想要的正确答案。

可是麦桐看到，阳光丝线般地穿过窗玻璃，落到地板上、书桌上，灰尘被清晰地放大，没被及时整理好的、乱丢的东西显得更加杂乱。房间不像虞柏荷刚进屋时那样，显得还算整洁，这时的房间，很像一个人最不愿意被别人窥见的隐私被完全曝光似的，不仅尴尬，还很难堪，最要命的是，他的袜子斜搭在塑料盆里，像盘盏里弯曲着燃烧的粗油绳，袜尖处的一个洞于破败间溢漾着麦桐残存的体温似的，不断地扩散着他的窘迫。

他觉得自己根本给不出什么可以让虞柏荷满意的答案。相反，他觉得很恼火，这原本是自己最喜欢的写作时间，却被虞柏荷幼稚无解的一个问题搅得一塌糊涂。

“那天，你送我们书的时候，很尴尬……”

显然，虞柏荷要说的话不是三言两语，更不是简明扼要就可以说得清楚。不过是泡一壶茶的工夫，这世上就多了一个同路中人。

麦桐的思绪仿佛可以随心所欲地游离到虞柏荷的思维状态中，带着自己熟知的不如意，倦怠着所有不再想挣脱的挣扎，一任徒留空壳的自己在寂静无声的空间幽魂般地飘荡。

随心所欲且三心二意。

麦桐不再紧张了，如果这世上确实有另一个自己，虽然他无法判定是不是眼前的虞柏荷。但是他敢肯定，自己的身体里绝对蛰伏着另一个自己。当然，这世上还多了一个跟自己一样的同路中人，这样更好，谁都不用回避谁，谁也不必笑话谁。

“你为什么要写作？”

虞柏荷沉默良久后，直截了当地问。好像她刚来时的小心翼翼和欲言又止都不曾有过，有的只是麦桐第一次在书店见到她时的那样，不屑且傲慢。

“为了品尝生活两次。”

麦桐脱口而出。

“品尝生活两次？”

虞柏荷一脸狐疑。

“对，生活由不得自己，写作却不一样。”

麦桐回答的语气直接坦荡，好像没有任何需要遮掩的东西，也没有必要遮掩，尽享再次品味生活的乐趣，这乐趣，不写作的人怎么会理解？

将尽收眼底的人和事与自己的三观相融合，让自己对人生的感悟和对生命的感知，在写作过程中，不断历练、不断成长。只是，面对电脑的键盘，一边让自己的思维和思绪行走在跳跃的空间，一边听着键盘的敲击声，打碎了一个人时的寂静和内心的平和，更加安然地只与自己的灵魂对话。

这对话让麦桐沉迷，因为这对话不用掩饰，更不用隐藏；这对话既可以尽兴，也可以任性，不仅可以用自己对或不对的想法以文字的形式表达，也可以用自己挑选出来的文字表达对生活和生命的种种看法与认同。将旧事旧物和现在及将来进行各种形式的论证，用小说里的人物说话，用情节里的戏剧冲突认证、记录、保留。麦桐知道，除了灵魂，以及虞柏荷看过的那本书和书桌上的打印文稿，自己几乎一无所有了。

“不错。”

虞柏荷略有所思地应和了一句。

“是不错，写作时，可以卸下生活中不得已的伪装，将所有的认知通过深思熟虑的理性判断写进故事。”

麦桐冷静而理智地回答。

“是传说中的天马行空？”

虞柏荷问。

“也是传说中的万里无疆。”

麦桐回答得顺风顺水，为自己的急中生智感到心情愉悦。

文学就是这样，让人觉得高高在上，又让人觉得贴近着生活，甚至包括哲学、心理学，都在生活中互相纠缠。

麦桐不禁开始想象，阳光下，自己与虞柏荷一边品茶，一边聊天，一边谈论人生的得与失，一边赏看一袭白裙的虞柏荷，品赏书香的从容优雅，还有她不经意间将衣领处散落到胸肩的头发轻轻撩起时的风情万种。于是，他仿佛看见文稿纸页的边沿，随着虞柏荷的一呼一吸，让麦桐预见到了某些暗示。

是汩汩飞扬出满天繁花似锦的温暖，铺天盖地且无声无息。

“这个地方。”

虞柏荷又像第一次看麦桐的《无佳人》时那般用手指向纸页中的某一处，在这一刻让麦桐觉得，自己与当时感受的截然不同。仿佛自己被虞柏荷搁置在视线能及的荒野，赤裸裸地在一览无余中被看得清清楚楚。

麦桐仿佛变成时光最幽深处那朵待开未开的花，只因这阵凉风的袭来，便萎缩到旧时的光阴，时刻做好了凋谢的准备。

这位读者让麦桐无处可逃遁并甘愿画地为牢地被审视。然后，在战战兢兢的守望中，将所有的渴念幻化成一种匪夷所思的魅影，并快速地回环到他心头和笔端。

麦桐清清楚楚地看清了新构思的故事轮廓，包括所有人物的真实面貌，甚至包括性格，这才是活色生香的灵感，将所有的模糊和朦胧在瞬间一扫而光。

当然，在清晰的图像里，包括眼前虞柏荷翻看书稿时的认真极致，好像每一次翻动纸页都带着轻轻挪移的脚步。只是那脚步，在麦桐的感觉中，越过了一片又一片绿色竹林，是一种用专注、是用心的传递，是不断续接的一种情愫。在麦桐的文字面前，带着谦和礼让及麦桐赏心悦目的脂粉香，让他近距离地感受到了与这喧嚣吵嚷的世界截然相反的儿女温情。

自然、脱俗，带着无限美好的魅惑。

麦桐不由得从内心里生发出一种慨叹，这样的女子早就不多见了，虽然满大街都不缺美女。这样的女子，一旦离开，便会沉入日后无比漫长的悠悠岁月，会再也寻她不着，一定会这样。

这样一想，麦桐即刻决定用心留守这温馨无比的时刻，以及这一时刻自己的心情。

“你这文稿？”

虞柏荷抬起头，看着麦桐。

麦桐即刻紧张起来，好像蓄势待发了很久，终于听到可以答卷铃声的那一刻，莫名的惶恐和不安让麦桐心绪难平，又不得不假装镇定。

“这文稿怎么了？”

麦桐表面轻松，内心却像被检阅般异常忐忑。

麦桐想起了写这书稿的日日夜夜，与友情告别，与爱情分离，与一个又一个准时来临的白天黑夜相守相约。

麦桐端起茶杯，轻轻地品饮一口，发现苦有回甘的茶水中泛着淡淡的色彩和馨香，他这才惊觉，虞柏荷是自己住进这间出租屋后前来造访的第一人。

这很不可思议，麦桐曾经想过周松儿或许会来。但是，与周松儿若即若离的不尽如人意的关系，让他无法就这个问题的答案进行任何意义上的扩展和延伸。

按魏星的话说，“你家那个作天作地作空气的周松儿”。

麦桐为自己的想入非非感到无聊和无趣。

虞柏荷是来拜访，又不是来入驻，这样一想，麦桐的思维瞬间构建出一个与眼前完全不同的时空。

是可以将生活中所有的无形变成有形，将所有的不可能变成可能的想象，在生活的基础之上，基于眼前的此情此景，好像麦桐创意的那个新故事又有了节外生枝的冲突。

麦桐仿佛看到，通过文字这座桥梁，自己的想法与虞柏荷的看法在慢慢靠近，甚至虞柏荷拿着书稿的手每微微抖动一下，都有从他的身上或灵魂里走过甚至踩踏碾压过的感觉。

这不可思议的想象空间，这无法理喻的想象力和创造力。麦桐了解了自己的未来，在生活之外，人为地建立一个更高更远更人迹稀少的世界，让一个又一个与他有关或无关的人物，在一个又一个随缘而来的故事中盘踞、蛰伏、飞越、遨游，或来来往往，或去去回回，一路铺陈更新故事的脉络与走向，再一路想着如何与看书的读者建构一种和谐畅通的桥梁和纽带。

像茶壶里那几枚更加水润饱满的硕大叶片，所有络脉都无不透出山野气息，并让见到的人知晓，无论那叶子怎样在水中泛绿、怎样招摇，都离不开生而为叶时，命牵生死的关联。

麦桐又想起了周松儿。

他最初写作时，周松儿确实不关心，虽然从他离开后也不曾关心，甚至对他的文字和表达连最起码的冷眼旁观都不肯有一星半点，最让麦桐忍无可忍的是，周松儿竟寄希望于有那么一天，麦桐心血来潮般戒掉这个爱好。

这样一想，他觉得虞柏荷翻看书稿时的忘我完全是写尽所有的字都无法描摹出来的美轮美奂，像阳台上那盆麦桐刚培植活的玲珑草，在一眼望去的光影中，点染着几缕淡淡忧伤。

是麦桐全部隐藏到小说文稿里的忧伤。

“不打扰你了，我走了。”

虞柏荷正突然放下文稿，毅然决然地走向门口。

“你去没去过石者山？”

虞柏荷正要开门时，突然回过头，冷冷地看着麦桐。

“石者山？”

麦桐的思绪还在刚刚的意态纷呈中游离着，甚至没弄明白眼前即将发生的事情。

“你应该没去过。”虞柏荷说完，又继续补充道，“我知道你想写作，继续写你的小说吧，我走了。”

虞柏荷离开了。

七

麦桐愣在门口，不知所措又不知究竟发生了什么似的有些发蒙，这完全出乎麦桐的意料。

或许，是自己的沉默无言，让虞柏荷觉得被冷落了。

或许，是自己的想入非非，让房间里的气氛过于凝重了。

或许，虞柏荷为自己的登门拜访产生了悔意，但无论是怎样的或许，麦桐寄予虞柏荷对自己作品的评价还没等开始便已经结束了。

白天不该有梦。

麦桐觉得自己又陷入一种新的迷茫状态，不是写作时的迷茫，而是在这个时刻，作者与读者之间无法按照常态进行沟通的迷茫无措。

麦桐很想知道自己的作品或自己的想法是对还是不对。

麦桐觉得自己再次站到了写作人生的十字路口，怀揣着所有一意孤行的执念，却苦于看不清红绿灯。

麦桐这才想起来，还没跟虞柏荷说给自己写书评的事。

麦桐很后悔，为什么不好好地把握机会，让主动登门的虞柏荷这么快地从自己的身边消失了。他明白了虞柏荷决绝离开的决定里，与她走进房间时的游离眼神一样，都是在用另一种语言进行试探或探寻，也跟自己一样，在寻找一个方向。

是属于虞柏荷自己的方向。

麦桐懂了，很多时候，他都觉得自己很孤独，但不过是形式上的孤独，而不是内容上的孤独。因为他的世界无论是自己感知，还是外人感觉，都是丰富的、多姿多彩的，尤其与文字在一起时，麦桐更有一种有如白木莞香的积淀与空旷高远的结合。

美轮美奂不必与他人分享。

美不胜收也不必与他人分享。

麦桐是与另一个自己相处，与另一个自己对话，与另一个自己狂欢。

八

麦桐坐到椅子上，依然不知发生了什么似的觉得虞柏荷的来和虞柏荷的走都如一场过眼云烟的梦。

怪自己，已经被枪毙的文稿为什么还要拿出来展示？难不成想让已经失去意义和价值的故事再进行垂死的挣扎？

麦桐觉得自己作为小说的主宰，既没能很好地把握故事的来龙去脉，也没能将写作的过程掌控到自己的最佳状态，有善始却没能善终地交了一份没得到满分的答卷。

麦桐将文稿扔进纸篓，决定认真对待这部没能被老编辑看上的小说。他觉得电脑文档里已经开始修改的小说文稿才是本源，刚刚扔掉的虽然是一个已经完成的作品。但是，完全可以将它看成不成熟也缺乏理性的一个意念或一个判断。

是不够完整也缺乏完美的意念。

是不够成熟也欠缺理性的判断。

没接到虞柏荷的电话时，麦桐还在考虑怎样把新故事中孤岛上那对无法分离的男女用道德的绳索捆绑起来，让想一见钟情或冒失相爱的人们在自我反省中理性地对待情感。这时，他却改变了最初的创意。

为什么要选在孤岛上？仅仅因为孤岛上人烟稀少？或那对男女因为缺爱，才彼此相爱？这刻意的安排实在有悖寻常的生活，完全没必要。

麦桐看了一眼窗外，空空如也的天空灰蒙蒙的，只有窗帘上的白铃花星星点点地透着高贵和妖娆。

即便在人山人海的喧嚣城市里，人们一样缺少被爱的幸运和肯于爱别人的真心。有缘在大千世界的任何一个角落都可以遇见，在路上、在街角、在酒店、在商城、在高层的电梯间，在这世间的任何地方、任何地点都可以发生故事，都可以产生情感。爱情本身绝不会因为时间和地点的某种必然需要而变异。

合情合理的不一定就是真爱，或许说不清、道不明的才是真爱，是生命对生命的喜爱，是生命对生命的依赖，是生命与生命之间的离不开。

无论以什么样的借口。

也无论以什么样的理由。

麦桐的认知，在这一刻不仅上升到一个新高度，也开辟了一个新角度，他迅速对自己的认知进行了颠覆性的修正与整合。

干净利落且完全彻底。

麦桐释然了，这才是刚刚一切的成果和收获，带着一股挡也挡不住的率性、血性和野性，他发现自己所有的创造力仿佛都来自这各种与生俱来的真性情，是任性的、侠义的、不可阻挡的。

麦桐将茶壶续上水，端起茶杯，看着杯子里的茶叶，在淡而无色的清净中，依然高扬着通体被浸润的梗和叶才有的曼妙浮沉，觉得虞柏荷的离开，对自己来说，不仅仅是离开，还是一种开始。

是一种新的开始。

丰富和复杂才是人的多面性，一如茶壶里已经泛白的叶子，完全可以想象，初春时节，这泛白的叶子怎样在青草破土、百花芬芳中一展生命的苍劲和蓬勃，到头来，却辗转到这一把茶壶中，了然生命最后的余脉。

虞柏荷。

这一定是一位被情所伤的女人，这一定是一位时至今日还深陷在情感泥沼中无法自拔、无法找到自我，更无法找回本我的忧伤女子。所有的旧情怀和逝去的情感无法释放，更无法放下。这原本是大千世界中再寻常不过的事，这在小说的文字中也不过是一句话或一段描述，或仅仅一个章节便能陈述完全的人间平常，在虞柏荷的生命中，却完全有可能是一场灾难。

这灾难同样是麦桐也沉浸其中的过往和现在，或许还包括未来。

麦桐觉得自己俨然成了一位哲学家，明辨事理，也明察秋毫，甚至不再想袖手旁观，也不再想装聋作哑地有了一种意欲挥毫泼墨、一气呵成的冲动，是成就大业的冲动，是披荆斩棘的冲动，是乘风破浪的冲动。用文字的陈述或用一种声音的呐喊。

麦桐觉得，从小到大好像从没有像现在这样，如此坚定地在绝望中充满期待地守护着若隐若现的希望。

这感觉极好，这才是麦桐一直想要的活着的方式。

尽管麦桐知道那希望很渺茫，也不一定就在出租屋里，但是他没有丝毫怀疑地坚信，那希望一直都在，即便不在出租屋里，也在出租屋外。

麦桐下意识地抓起手机，看着房间里已经昏暗的光线，窗帘上那些白铃花在自己的视线中模糊成看不清的碎片。在麦桐刚刚的豪迈中，如繁花的根芽，不是英雄救美，也是英雄难过美人关。

麦桐拨通了虞柏荷的电话号码。

“你去石者山了？”

麦桐问。

“没有，我坐在我的车里。”

虞柏荷幽幽的回答声让麦桐异常兴奋。

“你在车里等我，我这就下楼。”

九

麦桐以最快的速度冲出门外，急速关门的声音在走廊响彻，甚至已经到了电梯间里狭小的空间，依然可以听到关门声的余韵。他不知道接下来会发生什么，但无论发生什么，都会让他在莫名的兴奋中，心怀一种说不清的希冀。

接下来的时刻，麦桐希望自己能与虞柏荷在一起，或谈天说地，或东拉西扯，或干脆无视自己的婚姻，甚至义无反顾像面对命中注定的一场桃花劫。只有麦桐和虞柏荷，无论去哪儿，在这个行将日落的黄昏中，看天空的艳丽多姿，观水天一色的神秘莫测，一起谈文学、谈创作，在以虚见实的唯美浪漫中，还原这世间最原生态的本真，也包括人与人之间初见时刻的初心。

因为不了解而急于了解；因为陌生而小心翼翼；因为有距离，看到和想到的都是美的、好的，甚至可以想象得到的相见欢时的莺声燕语，全部在虞柏荷和麦桐的唇齿间，带着沁人心脾的芳香，让他的思绪跟着心仪已久的缠绵温柔……

麦桐跑出楼外，顺着通往路边的弯曲小路，一边奔跑，一边到处寻找虞柏荷停车的位置，甚至懊悔自己为什么没能预先想到虞柏荷或许不想喝苦茶，后悔虞柏荷看文稿时自己为什么不在一旁多说一些有一搭没一搭的废话，如果那样，就不会让虞柏荷觉得自己如此不用心、如此不热情，甚至像被冷落了。

都是坏习惯惹的祸。

麦桐知道自身的缺点和不足，世界很大，自己却很傻。总是坚持着自认为的个性和没必要的孤高自傲，好像什么事，自己主动一些，随意一些，便失了面子，丢了尊严，到头来的结果都是死守着一份清清楚楚和明明白白的想法，将所有的好事变成无法收场。

麦桐停住了脚步，他看到虞柏荷站在自己的车门前在向自己招手。

红色的车在金黄的光线里，反衬着虞柏荷素白的长裙，更加婀娜飘逸，虞柏荷被风吹散的发梢随着她的手臂不停地向麦桐传递着一种热情，完全有别于麦桐对虞柏荷的不冷不热，也是虞柏荷在麦桐的出租屋里所没有现出过一丝一毫的热情。

麦桐不止一次地在内心勾勒过完美女人的形象，年轻而美丽，温婉而知性，无论面容还是身形，无论低眉细语还是谈笑风生，都撩人心魄地楚楚动人，虞柏荷无疑就是这样的女人。只是，虞柏荷比麦桐想象中的女人多了一分高冷和几分天然没有雕饰的野性和率真。

麦桐相信了自己的自觉，原来自己凭空虚构的女人，这世间不是没有，而是刚刚出现。

十

虞柏荷将车开出了闹市区，一切喧嚣吵嚷很快被疾驰在路上的车远远抛到身后。

秋天，满眼的红色和黄色到处招摇，几抹不多见的嫩绿带着仿若苦尽甘来的懵懂，让麦桐无言地坐在车里，坐在虞柏荷的身边，于静默中，有了一种从未有过的大彻大悟。

人人都说欲壑难填、真情难觅，欲望难遂的缺憾和依然众里寻他的茫然好像总是如影相随，可是，即便有这近在眼前的心仪或心动之人，又奈何?

爱情从来不能靠一己之愿。

十一

傍晚的石者山真的像巨石垒筑起来的一位低头沉思的石者，被牢牢锁定的依然是永恒的凝视，凝视天边最后的那抹余韵，贴着水面，像一条条断开的亮线在水面上微微抖动。

“魏星说你是非常有潜力的作家。”

河边的一棵老树旁，虞柏荷一边关车门，一边对麦桐说。

“他真是这么说的? ”

麦桐脱口而出自己的惊异后，又非常后悔自己的唐突，因为一路上麦桐和虞柏荷谁都没说话，好像谁都没准备好说什么，又好像有太多太多要说的话不知道该从哪一句说起。

“他确实是这么说的。”

虞柏荷确切地回答时，目视着河床的方向。

“非常美的地方。”

虞柏荷自言自语地说。

“确实很美。”

麦桐看过虞柏荷注视的方向后，又看了虞柏荷一眼，发现虞柏荷双手合十地低着头，像在默许，也像在祷告。他想笑，也有想模仿的冲动。但是他没笑，也没模仿，麦桐看着虞柏荷，觉得虞柏荷心中一定有着她存念已久的人。这人不一定在她身边，但一直在她的内心。

麦桐觉得，静默中站立树下的虞柏荷真的很美，如镶嵌在风景里的一尊美人雕像，他又无端地羡慕起虞柏荷。毕竟有可想可念的人生，才是幸福的人生，反过来，麦桐觉得自己确实可怜，因为他不知道自己该想谁。

“一个人从来不换手机号是什么意思？”

虞柏荷睁开眼睛，抬起头问麦桐。

“没什么意思。”

麦桐冷漠地回答。

麦桐觉得虞柏荷的问题根本就不像虞柏荷提出的问题，如此简单又小儿科的问话，很难让他相信这是一位要攻读博士的图书情报硕士毕业生。

“或许吧！”

这带有无奈的坦然接受，让麦桐看到的不只是傍晚的余晖中虞柏荷的无奈，更有面对这无奈的心态。

女人真傻。

真实的答案，虞柏荷早已心知肚明，却偏要自欺欺人地佯装不知道，甚至寄希望于得到一个跟自己的判断不一样的答案，怎么可能？明明那个明确的答案已经摆到了桌面，虞柏荷却宁愿无视。

麦桐转身走向河边，不只是对虞柏荷的一种失望，也是对自己的失望。

总是活得这么不清不楚，总是活得这么不坚强且拖泥带水，总是想到处抓什么所谓的救命稻草……

虞柏荷默默地跟在麦桐身边走向河边，有着层层叠叠水波和碎石的河边，暗影寂寂之下，能清清楚楚地看到河边圆石上萤火虫的卵，亮晶晶地浮动在盈润微光的水中。水面上，飞来飞去的萤火虫越聚越多，偶尔还成群结队，像散落在空中飘过来又荡过去的串串亮珠子。

麦桐蓦然间觉得，在这样一个安静祥和的傍晚，有一搭没一搭地说着不着边际的话很无聊。仅仅为了一个不是问题的问题，兜这么大的圈子，用了这么久的时间。一股仿佛从远古而来的原始力量，从麦桐的脚底下陡然而起往上蹿，是一种悲悯，也像怜香惜玉的同情，更应该是意欲占有的冲动。只是，非常遗憾，这力量仅仅在麦桐的体内渐行渐弱地回旋。

麦桐知道，同情无法替代爱情。

麦桐不喜欢这样的女人，就像周松儿总试图用捆绑和控制他人，好像他人从不设防，这怎么可能？

麦桐这才明白，这世间，不好的爱情虽遍地都是，好的爱情却也有万万千千；不好的爱情虽然都是各有各的不好根基和根源，好的爱情却绝对是势均力敌的棋逢对手。共同进步、共同成长，才会并驾齐驱，才会有连理枝头的硕果累累，只可惜，虞柏荷不一定能懂。

十二

麦桐坐到一根草丛中的水泥方柱上，安静地看着与石者山一脉相承的河床，蜿蜒荷载着夕阳最后那抹炫光。孤单再次如同细针，一针一针地扎到麦桐的心尖上，即便麦桐视线的不远处有蹦跳着拉着裙角撩着水花的虞柏荷。

或许，这世间根本就没什么可爱之人。

麦桐觉得自己彻底不可救药了，一边躲避着孤独，一边又走向孤独，虽自相矛盾，但万般不得已。而虞柏荷也一如麦桐一样，在此时此刻，与他想着同样的原委，感受着同样无法解开的心结。

一定是这样。

麦桐的视线越过河边久久站立的虞柏荷的头顶，在虞柏荷头顶之上的空间，看着不知何时明亮起来的夜空，以及山影背后的那片暮霭苍茫。这世间的任何事都无法让自己满足，因为自己是个欲壑难填之人，麦桐自己给下了这个不可更改的定义。

麦桐捡起一颗石子，用力地投进河里，随着石子被扔进水里的声音消失，麦桐看到虞柏荷顺着河边，双手依然紧紧地抓着长裙的左右裙摆，小心谨慎地走在河边的沙石之间，看上去很惬意，也很愉悦。

偶尔，虞柏荷会转过头来向麦桐挥挥手，麦桐会冲着虞柏荷微微地笑笑，虞柏荷见了，现出些许怪异的表情，然后，转过头去，继续向远离麦桐的方向走，不停地走。

麦桐将视线投向更远处，夕阳完全落山了，但依然闪现着最后些许余晖，那些许余晖反射到飘拂的云朵之上，使虞柏荷成为暗影中的一抹白。麦桐不禁萌生出只在青春年少时才有的那种怦然心动，生命中最单纯又最真实的那个自己，无须结果的欲望中包裹的都是自我传递着的小秘密。

只可惜，现在那些小秘密都不见了，可见的都是麦桐所不想见的。

麦桐向返身往回走的虞柏荷扬了扬手，将自己刚刚的心事抛到虞柏荷身后那些缠绵细碎的光影中，麦桐看到向自己走来的虞柏荷的飘逸长发会与流动的河面光影交叠在一起，尤其虞柏荷低头看水的某一瞬间，像卧睡于床榻的旧时女子，垂落枕畔的一把青丝须臾之间便被时光携走，而依旧闪亮的河床如同一条贴花的长被子，在虞柏荷的身边旖旎着越来越幽暗的晚风柔情。

天黑了。

麦桐明白了，虞柏荷与自己一样，不过是想在陌生人的面前吐露心声，又始终拿捏不准分寸，毕竟虞柏荷与开朗单纯的米粒不同，与高傲率真的彭露露不同，虞柏荷就是虞柏荷，虞柏荷在用她自己独特的方式化解自己的心结，虽然在这种地方这种时刻确实不合时宜。

天色越暗，人心越凉薄。

都需要温暖，却不能相互依靠；都需要心安，却不能彼此慰藉。

尤其麦桐的内心，根本就是某人、某灯、某星光、某月色都加在一起也无法照亮的无限空旷与宽广。

人就是这样，一点一点地失去安全感。

人就是这样，需要爱，也需要被爱。

爱，真可怕。

因为爱能战胜一切，也能征服一切。

十三

“你在想什么？”

虞柏荷突然蹿到麦桐面前，像只白兔。

麦桐被吓了一跳。

“去那边走一走多好。”

虞柏荷一边主动打破沉寂，一边向麦桐坐着的水泥柱边继续蹿，麦桐看到，一个闪亮的东西落到虞柏荷身后，他急忙站起身，走过去捡起来，是一条细细的银丝链，恰好落到草丛的砂石上。

“你刚刚掉的。”

麦桐一边示意给虞柏荷看，一边好奇地打开项链上的那个银质软壳，是一位男子的照片。

“我的项链！”

虞柏荷一把将项链夺了过来。

“你爱的那个人？”

麦桐刚要脱口而出时，即刻闭上了嘴，问这样的话无异于在说废话。

“不换电话号码的是他？”

麦桐到底还是问了。

虞柏荷没有回答，但是即便虞柏荷回答了，麦桐也不感兴趣，他觉得女人和女人之间如此相似，内心的痴狂里带有太多的想象成分，以傻傻地等待消耗属于自己的所有美好时光。

当然，是用一种将别人拒之千里之外的生冷，虽不乏偶尔透出几分莫名的亲近。只是虞柏荷像个例外。因为麦桐觉得，虽然自己只是看了一眼照片，某种似曾相识的感觉恍恍惚惚地让麦桐说不清，就像平日里镜子中的自己，凝神静气间，额头很宽、眉毛很重，眼神里带着一种好像很坚定，其实就是不确定的游离和无助。

麦桐又后悔了，后悔自己主动追赶出来的屈尊就范，包括瞬间被自己打破的三观。一个只打了几个照面便意欲靠近的女子，虽然在半遮半掩中娇羞着所谓的矜持，但这无异于欲擒故纵的卖弄，分明让麦桐感知到了几分投怀送抱的嫌疑，虽然整个过程确实让他产生了猎奇心理，但除此之外，什么感觉都没有。

缺乏足够的神秘感，就无法让对方产生强烈的征服欲。逃离又成为一种必然。

坐到虞柏荷的车上，看着车窗外的景色，虽然麦桐不知虞柏荷的葫芦里到底装的什么药，但是他已经不想再说一句话了。一头雾水的开始，加上一头雾水的过程，结果只能是一笔算都算不清的糊涂账。

“你怎么不爱说话？”

虞柏荷问。

“你想听什么？”

麦桐一边说，一边看着车窗外依然可以看到的成片成片的高大洋槐和低矮的落叶松之间那条弯弯曲曲的河道，像一种记忆时断时续。

“知道我为什么喜欢写书评吗？”

虞柏荷问。

“不知道。”

麦桐将头转向虞柏荷，好像第一次对虞柏荷有了兴致，之前出现的仿佛都是不真实的幻觉。

“书评是阅读中层次最高的交流。”

“非常对。”

麦桐没等虞柏荷说完，即刻回答。

“我觉得，哪一种文体都不能像书评这样，既能与作者进行景仰之外最对等的交流，又能与读者保持一致的思考和审美。”

“非常好。”

没等虞柏荷说完，麦桐又十分赞许地点头称道。

“好的书评就像好的老师。”

麦桐显得很兴奋。

“是吗？”

虞柏荷看着麦桐，瞪大了一双惊异的眼睛。

“好老师能带给学生希望。”

麦桐说。

“是希望中的希望。”

虞柏荷说完，一个转向将车开进闹市区，喧闹瞬间取代了麦桐和虞柏荷之间刚刚出现的和谐与顺畅，让麦桐和虞柏荷都知道，两人即将面临的是分手，或在一起。

麦桐看了虞柏荷一眼，有心问她与照片上的那个男人因为什么分的手，虽然虞柏荷从没给麦桐任何暗示，但是直觉告诉麦桐，自己的判断才是最准确的，甚至自己的判断要比虞柏荷说出的答案还要准确。

麦桐很想告诉虞柏荷，“如果男人离开你一次，就可以离开你第二次甚至第三次。麦桐想对虞柏荷说，如果某一天，那男人回来了，请不要相信他说的任何一句话，他之所以能回来，并不是因为他的思念或想念，而是因为他没有找到更好的下家。不然，他不会回来”。

麦桐还想郑重其事地对虞柏荷说“如果你欣然接受了那个离开你的男人，那么，某一天，那个男人再想离开时，就不会像第一次离开那样，仅仅是将一件不爱穿的衣服再穿到身上，而是今生再也不想将脱下的衣服穿上，权当抹布随手丢掉”。

抹布就是抹布。

抹布的作用永远不能替代一件衣服的作用，虽然不要的衣服可以变成一块又一块抹布，但是，自取其辱在很多时候都是在自欺欺人的基础之上，而这仅仅是表象，实际上是对自己生命的不尊重。

也是不爱惜。

车窗外，成串成片的霓虹不停地闪烁，虞柏荷的脸一会儿被灯光照射得白亮，一会儿又变得异常晦暗。偶尔，虞柏荷的脸上还聚集着各种分不清冷暖的色彩，看上去虽有几分娇媚，却也尽显着不该有的狞丑，冷眼看去，有如衰败失色的干玫瑰，在岁月的摧残中失去了曾经有过的妩媚和鲜活。

麦桐将视线转向路上的行人、高楼林立间的各种广告，以及与虞柏荷的车迎面驶来或是一路同行的各种车辆，觉得这有着中秋的秋天里，本该多一些团圆柔融，少一些无奈尴尬，尤其虞柏荷，从年龄到学识，都应该是满面春风，却从认识那天起，便有越来越多的倦怠和消沉，一如麦桐每次照镜子时都能从镜子中见到的那个自己。

再好的外表也不过是硬撑起来的一件皮囊，内里的败絮不是当事者本人，外人看不出一丝一毫。

掩饰才是人性中最魔幻神奇的化妆品。只是，无须掩饰的时候，自己面对自己才知道，溃败不堪一击的不只有掩饰的皮囊，更有看不到一丝希望的全身心的沮丧。

这才是致命的。

麦桐觉得自己与虞柏荷一样，都是有求于对方，又都在矜持中不肯轻易说出需求的，都在半遮半掩中含蓄着、等待着，好像多说一句话，便泄露了所有秘密。

麦桐不禁想起虞柏荷在河边撩水的情景，白色的裙角拖在河边的细沙碎石上，在傍晚的余晖中，虞柏荷暗影如墨的头发蕴含着数不清的脉脉温情，那些温情，在虞柏荷专注地追随若隐若现的萤火虫时，或惊喜，或失落地将一种执念完完全全地传递给了麦桐。是对某人的一往情深，也是对自己无法放手释怀的憎厌。

麦桐想起了周松儿，但只是一念之间。对于周松儿，麦桐更多的是不愿意想起，因为每次想起那些旧事，都会泥沙俱下地带着所有可以让麦桐不快乐的理由。

活着又不是为了不快乐。

麦桐不想在这个心情还算不错的夜里自找没趣。但是他始终深信，自己的内心深处依然有人在，只是这人是周松儿还是身边的虞柏荷，抑或自己虚构出来的其他人，他就说不清楚了。

人心怎么就不能随心所欲去除杂念或为一块净土、一片晴空而为所欲为？麦桐真的很想在某一个时刻，像小孩子那般无理取闹。

他深深地叹了一口气，或许生而为有心之人，只能是这个样子。难以改变他人，也无法改变自己，而他和虞柏荷之间没有适合说的或可以说的。

这源于麦桐对虞柏荷情感的模糊认知，他觉得，即便自己确实想英雄救美，也要有这个能力；他觉得，自己能做到的只能是回到自己的电脑前，面对自己一直无法坚定的那个决定。

自己鼓励自己。

自己坚定自己。

麦桐这才发现，一直以来将希望急切地寄托在虞柏荷的身上很幼稚，也很不可取，即便虞柏荷给了自己很高的评价，虞柏荷依然是虞柏荷，她既不能代表出版社的老编辑，也不能代表所有读者，而自己的小说文稿依然还是自己的小说文稿，所有文字不会变，所有标点符号更不会变。

所有的梦想都是自己的，与他人原本就无多大干系。

麦桐安心了。

麦桐释然了，他不会再自寻烦恼了。

无欲则刚。

早应如此。

十四

当麦桐邀请虞柏荷去吃点什么或喝点什么的时候，虞柏荷早有准备地断然拒绝了。或许，这也是麦桐内心里最真实的想法，只是用自己主动的方式，即便相对而坐，说的话也该是嘴不对心。两人都不可能说一句真话，浪费时间就是一种罪过。

即便两人都想说真话。

十五

麦桐走进出租屋，捡出纸篓里的文稿，一边下定决心再不许将其中的任何一页丢弃，一边将那壶冷茶续上热水，打开电脑，看着所有文字，仿佛与虞柏荷的分开不是发生在刚刚，而是发生在很久以前。

麦桐不禁佩服起自己来，无论什么事，不想做的时候，确实怠惰到明日复明日。但是，一旦决定一气呵成做到底的事，就从不拖沓。刚刚的那场分手虽然是再普通不过的一件平常事，但在他的人生里却是一场绝处逢生的绝佳境遇，这境遇让他充满期待，仿佛看到自己期待的已经开始。不止如此，这开始还是已经被推开的一道通往成功的大门。

是不经意间的一件事和一些心情，却彻底促成了麦桐信心百倍的再次远行，是写字为文的远行，是一个人与一部已经在修改的长篇小说做一次只有一个人的远征。这壮举很有气魄，也很豪迈，更波澜壮阔，像一年的四季轮回，像周而复始的日出月落，像对高山、河流、宇宙、人间的赞美。

赞美花开、赞美花谢、赞美宇宙的浩瀚和人间的冷暖沧桑，甚至不用过多的文字，就能影响他人的思维乃至他人的行动，甚至包括行动过后思维的再继续，直到故事戛然结束后的不知某一时刻，突兀地飞扬出一个新的故事。

这才叫真正的创作，一切都如久违的神秘符号，在麦桐的身体和灵魂之间来去自由、收放自如。他的小说比之前有了更突飞猛进的深意和扶摇直上的高屋建瓴。在夜晚寂寥的时光中，他拥有了更多奔涌不断的灵感，在不断地、不停地浸润饱满着麦桐的小说，并让那些不断被更新的文字，在一片新天地的豪情万丈中，让他不止一次地惊觉，故事虽然还是原来的那个故事，却在这意态纷呈的万千思绪中，有了新鲜的血脉。

麦桐觉得，这感觉好比重新开始的一次恋情，虽然逃不掉老套模式，却绝对不是原来的旧情旧事旧爱旧文字，而是一次自己都没有预料到的全新旅程，虽然路漫漫，他却喜欢这样一次次的跋涉。

麦桐关上了电脑，离开了出租屋，但不是因为疲劳，而是因为修改文稿的斗转星移中大脑过度兴奋。

他决定出去走一走，看点什么、吃点什么、想点什么，虽然这些都是麦桐一直在做的事，但在这种时刻，本质上和意义上已经有了很大不同。

十六

麦桐站在路边，看到月亮在灰暗的云朵之间，一会儿被远处的楼群挡住，一会儿又完全显露出来，像自己的心情有时好得风轻云淡，有时却异常晦暗。而此时此刻，他的心情跟视线里的天空一样，没瞬息万变，却有神秘莫测。

如果月亮也有情感，这高高在上的月亮必定是人间最好的有情人，不言不语地陪伴、不声不响地跟从，更有那穿越时间和空间洒向地面的灰白碎影，给地上寄托相思之人以更多的缠绵、更多的流连。

十七

麦桐走在路上，心情是愉悦的。这缘于小说修改得顺风顺水，一切按照他希望的方向在向好发展。小说的结构更趋于严谨，小说的人物比之前更丰满、更形象、更贴近生活，小说的内涵比他想要达到的高度和深度只有超越而绝无不及。

这才是麦桐想要得到的，随心所欲地在自己构建起来的精神殿堂，得心应手且游刃有余。

麦桐的身边连续传来的汽车的喇叭声与夜晚的安静不协调，却也不失为一种调剂。毕竟开车的人和坐在车里的人，以及行走在路边的自己，都在人生的路上。

或走或停。或那一颗颗偶尔伸出的脑袋，就像是夜藤上结出的瓜，在路灯下摇摇晃晃。

一个身影闪进麦桐的视线中，但仅仅是一闪便消失了。

“周松儿！”

这么晚了怎么不在家？麦桐的脱口而出后，不禁追上周松儿。

“干什么去了？这么晚。”

麦桐问询之后，便是一股刺鼻的酒味从周松儿的衣领口鼻间飘飞出来，他顿时怒火中烧，甚至气急败坏得恨不得狠狠给周松儿一巴掌，一个只知道洗衣做饭擦地刷碗，不许麦桐乱花钱，尤其因为他出版一本书而气得天天嘟哝的周松儿，居然喝了酒。

对于麦桐的怒火中烧，周松儿理都没理，权当他是一抹看不见的空气，自顾自地离开了。

玩欲擒故纵？麦桐想起周松儿那个不可思议的笑容，他即刻跟上周松儿。

“我得回去拿点东西。”

麦桐才不怕这种不理不睬的对抗，他站到周松儿面前冷冷地说。

周松儿依然没有回答，她依然视麦桐为空气般绕开麦桐，朝着家的方向走去。

真是几天不见，必须刮目相看了。

麦桐愣愣地站在原地，觉得这周松儿根本不是自己熟知得再不能熟知的那个周松儿了。好歹，那天偶遇时，还给了自己一个微笑，这才几天，又变回原来的模样了。

“真是不解风情的笨女人。”

麦桐恨恨地骂了一句，这时，他更希望周松儿是个风情万种的女人，或干脆就是调情高手般地会勾引或懂得勾引，即便都不会，也要懂得男人的心思，只是非常遗憾，周松儿活像木头。

天底下就有这样一种女人，无论什么时候，你都不清楚她在想什么，也不知道她要做什么。你想跟她交流，她不接应；你不跟她交流，她挑理问责。一方面指责你的爱不是爱；另一方面又道尽自己的委屈，好像她付出的是自己的掏心掏肺，得到的却是对方的没心没肺，从不知道认真地想一想为什么会有这样的结果，这种结果究竟是不是自己想要的。

种茄子怎么会长出辣椒？还是自己有问题。

麦桐原本想跟在周松儿身后，既不算尾随，也不算盯梢，只是闲来无事，往哪儿走都是走。只是，一个不留神，变成了这种尴尬。

曾经，麦桐和周松儿确实有过一段很惬意也很知足的小日子。白天，麦桐在单位与姜君相伴，虽然两人是上级和下级的关系，但是更多时候，深厚的情谊让彼此间遇到大事小情都能保有志同道合的默契与和谐。可是，说不清从什么时候开始，家里不顺、单位不顺、爱情不顺、友情不顺，统统都不顺了。麦桐想着、跟着，不知不觉走进家门，极其陌生的感觉顷刻间扑面而来。

墙壁灯的光线照在麦桐和周松儿之间，像与两人都脱不了干系的第三者，监视着麦桐和周松儿怎样在即将开始的冷漠中对峙。

“我拿完东西就走。”

麦桐的声音在寂静的房间里悠荡着回旋。虽然陌生感消失了，但转瞬间，让他不禁在心中涌起万千感慨。这里曾经是自己最爱的地方，也是自己生命当中无比温馨的港湾，他承认，自己的身体和自己的灵魂都在这个熟悉得不能再熟悉的居所里安逸过、快乐过，当然也悲伤过、愤怒过。

这里刻印了麦桐倾情投入的所有热情和爱情，也包括所有绝情，还好《无佳人》从发芽到成长，到最后的花开枝头，都是在这里。只是，非常遗憾，所有果实竟与这里没有一丁点干系。可是，自己却鬼使神差地回到了这里，是跟在周松儿不理不睬的身后。

麦桐有些不明白，这里怎么就在不知不觉中变成了自己最想挣脱也最想逃离的精神桎梏？人心实在可怕。好，会在一念之间；不好，也会在一念之间，好像所有的好和所有的不好都在这里的某一刻，不知缘由地转换、对峙、纠缠、交集，直到一方不得不离开，剩下的一方便安静了，不再吵闹，也不再叫嚣。所有不和就此画上一个看似心安理得且感觉很“圆满”的句号。

一别两宽。

这实在是滑稽，也很荒谬，但这又完完全全是麦桐自己和周松儿人为制造出来的结果，应该是他和周松儿都想要的结果，也许不是。

麦桐看了一眼坐在沙发上的周松儿，周松儿却看都不看他一眼，依旧视他为空气。但是他知道，周松儿跟自己一样，都在用眼睛的余光关注着对方，像墙壁灯的光一样，以最微弱的光亮照向你。

麦桐看了看房间，这才发现，不知道该拿什么才好。感觉上，这个家里所有的东西，在自己离开的那一刻就已经失去了全部的意义和价值。麦桐还很怕周松儿一旦开口说话，已经断了整整一个夏天的唠唠叨叨，便会铺天盖地、滔滔不绝，会让自己无法忍受而即刻选择离开。

无声是最好的回答。在这个时刻，无声是麦桐和周松儿两个人能给予对方的最好回应，这样一想，他倒有几分心酸，相识的最初，可不是为着生命中的这一刻；相爱的最初，也没有想到会有这一刻；分离后，更没想到会在未来的某一天夜里，自己会自造自设出这一时刻。

麦桐走到电脑桌前，还没等靠近，周松儿突然冲过来。

麦桐愣住了。

周松儿将桌上一个荔枝红色的笔记本“嗖”的一下拿走并没好气地丢进抽屉里。

“一个笔记本。”

麦桐不禁在内心哼笑一声，觉得周松儿依然没有任何改变，这种人不可救药，还没有礼貌，不过一个笔记本，里面有存折？纵便有存折，又会有多少钱？

麦桐看一眼已经坐回到沙发上的周松儿，她两眼无光，整张脸上没有任何表情，酒气或酒态已经完全消失了。

麦桐觉得整个“家”空空如也，包括周松儿和自己，都如空气一般。

麦桐很庆幸，幸亏自己还拥有写作，可以让自己在价值体现的洪流中奋力拼搏，不然，就如这所谓的“家”一样，不仅死气沉沉，还没有任何希望。只是，他一想到“写作”两个字，刚刚的兴奋又被眼前这凝重沉闷的空气结合成悻悻然的苦楚。

自己不过是这伟大时代中一个一直在努力的弱者罢了，即便有价值，也那么微不足道，就像周松儿曾不止一次地说过的那样：“你算什么作家？”

麦桐觉得有必要跟周松儿谈一谈。有些话好像从分开的那一刻就该说清楚，却始终没说，不是没有说的机会，而是没有说的欲望。可是，周松儿看都不看他一眼，这便是他与周松儿之间沟通的最大障碍。看着一声不吭的周松儿，麦桐试图放弃想要说话的欲望，准备继续隐藏自己的情绪，但很徒劳，他越是希望自己的不良情绪能在这一刻彻底消失或减弱，不良的情绪越阴魂不散地以变本加厉的速度和强度开始膨胀。

麦桐觉得，自己已经在这种状态下，回旋着所有意欲与周松儿争吵的冲动，甚至包括积郁太久的愤怒，而平日好不容易积攒起来的那些美好，这一刻也消失得无影无踪了。

麦桐彻底失望了，既是对周松儿，也是对自己，他觉得自己不仅失去了可以调节自我的能力，也失去了可以让自己快乐的能力。

包括主动跟周松儿说话。

包括主动与周松儿和解。

包括看在眼里的他最爱吃的沙琪玛，都已经没有一星半点食欲了，麦桐与周松儿仿佛都变成了房间里的空气。

麦桐明白了，自己就是在这种状态下被不知不觉地异化得面目全非且无法还原的。这该死的一切。

他再不想看周松儿一眼。

或许，这就是人们所说的成长；或许，这就是人们所说的成熟，麦桐不喜欢这种成长，更不喜欢这种成熟，这成长和成熟的代价太大，这成长和成熟的结果并不是尽善尽美，甚至起不到什么好作用，只会让所有事情向更不好方向发展。

麦桐看见，厚厚的窗帘上依然是那些后贴缝上去的茶色花朵，橘黄色的花蕊弯曲绵密，花瓣上一根又一根清晰可见的脉纹，在柔弱的光影中，妩媚着花朵弱不禁风的灵魂。

一切都没变，变的只是他和周松儿各自的内心。

有些路，只能自己走。尤其写作，完全是一个人的细水长流，而成长带走了那个脆弱得不堪一击的自己。即使脚下依然是荆棘满布的痛楚，他也不想做任何意义上的停留了。一切都可以在自己的意念中，变得云淡风轻且波澜不惊。

就像从没有发生过。

这样决定后，麦桐拉开电脑桌上的内置抽屉，拿了一盒炭墨笔芯。天知道他根本就不需要这盒笔芯。周松儿视而不见地既不过问，也不纠缠。他若有所思地摸了摸黑色键盘，转身走到门口。

随着门口的声控灯被震亮那一瞬，麦桐突然有了一种泪奔的冲动，不是因为周松儿，而是因为自己。这当初每天都要回来的居所承载了他太多的作家梦，历尽艰辛，忍受孤独。书终于出版了，自己也离开了。

他觉得内心奔涌着无限的懊恼，恨不能将所有想对周松儿施加的恶言恶语和拳脚都加倍地用到自己身上。

他实在不明白自己了。

曾经的麦桐不是这样的，或者说，在周松儿面前的麦桐不是这样的。那个时候，他朝气蓬勃，他爱说爱笑，他从不知道一个人有话要说时，为什么要有所保留，更不知道即便有所保留，也没必要一句话或一个字都不说。而现在，麦桐变成了与原来的自己完完全全相反的样子。

从前，他对周松儿可以魂绕梦牵到茶不思饭不想；从前，他可以对周松儿的一举一动、一颦一笑无比关心、关切、关注；从前，他极其用心地将周松儿的话，句句对号入座到自己所有的认知中，眼下，却连看一眼周松儿的想法都没有。

生活不是童话。

生活也不是小说。

生活就是生活，

麦桐第一次感受到，在婚姻生活中，如果没有相爱，名存实亡的婚姻无法彰显爱的内容，互不相干的彼此完全是“如果我的生活不能如我所愿，那么，我还要什么我的生活”。

“从今往后，再不要在情绪不好的情况下靠近任何人。”

关上房门的那一刻，麦桐对自己说。

见过雄鹰的人，不会爱上乌鸦。

麦桐只能选择离开。

十八

途经一个垃圾箱时，麦桐将手里的那盒笔芯扔进垃圾箱，他不想拿着那个可以让自己心如刀绞的东西。

或许，周松儿还是原来的那个周松儿，但自己绝对不是原来的那个自己了。

麦桐这样想着时，魂不守舍地走进出租屋，有些不知所措地拿出从茶庄买回的茶。

苦丁断然不能再喝了，喝了会觉得更苦。金丝皇菊也不合适，他的心绪复杂到想跳河，这个时候，清净高雅对自己显然是嘲讽。

“月光美人”。

麦桐发现了一个半透明的软纸小袋子，是一款试喝装。

这茶的名字好听，尤其纸袋右下角小小的字，让麦桐有些后悔，为什么忽略了这款“月光美人”。

他打开纸袋的封口，觉得叫郁金凯的店主实在是贴心，而自己也实在是粗心。

麦桐将“月光美人”放进玻璃茶壶里，倒进热水的那一刻，所有的茶叶都舒展了叶身。仿佛它们在纸袋里憋闷了太久太久，而自己对它们的无视则更久。

他举起茶壶，看着一叶一叶的茶细细长长，在自己米色T恤的光影中，青白的茶毫逐渐尽显，泛黑的叶面现出彰显生命本色的墨绿，冷眼看去，真是月夜下的仙子，似谁家女儿初长成般充满着内在的活泼与恬静。

他很后悔要出去走走的那个决定，如果不出去，就不会遇见周松儿，如果不遇见周松儿，就不会有自己的一念之差，闹得好好的心绪被搅扰，连仅有的一些记忆都不得不删除了。

麦桐决定，再不想世上还有个周松儿；麦桐决定，从此往后，认真写作、仔细品茶，写字写累了，就喝茶，心绪不安了，还喝茶，就像此时此刻，看着滚烫开水里漾起“月光美人”的裙裾，看它们在水中旋舞，仿佛在倾听自己的心声。

这才是最好的活着的方式，不再寄希望于任何人来开解自己的心事和烦恼，更不在意任何事对自己的干扰或是打扰，在活色生香中品味一种自艾自怜的安宁与平静。

是带有茶色毫香的平静、馥郁，缠绵着无处述说的心事。安宁中飘逸着依然浓厚的蜜香甘甜。麦桐相信，茶终会成为自己最好的陪伴，像那些一直与自己相依相随的文字，随时随地可以招之即来，且无言无怨地与他一起共度所有时光。不像那些人人看重的情感，指不定什么时候就会伤人，还无法把控。

麦桐捧着茶壶走向阳台，站在凛凛的夜风中，在一轮朗月下，想着壶里的茶原本在某个遥不可及的地方蓬勃地成长着，想必是自己今生都未必能去的月白山中吧，沁着活生生的绿意，一个不经意，便被某人攥到手里，几经辗转，来到了自己的眼前。

成就了这片刻的尘缘，便再也不见。

麦桐将茶壶举起来，透过壶身，月色斑驳的碎影依稀可见，透过茶水和茶叶，觉得这让自己无限感怀的尘缘怎一个“美”字了得。

茶香已不再是茶香，而是可以留到记忆里的带有韵味的香甜，一股脑儿地在麦桐最想开心却最没能开心的这个夜晚，将他的心绪平复到最安然的状态。

这才是世间最好的善缘。

以你的平和给予我想要的平和。虽然仅仅是几片叶子的飘飘然和一泓热水的几许温暖。他发现自己感情越来越丰富，虽然越来越喜欢远离人群，且越来越敏感，越来越细腻，在敏感细腻中缠绵着一种不可复制也无法效仿的情怀，是独一无二且特立独行的情怀。

无论什么时候，都要将自己的所见所感细致入微到灵魂至深处。然后，用故事的方式与现实进行最直接的对接，通过虚构的人或事，张冠李戴着警醒，似是而非着理性，久而久之，认识和认知便得到了不同程度的提高。甚至将记忆的种子变异成各种异样人生，使得那些虚构出来的不是来源于生活，也不是高于生活，而是完全不同于生活的故事顺理成章为故事的开始、过程和结束，就像正在修改的小说。之前，一直在举棋不定中烦恼着、纠结着，在高不可攀的文学殿堂中徜徉、流连，想冒险，又苦于底气不足；想前行，依然苦于底气不足。但有一点，即便有挥之不去的沮丧和失望，依然乐此不疲舍不得离开。

这才是命运的神奇与神秘，让一个人在欲罢不能中，既望而却步地踌躇不安，又不想知难而退地成为终生遗憾，就这样犹疑着、努力着、挣扎着、前进着、煎熬着，结果也终究是一路快乐着。

麦桐喝了一口茶，已经冰凉。

他看到不远处那棵高大的银杏树，在凄冷的夜风中，不停地忽闪着互生的扇形叶片，并在夜风中肆意地舒展，仿佛这万籁俱寂的夜里必须聚集所有的能量，只待天亮，灿烂出更加金黄的色彩。

麦桐觉得，自己从有影有形的文学殿堂一步跨越到哲学式的虚无状态，并瞬间回归到衣食住行和柴米油盐，仿佛自己的世外桃源，在这种寂寞中不停地转化，但无论怎样转化，都是他无法逃脱的一张网。

十九

麦桐吃过早饭，调整了情绪和思路，觉得有必要去一趟书店，找虞柏荷针对头一天没有探讨的话题做进一步探讨，毕竟某些美好依然还在，好的生活好像刚刚开始，这才是至关重要的。

管他的，人生苦短，享受当下才叫最好的珍惜。不敢真情流露，不愿越雷池半步，眼睁睁地看着满世界的爱情，自己却当清教徒。但是周松儿非但不领情，还拒自己于千里之外。

二十

“麦桐！”

麦桐刚要上楼，突然被魏星喊住。

“你这两天怎么总往我们书店跑？”

魏星看一眼读书会的门。

“你想让我往哪儿跑？”

麦桐见了魏星，一边笑呵呵地反问，一边想着虞柏荷说的那些魏星对自己夸奖的话，觉得魏星的夸奖对自己确实是求之不得的鼓励，虽然魏星没有当着自己的面说过一次，哪怕是只言片语都没说过。但是，能当着虞柏荷的面说，比直接说给麦桐要好很多。

“书卖完了才想起要书评？”

麦桐听了魏星的话，即刻收敛了脸上的笑容，他觉得，魏星这话无疑是在嘲讽他。

麦桐走到魏星近前。

“赶紧去吧，不耽误你的好事。”魏星说完，拍了麦桐的肩膀一下，又补充道，“就知道你来这儿不是找我。”

魏星说完，转身离开了。

二十一

麦桐推开读书会的玻璃门，见虞柏荷不再是那袭白色长裙，而是时尚得体的白衣黑裤。阳光下，她安静忙碌地摆放着各种图书，偶尔散落在肩的头发仿若给予他某些不可言说的暗示。麦桐觉得自己来得不是时候，想走，又有些不甘心。最重要的是，他很难让自己放弃这个决定。或许，在他的意念中，更希望这意外的造访能让双方最大限度地将头一天的尴尬消解。

麦桐这才意识到自己的失误，为什么不先打个电话。

“来了。”

虞柏荷见到麦桐后，轻声打了招呼，像对昨天的一切进行一个与麦桐一样的了断。

“是。”

麦桐急忙回应。

这感觉好，一问一答，将原本的说不清和道不明进行了一次无须多言也不必多言的心有灵犀。

突然间麦桐觉得，眼前的虞柏荷仅仅是不经意间，便将一种无法令他摆脱的诱惑根植到灵魂里，是蓦然回首的感觉，也是非她不可的感觉。好像很多话虽不想让任何人知道，却可以毫不保留地说与她。

麦桐再也不想掩饰故意而为的距离和意欲保持的距离，这情形让他俨然成为一个出道多年的花间大盗，再也不想掖着藏着，而是要大言不惭地说到做到。

“我来找你，实际上……”

“我连夜写好了书评，这就给你。”

没等麦桐说完，虞柏荷将手里的最后一本书放到书架上，扭头冲麦桐莞尔一笑。

“真的？”

麦桐感到非常意外。

他真的没有想到自己一夜辗转反侧时，虞柏荷坐在电脑前，一字一句地在给自己的书写书评。而自己在虞柏荷的登门拜访时，竟刻意保持一定距离的冷漠，猝然间，他觉得虞柏荷亲如爱人般地了解自己的所需所求。仿佛麦桐前一晚准备出去走一走的所有心态都用虞柏荷的书评给予了最好的了结。

这是何等的浪漫，月夜下，麦桐与虞柏荷的思绪都停留在一个相同的故事中。瞬间，麦桐于不动声色中，进行了一次作者和读者的角色换位，而介于作者与读者之间的虞柏荷则带着“月光美人”般的神韵，让麦桐在氤氲的朦胧状态里，或沉迷，或沉醉，像读者，在文山字海中徜徉；像作者，在创意的天空中翱翔；像书评人，在细细品味每个文字背后的意义和价值，并在品评的过程中，慨叹故事里没有显现真切的那些暧昧情意。

“你在想什么？”

虞柏荷将一杯水放到麦桐面前。

“你是先在我电脑上看一看呢，还是我直接传给你？”

虞柏荷没等麦桐回答，又继续补充。

“我请你吃大餐。”

麦桐没有回答虞柏荷的问话，而是想到头一天傍晚，就那样近于不辞而别的分手，觉得自己必须用愧疚和自责的态度进行弥补和纠正。

“就因为书评？”

虞柏荷带着疑惑地问。

“对！”

麦桐回答得斩钉截铁。

二十二

“你用这种方式送过别人书吗？”

路上，虞柏荷不知是没话找话还是对麦桐送她书的方式确实感兴趣。

“当然没有！”

麦桐态度果断地回答，但是回答完，又觉得虞柏荷问话本身就有不妥的嫌疑，虽然问的是书，但听起来跟女人总想问的那句“你爱我吗？”差不多。

麦桐觉得，人与人之间没谁愿意毫无缘由地主动向对方示好，很多时候，示好本身就有着自身的原因或缘由，或从本质意义上讲，原本就是一种利益关系。或因为想进行一种情感交换，比如爱情或友情，或交换一种认可与认知，或是认同，或什么原因都没有，仅仅是自己愿意。

虞柏荷献媚般地冲麦桐笑笑，算是贴心的赞许，麦桐见了，很想解释一下送书的来龙去脉，又觉得无须解释，原本就是无聊之举，又不是自己的真心托付。

如果魏星向虞柏荷推荐自己的《无佳人》时，虞柏荷不是那种不屑的态度，或许麦桐不会出现那种冲动；如果《无佳人》不是被虞柏荷发现了并主动物归原主，他相信，身边的虞柏荷再怎样的再次遇见也定然是个陌生人。

麦桐了解自己的性格。

他看了一眼虞柏荷，觉得还算庆幸。至少一切都在顺理成章的过程中，有了这个确实不错的开始，这开始已经带着麦桐无法抗拒的诱惑力，影响着他的思维和行动，甚至可以夸张地说，还间接地影响着他已经在修改的那部小说。

“写长篇小说真是让人羡慕！”

虞柏荷的声音不大，在麦桐听来却异常顺耳。这是他一直想听却始终没有听到过的声音。

“你不知道，写书是一件非常痛苦的差事。”

麦桐说的时候，一脚踩到步道砖的树叶上，仿佛这不知深浅的一脚完全是对自己曾经的那些苦做了一个最确切的总结。

虞柏荷看了麦桐一眼，带着显见的羡慕。

“其实……”

麦桐的内心一动。

“其实什么？”

虞柏荷即刻追问。

“其实，我新写的小说本想拿给你看的，但是……”

麦桐没再往下说，他想起了虞柏荷突然的离开，这让他很纠结，或许不是突然的离开，那小说稿已经在虞柏荷的手里了。

这才是世上最不可思议的阴差阳错，如果虞柏荷的话能在头一天说给麦桐，包括魏星对麦桐作品的那句夸赞，或许，麦桐能将新写的书稿拿给她。但是，在一个已经放弃的决定里，兜兜转转没意思，也不是麦桐为人处世的习惯。但有一点他可以肯定，那就是虞柏荷的羡慕是真诚的，这真诚包含了太多她自己无力表达的内心的无奈。

这无奈不只是虞柏荷的，也是很多很多人的。也正因如此，这世间才有了与文学作品这座人类心灵与心灵共通的桥梁，作者与读者之间才能达成共识以及和谐共存的某种力量。

将别人的故事很好地嫁接到自己的身上，在相同或相似的故事中，获得相同境遇的感同身受，让生命与生命相互地依靠。

麦桐新创意的那个故事瞬间被丰富了。

那对必须分离的男女，没等船靠岸，就将已经发生的故事碾压得粉碎，是现实的篱墙、是道德的力量、是各自的责任和担当。因为他们都知道，他们必须从哪里来再回到哪里去，节外生枝的意外再美丽，也必须将已经成为过去时的冲动和留恋进行彻底遗忘甚至埋葬。

麦桐觉得，自己作为作者，有义务更有责任让读者知道，有一种他不能写的结果，便是那两个人或许去岛上不只是想放松心情，而是想医治心灵的创伤，到头来，伤没被治愈，反倒雪上加霜。

一切皆有可能。

麦桐只能尽自己的最大努力，写出最好的可能。

二十三

"好男人的身上会有荷尔蒙的味道！"

走进包厢，虞柏荷还没坐下，便将麦桐已经熟悉的矜持改为带有献媚嫌疑的夸赞和羡慕的目光，这让麦桐有些不自在。

这无异于一种暗示或叫作赤裸裸的挑逗，麦桐不是不喜欢，只是觉得运用得不是时候。麦桐觉得，如果女人不矜持，即便能激发出男人身上的荷尔蒙，也不会长久。这如同一个人去登山，到了山顶，除了看看风景，余下的便只有下山了。

谁会永远在山顶久留？问题是，如果没等那个人登上山顶，就想要回头下山，就更不是什么好兆头了。麦桐明显地感觉到自己的内心已经现出了自己最不愿意出现的失望，虽然仅仅是瞬间的一个闪念。

“我说得不对？”

虞柏荷问。

“对、对，你说得非常对！”

麦桐冲着虞柏荷笑着回答的时候，以最大限度的友善陪着虞柏荷的笑容，生怕自己像头一天那样冷落了虞柏荷。

“你究竟在想什么？”

虞柏荷到底还是看出来了。

“我在想……”

麦桐想实话实说，却不由自主地打断了自己想实话实说的冲动，实话是不能说的，麦桐也不可能实话实说，虽然麦桐很想与虞柏荷进行一场推心置腹的谈话，毕竟虞柏荷看了自己的书，认知了自己的想法，并对自己的想法有着独到的判断。但是分手之后呢？虞柏荷不仅会对麦桐敬而远之，还会逃之夭夭。因为他想跟虞柏荷谈的仅仅是周松儿。

麦桐觉得自己越来越不了解周松儿了。

“别用那种眼神看我。”

虞柏荷一边说，一边自顾自地倒了杯热水，然后，拿起杯碟里的小勺，安静地一勺一勺地舀水杯里的水，看上去依然是头一天那样，若有所思，又百无聊赖。

麦桐不禁怀疑起自己的判断，觉得虞柏荷这种女人好像不能用简单的高和低来评判。或许虞柏荷想要探究的是比麦桐的文字还深奥的未知。这倒让麦桐心生几分喜欢，虽然刚刚因为虞柏荷略显轻浮的语言引起了他的反感，但是，虞柏荷特有的美是毋庸置疑的，这美可以让麦桐的征服欲始终蛰伏在自己的体内，即便偶有增减，也不会陡然消失得了无痕迹。

“写作之外，你还喜欢什么？”

虞柏荷问。

“什么都不喜欢。”

麦桐回答得直接干脆。

“只喜欢写作？”

虞柏荷有些吃惊。

“只喜欢写作不好？”

麦桐对虞柏荷的疑问有些不理解，也不明白虞柏荷为什么不再像去出租屋时和在河边时那样欲言又止。

“我有个同学不在了，刚听说时，我无法接受。但是，没想到，很多同学知道后都没什么反应，甚至有的同学说，他也许是不开心吧。”

“如果你那同学喜欢写作，或许就不会选择这样的结局。”

麦桐态度坚决地说。

“有那种可能。”

虞柏荷点头。

“我那同学性格非常开朗，念书的时候，学习成绩特别好，他不过是在生活中迷失了自己。”麦桐停顿了一下又补充道，“如果他写作，就可以跟另一个自己做朋友了。”

“说得对。”

麦桐即刻给予了肯定。

“自己跟自己说话才最放松。”

“也最放心。”

虞柏荷说完，麦桐即刻进行了补充。

“真好！”

麦桐情不自禁地说完，一并举起酒杯，不仅是先喝为敬，更是对虞柏荷的刮目相看。麦桐觉得，这才叫真正意义上的对等交流，我说东，你看向东；我说西，你看向西。方向一致，意念一致，行动也一致。

“阿 Q 之所以到死都没觉得悲伤，是因为他战胜了自己。”

麦桐说话时，活脱脱地拥有了阿 Q 的心。

“没错！”

虞柏荷举起自己的酒杯，向麦桐示意。

“是没错！”

麦桐觉得，这样的对话、这样的交流才是最让人心旷神怡的，也才是最让人心情愉悦的，这才叫和谐、叫融洽。

“其实，写作本身最大的魅力不仅仅是用写作手法展示来源于现实又高于现实的生活，而是整个写作过程中所必须做到的坚持和再坚持，这对一个作者来说完全是精神上的历练，更是毅力上的考验，我总在想，既然怎样活着都不快乐，不如找一种可以将不快乐转化为快乐的方式好了，比如写作……”

麦桐越说越兴奋，好像从离开家，就没说过这么多的话，好像这说过的话仅仅是个开头，是个引子，而他要说的远远不止这些。

“你用筷子的方式跟某个人很像。”

虞柏荷没听见麦桐的那些话似的转移了话题，不仅如此，还双手托腮，笑意盈盈的样子，好像她说话时，内心里不仅在想着那个人，还因为往事的历历在目而感到亲切温馨。

麦桐觉得很扫兴，觉得她或许是不懂得尊重别人，或许就是故意而为。

麦桐看到虞柏荷手指上的戒指，一小块淡绿色的玉，萤火虫般地在虞柏荷的手指间闪着微弱的光，好像是抛光打磨得不太精细，因此不易被发现。

虞柏荷见了，她随着麦桐的视线，看了看那枚戒指，然后，下意识地挪开了手。这微小的举动将麦桐的想象力瞬间撕扯到遥不可及的某个地方。那里一定有虞柏荷与那个人私订终身的盟约，更有虞柏荷肯终生为之守候的祈愿。

麦桐想到了为男朋友流泪的米粒，也想起了向自己直言疑惑的彭露露，更想起了不解风情的周松儿，他突然觉得自己很无聊，于一个又一个并不会因为一面之缘而有什么改变的相邀相约中，消耗着自己的热心和种种善意。

最重要的是自己不会因为这种相见而有什么受益。相反，心绪被搅扰得更不安宁。麦桐明白了，眼前的虞柏荷是深陷爱情泥沼中无力自拔之人，写书评不过是通过别人的人生来判断自己的对错。通过别人的对错，再为自己寻找方向。只是，麦桐很想告诉虞柏荷，无论什么问题，无论谁给出的答案，用到自身都不一定会成为标准答案。

就像某个作者或某些作者所创作出来的作品，不过是作者对自身的判断而已，既不能成为别人的方向，也不能成为别人效仿的榜样。尤其情感，永远都是两情相悦，而没有什么对与错。

二十四

麦桐匆匆告别了虞柏荷。

走在回家的路上，麦桐想起了叔本华说过的话：人在各种欲望得不到满足时处于痛苦的一端，得到满足时便处于无聊的一端。而人的一生就像钟摆一样在这两端之间摆动。

麦桐觉得自己就是这样，每天都在写着人间百态，真正地跟形形色色的人打交道时，又随时随地想逃离，不止如此，他还对主动找虞柏荷一事不仅感到后悔不迭，更觉得多此一举。

这应该是一种病。

不想被别人靠近，也不想靠近别人，在偌大的城市中、在熙熙攘攘的人来人往中，既感受不到你我他在人群中来来往往的快慰，又总是有意地将自己给边缘化，好像只有这样，才安全可靠，好像也只有这样，才能更好地度化自己的孤单。

成长抑或成熟竟如此残酷。

刚刚那一点儿快乐和希望，早晨有，昨天的夜里也有，但今天的太阳还没落山便已经不在了。

麦桐觉得，不知不觉间，自己判断衡量女人的标准又有了新的模式和新的标准，好像原来自认为最基本的端庄含蓄和矜持都已经无法成为麦桐认可的美丽奢华。麦桐更希望生活中有那么一个人，与自己的想法一致，与自己的爱好相同，与自己对人生对生活乃至对生命的认知和判断都一样的人。

麦桐想起了周松儿，麦桐觉得自己与周松儿之间不是不再吵闹了，而是在各自的内心里吵。还好，麦桐离开时，周松儿对麦桐动用你烦死我、我烦死你的方式作别，实在谢天谢地。

麦桐看了一眼身旁与路灯杆一前一后挨在一起的树枝上有几片树叶在路灯上方吊死鬼般地摇摇晃晃，秋天真冷，麦桐第一次感觉到秋天的萧瑟。往年好像没这么冷，麦桐觉得自己好像被一场声势浩大的情绪危机所困扰，无力摆脱，也无法摆脱。麦桐明了了，自己看上去好像终日与写作为伍，实际上正在经历一场劫后余生，或叫作垂死挣扎，或干脆叫作一错再错。

二十五

“哎……麦桐！麦桐！”

随着一声惊呼，麦桐被一声声熟悉的声音所围绕。

“小郝！”

是给姜君开车的小郝，麦桐也很惊异，这还是他离职后第一次遇见小郝。

“你不是得了什么怪病吧？我看你可好好的！”

小郝围着麦桐，上下打量着他，麦桐愣愣地看着小郝，不明白小郝见到自己为何如此惊异。

“你这不好好的嘛！”

小郝依然围着麦桐，无法停止他的长吁短叹。

“我还以为你休病假了呢。”

小郝逐渐恢复了常态。

“我为什么要休病假？谁说我生病了？”

麦桐比小郝还惊异，但是，他尽自己最大努力地克制着自己的情绪。

“你这么长时间不去上班，我们都以为你休病假了呢。”

“都以为？”

麦桐觉得自己的脑子短路了，他无法理解这个“都”究竟包括谁。

“你没病就好，赶紧回来上班吧，我们都想你了。”小郝一边说，一边心情大好且很高兴地拍了拍麦桐的肩膀。

“回头见，我先走了。”

小郝说完，又拍了一下麦桐的肩膀，好像真的有很多话要跟麦桐说似的，不仅有些恋恋不舍，还几乎是一步一回头地离开。

这突如其来的邂逅，让麦桐看着小郝离开的背影，有如雨后出现的一道彩虹，在萧瑟的秋天显得美丽而温暖。只是，这种温暖来得太突然太不可思议。而他自己竟在这温暖中，久久地缓不过神来，或者说，是一种如梦一般的停留。

难道姜君没说自己辞职的事？不可能！麦桐鼻子一酸，刚有要流泪的冲动，却瞬间清醒了。

一切都已经结束了。

一切都已经回不去了。

不只是亲子鉴定中心回不去了，所有与姜君有关的联系方式自己已经删除了，甚至那些曾经的记忆都在麦桐的极力忘却中渐行渐远。他觉得自己的周身只因这短暂的遇见而热血沸腾了一小会儿。

麦桐不由自主地循着小郝离开的方向，不由自主地穿过一条街，又穿过一条街，再向东拐，再向东拐，他走进了门脸和招牌都不太显眼的一处僻静处。

是亲子鉴定中心。

是这座繁华城市里唯一一处太多太多人根本不知道又有太多太多人想方设法找进来的秘密所在。

这里可以通过高科技的手段，准确无误地断定爱情婚姻的真伪与含金量，最重要的意义是，弱小生命在没见天日时的或去或留都在一纸鉴定的决断中。当然，亲子鉴定中心还决定着创造出生命的主体们在怎样的纠结不安中找到这个地方，再永远地不想来这个地方。最后，让这个地方变成生命中永远抹不掉的隐私和永远忘不了的隐痛。

麦桐停下脚步，看着安静的大门始终没有开合，就像这座城市最幽深的穷乡僻壤，被掩藏在红尘滚滚中，又被这市井的繁华和人心的离经叛道所支撑。

麦桐想起了辞职时的心烦气躁，家里家外的不如意和不顺心，眼前这大学毕业就与姜君在一起视为生命的事业所在，有着太多的过往，有着太多的回忆，尤其最初的惨淡经营，到后来的名声在外，再到后来的各种是是非非。好像这处僻静所在所蕴藏的不只有麦桐和姜君一起努力拼搏的过去，更有已经成为空白的现在，包括不可能再有的将来。

都怪自己当时太意气用事了，一言不合就像影视剧里演绎的那样，义愤填膺地写什么辞职报告，且不计后果地甩给姜君，更是头都不回地冲出那扇再也回不去的大门。然后，回到家，把责任全部推给周松儿，直到离开家。

那个时候的自己究竟怎么了?

麦桐好像第一次学会换位思考，从别人的角度看自己，一意孤行且意气用事，无论什么事都以自己为中心，每天顾及的都是自己的想法、自己的心情，包括自己要实现的梦想，至于别人怎么想的、怎么看的，麦桐从来没有想过。

或许自己也有错。

麦桐想起那期间的自己，在班上，姜君横竖看自己不顺眼；回到家，周松儿没完没了地唠叨，但凡不是在睡梦中而是意识清醒，出书也许会花钱这事便成了周松儿无论如何都无法逾越的高墙。

“把你那些破字变成书还让我给你拿钱?”

周松儿拿起菜刀时，想把菜刀扔了；拿起衣服时，想把衣服撕了；拿起麦桐的笔和本时，想把笔和本丢了，她就差无法处置麦桐。

“天天写那些破字，就为了到头来让我给你拿钱? 想都别想!”

周松儿一句又一句的抱怨带着一声比一声冰冷的挖苦，让麦桐在那些日子里，每时每刻想的都是怎样将周松儿的恶言恶语一一打到太平洋里去。

结果每次都是徒劳无果的。

麦桐用尽了心血和毅力创作的一本书，得到的是对这一切的付出带着仇恨般的抱怨与冷漠。

“你可以把你的小说发到网上啊，你不就是想让别人看吗？是不是有啥不能让别人看的东西啊？”

周松儿三天没跟麦桐说话后，再开口说出的第一句话竟然是这样一句。那一刻，麦桐暗自攥紧了拳头，觉得一个天天眼睛盯着菜市场和超市货架都有啥的女人，根本没资格跟自己这样说话。但是，周松儿不只在跟自己这样说话，还在命令着自己。

这不公平。

“谁说都得变成书？那么多的人不都在网上发表作品吗？”

周松儿继续她的命令和指令。

每到这种时候，麦桐便权当没听见，且不说一句话，转身就走。

“《无佳人》？什么意思？这世上没有好看的美女？”

周松儿一边指责麦桐的书名，一边拿手里的东西出气，好像她所有的不快乐和不开心都是因为麦桐那本书的名字。

二十六

麦桐不知不觉地推开亲子鉴定中心的大门。这不知不觉的所为或许是因为与小郝的相遇让他想起了太多的曾经，或许是回亲子鉴定中心这条路确实是让他从心里认可的一条路。自己的脚步从不会欺骗自己的内心。尽管来这里的人大多是因为被欺骗而不再拥有信任。但是，麦桐对待工作的态度是认真的，是值得信任的。

门厅里没有人，空空荡荡，显得异常清冷。这里有数不清的爱情和亲情，在这空间里，挣扎着来，幻灭着去。麦桐好像第一次感到这威严，但它并不是人类裁决情感的最权威所在。甚至再科学、再先进的技术手段，在千丝万缕的情感面前，都是不和谐的，也是无法共振的。

背叛和谎言虽然颠覆销蚀了所有来这里的人对这个世界的认知，即便结果是令人满意的，对情感不信任的那一刻就已经种下了分离的隐患。

麦桐觉得，或许自己沉迷写作与这个特殊的职业有关，想必是要通过文字证明一些被自己认可的存在，想通过自己的描述，将这个可以毁三观的所在变成真正的精神殿堂。

结果却是徒劳的。

因为小说永远是小说，虽然虚构的故事建立在真实的生活之上，怎奈这生活已经千疮百孔，无法修正，更无法虚饰美化。

无佳人正是麦桐对这样一个所在的整体概括或是权威到位的一种评价，一向认为，在这里，即便有的人确实是带着皆大欢喜而离开，但这过程本身就是再也抹不掉也忘却不了的疵点。这世界的很多事不是因为不说就没有，也不是因为不被人所知，就等于没有发生。

而麦桐的“无佳人”正是因这一点。

可是，周松儿认为“佳人”与美人有关联，好像“无佳人”是对她的嘲讽和不认同。殊不知，麦桐书写的本意和实质是不分男女，也不分老少。

“无佳人”是消极的、是悲观的、是被动的，是失望、是人生无常。

可惜周松儿不懂。

姜君更不懂。

或许，虞柏荷懂。但是，又好像只懂一些浅表，只懂冰山一角。

麦桐明白了，这世界懂得《无佳人》的除了自己，不会有别人。

这样一想，麦桐不再抱怨了，也不再对别人耿耿于怀了。他甚至觉得，有必要回自己的办公室，或借口回来取自己的东西，或偷偷看看姜君，如果有必要，可以解释一下自己一时性急的冲动。

二十七

麦桐顺着安静的楼梯，走向更安静的二楼，他在上楼的整个过程中，既没遇到熟人，也没像自己想象中的那样，有一天，回到这个地方，心中暗存万万千千的感慨。而此时，麦桐异常心安且平和。

麦桐见到了姜君，是匆忙走进卫生间的背影，他没有追上去，而是溜进姜君的办公室。

办公室里没人，柜子、桌子还有椅子都跟离开时一样，他坐到姜君的椅子上，准备等姜君回来，给他一个大大的惊喜，或干脆就是一个惊吓。

不是有那么一句话嘛，靠脸吃饭不长久，靠不要脸活着会天长地久。只是麦桐这样自说自话时，眼睛的余光中，一个熟悉得不能再熟悉的东西跃入他的视线。

《无佳人》。

麦桐的书居然在姜君的桌面上。

麦桐怔住了。

他像贼一样拿起书，瞬间，内心变得翻江倒海。

姜君怎么在看自己的书?

姜君怎么可能看自己的书? 难怪小郝见到自己时说了那么一番不清不楚、不明不白的话。

原来他们是一伙的。

麦桐顿时怒火中烧到怒不可遏。

麦桐一把抓起桌上的笔，翻开《无佳人》的封面，在雪白雪白的扉页上挥笔写下三个字——大坏蛋!

Xi

Ren

第四章

Chapter

另一个自己

Xiang

一

麦桐飞奔出亲子鉴定中心，飞奔到路边，招手打了一辆出租车，径直去了与石者山遥相呼应的无熏山。

麦桐惊魂未定地坐在出租车上，对自己匪夷所思的行为百思不得其解。

一向沉稳理智的自己，怎么就如此一时冲动，做出了小孩之举，真是不可思议。

麦桐确实想过，怎样在彼此都能悠闲的时间里，找个合适的借口，在相对独立的空间里，与姜君敞开胸襟开诚布公地将憋闷在各自心中的或是不认同或是误解都摆到桌面上，借推杯换盏的机缘，让所有的曾经遇见和眼前的这份相见在坦诚相待的瞬间，飞扬出绚烂的情谊花朵，将所有的不愉快一笔勾销，将各自的牢骚和抱怨彻底清零。只是，在麦桐脑子里聚集过的想法不过是一种一闪而过的想法而已。

已经分道扬镳的关系，再牵强到一起也注定是分离的结果。无情或许就在于此，麦桐永远相信，无论是友情还是爱情，过程和归宿都有相同或相似的规律。

谁能战胜这一切？谁都不能！

麦桐和姜君都不会成为幸运的例外。

麦桐只能在更消极的情绪牢笼中越陷越深，无力自拔的同时，只能与各种异想天开的渴望和希冀纠缠不休。白天，假装若无其事地把心事全部留给辗转难眠的夜晚；晚上，或与文字做伴，或出去做个夜行人，或者像眼下坐在出租车里的自己一样，无边无际地胡思乱想。

麦桐觉得，除了胡思乱想是自己能做的，其他或许可以用写作来填补。当然，还有躲也躲不开的那些记忆，以及当初因为工作而产生的分歧。恍惚之间，麦桐似乎觉得，姜君与自己更在意的，既有对方的所作所为，也有各自的分毫不让。用心计较的成了各自内心天平上不肯拿掉的所有砝码，生活中随时需要考量的早已不是对方曾经的给予，而是自己根本不能再付出一星半点的毅然决然。

麦桐默默地流出了眼泪。

他真的没有想到，自己一个铮铮男儿，铁打一般的心肠，却被这样一个节外生枝的小插曲撼动了。麦桐内心深处那块最柔软的位置像琴弦一样被深深触动了。

那是一块任何人都不许侵犯的领地，那是一块只有自己才可以触及的净土。那里只有麦桐的真性情，而没有任何人的身影，可是此时此刻，友情分明成了一把尚方宝剑，悬挂在他的心坎上，稍微不慎，就会被斩立决。

麦桐使劲地抹了 把眼泪，不禁想起了在自己面前流泪的米粒，他觉得流泪本身真是人类给自己松绑和卸下镣铐最好的方式，也是最行之有效的途径，好像只有眼泪才能最大限度地冲刷内心深处被尘垢迷蒙太久的痼疾。

原以为会永远和谐快乐地在一起的缘分转眼之间便天各一方了，麦桐实在想不通，从初中开始，他就与姜君在一起，不只是要好到形影不离，还好到一路念高中，直到考大学一起报志愿、一起念大学、一起走向同一个工作岗位，唯独不同的是，姜君当了麦桐的领导。

“悬崖勒马有什么用？还不是残害生命！”

每每与姜君说到亲子鉴定的鉴别结果所可能衍生出的种种后果时，麦桐一向保有的对前来鉴定的人的不认同，姜君一向都百分百地予以反驳。

“还不是自作孽不可活。”

麦桐对得到鉴定结果的人一向冷冰冰，对能够前来鉴定的人怀揣着永远的不认同和不理解。他觉得，道德在这种被称为科学的面前，脆弱得不堪一击，软弱得无力对抗任何事物，即便所有的冠冕堂皇和名正言顺都可以顺理成章为相信科学。但是，情感隐私不被尊重，总让他觉得有失人道。

但是，一切都在顺理成章。

“你知道有多少幸福是在咱这儿失去的吗？”

一次，麦桐忍无可忍地冲着姜君喊。

“没有咱这机构，人间就都幸福了？”

姜君毫不客气地回敬了麦桐，但不仅仅是像麦桐那样喊，而是近于咆哮。

从那之后，麦桐再不与姜君进行任何严格意义上的探究和判断了，麦桐对用科学方式来判断亲子关系是与非再也不感兴趣了，甚至麦桐每天只是安静地上班、安静地下班，尽自己最大能力成为一个木然的行尸走肉。

尤其在姜君面前，辨明了真相又如何？都是与己无关的事，麦桐也惊觉到了自己的愚蠢和天真，但也因如此，他越来越觉得自己所在的工作岗位缺少的不仅仅是快乐，更缺少可以快乐工作的土壤。每天跟那些拿到鉴定结果后，不是快乐得几近疯狂，就是立马死去活来的崩溃灵魂们打着交道，看所有的人世沧桑瞬间上演，落幕却遥遥无期，而快乐早已无法成为快乐，悲伤却永远是悲伤。

“你这人就爱拿那些不相干的人进行什么换位思考，你这是毛病！”

姜君用他的不屑和指责直截了当地说出麦桐的“毛病”，麦桐听了，不但不认同，反而觉得，自己与姜君成了水火不容的两个人。这两个不同的个体，不知从什么时候开始，一个成为正方，一个成为反方，像物体的A面和B面，麦桐和姜君各自的观点、想法与态度在不知不觉中，超越了两人之间的同学情谊、兄弟情感和同事情分。

一切都在向渐行渐远的路上，顺其自然地行将走散，是遗憾，也是一种必然。

二

麦桐走在通往山顶的林间小路上，天然的绿色氧吧，有一种久违的亲和，让他深深体会到天人合一的和谐与难得。

山林间很安静，除了鸟鸣、虫鸣和潺潺的流水声，便是清风拂面的阳光明媚。阳光透过枝干照在山路上，古树参天之间遮天蔽日如梦魇降临，偶尔又柳暗花明、天高云淡，像麦桐的心情，寻找着清净，又一刻不得安宁。

半山腰处的山脊有一座通体本色的木制凉亭，站在凉亭外，可以一边感受山风的吹拂，一边感知广袤天地间自身的渺小。

麦桐走进凉亭，想着这么好的一处安静所在，自己怎么从来没想着来此一游？因为只有这样的所在，才可以更好地思考或是思想。仿佛也只有在这样的一处所在，自己才可以游离到更远处，或看自己，或看大千世界。这时，模糊不清的概念便一一有了答案。

凉亭泛白的一根方柱上写着细细密密的字，有炭描的，也有墨笔写的，还有刀刻的。大字盖住了小字，新刻上的字盖住了被风雨侵蚀的、模糊不清的字。新字被原来的字衬托得更新，旧字迹被新字彰显得更陈旧。但无论怎样相互衬托，表达的内容大致相同，都是某人想着念着某人，已经过去的已经成为记忆的情感历史，在某人及某某人的心之外，加深了印记，目的无外乎要成为永恒。只是永恒谈何容易。即便曾经刻骨铭心，即便曾经情入骨髓，即便以往全部的曾经都被定格在这荒凉的所在，那又如何?

一切都已经时过境迁，不过是用心用意的无奈而已，谁的人生过往都无法成为永远，即便是永远，也是与他人无关的、与己也越来越遥远的永远。

找又能找回什么?记又能记住什么?原本就知道是徒劳，却还要这样。也正因如此，这才最让人心伤。因为美好不过是一种奢望，留住美好更是不可能。

谁又见过被成全也被保全的一份真正的永恒?一座木凉亭又能奈岁月几何?岁月又绕过了谁?都不能。但有一点，那些字是真实的，是无懈可击的内心告白。

三

麦桐离开了，既离开了凉亭，也离开了那些刻骨铭心，虽然那些告白没有一句是他的，但又好像都是他要说的。

人心是相通的，尤其在无人的山间旷野，内心没有一丝混杂，完完全全地放松、自由。带着无边际的惬意，麦桐一边走，一边聆听着山风，仿佛自己与天地万物融合到了一起。

麦桐抬头看了一眼被树的枝叶遮挡得若隐若现的山顶，发现自己一向奔波于生活的琐碎繁杂与写作的天地，竟很少拿出些许时间想想父亲。

当年，如果不是父亲硬性地将他认可的道德和美德强制性地灌输给自己，麦桐相信，自己肯定不会在不得不迁就父亲的时候又心有积怨地抱怨着他，但也正是这种无法言说的逆反，给了麦桐不得不用另外一种方式来反抗的动力。

好像一直到现在，麦桐依然有这样一种习惯，只要是父亲的话，麦桐一句都不想听，即便心里明白父亲是为自己好，也知道自己的习惯本身属于大逆不道，但是麦桐无法管束自己，就像遇见了外界的诱惑，不得不进行本能的抵挡，因为麦桐太明白自己必须为诱惑所付出的代价了。

就像眼前的自己，在山间，快乐着所有不为人知的快乐。

麦桐又想起了母亲，一个在麦桐的记忆中不能再模糊的影子，甚至那影子将许多应该清晰的事件都混淆到无法分辨，如游弋的水草，不停地在水中变换着姿态，让麦桐的视线无法在某个可以固定的点上定格。

大爱无言，爱善度万物而不鸣。说的就是母亲的这种爱吧，只是自己如出一辙地采用了与父亲相同的接纳方式，用不关心且渐行渐远的态度践行着今生必定的分离，而母亲与父亲早在麦桐的不知不觉间，得体地退出了。

这才是看到看不到、想到想不到都一样扎心的疼痛，就像麦桐无意间捡起的树枝，手被扎疼的瞬间，心也跟着一起疼痛。

麦桐无端地感激起文字来。

文字，这可以构建麦桐精神殿堂的砖瓦草木，从来不会嘲笑他，也不会挖苦他，更不嫌弃他 ，并在所有的未知岁月中安静、毫不抱怨地等待着。

这才是意义非凡的相爱相守，用文字写出不同的故事，将情感上的所有取舍无数次轮回地带进故事中，无论是决绝的还是优柔寡断的，抑或执迷不悟的，都不必辨别真伪，毕竟这世上只有文字才能与他进行和谐又默契的随时聚首和随时分离。

四

麦桐终于登上了山顶。

一棵硕大的银杏树，跟出租屋阳台上可以看到的那棵银杏树很像，高大而壮阔，满树互生的扇形叶子吊钟般地在清风中不停地摇曳，密密匝匝，跟电脑中用之不竭、取之不尽的中国汉字一样。

麦桐再次感慨起来，中华文明古老的发明给予自己的是一个可书可写的美好世界。这世界无论多么美轮美奂，依然是他一边创造着的世界，一边又想征服的世界，更是他无法离开的世界。

麦桐觉得，这个世界才是让他觉得人生有意义有价值的全部所在，在书写中成长、在书写中提高、在书写中历练、在书写中看懂所有是是非非。

阳光穿过飘浮的云层，照到河面上，更远处是一弯月牙形的生态湖，远远看上去，水面像有斑点的弯竹，但不是一根，而是一片，山风从耳边呼呼地吹过来再吹过去，像记忆中的某个人突然冲到面前，还未想起他的名字，又飞鸟般地离开。麦桐展开双臂，让自己与风成为彼此的过客。

在这一刻。

是的，一切都如彼此的过客，一切都像再也捡拾不回来的过往岁月。一天天、一年年，最后只剩下麦桐自己，站在高高山巅上孤单的自己，无人知晓，也无人担忧，更无人惦念。

麦桐摸了一下脸，是泪。如果姜君能在自己的身边，那么这样的时刻是美好而难忘的，只是非常遗憾，这世间的很多事都无法变成心想事成。

如果再遇到姜君，如果再有机会与他在一起共事……

麦桐流出了更多的眼泪。在山顶上，在天地间，他突然觉得这一路上自己一直回避着不再想到姜君，但还是身不由己地想到了姜君，而且一想到姜君，自己就变成了一个失恋的人。

麦桐叹了一口气，知道了这根本无法斩断的情感不仅在自己的思维里完好无缺地保留着，更有增无减地生长着、膨胀着。或许这充满无常和未知的人生才是最让人无法割舍又无法放弃。也正因如此，即便人生中有更多让人期待又惶恐的未知，也依然固执地期待着，在希望与失望的更迭交替中，不断地了解世间万千的同时，也了解着最真实的自己。

五

麦桐买了话剧票。

虽然进剧院打卡不陌生，但这却是在他结婚后的第一次。

麦桐念高中的时候，与姜君一起在这里看过话剧，只是那种看是匆忙好奇地看，是走马观花地看。那个时候，两个青春少年懵懵懂懂地走进剧院，除了知道剧情的大意，就什么印象都没有留下。

这次却不同，这次他觉得，从想买票的那一刻起，自己就在意念中有了一种了然于心的感觉，很明确也很偏执，无法更改也不想改变，明知道剧场里有喧嚣也有吵嚷，而自己又没人陪伴，但是，又好像完全是为了这份吵嚷喧嚣和没人陪伴而来。

麦桐选了二楼最前面的中心位置，可以俯瞰整个舞台，居高临下的感觉，俨然成了世界的主宰，最重要的是无须再思念谁，于博大空旷的空间里，他俯视中的舞台像被框起的彩色画框，想着已经准备就绪的演员已经在幕后做好了演出前的各种准备。而自己作为一名观众，有眼无心地坐在不易被发觉的地方，想着一些与剧情毫无干系的想法，甚至在舞台的帘幕拉开后，演员各就各位地扮演着他们的角色，在迷离的灯光下，在可以旋转的圆形转盘舞台上，用心用情地表演着他们各自的角色时，麦桐的内心戏依然毫无关联地一场一场地上演着。

麦桐觉得，如果自己不是写小说，而是写剧，应该也一样有天赋，因为一场话剧没等看完，内心开小差的戏已经上演了很多场。他甚至觉得，在戏里戏外的感同身受中，自己俨然成了一个无人能敌的老戏骨。

麦桐想到了莎士比亚。

麦桐想到了人类精神殿堂的宏伟和人类艺术巅峰的美妙绝伦以及高不可攀，在这一场剧的观看中，彼此素昧平生，因为一部话剧而聚集在一个空间，在各自生命长河中的这个恒定时刻，聚集在同一个故事的氛围中，这很神奇，也是一种美好且妙不可言的缘分。

麦桐好像明白了自己不过是希望借助看话剧这种形式来缓解心理上的压力而已，话剧本身对他来说根本就没什么意义，犹如去登山，同样是行走于天地之间，要的不过是安静地走在路上，或安静地坐下来，缓解一下内心的焦躁，抛开一些愁烦，让内心得到最大限度的放松。

麦桐这才意识到，自己刚刚从头到尾看了剧，却对剧里很多细节的来龙去脉不清不楚，尤其话剧结束的一刹那，很多有兴而来的人几乎都在急急地离开，好像大家所要比较的不是对故事深层次的感知认同，而是离开的迫切。

人就是这么不可思议，做着什么却无心什么，不做什么时，又好想跃跃欲试，复杂又不尽然；简单，又不是完全意义上的简单。走下剧院门口西侧的斜坡通道时，麦桐觉得，难怪很多人不愿意进剧院看剧，也难怪很多人一年到头或终其一生都不到影院看电影，虚幻得总让人觉得虚无缥缈，包括自己写的小说。都与现实生活不能完全对号入座，人们更感兴趣的是每日三餐，更关注的是衣食住行和柴米油盐。比如周松儿就完完全全是这样的人。

夜色早在麦桐走进剧院时就兀自垂落般仿佛急匆匆地赶在了时间的前面，走出剧院时，倒不是那番景象了。月亮出奇的亮，星星也出奇地在闪亮。尤其剧院门口长廊立柱和上面灰白横梁上的葡萄叶和突兀着的藤蔓，在夜色中，比白天还鲜活地灵动着、向上延伸着。

麦桐看着满眼的生命，心中在想，所谓人的孤单就是如此吧，安静中，一边感激着，一边怀疑着，一边承受着，唯有一样是始终不变且非常恒定的，那便是灵动、向上延伸的希望。麦桐当即决定，再去一家出版社。或许上一次的决定欠考虑，不仅有不自量力的嫌疑，也完全是舍近求远，没有必要。

六

麦桐回到出租屋，将《不远不近》的打印稿再次放进手包，觉得这份已经被改动的打印稿虽然没什么价值，但是这确实让麦桐倾尽太多心血的文稿，让他坚信，编辑说不好或不感兴趣不一定说明自己的文稿不好。如果自己也是编辑，岁岁年年地面对这铺天盖地的文稿，一样不会有好心情。

麦桐沏了一壶茶，是汤色青黄透明的“月光美人”，想着这些曾经生长在茶树上的绿色嫩芽，一路风尘地到了自己的茶壶里，一芽一叶地翻转。麦桐不明白，虞柏荷来的时候，自己怎么就稀里糊涂地用了虞柏荷不爱喝的苦丁茶。

或许，茶与人一样都有灵魂，因为麦桐的粗心大意，阴差阳错地藏起尘缘，让麦桐和虞柏荷之间成为擦肩而过的过客。幸好麦桐主动，这尘缘又被续接上了，只是依然遗憾，续接的勉勉强强中，让他窥到了可以预见的结果。

或许，有的人即便可以多次交集，即便可以近在咫尺，即便都有心有意，结果也不一定是各自希望的那样，同床都可能异梦，何况两个毫不相干的人。

顺遂天意才是最无奈的，不顺遂天意又如何？麦桐除了可以左右自己，什么都左右不了，在某些时候，他甚至连自己都左右不了，就如眼下，明明还要去出版社找编辑投稿，却一边给自己打气，一边又给自己泄气。好像徒劳和满意而归本身就是连体的，他甚至是重叠在一起的一个整体。麦桐的悲观情绪很快就占了上风。他不禁端了茶壶和茶杯，站到阳台，觉得自己一直跟水中浮萍的茶一样，漂泊着不能停留。

早晨寄希望于整个白天，白天又惧怕夜晚的漫长，原本想与虞柏荷共享推心置腹的心灵沟通，却在不尽如人意地将美好再次循形到最初的状态，更要命的是，曾经的家竟然成为一个回不去的地方。而这个回不去的地方有着他和周松儿几年煎熬过来的时光，这几年五味杂陈，足可以写成一部苦情戏，他又觉得很多作家其实是卑鄙的，自己制造悲情还写出来给别人看。

这失望总是大于希望的日子，让麦桐尽了最大努力依然没有改观。

清早还对未知的期许抱有美好的希望，只一个白天，便成为满身的尘土和满心的疲惫，在无人知晓的阳台，自己整个人在麻木与警醒的交替中，辗转难眠。

活着，怎么如此不容易。年少时，麦桐从未这样想过，甚至不太相信，那些在自己的生命中无比重要的人和情感怎么会在自己的生活中消失，直至被自己淡忘。

爱情。

麦桐想了想，觉得爱情充其量不过是转瞬即逝的一种热情而已，既无法保鲜，又无法存活到长久。就像自己与周松儿，虽然曾经相爱过，虽然曾经想白头偕老、想地老天荒，但是爱过之后的结果却是对爱情再也不抱有任何幻想。

没有幻想，又怎么能重新拥有爱情？当然不能。麦桐这样想着想着，竟然睡着了，但不是在床上，而是在阳台的椅子上。

七

麦桐早早地醒来，早早地来到街口的早餐馆，买了一碗米粥、一碟圆形枣糕外加两个茶叶蛋，一边细嚼慢咽地看着街上阳光丝网般地将光线投射到已经闪亮异常的柏油路面上，一边想着自己这个既定计划中的一切可知和一切未知。

但愿不是上一次的结果。麦桐这样想着，再次走进出版社，但不是自己一直想去却不敢去的那家。这一家出版社，让麦桐觉得，或许会受到一种礼遇，因为出版社很小。

走进出版社的大门，麦桐发现，这一家比之前去过的那家出版社无论在规模上还是在氛围上都要差很多。偌大的城市里，整个出版社就像一家超市或一家餐馆，如果不是门口的招牌，任谁都不会想到这样一个冷冷清清的地方居然与“书香”有所关联。

灰白的院墙、灰白的楼体、灰白的长廊上外加满地的黄色落叶，麦桐有些后悔，觉得自己的第六感异常敏感，果然不出所料，年轻的编辑见到麦桐后，现出一脸的不屑与高傲："把电子版投我们邮箱不就完了，还亲自跑一趟。"

麦桐看着与自己年龄相仿，应该不会有太多人生阅历的编辑，觉得这种人即便满腹才学，也不过是专业技能的高智商配上不太高的情商，能给自己或能帮自己的一定非常有限。

"把文稿放这儿吧，留下你的电话，但有一样，如果我们没用你的稿子，可不给你退稿。"

年轻的编辑一边说，一边拿给麦桐一个登记的本，让他逐条写上自己和作品的相关信息后，理都没理麦桐，仿佛麦桐连同刚刚写的那些字一样，都是空气般的存在。

麦桐拿着笔，犹疑了一瞬间，将笔和本放下，将文稿装进手包，像突然间推翻了之前所有的决定一般，转身离开了。

八

走在大街上，麦桐决定这辈子再也不亲自登门拜访任何出版社的编辑，他不是不知道用电子版投稿，也不是不懂得资格不够就不要亲自登门打扰，只不过是想利用这样的机会，好好地与编辑进行近距离的接触。或者学习，或者交流，或者沟通，或者……麦桐说不清自己要干什么了，得到的除了灰心丧气，便是自信全无。甚至麦桐一遍又一遍地问自己，究竟什么样的文字才能让那两位编辑一眼看上？

显然，这是没有答案的问题，这是痴迷写作的麦桐的悲哀，倾尽所有的心力和能力，到头来换得的依然是不屑与冷落。最初，麦桐以为写完了小说就大功告成了，以为大功告成了自己也就成功了。结果书出版了，生活依然与从前一样，处处不尽如人意，这与麦桐最初的预想实在是大相径庭，尤其眼下，麦桐走向出版社的路上，情绪的欣欣然已经全部被泯灭。

麦桐再次面临着抉择，只是这次的抉择比初夏时愤然辞职和离开家时还要难于决定。那时，麦桐不过是离开了姜君、离开了周松儿。这次，麦桐根本就没有可以离开的人。

去出版社是麦桐自己一个人，离开出版社依然是麦桐一个人，这样想着时，马路对面一个熟悉的身影进入了麦桐的视线。

是姜君。

姜君下了车便向路边的一个岔道口走去，虽然仅仅是姜君的背影，但麦桐依然可以认得清清楚楚。只是，仅仅相隔了一个夏天，麦桐竟从姜君不再风风火火的背影中看出了一种沧桑，好像姜君每向前迈出的一步都带着一种犹疑，像对前程未卜的忧心忡忡，又像对过去无法进行梳理的懊恼。

一如麦桐。

他的鼻子一酸，仿佛头一天失恋般的悲伤再次从灵魂深处喷涌而出，像一股急流，将周遭的一切涂抹得一片模糊。

整个世界静止了，麦桐整个人也僵住了，直到姜君的背影消失得无影无踪。

其间，麦桐曾不由自主地想与姜君打招呼，结果却发现，在自己视线模糊的木讷中，不过是动了动手指头而已。麦桐没有想到，自己与姜君之间，在今生竟以这样的方式相见。

真正离开的背影。

麦桐无法忘记，曾经的自己与姜君无论工作还是业余的生活，是那般情投意合，即便是开玩笑都可以默契到心有灵犀，甚至麦桐想过，自己与姜君之间的情谊早就超越了友情。麦桐的难过达到了极致，麦桐没有想到，友情竟会让人如此这般伤感。

不是爱情，却超越了爱情。

麦桐站在路边，像个孩童，为着再也搜寻不到的旧日时光，第一次明了，姜君是自己生命中曾唇齿相依的人。或许姜君从未错过，错的是自己。麦桐好像第一次明白了自己，在任性面前，在眼泪的洗礼中，彻底败给了真情。

仿佛情感长路的长途跋涉后，洗尽铅华的历练还后，麦桐终于懂得了什么是爱。

爱是无条件的谦让。

爱是无条件的包容。

爱是对曾经的付出没有任何的悔意，也没有任何的抱怨……

一阵风吹来，几片树叶落下，途径麦桐刚刚挂着眼泪的脸颊，麦桐再次感受到写作的意义。

写作是在无尽的思索中，在繁复无止境的生存和生活中，了解生命的华美与高贵，在不断的创作历练中，尽享生命的丰盛和自在，以及生命本身的性本善和初相见的本真和率真。

九

麦桐买了一盒烟，是在超市买食品时顺手买的。作为男人，他不太明白自己为什么不抽烟，也不喜欢抽烟，看到烟时，彭露露吸烟时的情景自然而然地浮现到麦桐的脑海里。

或许抽烟的人喜欢的仅仅是一种感觉，像有人喜欢喝酒，有人喜欢喝茶，透过一支烟的烟雾，或是通过酒的甘洌以及茶的清香，成为一面明镜，照亮眼前的生活，也照亮自己的内心。当然，也可以通过这些方式为自己疗伤。有情感中的，也有情绪里的，有为人所知的和不为人知的，但统统都是自己所难以排解的。

只可惜，抽烟不是写作，抽烟不仅不会让麦桐的思考更加活跃，反而会让他的思维更加混乱。或许只有合适的才是最好的。他将手里的烟掐灭，随手丢进垃圾桶，顷刻间，出租屋里一片静寂，麦桐将《不远不近》的文稿从手包里拿出来放进抽屉。

就不该将其拿出去。

已经被否认的为什么还要给予希望？作为那个故事的创意者、建设者以及拥有者，麦桐只能对自己说，这些行为和举动不过是马拉松的开端，看不到终点。或许编辑的话是正确的，这小说的内容得改，名字更得改，而不仅仅是将它们丢进垃圾桶、放进抽屉。

十

清晨，麦桐刚要睁开眼睛，便看到了手机的讯息，不看则已，仅仅是看一眼，整个人便呆住了。

“来我办公室。”

是姜君发的信息，只寥寥几个字。

“大坏蛋。”

麦桐愣了许久，终于说出了这个只有姜君才能独享的麦桐送给他的宠溺称呼。

这突如其来的意外实在让麦桐感到惊异。一直以来，他都在人生低谷中摸爬滚打着，虽没到哀哀欲绝的境地，也是绝对意义上到达了痛不欲生的临界点。不仅如此，麦桐还觉得，这无法摆脱的人生至暗时刻无比漫长且在无限度地延续着，这让他反反复复地看着手机上的几个字，心里跟打碎了五味杂陈的瓶子一般。

酸甜苦辣咸一应俱全，而整个世界完完全全地被这几个字改变了。

清晨，虽然还是司空见惯的清晨。阳光，虽然还如以往一样，但异常明亮，所谓的心灵感应就是这般吧，相同的时间里，因为相同的事，有相同或相似的感觉。

“遵命。”

麦桐以最快的速度回复了两个字，之后便被打了鸡血般地靠着突然迸发出来的兴奋和激越，以最快的速度刷牙洗脸吃早餐找衣服翻裤子擦鞋换袜子，不过是十几分钟的时间，麦桐从上到下、从里到外，完完全全地旧貌换新颜。

十一

路上，行色匆匆的人和疾驰而过的车都没有像麦桐这般唯恐慢了一点点地奔往公司，直到麦桐不得不慢下脚步，喘着粗气，远远地看着亲子鉴定中心的门脸，不得不停下来。麦桐才有时间细思，怎么会在一则只有几个字的信息面前这般狼狈失控？没有一星半点矜持，没有只言片语的往来回合，便完完全全地缴械投降？

曾经，麦桐对姜君的所作所为是那般看着不顺眼。

曾经，麦桐发誓，永远都不要再与姜君遇见，即便遇见，也要装作没看见。

曾经，麦桐将姜君从自己的记忆中毫不留情地一扫而光，可是，这一大早的一路奔波让他明白了，曾经的那一切不愉快都像不曾发生过一样。

“大坏蛋！”

麦桐脱口而出这三个字后，脚步坚定、心情愉快地走进亲子鉴定中心。

十二

麦桐走到办公室门口时停下了脚步，一边努力平复着自己的情绪，一边极力控制着自己依然喘息着的粗气。虽然离开时的情景还历历在目，但是感觉上根本没有经过已经寒凉的秋和燥热的夏，而是直接穿越回从前。

甚至从没离开过的感觉。

从前，上班的时候，麦桐究竟进进出出这办公室的门有多少回已经无法计算，但每次的出出进进都千篇一律地没有任何区别。眼下却不同，他觉得自己能站到这扇门前，就意味着对姜君的彻底原谅。反之，姜君能用一条信息将自己召回，也说明两人之间的彼此默契。

原来，原谅他人是一种境界。但是被自己在乎的人所谅解更是一种被爱的感觉，而麦桐觉得，所谓的爱不过是一种深厚又牢固的情感。说不定什么时候，这情感就会以不同的方式出现。一如眼下，虽然只是几个字的链接，却成了意义非凡的成全。

十三

姜君还没到，不是迟到，而是迟迟没到。

麦桐给姜君打了电话，姜君没接。一切都由小郝应承着，他这才有所察觉地发现，当初没离开时，明明是麦桐和姜君之间的彼此欣赏和相互配合，中间总夹着小郝。

“别着急，姜君忙完就过来了。”

小郝的劝慰很真诚，也很贴心，没有任何的敷衍和随意，听起来却让他一头雾水。

终于，姜君发来信息，说他一大早临时接到一个去市内开会的通知，说因为手机调静音了，所以没收到麦桐的信息，说中午吃饭时他肯定回来。

坏蛋。

麦桐看着手机上的字字句句，相信姜君说的都是事实，却心有不满。

麦桐知道，姜君一向如此，无论什么事情都是手脑并用。用情时，能感受到他的用心；用心时，又完全可以觉察到智慧的成分，甚至有些时候，姜君根本就不用心，而是完全用智慧。麦桐不喜欢越来越有这种行为习惯的姜君，但偏偏身不由己。

用心用脑有什么不好呢？

人生无常，人心也无常。被伤的心总会千疮百孔，多用脑就会大有不同。

“想什么呢？”

小郝有说有笑地坐到麦桐的对面。

“是啊，想什么呢？”

是姜君在回答。

“您回来啦？”

小郝见到姜君，显得有些兴高采烈，姜君则搬了两把椅子，坐到小郝的对面后，示意麦桐也坐下。

麦桐看着两个人，一时语塞。

麦桐觉得，时光静止了，眼前的一切根本不是想象中的彼此或寒暄或敷衍，怎么就像没事发生过一样？麦桐不知所措间，恍然如梦地觉得眼前的此情此景像小说里设置的某些情节，又分明不是小说。

“说呀，想什么呢？”

小郝和姜君异口同声地说完，同时看向麦桐，好像小郝和姜君已经事先演练过一番。

“想你俩呢。”

麦桐一脸冷漠，语言中却带着调侃。

“就知道你肯定是这句。”

姜君说完，起身离开了。

“我觉得也应该是这句。”

小郝说完，也起身离开了。

这倒是个奇迹，一向喜怒哀乐从不喜形于色的麦桐，没人能够猜透他的真心，但这一次，姜君和小郝不仅猜对了，也说对了。

麦桐不禁暗自哼笑一声，知道自己在这样两句评价里算是彻底地败下阵来。或许，这种失败才是最好的结果，所有人就像什么事情都没发生一样，没有芥蒂，也没有隔阂。有的依然是从前一起时的轻松愉悦、谈吐随和，并继续用这种方式，让彼此分开的时间在这份融洽中，变成须臾般的短暂。

麦桐即刻进入工作状态，打开已经积灰的柜子，将久违的也是当初意欲永远不动的办公用具一一翻找出来，尽最大能力将自己不在岗时欠下的工作细致地进行整理、归类、排序，像一个崭新的开始，又像对曾经的告别。

麦桐完全将这份工作看成了工作，再不像原来那样，在工作中掺杂了太多自己的看法和态度，他很纳闷儿，自己怎么就完成了一种态度和观念上的转变，俨然变了一个人，好像前来问诊求助的人不再是有血有肉的生命，而仅仅是人而已，没带来情感，也没有情感，至于拿到鉴定结果后的情感归宿……

管它呢，事与愿违还是满心欢喜，与自己又有何干?

这样一想，麦桐彻彻底底地释然了。只是，麦桐知道这份轻松的得来是自己付出了极其沉痛的代价。命运毫不留情地动用极端残忍的手段惩罚了麦桐的天真和草率。当然，也强而有力地制裁了他的鲁莽。

麦桐暗下决心，对于失而复得的工作，再不使性子了，更不随随便便。再面对顾客的亲情破灭和挣扎、背叛以及欺骗和谎言，都要尽最大努力地做到无动于衷。因为这比比皆是的人间悲喜不会因为自己的长吁短叹而停止、结束、消失、减少，相反，麦桐倒从这种离开和归来的过程中，彻底地明白了作为一名 DNA 鉴定师的职责和责任。

在科学的真相面前、在人性和道德良知面前、在回答“这孩子是不是我的”问询者面前，麦桐再不会像原来那般感情用事。同情可以有，悲悯和怜惜也可以有，但都要好好地进行掩饰、隐藏，或用另外一种方式——写作去重新进行描摹，重新进行情绪上的宣泄，就像回答虞柏荷问自己为什么要写作时回答的那样——为了品尝生活两次。

工作就是工作。

情感就是情感。

创作就是创作。

麦桐终于懂得。

十四

中午，麦桐与小郝和姜君一同去餐厅吃饭，相对而坐时，觉得时光倒流了。从前就是这个样子，麦桐与姜君之间没有领导与被领导之分，有的只是两人的你中有我，我中有你。

“想没想咱们的饭菜？”

姜君问麦桐。

“饭菜有什么可想的。”

麦桐装作不屑地回答。

“就知道你这张破嘴，下班出去喝酒，就咱们三个。”

“好，非常好。”

小郝即刻应和。

“是好！”

麦桐不紧不慢地点头应承。

“晚上喝烈酒！”

姜君冲着小郝煞有介事地说。

“对，喝烈酒。”

“非常好。”

这次，麦桐抢先应和了姜君和小郝。

麦桐看到姜君和小郝会心一笑后，脸上挂着各自的惬意，仿佛已经在一边吃，一边品味着烈酒了。麦桐笑了，他觉得男人的笑容竟也可以如花般灿烂，仿若再有和煦的春风吹来，便不只是盛开，而是怒放。

十五

麦桐、姜君还有小郝下班后肩并着肩，一起走出亲子鉴定中心的大门。想着这一天的心绪，虽然轻松交错着复杂，忐忑伴随着安然，但是麦桐却格外地心情舒畅。

放过别人也就放过了自己，原谅了别人也就原谅了自己，人生不过如此，大不了从头再来。

“德行！”

三人准备上车时，姜君小声地扔给麦桐一句。

“你才德行！”

麦桐即刻还给姜君一句。

姜君刚要说话，小郝即刻笑着给麦桐打了个赶紧上车的手势，麦桐见了，竟鼻子一酸，好像所有的委屈依然在，包括与姜君没有任何关联时的那些不开心，也有登山时对父母的想念，这时，一股脑儿地喷涌出来，翻江倒海且波涛汹涌，麦桐的眼里即刻积满了泪水。

“咋了？”

姜君突然折回身，冷冷地看着麦桐。

“没咋。”

麦桐应了一声便上了车。

“德行！”

小郝开着车，刚驶出鉴定中心，姜君便拍了麦桐一下，麦桐因为没有防备，也因为姜君确实用力过猛，只觉得被拍之处疼痛难忍，但心里又觉得姜君这手劲的力道恰到好处。

麦桐没再回姜君“你才德行”，而是将脸转向车窗外。

车窗外，因为是下班时间，路上的车流、街上的行人都在路上拥堵着。麦桐的心却异常安静，好像一个夏天和这个初秋，每一个白天和每一个夜晚都没有这一刻的心境如止水。

时间真是一剂最好的良药，在长时间的彼此相隔中，将相互间的离不开梳理成一根扭结到一起的绳索，日子越往前赶，纠结的力量就越强，甚至纠结成一个团，打成了一个死结，且不仅仅是表面，而在各自的心里。而打开它的过程竟如此轻而易举，只几个字的抱怨，只几个字的命令。

“你还跟从前一样。”

姜君看了一眼麦桐说。

“我确实跟从前一样。”

麦桐看都没看一眼姜君便回答了他。

十六

“喝烈酒！”

姜君刚坐下，便大声豪气地说。

“对，喝烈酒！”

小郝即时应和。

“必须喝烈酒！”

麦桐一边回应着姜君和小郝，一边觉得这才是最恰当称心的提议。麦桐太需要这样的时刻了，在浓烈的酒精中，将所有的激情澎湃发扬到极限，将掩饰的羞涩和不想掩饰的真情都摆到桌面上，或举杯豪饮，或借口推脱，或忘怀沉醉。但是，举杯豪饮的好像不仅仅是酒，借口推脱的不仅仅是矜持，忘怀沉醉的也不仅仅是无法割舍，而是他自己，是他对生命的敬重和尊崇。虽然到头来，完全有可能是又一场伤心，但是，没有这样一番的沉浸和陶醉，生命在生活中又能体现出什么样的价值和乐趣？

没有价值，也没有乐趣。

麦桐看到姜君身着的那件跟自己喜欢的款式几乎一模一样的薄棉T恤，淡淡的灰蓝底色上有着一些不易被发觉的白色小圆点，只有火柴头那般大小，细细碎碎，仿若实心花蕊的圆点，使姜君整个人在棕红色的实木餐桌靠椅的衬托下，显得异常整洁而安静，质朴而亲和。

这就是麦桐喜欢的姜君，他从几乎没有任何改变的姜君身上看到了自己。目光纯净，没有杂念，更没有一丝游离的坚定。有的只是这一刻，包括之后的所有时光中，依然可以如此淡定与从容。

麦桐笑了。好男人就应该是这个样子，在失败中总结曾经的经验与教训，在成长中提高自己的觉悟与认知，年龄越大，越要多几分的睿智与洒脱。甚至，几个月不见，就必须刮目相看，之前的稚气虽然还在，却被罩上了稳健成熟的外衣。

麦桐看到姜君和小郝也笑了。

麦桐知道，这一刻，自己与姜君之间，与小郝之间，各自都增添了从未有过的、有如别样年华般的重新建立起来的相知与共识，是在原有的基础上，又生发出的旷达及远见，是彼此之间都能心领神会的意态纷呈，是从未体验过的亲密无间。这才是至高无上的真情谊。

麦桐看到，窗外秋天的暮色已不再是月落西山后的暗影昏黄，洒满天际的夕阳灿烂着半壁天边的金黄绚丽，犹如暖意融融的四月晴天。

“喝酒！”

姜君再次举杯提议。

“喝酒！”

小郝高高兴兴地应声附和。

“对，喝酒！”

麦桐即时应承着举起酒杯，一边感受这份千言万语都在酒里的交流和交集，一边暗自体会这美轮美奂的情谊，这浓浓的情谊都在酒里，怎么能不让自己心怀慨叹？不仅如此，桌上有菜香，杯中有酒香，合着各自的好心情，将有过的牢骚、抱怨和记恨都一笔勾销，甚至从未发生过一般，有的只是眼前之人在一起的其乐融融。

“以后请多多关照。”

麦桐举起酒杯，带着真心真意的情感，既包含了自己之前任性而为的歉意，也包含了对姜君此举的深深感激。

“以后请多多关照！”

姜君按照麦桐的话，一字不落地说完，眼里浸润了一层亮晶晶的泪光。

“喝洒，喝洒。”

小郝端起酒杯不无感慨地看着麦桐和姜君提议。

“你呀。”

姜君用手指顺了一下麦桐，又用手指点了点小郝。

“我怎么了？”

小郝笑眯眯地看着姜君问询时，顺带着看了麦桐一眼。

“你很好！”

姜君看着麦桐说。

“你也不错！”

姜君又看向小郝说。

麦桐拿起酒杯，看都没看姜君和小郝，更是没说一个字，便将自己酒杯里的酒一饮而尽。麦桐的心里不仅充满了无限感激，更有无限感慨。人还是那么善良可爱，酒还是那么好喝甘甜，眼泪却那般苦涩。

麦桐再次了解了自己，任何时候都是高冷的态度和表情。但是，却会在不经意的一句关怀或是一个温和的眼神里溃不成军。根本就是外强中干的一只纸老虎，虽然可以战无不胜地赢得世间所有的敌意，却会不经意间便崩溃在包容体谅以及和颜悦色之中。

有时，时间抑或距离真的不仅仅是解药，更是一面镜子，在特定的时间和特定的距离内，看清楚的不只有别人，更有自己。

麦桐觉得，自己一杯又一杯喝的不仅仅是酒，更是一种向内的自省与大度。

十七

走出饭店，麦桐、姜君还有小郝都在高度酒的浸润中，变成了各自熟悉又有几分陌生的状态，连麦桐自己都弄不清楚自己究竟是感性支撑着理性，还是理性约束着感性。反正自己和姜君以及小郝，在回家的路上，吵吵嚷嚷着一路喧哗，直到姜君和小郝都在麦桐的视线中消失。

站在夜风中的麦桐打了个冷战，他看了看方向，知道自己在哪儿，又好像辨不清方向，感觉就像站到了时空隧道的边缘，耳旁和身边都是呼啸而来的风声，他甚至有些醉生梦死地搞不清自己究竟是站在历史的前沿还是立在末世的尽头。

有没有必要回趟家？姜君和小郝都回家了。

麦桐拿出钥匙，在夜路下，在酒气缭绕的氤氲中，觉得自己置身在一片荒无人烟中，依然落寞缠身地寂寥着。即便已经回到了原来的工作岗位，即便已经坐回到姜君的面前，即便自己的世界依然被自己主宰着，好像一切依然没有改变。

一位风烛残年的老者从他身边缓慢地走过，麦桐再次想起了父亲，他好像突然间懂得了父亲，父亲说的话、做的事应该都是对的。

父亲把自己的孩子养大，一定希望孩子是开心的，不承想，长大的孩子如此不快乐。麦桐又有了几分落泪的冲动，但是已经没有落泪的时间了，他已经毅然决然地走向自己家的方向了。

十八

周松儿没在家，无论哪个房间、无论哪处空间，都没有周松儿的影子。

电脑桌上端端正正地摆放着麦桐跟周松儿回家那次，还没等麦桐靠近电脑桌，就被周松儿丢进抽屉的笔记本。

“一个笔记本。”

麦桐在内心不禁哼笑一声，觉得周松儿怪。

“纵使里面有存折，又会有多少？”

麦桐一边嘟哝，一边拿起笔记本翻开，扉页上，一大束白色的郁金香死板而没有任何生机。

“郁金香，不过一个笔记本……”

麦桐愣住了。

翻过扉页，是一首周松儿手写的诗，名字叫《想不想你》。

“想不想你？什么意思！”

麦桐看了一眼落款的日期，是自己离开的那天。

麦桐急忙向后翻，从那天开始，每天都有一首诗，一本几乎要写满了。

麦桐即刻清醒了，他将笔记本翻回到扉页后的第一页。

想你
不是因为你的离开
而是想知道
我什么时候弄丢的自己
什么时候
弄丢的已经属于我的你

麦桐“啪”的一声合上了笔记本。他想起了当年，周松儿说她要当诗人，麦桐说他要当作家，仿佛这一本诗集在印证着当年的愿景和梦想，可是……

不想你
不只是因为你的离开
而是想知道
怎样才能找回我自己
什么时候
都不能因为没有你而哭泣

麦桐再次“啪”的一声合上了笔记本。

“这个小坏蛋！”

麦桐几乎是咬着牙“呼”地站起来，全身所有的末梢神经都在瞬间聚集了一种近于愤怒的力量。

家跟麦桐离开时一模一样，周松儿却不想成为原来的那个周松儿了。他放下笔记本，准备离开，但是，在转身时，看到电脑桌上端的一个相框，是麦桐和周松儿在海边的合影。

麦桐走到近前，看着照片上自己和周松儿的笑容，内心油然而生出一种羞愧，把日子过成现在这分崩离析的状态，自己也有责任。在结果出现之前，生活一定给过警示，也肯定给过机会，只是都被自己一一忽略掉了。麦桐觉得自己没有资格当作家。

一个想以写小说为生的人连自己都不了解，又怎么有能力去了解他人?

他拿出手机，想给周松儿打电话，可是，不过是下意识地做了一个动作而已。麦桐收起了电话。他不知道自己要对周松儿说什么，好像有话要说，又好像早就无话可说。

麦桐离开了。

十九

走在回出租屋的夜路上，麦桐觉得，没看到周松儿的那首诗时，心里还满是抱怨，看到了那首诗，抱怨却升级为怨恨。他很不明白，如果周松儿很爱自己，为什么要用那种让他无法忍受也不能忍受的方式对待自己? 麦桐想起了那些在家写小说的日子。如果说写作是超越一座又一座超级难走的险峻山峰，他觉得真是言轻了写作本身，因为写小说的过程不只要战胜写作本身，更要战胜自己的心智和心力。

没人知道，孤军奋战的苦，不仅是没人支持，而是因为写不下去时，面对着电脑或是面对自己创造出来的那个世界，久久地发呆，不知道方向在哪儿，也不知道出路在哪儿。

终于写完了，又不知那些文字花落谁家。

这才是完成写作后的又一座难以翻越的高山。

虽然写作的最初确实不只是为了发表那些文字，但写作最完美的结果却是将那些文字印刷成册，因为那些文字只有在读者的捧读中，才可以最大化地实现自身价值。只有将自己的劳动变成书籍，才叫作真正意义上的锦上添花。

“天天写那些破字，天天把我当成空气，到头来，却让我给你拿钱出书，想都别想！”

周松儿每次都扭曲着脸，每次都是说出的话都堪比砸向麦桐的砖头瓦块，带着周松儿的狂躁和恶狠狠的不满，让麦桐防不胜防地想逃离。果然，麦桐逃离了，就像刚刚看到周松儿的那首诗后的逃离。

二十

“魏星！你怎么在这儿？”

麦桐回出租屋的途中，在路边的水泥台阶上见到了魏星。

“你怎么才回来？”

魏星说话时有气无力，让麦桐搞不清究竟是因为自己的醉意未消，还是因为魏星的垂头丧气。

“怎么了？怎么坐这儿了？”

麦桐一边说，一边坐到魏星身边。

“别坐下呀，陪我喝酒去！”

魏星站起身。

“别再喝了，估计你也没少喝。”

麦桐抬头看了看天色，又看了看魏星，完全是自己陌生的表情和状态。

“我刚才回了一趟家。”

“你俩和好了？”

麦桐的话音还没落，魏星即刻瞪大了眼睛，人也精神了许多。

“是，回家了。”

“你说你……”

突然间，魏星满脸的埋怨，好像麦桐回家之前应该跟他打个招呼。

“要我说，你就是没见过好女人。”

魏星毫不掩饰地脱口而出。

麦桐听了非常不高兴。

“过去即代表着将来，懂不懂？麦桐！我在说你呢！”

魏星的双臂举向夜空，并划着最大限度的弧线，好像魏星说的话是真理，也是向宇宙发出的宣战。

“干吗这么激动？”

麦桐一把将魏星拉回到水泥台阶上坐下。

“你看！”

魏星猛地将右手臂的衣袖撸起来：“你看看！”

麦桐看到魏星的手臂上有一大块皮肤红得发紫。

“撞哪儿了？”

麦桐非常关心地问。

“还有这儿，你看看。”

魏星撩起衣角，让麦桐看他的后腰，跟手臂上一样，有一大块皮肤红得发紫。

“魏星，你被打了？谁打的你？你在哪儿喝的酒？”

麦桐站起身，非常着急地准备再查看魏星的身上是否还有伤。

“麦桐，咱俩的命不好。”

魏星一边说，一边抓过麦桐的手，显得语重心长，又无可奈何，麦桐即刻明白了魏星的意思。

“你呀，以后再做皇上梦一定要谨慎而为之……”没等麦桐说完，魏星便使劲打了麦桐一拳道，“你就会落井下石，要我说，那《红楼梦》好不好？那当初都是手抄本流传的。”

麦桐听了，愣愣地看着魏星，觉得魏星说的不是《红楼梦》，而是梦话，麦桐有些搞不清究竟是自己喝多了还是魏星喝多了，反正，两人的话题根本不在一个频率上。

“我说麦桐，如果你够级，就学学别的作家出书不掏自己腰包，卖了书还能大赚一笔，过后再去参加各种比赛获各种奖励。”

“喝点酒就挤对我，是不是？”

虽然麦桐知道魏星说得没错，但就是觉得不爱听，麦桐又看了看天色，想想自己这一天，从一大早的匆匆忙忙到白天的忙忙碌碌，再到晚上推心置腹的酒局，包括眼前指东说西的魏星。

“我这命是不怎么好。”麦桐说完，站到魏星面前道，“魏星，我这就送你回家，再这么唠下去，天就亮了。”

麦桐说完，拉起魏星，也不管魏星怎么挣扎，只管走下台阶，走向路边，他这才发现，马路上空空荡荡的，没有一辆车，包括星星和月亮，都躲起来了……

二十一

麦桐将魏星送回家，再回到出租屋，虽然已经是筋疲力尽，却没有一丝睡意，他有些舍不得让自己在睡梦中与这个再也不会有的特殊日子就此作别。

麦桐拿起电话，想给周松儿打电话，准备按键时又犹豫了，不过是一些诗，能说明什么？什么都不能说明。

麦桐取出抽屉里的《不远不近》文稿，看着标题，清晰地回想着老编辑的那些话，觉得包括《无佳人》在内的名字也不是最初感觉的那样尽善尽美，虽然自己当时确实满意，但是那种满意只能代表那个时候的满意，时过境迁后，麦桐的认知和理念都在发生着改变。

麦桐想起了在书店魏星向虞柏荷推荐《无佳人》时虞柏荷说的话，也想起周松儿对《无佳人》名字的不满，虽然书的名字并不能代替书的内容，但是当麦桐一任自己痴迷又执拗地投身文字汪洋时，感觉上不只是沉浸其中，更是不知夜的黑、月的沉。

袭人香。

猛然间，麦桐想到了与“无佳人”相对仗的三个字，脑海中瞬间出现的书名，旋即便在《不远不近》的小说封面处，将原来的书名一笔勾掉了。

如果思维也有火花，麦桐觉得自己原来的想法应该是没有色彩的一种苍白，那苍白一碰触到现实的土壤，就被打得落花流水。这不被老编辑看好的书名，瞬间有了一个新的名字，这新的名字如同顷刻注入的新鲜血液，将原来的老气横秋且不疼不痒的名字即刻改头换面了。

麦桐第一次明白，小说的书名不只是一本书的名片，也是小说作者的一张脸，更是小说作者的三观。这三观是“罗盘”的指向，也是“指南针”的方向，是作者通过一个书名来完整体现故事时，立三观、破三惑、成三德的最佳途径，虽然仅仅是一本书的名字，却是被浓缩的精华。香，比原来偏执的小说名更多了几分韵致和热情，更有爱。

清香、俗香、艳香、幽香，各种各样的香侵袭着人心，浸润着深浅难测的这世界，一如文墨，一如书香、一如淡雅、一如一灯一盏间的男男女女，好像一个“香”字寓意囊括的不只有人，也有事，更有思想，包罗万象地一应俱全。

麦桐清清楚楚地感知到了自己灵感的如期而至，以及聪明才智的提升与飞越。觉得自己现有的判断能力和思维能力不仅可以将小说中的各种情感细化得清清楚楚，还可以将整个故事的脉络进行比原来更趋于合理也更符合逻辑的安置和调整。

二十二

麦桐睡着了，是在大脑极度兴奋的状态下睡着的。但是没睡多长时间又醒了，他呆呆地看着屋顶聚着微光的一个小亮点，看久了，竟然从那个亮点中看到了周松儿若隐若现的脸。

花一样的笑容，但是须臾之间便消失了。麦桐的心在那一刻疼痛起来，他觉得自己的人生很失败，这失败不只有眼前的状态，更有看不清的将来。

最初的麦桐和周松儿都是看着对方的眼睛说话，最初的麦桐和周松儿都是揣摩着对方的心思进行交流，最初的麦桐和周松儿都愿意按照对方的意愿做出自己相关的贴心回应。可是，也不知从哪一天开始，麦桐和周松儿说话时不再看对方的眼睛，脱口而出的抱怨也不再顾及对方的感受，所有不和善的言语、所有冰冷的言辞和冷漠的态度都一次次地抛给对方，越来越多，越来越无法停止，越来越让对方以为接受不了。

于是，麦桐和周松儿都觉得对方不爱自己了。实际上，麦桐和周松儿都爱着彼此，只不过爱也是一种拖累。因为在矛盾和纷争面前，谁都不愿意成为主动说出抱歉的那个人，好像那样的话一旦说出口，自己的自尊和尊严便会破碎成一地鸡毛。于是，麦桐和周松儿都给自己戴上了面具，都给自己装备了铠甲，都用指责对方的方式来维护并保护自己的所谓自尊和尊严。

好的日子就是在这样的犹犹豫豫中，被淡化、被毁坏、被万劫不复。可是，知道了，懂得了，也晚了。

即便不晚，又能怎样？天亮后，麦桐要去上班，要去面对失而复得的工作和已经被无比珍视的友情。这被续接起来的日子让麦桐不得不将刚刚自省的那些所谓感悟，在天亮后，忘得一干二净。

二十三

米粒给麦桐打来电话，邀请他晚上参加“星月酒吧”的周年庆典活动，米粒怕麦桐不能及时赴约，便说：“如果你不来，就看不到专门送给你的惊喜。”

麦桐觉得米粒电话打来得实在不合时宜，整整一上午，昏昏欲睡地好不容易将工作状态调整到自认为最佳。

“这个……”

麦桐有些拿不准是否必须接受这份邀请。

“大作家，你一定要来，露露和柏荷也来。”

米粒后面的那句话让麦桐确定了必须参加的决定，这等好事是不可推脱的，无论晚上急于回去写作的心情有多迫切。

“好吧。”

麦桐一边回答，一边看着电脑显示屏上正在变换的山水画面，觉得这份邀请不但不能拒绝，还要心怀感激。

“我一定去，我肯定去。”

麦桐冲着米粒不肯挂掉的电话一再承诺，但是，挂断电话，他却叹了一口气，这还需要很多个小时才能到来的时刻好像有些难耐。因为这有如投进水中石子的电话，将他的一切搅扰得不再安宁。

麦桐想起了小说新改的那个名字，好像这不仅仅是一个名字，而是一片新天地，他对创作也有了新的认识，但是他对这已经行进在路上的写作依然有些忐忑。一部长篇小说改了开始，就要改中间的过程，改动了中间的过程，就势必要改动后面的结局，从另一个角度和意义上看，麦桐相当于又创作了一部小说。

难度可想而知。

这永远都是一个人的长征，没有来自任何人的支持，也缺乏来自任何方面的力量，更没有足够的底气和气力，让麦桐保证自己可以坚持到底，而不是半途而废。因为麦桐比之前要更努力地工作，一方面成全了他；另一方面摧毁了他。

二十四

终于熬到了下班，麦桐在假装与姜君谈笑风生中迈着轻松的步子离开了亲子鉴定中心，在与姜君分手的那一刻，鱼一般地钻进了出租车。

麦桐发现自己变了，变得不再像以前那般与姜君不分彼此。从前，与姜君之间从来不怕任何行为或话语上的冲突，即便有冲突，也是有话说话，有意见说意见，从不掩饰也从不避讳，现在却如此小心谨慎。

人与人之间就是这样疏远的。

麦桐坐在出租车上，安静地看着车窗外，觉得自己与姜君之间就像一个掰开的馒头，再怎样合上，都有那条永远都弥合不到一起的缝隙。原来，虽然友情与爱情之间有着很大的不同，但有一点却是相同的，那便是不能随意地分手，也不能随便地言和。分手了，便意味着缘分的消失，虽然到头来言和了，但曾经的亲密无间早就不再存在了。

切都要重新来过，但不再是从前的翻版。

二十五

麦桐很快就到了“星月酒吧”的大门口。

“星月酒吧”再不是麦桐情绪低落时来造访的那般安静清冷，喜气洋洋的大门口有红色的丝绸竖标在风中不停地飘摇着，上面的欢迎辞及增加的新业务广告，热情洋溢中不乏形式上的轰轰烈烈。走近门口的落地音箱处，震耳欲聋的音响让麦桐觉得五脏六腑都在跟着颤动。

麦桐刚步入大厅，便看到打扮入时且精致从容的虞柏荷和彭露露已经到场了，麦桐急忙走向虞柏荷和彭露露。这时，突然伸出的一条腿差点儿将麦桐绊倒，麦桐定睛一看，竟然是魏星，他简直不敢相信自己的眼睛。

“你怎么在这儿？”

麦桐问。

“谁说我不能在这儿？”

魏星的腿依然横在地上不但没有收回，反倒一副漫不经心的样子，麦桐看着魏星，想起头一天晚上还垂头丧气地向自己诉苦，这一夜不见，又恢复了原来的趾高气扬外加傲慢无礼的样子。

“美女请我来的。”

魏星一边收回自己的腿，一边冲着虞柏荷的方向向麦桐示意。

麦桐不禁笑了，人生就是这般让人哭笑不得。昨天魏星还与自己“善良的老婆”打架到半夜三更，今天就像什么事情都不曾发生过。而麦桐自己，昨天一宿加上整整一白天对自己小说的思考，都被米粒的一个电话打得落花流水。

“不错、不错！”

麦桐一边向已经看到自己的虞柏荷和彭露露点头示意，一边坐到魏星身边，觉得生活远比写作更拥有着无法抗拒的吸引力。如果说写作的生活也是一种生活，那么写作的生活比起真实的生活，虽然高于生活，却比生活本身空洞了太多。

麦桐看了一眼虞柏荷和彭露露，觉得正襟危坐的彭露露与自己第一次见到她时一模一样，目中无人的冷漠、拒人千里之外的冷凛，好像她眼里的世界是空无一物的虚无，这让麦桐怀疑起她邀请他时说过的那些话、流露出的那些无助，以及她所说的那些猜忌与怀疑。这种女人无疑是可怜的，包括坐在她身边的虞柏荷。当然，也包括看到她们，虽然有怜香惜玉之心，却根本不可能将她们的愁烦时刻牵挂于心的自己。

矜持没什么不好。

如果这世上的每个人都能与他人畅所欲言，那么这世界一定会比我们看到的和知道的更复杂更令人费解，这样一想，麦桐倒觉得，无拘无束反倒不如这样被约束更好。

谁都不是智者，即便是智者，也不一定能掌控自己的命运，这让麦桐觉得在虞柏荷、米粒之间，彭露露的城府确实很深，但仅仅是看上去而已，彭露露完全有可能是她们三人中活得最不开心的那个人，虽然虞柏荷的情感被隐藏得极其隐秘，但是，那隐秘的空间再小，也只有一个人知道。

有爱，人才不孤单，即便看上去是孤单的。

麦桐无端地羡慕起虞柏荷，觉得像虞柏荷这样，小心翼翼地在内心深处藏着自己深爱的那个人没什么不好。

麦桐扭头看了一眼身边的魏星，居然也与彭露露和周松儿一般，有着让他陌生的表情，如一尊雕像坐在他身边，冰冷着、沉默着，这让麦桐有些不习惯。他觉得或许人和人之间的这种状态才是最好的，彼此之间，无论距离远近，也无论看上去有多么亲热，都像粘合在一起的两张纸，没有水分的时候粘得很牢固，一旦有了水的浸润，还是会分成你我。

“从我个人的感觉来说，一个女人只要拥有了持续的吸引力，就可以很好地驾驭男人。”

魏星对麦桐说。

麦桐不禁暗自佩服起魏星的读心术，不仅完全看出了自己的心思，还能将凡尘俗事说得有理有据。

“说谁呢？”

麦桐问，他觉得魏星话里有话。

“说我自己呢！”

魏星忽然满脸堆笑地看向麦桐。

“让我看看。”

麦桐觉得魏星的表情不怀好意，没等说完，便一把抓住魏星的手臂。

“别看了，涛声依旧了。”

魏星依然满脸堆着笑。

“好好珍惜吧。”

麦桐拍了魏星一下。

“是我俩还是我跟我那善良的……”

“大作家，一会儿我唱歌。”

没等魏星的话说完，米粒突然跳到麦桐面前，一脸的浓妆艳抹，像只花脸猫。

“我男朋友。”

没等麦桐说话，米粒一把抓过跟她一起跑过来的男朋友示意给麦桐。

“她作词，我作曲。”

米粒的男朋友笑呵呵地对麦桐说。

魏星听了，急忙看向麦桐，有些搞不清状况，又似懂非懂，只是最搞不清状况的不只有魏星，还有麦桐。

“他俩根据麦桐的《无佳人》创作的一首歌，一会儿就唱。”

走近麦桐和魏星的虞柏荷一脸的妩媚中带着兴奋和喜悦。

“我说呢，你怎么这么盛情邀请我，原来是为了我的作家朋友。”

魏星听了，一边冲着虞柏荷说着，一边也情绪高涨起来。仿佛麦桐是一颗新星那么发现这颗新星的必定是他魏星；仿佛麦桐是大明星，那么栽培这大明星的更是他魏星。

“我写的歌词，我男朋友作的曲子，一会儿我就给你们演唱。”

米粒看了一眼身边的男朋友，兴致勃勃地带着不想掩饰的自信，对她面前所有的人说。

“太好了。”

完全弄清楚状况的麦桐高兴得不知说什么才好，麦桐想说“这样的惊喜，不只是‘太好了’而是‘太美好了’”。但是他极力地掩饰着自己几近失控的情绪。麦桐看了一眼米粒和米粒的男朋友，觉得两人眼里、心里和身上洋溢出和谐，根本无法理解米粒曾经对自己说过的，仅仅因为火锅底料就能不欢而散的所谓“事实”。

“好，真好！”

麦桐一边高兴地继续夸赞，一边在想，一向不喜欢女人的浓妆艳抹，总觉得一张已经是柳眉皓齿的脸上再涂抹过于浓重的彩色妆容，不仅失去了女人天生丽质的素雅，也有些不伦不类。但是非常奇怪，麦桐看着米粒脸上浮夸的妆容，却觉得美艳如花般恰到好处。或许，这美在米粒男朋友的眼里更美。

“好好唱。”

麦桐又开心地鼓励起米粒。

“可好听了。”米粒拉着男朋友刚转身离开，又急忙回过头来冲着麦桐莞尔一笑地说道。

“肯定好听。”

麦桐急忙开心地应和，并看到米粒男朋友脸上即刻飞扬出的被米粒夸赞后的喜悦与自信。

“行啊，都有人为你的书写歌曲了。”

魏星的手顺到了麦桐的肩膀上，像两人小的时候一样，麦桐觉得魏星这简单的小动作竟让自己感到无限温暖。

“那是，说不定以后还能拍成电影呢。”

麦桐瞬间因魏星的话而放飞了心情，不但飘忽不定，还有无限度无止境的感慨，好像之前所有的努力都是为着这一刻，像跋涉遥远的路途，只为到达终点的胜利，像春天不辞辛劳的付出与耕作，都是为着满载而归的收获，而自己无怨无悔地写作，不过是为了追随一个梦幻般的存在。

“努力、努力、努力！”

麦桐一句一句地点头回应着魏星，又像是在自言自语，更像是激励着自己。

二十六

米粒走上了舞台，仪态端庄又落落大方，完全没有跟麦桐说心事时的垂泪、愁烦和不堪，有的全部是走上了人生舞台便走上了人生巅峰的从容与自信。

随着乐曲声的响起，追光灯的强光全部打在米粒的头上、肩上、手臂上和光亮的额头上。穿着晚礼服的米粒站在灯光下，V形的衣领凸显出更加白皙颀长的颈项，半隐半现的欧根纱短裙，在明晃晃的光线中，随着米粒的身体微微地晃动，使得米粒化着浓妆的容颜，在一定的距离之外，看上去美艳而娇媚。

光彩照人也不过如此吧！一身的美丽服饰，伴着一曲呼之欲出的歌，然后，在骤然暗淡的光线中，一如向麦桐倾诉悲伤情绪时的用心和用情。而麦桐坐在灯光照不到的暗处，有即将被歌声吞噬的感觉，即便自己的存在是个微不足道的点，也满身心地愉悦。

我患得患失着各种不安
是怕久违的欢乐再不见
翻一本书看我们的故事在书里上演
泪眼朦胧怎看都是千篇一律的模板

明知道爱情会经不起考验
依然飞蛾扑火地一往直前
无非怕重复从前的不甘和心酸
无非怕茫茫人海与你渐行渐远

顷刻间，麦桐的思绪被米粒的歌声带回遥不可及的旧时光，那时光中有他再也回不去的人和事，他在无限感伤中觉得自己更应该好好地珍惜眼前。而米粒的歌声一如幽静中的声声鸟鸣，又宛若海誓山盟，无论是低回婉转还是悠扬高亢，都带着无法排解的幽怨，将小说中的故事——展现到麦桐的眼前。

开心的和不开心的，美好的和不美好的。

麦桐感慨起来，因为米粒的歌声。

麦桐真的没有想到，相同的故事竟可以用如此不同的形式来展现，被这似曾相识的歌声带入故事之中，沉浸其中如同第二次品尝生活，而更多的则是品味中的美好。麦桐无论如何都无法想到，有一天会有这样一番情景，一对相亲相爱的恋人因为自己书里的故事而一起创作一首歌，这娓娓道来的歌声将麦桐为了写书所付出的所有不易都一笔勾销。

所有付出都是值得的。

麦桐这样想。

这真正是米粒在电话里说的那样，这惊喜对麦桐来说，是可以留守一生的惊喜。

麦桐看着舞台上倾情投入歌唱的米粒，不禁想起第一次见到米粒、虞柏荷和彭露露关于水的那些联想，如果米粒、虞柏荷和彭露露确实是不同的水，麦桐希望自己是一片叶子，如若落进湖里，便置身秋月平湖的宁静安详；如若落进溪水，便随溪流不停地奔向诗和远方；如若落进河床，想必风里雨里可以恣肆的依然是别样的风采。

有风吹来又何妨？有雨落下又何妨？有寒冷，有孤独，有不被理解，有不被包容，有一切不可阻挡的一切又都何妨？只有这些，才是活着的模样。被所有的琐事缠身、被所有的不开心围绕、被所有的希望牵引，为这此时此刻能得以成为真实的所有付出确实值得。

麦桐发现，米粒的男朋友在通向舞台的缓步台下，手拿卷着的乐谱合着歌曲的旋律，一边深情款款地看着舞台上歌唱的米粒，一边情绪激扬地看向麦桐。

麦桐见了，即刻冲着米粒的男朋友挥了挥手，算是能给予米粒男朋友最礼貌的回应，米粒的男朋友见了，举起手里的乐谱冲他使劲挥了挥。

原来，米粒完全看懂了《无佳人》这个故事，米粒的男朋友也完全悟懂了《无佳人》这个故事。或许对爱情的患得患失、对爱情的狂热和执着、对美好爱情的渴望和追求真的是每个人与生俱来的天性和本能，而这本能和天性成全了一场又一场人间最美的遇见。

麦桐觉得自己真的是非常幸运，所有努力以这种方式给了他最好的回报，最重要的是这极具意义的邀请与名副其实的惊喜，将麦桐内心深处聚集已久的阴霾一扫而光，麦桐第一次感知到了歌曲的力量。

二十七

“大作家，送给你吧。”

米粒的男朋友走近麦桐后，将手里的乐谱递给麦桐。

“《无佳人》？”

麦桐看着歌曲的名字脱口而出，然后便看着米粒的男朋友语塞了，“无佳人”这三个字对麦桐来说，简直就是生命中最重要的符号。麦桐不知该用什么样的言语来表达自己的心情。从他内心深处生发出了对米粒和她男朋友的深深敬意，也包括羡慕。他们的爱情才是纯净而没有杂质的、赤裸裸且直直白白的爱意，是真正意义上的我眼中有你、你眼中有我的二人世界，而自己的爱情观念则掺杂了太多与爱情无关的，甚至阻碍了爱情的太多因素。

比如自尊，比如自私，比如眼下冠冕堂皇的逃避，再比如，不愿意承认也不愿意面对，甚至有意无视。麦桐瞬间出现了对“爱情”这两个字的思考，甚至思考着婚姻应该有的状态和该有的一种氛围。但他觉得自己是一个彻底的失败者。

“米粒写的歌词，我谱的曲子，送给你留纪念吧。”

米粒的男朋友脸上挂着无比喜悦的神采奕奕，仿佛他与米粒与麦桐携手在一个人间传奇故事中，既是创造传奇的作者，又是传奇中的人物。麦桐的思绪再次被这仿佛从天而降的礼物所震惊，不仅如此，还将他一路走来因为所有的艰辛以及不为人知的苦痛治愈了。

“这个……”

麦桐高兴得不知说什么才好。

麦桐看着米粒男朋友笑意盈盈的眼里有着无限诚意的温暖，瞬间觉得这才是人们所说的天意，以一种特殊的方式遇见，然后携手并行，再怀揣着各自的梦想，在各自的道路上继续前行。这才是人间最美的相遇！麦桐再次从内心深处生发出由衷的感慨与喜悦，仿佛从前的许多无奈、无助都在这个时刻被彻底击碎、被彻底焚毁。

音乐又响起来了，是舞曲，有些震耳欲聋，却很符合现场气氛，所有人都情不自禁地在鼓噪热情和热血的乐曲声中，动用自己最大的激情和热情，最大限度地释放自己的情绪，用最到位最合适的动作，或从众或自我陶醉地跟随着舞曲节拍，从一开始的微汗到几乎大汗淋漓，所有人跟整个现场浑然成为一体。

这才是人生该有的节奏，在这种特定的情形下，既身不由己，又仿佛期盼已久，在狂欢的状态下，虽然跳的是舞，但整个人却好像纵身跳进了自己的人生低谷，在一系列的拼命挣扎中，再一次又一次获得新生。或许这才是一个人放任情绪的最好方式，在极尽配合着的舞曲中，口是心非般舞动着那些渐行渐远的爱情或友情，在自己越来越高亢失控的情绪里，毫无顾忌地存留。再现，像一场久别重逢的爱，终于可以尽情奔放在相遇相知的那一刻。

丰润而饱满。

酣畅且彻底。

麦桐的兴致无限度地膨胀，好像跳舞也无法将越来越高涨的情绪表达出来，因为这里有色彩缤纷的美好，也有泥沙俱下的种种不堪。美好的在不断升华，不堪的被缩小到几近消失，或释放，或放纵，在这时成了一个相同又相近的概念，通通在麦桐的思绪中成为一种欲望。

麦桐突然将两个手指放到嘴边，在音乐骤停的刹那，用力吹响了一个非常清澈嘹亮的口哨。他周边所有人一起跟同这长长的口哨声，不由自主地看向麦桐。

“我要请客……”

麦桐张开双臂，放飞了所有好心情，既像迎接曙光，又像送别夕阳。

“这就出去喝……”

魏星愣了一瞬间后，突然一跃而起地大声叫起来。

“对，这就出去喝……”

与麦桐有关联的所有人没等魏星的话音结束，没等舞曲声继续开始，便应声冲出“星月酒吧”。

如同胜利大逃亡。

二十八

米粒的好心情依然停留在舞台上一般，一路走，一路唱，魏星和米粒的男朋友跟在米粒身后，手舞足蹈地跟着唱、跟着跳，好像还没喝到酒就已经喝醉了一般。虽然麦桐比任何人都高兴，却不得不一次又一次地在内心里告诫自己，过了今晚这忘乎所以的尽兴之后，自己更要努力。

努力写好已经在改写的那部已经有了新名字的小说。

麦桐要更努力地更全力以赴地修改那部小说，因为仅凭自己的《无佳人》，还没能被读者所认可，歌曲却已经创作了，还被演唱了；不仅如此，演唱者米粒就在自己的身边，谱曲的米粒男朋友就在自己的眼前。他觉得这首与自己小说同名的歌曲仿佛一声号角，既有激动心灵的力量，更有不得不加速前行的压力和动力。毕竟这是个飞速发展且日新月异的时代，一切的一切都好像在不断被新生的、有活力的适者生存着，向下兼容着、淘汰着、毁灭着。昨天还是你品牌的忠实粉丝，今天就完全有可能去别处另寻新欢。止步不前，不仅是倒退，慢速前行都可能被淘汰，唯有奔跑，才是王道。

秋夜越来越寒凉，树尖上的叶子被夜风吹得摇摇晃晃，一长溜的路边矮墙上突兀着错落有致的小花盆，路灯下依然盛开着的菊花在麦桐一行人行走着的路上散发着幽香，竞相开放着。

“这些花好看。”

麦桐自顾自地嘟哝了一句，觉着一盆一盏的菊花，在这个让麦桐一而再再而三地思绪万千的夜晚，展开着数不清的细长花瓣，千姿百态中带着交错辉映的雪青黄白，让麦桐觉得生活即便看不到美，美也安静地存在，看不到希望，希望也会在前方安静地等待。

这就是生活，是麦桐用心用意的生活，所有苦乐悲欢都在一念之间交替。但无论怎样，都不影响在这一刻的思绪中旋舞出对路边花香四溢的动情，感慨万千的心旌荡漾。将一切尽收眼底，且有必要的刻骨铭心，在全身心穿行于岁月之时，用记忆的方式全部交付给往后余生。

麦桐跟着唱起了歌，在大街上比米粒的男朋友和魏星都更兴奋更大声地唱起了歌……

二十九

一行人冲进酒店后直奔包房，带着路上的兴高采烈，还有“星月酒吧”那些热情豪迈的延伸和延续，几乎所有人都在欢声笑语中忘我沉浸，唯独彭露露始终无法进入状态，好像从她去“星月酒吧”到离开，再到大家一同走在路上，她都是局外之人。

虞柏荷则是介于彭露露与其他人之间的一位旁观者，如不同于局外之人的一位看客一般。麦桐惊异地发现她手上的戒指没有了，那个淡绿色萤火虫般的玉戒指，麦桐绝对相信自己的记忆，这绝对不是虞柏荷的一个小小疏忽。细节就藏在每个人的人生里。

看来，虞柏荷与那位用筷子的方式跟自己很像的人之间的私订终身和肯为之终生守候的心动摇了。通过一枚不易被发觉的戒指，麦桐瞬间觉得，一个人的孤单没什么可怕，可怕的是一个人无论在多少人之间，都觉得孤单，而比可怕更可怕的是，即便如此，也依然死死地守着那份孤单。这于己无碍，但于他人或许就是一种瞻前仰后的顾虑，因为他随即又看了一眼彭露露，觉得与她们这不快乐的生命在一起，究竟可以获得多少鲜活的力量?

不会有多少。

只能被消耗。

这样一想，麦桐的内心即刻与虞柏荷和彭露露拉开了 定距离，虽然彼此在咫尺之间，甚至在这一时刻，麦桐对“好女人”和“不好的女人”又有了判断和新的认知，但是他又觉得，一个人无论男女，也无论老少，首先要可爱才会有人爱。

麦桐明白了虞柏荷和彭露露的不真实和缺乏真性情，明明都有心事，明明都有解不开的心结，却无论什么时候都独守秘密，让自己生存在情感生活的边缘，以看上去冷血的方式冷静着自己，也冷漠着他人。

麦桐觉得咫尺之间的虞柏荷和彭露露就是两面镜子，他从这两面镜子中看到了与虞柏荷和彭露露一样的自己。

仿佛戴着一副别人无法看清眼眸的墨镜，穿着不美却愣要装酷的马甲，无论什么场合、什么场景都不想融入其中，只想理性地冷眼旁观，一方面是与这世界的格格不入；另一方面是无法与这个世界相融合，就像《无佳人》里的那位主人公，面对自己一塌糊涂的生活，一地鸡毛却依然以高傲的姿态示人。

如此活着，又与行尸走肉何异？生命宝贵，人生苦短，活成了行尸走肉，又是谁的错？让他人成为自己的地狱？还不是自己给予他人的权利？

麦桐释然了。

他觉得自己的余生再也不会在情感的牢笼中，庸人自扰地困顿、挣扎，毫无意义，也不值得，他要活出一个更精彩的自己，以他自己认可的方式。

麦桐看向窗外，窗外有绿色的塑胶跑道，在月光下闪着墨绿色的微光，冷眼看去，像一片沉静的满是睡莲的荷塘，映衬着远处的教学楼的灯光，很安宁，也很美。

他回身看了一眼在座的所有人，觉得自己已然变成了两个人。一个是众人面前有些孤僻也有些古怪的自己，另一个则是不想孤僻也不想古怪的自己。

他觉得自己一面是很和善，也肯于倾听的安静之人，但是那仅仅是表面，真实的他是脸上写着距离感，内心却祈盼着一种亲密无间，或脸上现出的是无比的亲和与友善，内心却远隔着永远无法跨越的万重山巅。

都是麦桐，又都不是麦桐。

窗外操场的看台上还有灯，是低垂的晦暗的灯光，高低错落的灯虽然不易被发觉，也似乎在与操场和教学楼和谐共存中发出永不褪色的青春光芒，但它们仅仅是灯而已，没人会关注或记住自己生命行程中，究竟有多少灯为自己照过亮。

光亮也不过是一种生活的道具。

虞柏荷和彭露露不知在什么时候也进入了一种兴致勃勃的状态，所有的人都在欢声笑语的氛围中，继续忘乎所以地狂欢，唯独麦桐守着内心深处不为人知的各种隐忧，觉得这场合，如果有姜君在，有周松儿在，自己的快乐才会成倍地增长，或达到自己想要达到的状态。

麦桐拿起酒杯，没有缘由地喝了一杯。

“怎么自己喝上了？”

魏星的声音突然让欢乐的气氛凝重起来。

“我渴。”

麦桐不假思索地回答。

“真有酒量！”

米粒的男朋友即刻向麦桐投来比米粒还无比崇拜的目光，麦桐即刻被这羡慕的目光所感染和震慑，甚至觉得酒才是这世上最好的解药，一口或一杯喝下去，虽然咽下的是飘忽不定的清冽和剪不断理还乱的烦愁，但是继续喝下去，留给明天的将是无穷尽的回味悠远以及温馨隽永的岁月悲欢。

一如眼前，欢乐着却悲伤着，高兴着却又不可思议地哀怨着，好像人生里有太多的不如意，又有太多的奇迹。

麦桐自顾自地笑了，继续看着欢声笑语的众人怎样在自己的面前肆无忌惮地兴高采烈，麦桐心中陡然而生一种万般感激，是他们在自己的眼前，用他们各自的用心和信任，将寂寥无聊的人生渲染得多姿多彩。虽然自己被这多姿多彩包围着、簇拥着依旧不快乐，但是，麦桐了解自己，这样的状态早已足矣。

麦桐真正感知到了自己的怪，高兴时不一定尽兴尽情，不高兴和不开心却可以延伸扩展到无限远，好像内心深处总要保留一个藏着某人或某事的干净角落，既有牵挂，又无法割舍。而那个角落里究竟有着谁，连麦桐自己都说不清。或许，那个角落里有一个与自己一模一样的另一个自己吧。

麦桐拿起手机翻看了朋友圈里的各种乱晒胡侃，五花八门，好像什么都有，又好像什么都没有，每次看过，都有白茫茫大地真干净的感觉。

“想什么呢？”

魏星一手端着酒杯，用另一边的胳膊肘碰了一下沉思中的麦桐。

“认真喝酒。”

魏星给麦桐递了一个眼色。

“对，认真喝酒。”

麦桐听了，即刻微笑着点头应答，只是刚要端起酒杯向大家提议，就听到了手机的铃声。

“周松儿！”

麦桐愣住了。

麦桐看了看身边的魏星，见魏星正目不转睛地看着麦桐手机上的来电显示。

“这是她第一次给我打电话。”

麦桐小声地对魏星说。“快接呀。”魏星恨铁不成钢地看着麦桐说完，又继续说道，“出去接。”

麦桐听了，即刻闪出包厢的门外，可是还没等他接听电话，周松儿便将电话挂断了。

三十

“这个坏蛋，到底给我打电话了。”

虽然麦桐没有接到电话，心里却非常高兴，这说明在两个人长久的冷战对峙中，又打出一个以周松儿退让为结局的回合。

麦桐看了看时间，快到半夜十二点了，这种时候打来的电话，除了想念还是想念。麦桐想回拨电话，但仅仅是想法，刚一出现便即刻打消了。

这个时候打这个电话，只有几声的响铃，谁知道是什么意思，麦桐放弃了回拨电话的想法，他准备回包厢，但是要推门走进去的一瞬间，想回拨电话的念头又占据了上风。

麦桐站在包房门口，在昏黄的灯光下，从上好木门的油漆反光中，看着浑身酒气且意态迷蒙的自己，仿佛站到了另一个角度，只为一个或拨打或放弃的念头，迟迟疑疑，是他，又不像他。

麦桐即刻将手机揣进衣兜，径直走进包厢，准备不醉不归。

三十一

“今天的相聚到此为止，感谢大家的捧场！”

麦桐刚走进包厢，就听见魏星在向大家郑重其事地宣布着，麦桐想说“我没事，是一个打错的电话”，但是他见到所有人的脸上都蒙着一层与现场气氛不协调的阴影，好像与自己无关。

“怎么了？”

麦桐探寻地问魏星，麦桐搞不清自己出去的这段时间究竟发生了什么事。

“因为夹菜，已经哭一场了。”

魏星用胳膊肘碰了一下他的胳膊肘，麦桐这才看到，米粒在抹眼泪，米粒的男朋友站在墙角气呼呼地在面壁思过。

“怎么会是这样？”

麦桐看着已经哭成泪人的米粒，所有的妆容都被毁成一个扭曲的花脸，虽然作为一个男人对女人这种耍性子的哭闹已经熟悉得不能再熟悉了，但是麦桐依然不明白，米粒和她的男朋友之间明明都很爱对方，为什么就不能站在对方的角度多替对方想一想。

“赶紧散场吧，半夜了，天下没有不散的宴席。”

魏星拉了麦桐一下。

麦桐发现，彭露露和虞柏荷各自拿起各自的随身物品，都默不作声地准备离开。

“只能这样了。”

麦桐无心地回答。

麦桐虽然不知道米粒与男朋友之间的矛盾，但是他知道，米粒不过是想通过她自己的方式得到男朋友给予更多的宠爱，就像周松儿与自己之间，只是给的宠爱终归与得到的宠爱有着很大不同。

或许米粒不懂。

周松儿更不懂。

麦桐走近米粒的男朋友，想替米粒说几句话，可是还没等麦桐说话，米粒的男朋友就转身离开了。米粒见了，大声呼喊着男友的名字追出门外，麦桐看到在场的所有人脸上都没有任何表情。

“这就是爱情！”

魏星无可奈何地摊开双手，高傲地推销着自己的感悟，又恰到好处地批评了过错方，彭露露与虞柏荷都没听见一般，只是自顾自地往门外走。

“半夜了，该散了。”麦桐对经过自己身边的虞柏荷和彭露露自言自语道，算是对这场以歌曲为隆重开场、以不欢而散为结局的相聚做了一个不得不戛然而止的“决定”。

三十二

走出酒吧，麦桐的心情不免有些沉重，不是因为自己想不醉不归没有了机会，而是米粒哭闹的样子让他更多地想起了周松儿，包括没接到的那个来自周松儿的电话。麦桐不知道周松儿想对他说啥，如果是要紧的事，怎么不一直打过来？而是响几声就挂了。但对于这个没有接住的电话，麦桐还是在脑海里闪过很多的念头，他猜想着，而这些猜想究竟是不是猜想到了周松儿打电话的目的呢？麦桐不知道。

虽然麦桐不知道米粒和男朋友生气的具体原因，但有一点是肯定的，那就是一定是微不足道的小事。因为在爱情的世界里，彼此相爱的两个人之间时常发生的不过是都想以爱的名义掌控对方、制约对方，每一方都想赢得主动权，却丝毫不愿意顾及对方在自己的偏爱中，究竟是喘息着还是窒息着，抑或已经奄奄一息着。

“真让人受不了。”

麦桐自顾自地嘀咕了一句，像以往对周松儿发牢骚时的那般。

“咋样？”

魏星听了，一半清醒一半醉地冲着麦桐做了一个接听电话的手势。

“你俩咋样了？”

麦桐没回答，而是反问魏星。

“这个时候，求你千万不要跟我提我那善良的老婆。”魏星说完，突然冷不防地捶了麦桐的肩膀道，“坏蛋，哪壶不开提哪壶！”

麦桐刚要反攻，见魏星还要捶自己，急忙躲开笑道：“坏蛋遇见坏蛋都得完蛋。”

Xi

Ren

第五章

Chapter

秋风不来花不开

Xiang

一

起风了，下雨了。雨点落在麦桐的身上、脸上，落在他身上尽可能被雨侵略到的地方。

麦桐看着魏星消失的身影，好像还没弄明白已经过去的一天究竟都发生了什么。而在发生的这些事情中，或多或少仿佛都掺杂着自己，麦桐也不知道自己怎么就和这些事情莫名地关联在一起了，看来这俗人俗世真的是没人可以逃避得了的。除非你去修仙。

米粒和男朋友不知道是否还在争吵，出了酒吧就双双消失的虞柏荷和彭露露连让麦桐和魏星道再见的机会都没给，而魏星就这样一个转身，便消失在他的视线中。

深秋的凉让麦桐站在夜路上不知何去何从，回家或不回家都有寒凉入体的惧怯，这个世界再怎么繁华喧嚣，也有安静下来的时候，一如眼下。当然，眼下再怎样安静，也有人声鼎沸之时，比如明天白天。

雨越下越大，雨夜的天幕异常黑暗，满眼闪烁的都是星星点点的细碎光影，那些光影在暗夜中，随着时断时续的落雨，在麦桐的周遭展漾出凄风冷雨的迷蒙。

麦桐的身边没有任何一个行人，只有偶尔从身边驶过的出租车，带着意欲停下的迟疑，但只一瞬间便离开了。不远处，霓虹的彩色光芒在雨中若隐若现，带着不清不楚的魅惑，让他更加心生感慨。

麦桐站到公交车站的雨搭下，看着雨滴垂落到扩大的梓树叶子上，带着稀稀落落的单调节奏，让他感觉到几分难得的惬意，或许只有这种声音才是此时此刻的世界，距离麦桐心灵最近也是最亲和的回应，原本从天而降，中途与他不期而遇，瞬间便消失无踪，像平日里与无数擦肩而过之人的尘缘，这尘缘可以消除麦桐的孤独感。

麦桐从雨滴的细碎声响中听出了另一种意义上的陪伴，虽然这想法有些可笑，但是生而为人，免不了要承受这寒蝉般的寂静清苦，一边带着接踵而来的失望，一边怀揣着对未知的希望，像喝了一杯青涩的新茶，口有余香地留住了初春或深秋的回甘绵长，留不住的依然是内心总是无法掌控的欲望与奢望。

这才是苦痛的来源，也是每天都希冀快乐到来的原因。

二

麦桐生病了，可能是因为淋到了雨，也可能是因为受了风寒，更有可能是因为没有接到周松儿的电话。总之他在那个雨夜过后，每天早上都是混混沌沌地去上班，傍晚再迷迷糊糊地下班，醉生梦死般地不知道怎么吃的饭、怎么睡的觉、怎么进行的工作，反正天天夜里都做梦，但是哪一天夜里的梦都跟他度过的白天一样，不仅一团乱，还没有任何头绪。

麦桐实在难受，路过药店时就买了一盒感冒药，吃过晚饭，再吃过药，便早早地睡了。夜里，他梦到一个美丽女子，仿佛走过千百年的时光，深情款款地走到他面前，只那么稍稍一闪，便安静地躺到他的温暖怀抱中。

润滑晶亮，仿佛一颗被风雨铅华洗得干干净净的夜明珠。

这一刻，麦桐享受到如阳光般的滋养和雨露般的滋润，又如日月星辰的无声陪衬。仿佛那女子的呼吸都在麦桐熟知的词句中灵动着均匀的脉搏，让他清醒了许多，也通透了许多。

麦桐不禁仔细地辨认起这女子的模样，清秀、温婉，似曾相识的感觉，仿佛每次经过她身旁，都会这般不经意地驻足、流连、回眸。

麦桐慢慢地睁开了眼睛，但仅仅是睁开了眼睛，觉得自己依然在梦中，看着闪动着水灵灵眸子的女子，一颦一笑都足以让他再次沉睡到不再醒来。是的，醒着或梦着又有什么区别？还不都是生活的袅袅炊烟，漫过小桥，飘进古老的画卷。

麦桐觉得，非常熟悉的猪儿粑的味道和童年的青涩一起被包裹起来，星光落在每一片青灰色的老瓦上，地面上的方石砖承载着时光和岁月的沉重，斑驳老墙脱落的颜色犹如麦桐的深情回忆，时而朦胧着一种陈酿的醇香悠长，时而又挂在唇齿之间。

麦桐又闭上了眼睛。

他觉得，自己在折回的梦里，是手拿一把折扇，不停地摇着夏日的温热，沱湾码头一定会有那么一个人，坐在老石头的凳子上，用目光守望，也总会有一个人，如惊鸿掠过般地暗存那么一丝丝的温柔。麦桐醒了，他终于在半梦半醒中醒了过来，他看着身上盖着的被子，感觉到了枕头的潮湿，一定是睡梦中出了太多的汗。好像有人来过，麦桐分明看到电脑桌上有满满一大兜沙琪玛。

麦桐起身拿了一个，一边吃，一边自觉清醒了许多。

应该是周松儿。

麦桐一边吃，一边这样想，好像当时周松儿在门外大声喊，他开了门，好像周松儿说麦桐用装病的伎俩对她耍态度，好像周松儿说麦桐有意不接她电话，说麦桐故意不给她开门，说麦桐不欢迎她，好像还说了很多很多，麦桐都记不得了，麦桐只觉得沙琪玛很甜，却不知不觉间流出了眼泪。

冰释前嫌也好，分道扬镳也罢，总要有个结果才好，麦桐觉得自己很委屈，有婚姻却形同虚设，有爱人却终日形单影只，但是他又觉得这一切都是自己应得的，婚姻之所以形同虚设，也是因为自己没有好好地经营。如果能像对待写作那样对待婚姻，麦桐相信，自己的婚姻不会是今天这个样子。

支离破碎且摇摇欲坠。

三

明知道太多的誓言难兑现
任谁都耗不起这无心敷衍
明知道烟花转瞬就会消散
却拿刻骨的蜜语甜言翻看

麦桐想起了米粒男朋友送给自己留作纪念的乐谱，看着乐谱中一句句与《无佳人》有所关联又完全独立的歌词，他觉得米粒的歌声在静谧中隐隐地传来。

麦桐很感动，觉得在这意外获得的成绩面前，自己要做的也能做的就是将改写的小说写得更好。麦桐觉得有必要对已经在修改的小说进行更深层次上的定位与修正，从故事的整体创意到故事的主旨，再到人物的具体性格，包括情节体现以及麦桐对人性的深入挖掘，都进行了更具完善意义和完美状态的调整。

这是一种飞越。

麦桐决定，每大三点左右起来写作，一来不耽误工作，二来可以减少熬夜时间，虽然这样做很辛苦，但是清晨之前的头脑更清醒，以至于他每天坐在电脑前修改小说时，借着眼睛的余光，看到的窗外虽然是一点一点变亮的黎明，感觉希望在一点一点地到来。

每到这时，麦桐便看到另一个自己，在奔往未来的路上，或走或奔跑，这感觉很好，虽然有些虚幻，但是正因为这份不真实，才让他觉得写作本身就如同在布满荆棘的长路上，通过不知所措、通过茫然困顿、通过自省以及挣扎，走出了一条开满鲜花的坦途。

这坦途有着写作的残酷，也有着写作的美好。

明白了这些，麦桐觉得自己彻底明白了写作的意义，当然，也是活着的意义。这种活着既是一种向上的自然生长，又是向内的抚慰心灵。麦桐觉得，自己在写作的天地里徜徉得太久太久，像个不知疲倦的攀登者，又像个偶尔知途迷的智者，任自己的心智在另一个虚幻而美丽的世界里天马行空到漠视归路，且时不时地一览众山小，视世态炎凉于喜怒哀乐中，于任何形式和意义上的不迁就、不被动。

只是，这又何其艰难，甚至觉得自己不只是与周遭格格不入，还如凤凰落难被雀欺般的总有一种自惭形秽的感觉。

像自卑，又不同于自卑。

像高傲，又不是高傲。

麦桐觉得，有必要去一趟茶庄，有必要送郁金凯一本自己的《无佳人》。

四

“玉上烟茶庄”比麦桐第一次走进时热闹许多，或许是因为白天有顾客，也或许是因为天凉了，买茶的人多了，原来一长溜的茶盏比他第一次见到时多了一倍。

“来了！”

郁金凯一眼认出了麦桐，兴奋地冲着他打招呼，像多年未见的老相识般，显得兴高采烈。

“送你一本书。”

麦桐走到郁金凯的近前，很高兴地将《无佳人》放到郁金凯面前的柜台上。

“《无佳人》。”

郁金凯拿起书。

“这不是你写的书嘛！”

郁金凯看了勒口处麦桐的简介后，比之前兴奋了很多倍。

“是我写的。”

麦桐微笑着点头回应。

“送给我了？”

郁金凯抱起书，像得到了宝贝似的有点忘乎所以。

“我是特意来送你书的。”

麦桐觉得，自己从未真正意义上送书给任何人，“真正意义”应该是自己主动意识到并乐于主动地做，从这一点上，送给郁金凯的书是主动的。

“我就觉得你身上带着一股书香。”

郁金凯一边说，一边凝神看着麦桐，好像麦桐与他之间不是已经熟络的朋友，而是已经陌生的老相识。

“你先坐这儿，我去给你拿点我的老家底。”郁金凯一边说，一边将两个柜台间的木凳子拿给麦桐道，“别急，我马上就过来。”

“老家底。”

麦桐一边自言自语地嘟哝，一边看向茶庄的四周，一位年轻的女子在长案的尽头，一边看铺开的毛边纸上的各种茶料，一边细心地比对着，样子比郁金凯还认真，不同的是，她的手里没拿放大镜。

“你送我书，我送你茶。”

郁金凯很快回到麦桐身边。

“这个也给你。”

郁金凯将一个米白色的粗布包放到麦桐眼前。

“好，非常好！”

麦桐抱起那个米白色的粗布包，像个得到糖的小孩子，不知该说什么才好。

“你再等我一下。”

郁金凯说完，转身又离开了。

此时的麦桐站起身来，途经选看茶料的女子身边，走近郁金凯走进的那扇对开木门前，里面是一间茶室，一壶沸水冲泡的茶正在一方小巧的电磁炉上熏煮着。

麦桐闻到了一股幽幽的茶香，有陈化后的醇和内敛，也有陈化前的几分轻盈鲜美。

“进来。”

郁金凯发现了麦桐，急忙招呼他。

麦桐走进木门，窗外的阳光从品质极好的木质窗棂处透进朦胧的光亮，窗外古树枝丫的光影投注到屋里的地板上，闪着穿透薄纸的细碎暗影，与茶香遥相呼应，很多并排靠在一起的古风采茶图占据着木窗对面一长溜的墙壁。

“好美呀！”

麦桐不禁暗自赞叹。

刚刚秋意萧萧的感觉，只品饮一盏茶的时间，便被这热气腾腾的温暖给消除了。

“快过来，你进来得正好。”

郁金凯示意麦桐去拿一个藤编的坐垫，麦桐顺着郁金凯示意的方向看到几个圆形的藤编坐垫在光线照不到的墙角处散放着，有几分随意，更有几分禅意。

“咱俩坐下，一边说话，一边喝茶。”

“真好！”

郁金凯的话音还没落，麦桐便禁不住地由衷赞叹，甚至觉得自己决定送书时，就好像预见到了这一景致。

这时，那位选茶料的女子走进来，将一方木质的茶台摆放到麦桐和郁金凯之间，然后将一小碟淡绿色的茶芽倒进茶壶里。

“我女儿，玉上烟就是取她名字的谐音。”

郁金凯一边挪动茶盏，一边忙里偷闲地对麦桐说，郁金凯的女儿听了，冲着麦桐礼貌地笑笑便离开了。

“知道我为什么要开这个茶庄了吧，经商只是一方面，最主要的是我喜欢茶。”

“我也喜欢。”

没等郁金凯说完，麦桐急忙应和。

“我卖茶，卖的是一种意境，也是一种心情，我这么跟你说吧，对于不同的顾客，我会给出不同的茶品，我甚至能判断出不同顾客对茶的喜好。”

郁金凯一边说，一边露出一种明显的自得和自信。

“那你能不能告诉我，为什么给我选了苦丁茶？”

麦桐想起虞柏荷来出租屋时，自己沏的那壶苦丁茶。

“你不觉得你与苦丁茶有几分相似？”

郁金凯问。

“几分相似？”

麦桐十分惊异，自己并不爱喝苦丁茶，至于为什么阴差阳错地拿给了虞柏荷，虽然不是谜，但也不存在什么关联。

“那苦丁茶的条索很秀，我觉得，最起码在外表的形状上体现着你的性格。”

“我的性格？”

麦桐反问时，便自知了。无论什么时候，他都不可能成为对谁都好的老好人，尤其对自己不喜欢或没感觉的人，不仅如此，麦桐只爱能将爱给予自己的人。

对等的相互关系才会有公平，麦桐一向这样认为。如果付出过多或索取过大，那么早晚有一天，这种关系会终结，也许终结的场面会很惨，会成为一辈子无法抹去的痛，所以麦桐不喜欢这样的关系。

“苦丁茶的汤色清凉，应该有你的性情。”

“说得没错。”

郁金凯没说完，麦桐便点头称道。

“苦丁茶里苦的滋味不只有回甘，更有回甘后的鲜甜。”

郁金凯说完，看着麦桐，好像在等他回答。麦桐笑了，觉得这好回答，又不好回答。

“喝过了苦丁茶就会觉得，什么样的苦都不能叫苦了，对吧？”

麦桐没回答，而是反问。

“其实，苦丁茶名字是茶，实际上却是药，有很好的保健作用，但是茶品里却没有它的位置，这有些不公平，但这世间的事情就是如此。”

郁金凯表情严肃地说，看上去像在为苦丁茶鸣不平，又像在对自己生活中的某些不如意进行着抗议或是抗争。麦桐见了，连连点头称道，并在内心暗自赞叹着相见恨晚的郁金凯，此人竟然是自己所要找寻的智者或叫作知音，差点儿与之擦肩而过。

麦桐看着郁金凯，在内心为自己捏了一把汗。

麦桐一向相信自己的直觉，或者说相信自己的主观判断。决定来茶庄给郁金凯送书时，就在隐隐之间觉得，两个人一定有着一种无形的联结隐藏在各自的生命中，就如第一次的遇见，不早也不晚，就在那个彼此好像都需要对方出现的时刻，而那一刻的美好，就那样，永远被刻进了记忆里。

麦桐这才发现，郁金凯看自己的眼神中闪耀着睿智的光芒，那光芒旷达而不失亲和，知性而明显其沉稳。或许，这样的人才是自己在茫茫人海中一直想要找到的那个人，彼此之间可以人远心不远，可以情淡心不变，无论在一起聊什么，都可以毫无避讳地坦诚直言。

“这壶茶叫‘半闲’。”

郁金凯将续好的一杯茶端送到麦桐面前。

“半闲？居然还有这样的名字？”

麦桐很是惊异。

“这才叫好茶好名好心情呢。”

郁金凯说得押韵且爽朗，麦桐端起茶杯，觉得杯里透明的茶水色一如碧波荡漾的湖水。仿佛眼前所有的樱黄柳绿、星星点点不停地变换，却始终那么和谐，仿佛就是一杯被一只只巧手挪到了杯中的自然景观。

“喝这茶时，能从这名字中感觉到一种虚无缥缈，就像我这店名，缕缕的玉上云烟，半闲的活色生香。”

郁金凯像是说给麦桐听，又仿佛他时常会这般自说自话，麦桐听了，即刻点头称道，他觉得，自己的内心正陡然而起一番千愁万绪的情结，是对从前不知这等半闲浓醇的惋惜，也是对眼下这番窥见的一脉清雅，相互冲撞又交相呼应的必然回应。这感觉好，这感觉让麦桐不仅从“半闲”中真真切切地体会到至真至纯的悠闲，更有这悠闲中可以无限散发出来的惬意与舒畅。

这才是好的生活状态。

“再来的时候，先打个招呼，我领你去我的茶室，让你好好见识见识我那些能喝的古董。”郁金凯说完，让麦桐看已经没有加水的茶壶。

“你看这茶的叶底，叶脉纹路十分清晰、十分饱满，感觉上，跟它们没离开茶树时一样有弹性也有韧性。”

“这茶叶里还有花果香，你闻闻。”

郁金凯一边说，一边用手挡了一下依然散发着茶韵的茶壶口边沿。

茶韵和茶香再次在麦桐的面前散漫开来，像一位山间仙子，亭亭玉立在自己对面，素颜素服，低眉顺眼间将这一壶茶铺陈描摹到火舌生鲜的甘美，甚至在麦桐久久沉醉期间，无意间将这香变成可以存留久远的记忆。

“真好！”

麦桐不禁由衷地赞叹，麦桐知道酒是醉人的，但从未想过茶也如此，不过是品饮了几盏茶，不过是聆听了一些关于茶的佳话，怎么就让人感到如此美轮美奂，简直是心旷神怡般的陶醉。

近日，麦桐不分白天黑夜地奔波劳碌于生活和工作的琐琐碎碎，根本无暇顾及自己内心的真正需求，无论是向内求的，还是向外扩展的，都没有了清晰的方向，更没有捋顺清晰的理性思路，没想到，却在这短暂的品茗中，获得了一种从不曾有过的感觉。

五

离开茶庄，麦桐暗自感慨，所谓的知心应该就是这般，无须语言却懂得，有了语言更懂得。

他看了看手里的粗布茶包，觉得人和人之间有了这样一份知心，真的会心安，甚至觉得用不了太久，自己就会与郁金凯之间生发出比魏星和姜君之间更深厚更绵长的情谊，甚至完全有可能是更牢固的情谊。

偶有空闲，他们便一起聊诗、聊画、聊品茶，在杯盏间的来来往往中，了然人间的烟火气息，回味人生的起起落落，把该珍惜的都用心收藏，将不该留守的都统统埋葬。

在这一刻，麦桐清楚地认知了自己，不过是脚踩着现实的梦想家，以探索精神世界为借口，全部身心从属于两个不同的世界。

一个是不落一丝俗尘的精神王国，没有争执与不友好、不信任和猜忌，有的只是麦桐无穷尽的想象力和创造力，而另一个世界则是麦桐天天身在其中的芸芸众生，纷繁吵嚷，时刻不得安宁。麦桐明了了，属于自己的日子或人生只能在键盘的敲敲打打中、文稿的修改完善中，成就一段又一段的美好，像一块块通往精神王国的铺路石，又像构建精神王国的砖瓦砂砾，只是有些可惜，麦桐站到这个新高度，可以更安心且更安静地思考时，才发现自己的所想所思竟然是那些失去的爱情和友情。

这又何苦呢?

麦桐看着电脑显示屏，心境如止水地发呆，尽管有新茶的馨香，也无法让他聚集所有力量对自己的所想所做进行任何意义上的坚持和坚守。这很可怕，这让麦桐看着显示屏左下方静止不动的文档页数，体会着前进不得又后退不得的尴尬。

放弃，自然不行，不放弃地继续前行，又有着万般的艰难。想想终日都沉迷其中的文稿，麦桐觉得自己很可怜，虽然自己是作者，但充其量不过是这小说文档的建立者和拥有者，是通过故事中的人物和情节，让自己与自己进行一种对话和交流。

让自己与另一个自己成为知己，仅此而已。

这无疑让麦桐耗去了很多精力和心力，并让他在与自己的文档如影相随中，努力着这场不得已的修行，但是这修行也让他在一次又一次的努力过程中，不断地更新着感悟、体会与思考。

思考人生的初级需求和终极需要。

体会麦桐人生得失中的心态和状态。

感悟麦桐在爱情和友情中的取舍。

麦桐觉得自己成了一个怪人，拥有时，总会因为某些忘不掉的点滴，牵念着自己的不如意和不开心，终于逃离了，又一次次地回避、躲闪，问题是这世外桃源般的出租屋已经是逃避的终极所在了，如果在这样的空间里还在想着如何遁形，那么，他应该是无路可逃了。

六

麦桐离开了出租屋，去了游乐场，远远地看着游乐场花花绿绿的颜色，在夕阳中，有如开不败的焰火一般，心绪反倒比离开出租屋时更加烦乱。

曾经路过这里，想过在未来也像游乐场里的那些人，尽情地休闲娱乐，累了坐在路边或某处台阶，在太阳底下，慵懒地看着行人，仿若彼此之间都是尘埃，因着飘飞的乏累，借此而沉静下来；或是在得到很好的悠息修整后，继续沿用之前的好心情，去河边、山顶、菜市场、商城，或想着再去不远的周边城市，来去归兮重复这种简单的日常与平和。只可惜，这想望里的事情还没等做一件，便与周松儿走到彼此形同陌路的边缘。

这边缘里有不舍，却也有如鸡肋般的拿不起和放不下。

这边缘里没有恒久的对望，只有偶尔不经意间地想到对方，却不愿意过多地念及对方的好，而总是想着对方的无情和无义。这感觉让麦桐在回望的过程中又一次地失去了再续前缘的欲念和勇气。

麦桐心疼得要命。

麦桐实在没有想到，所有想念中的事情还没等兑现，便成为一种不堪回首。看着那些彩色焰火中游玩的游客，麦桐觉得，自己眼里的景虽然是美的，脑海中的回忆却格外苍凉。

麦桐决定，今生无论何时都不再从这里经过，因为这里带给自己的没有更好，只有更不好。除非自己的人生遇到拐点，但不是拐到陌生的点上，而是顺着一路走来的原路，重新折返回去的某个点。

七

麦桐收到了虞柏荷写的书评，是他刚刚坐到电脑前，正要认真改写文稿时，收到的这个曾一度寄予了太多希望的书评，是发表在微信平台上获得“10 万 + ”浏览量的书评。可是麦桐并没有想象中的那般高兴，甚至可以用木然或是无动于衷来形容。

或许是因为虞柏荷这份刚刚发表的书评是在米粒的歌曲完成之后，或许是因为麦桐对自己的文字不仅有了一个更高层次的认知，也对通过这种方式来增加自己文字的所谓知名度已不再看重了。总之，麦桐当初对于这样一篇书评的祈盼和热情已经了无踪影。但是内心的感激还是油然而生并成为一种急于观看的冲动，麦桐很想知道这样一篇书评给这 10 万 + 浏览量的读者带来的是什么样的感受。

结果风景无限好，只是无佳人。一切都按照小说的名字，给出一个最恰到好处的决断。

不过，麦桐的内心深处还是万分感激，想着自己在这样一个链接前，作为一名读者，与那些未曾谋面的读者一起，品评自己小说中的点点滴滴，麦桐的心情紧张得有些按捺不住。

麦桐一字一句一行一段地看到最后，发现虞柏荷对最初的文稿又进行了修正，不仅如此，这书评不仅仅像原来那样只是对自己小说的评价，还对自己写作的整个过程冠以了被自己忽视了甚至从没想过的一个成人礼。

无疑，虞柏荷的这书评与米粒和男朋友一起创作的那首歌都是对自己文字最无价最美好的褒奖，甚至他觉得，自己在书评和歌曲里见到的和得到的是认清了自己作品的同时，也认清了这个世界。

是麦桐一直生存的世界，是他以一个生命的个体一直生活在其中的世界，更是他虽久有抱怨，但越来越深深热爱的生命。

这生命里有麦桐自己的，也有麦桐熟悉的和不熟悉的；有与麦桐有关的，也有和麦桐无关的。猛然间，麦桐十分警醒地顿悟出，生命是如此美好，生命又是如此宝贵，而人类这生生不息的生命就这样在这个世界，从远古到如今的眼下，一刻不停歇地一路跋涉、一路行进、一路创造着层出不穷的美和各种各样的辉煌。

其间就包括麦桐。

麦桐站起身，情绪激扬饱满且无比欢畅地站到窗前，看着视线中林立的树木和楼房、交错的道路和桥梁，以及更远处的重峦叠嶂、若隐若现的河流，以及天空中慢慢游移的云朵，觉得曾经的所有都是值得的。是的，曾经的麦桐被自己的自卑无数次地绑架过。在公司，一切都要无条件地服从，即便自己有不同的想法，即便是工作不得心应手也不遂己愿时，依然勉强着自己内心的执拗，一边绝对地服从，一边学着如何将真实的自己很好地包裹起来、隐藏起来。

“一本书，道尽的是自己的不如意和无法实现的诸多愿望，道不尽的是所有无为人知道苦闷与彷徨，可即便如此，还必须人前人后地假装着坚强……”

麦桐会心地咀嚼虞柏荷引用自己小说中的文字后归纳总结的高度概括，觉得虞柏荷确实是一位智者，不过是用一篇书评的方式，却站到比自己的认知高出很多的地方，将他写书时都没有意识到的观念给一语道破，让麦桐从书评中看到了一个更优秀的自己。

是高于麦桐的自我，是麦桐一直想提升到的高度却一直认为望尘莫及的高屋建瓴，是虞柏荷用她的书评将麦桐所有的思维、所有的判断和所有的认知很好地放置到那个位置，并让麦桐知道他已经到达了那个一直想要到达的地方。麦桐感到了比之前更无限的开心和快乐，他希望自己可以通过那个更高的自我，将自己的灵魂带向更高更辽远的地方。

“书评我看了。”

麦桐即刻拨通了虞柏荷的电话。

“我要当面言谢。”

麦桐没等虞柏荷回话，又继续进行了补充，他觉得自己说这番话时，像有生以来第一次为了自己的所获所得而就范丁所谓的脸面和尊严，甚至觉得高高在上的不是自己，也不是书评，而是写出书评的虞柏荷。

“不用这么客气。”

虞柏荷在电话里谦卑地说自己当初写得有些匆忙，即便进行了修正，也没有完全达到自己想要的结果，还说仅仅是一篇书评而已，大可不必言谢等。但是，麦桐坚持说要借此做更进一步的沟通和交流，虞柏荷听了，却反应有些淡漠地说：“如果《无佳人》是别人的书，我也会写这篇书评。”

“就这么定了！”

麦桐不想再与虞柏荷进行因为要当面言谢的事而推三阻四，而是进行了主观臆断的一锤定音。他觉得虞柏荷大可不必客气，自己也没必要遮遮掩掩。麦桐希望通过这样一次面对面的交流，将自己灵魂中比书评中还要高贵的那个自己进行彻底激活。

八

走在赴约的路上，麦桐的心情是轻松的，也是愉悦的，觉得生活对自己不薄，很多的付出都已经得到了回报，尤其写作，原本觉得苦不堪言，到头来却明了了“痛并快乐着”的欢愉。

九

远远地，麦桐看到已经等候在酒店门口的虞柏荷，在高大的银杏树下，一袭驼色收腰风衣，与刚认识的时候一样。唯一不同的是，虞柏荷手里的一只祖母绿色的漆皮方包像一抹绿色的希望，让麦桐觉得虞柏荷为自己写的不仅仅是一篇书评，更是自己未来人生方向的一种指引。

顷刻间，麦桐对视线中这有学识有才能的美丽女子产生了无限的感激，这样的女子无疑是令人敬重和钦佩的。内敛且具有质朴的内涵和修养，懂得分寸，也保有矜持，还很谦卑。只是，虞柏荷的这种知书达理又似乎是个缺点，有时这种谦和会被限制、会被约束，好像缺乏无知者无畏的野性和张力，甚至会多一些无欲无求的索然。

麦桐想起了与虞柏荷去河边的过往，原本可以在那种境遇中进行更好的交流或交谈，可彼此都怀有心事，两个人近在咫尺，却相距遥远。

这应该是人与人交往中的大忌，但也正是因为这种大忌，才让人产生了一种天然的好奇，想揭开谜底知道答案。

麦桐更明确自己为何如此沉迷写作了，不过是要靠着一己之力，在种种抵挡不了的愁烦接踵而来时，在不甘于困境的固执中，寻找到有别于原来的生活，并在新世界的新起点开始的那一刻，做好应有的思想准备。

或许，这就是生而为人的高贵，也是人间值得的一种高贵。

每一天都怀抱希望，每一天都一心向好，在每一个日出的清晨，在每一个日落的黄昏，或干脆就是无数个暗夜降临的惶恐不安中，都不忘记。这世间还有希望存在。活着就必定有活着的好。麦桐一向这样认为。

“我特意早出来，结果还是比你晚了，让你在这儿等。”

麦桐笑着说他敢保证，如果在写第一本书时就认识虞柏荷，那么他绝对不会给自己的书取了那么一个名字。周松儿的不满没错，这世上怎么会无佳人？佳人就在眼前。

麦桐看到驼色风衣高领内露出的虞柏荷的锁骨，合着风衣底摆处几朵若隐若现的水洗淡花，加上虞柏荷脸上浅浅的笑，完全是文艺范十足的文学青年。他的脑海中，新书的雏形越加清晰明了，好像女主人公就是眼前的虞柏荷。可是非常非常遗憾，麦桐与虞柏荷刚要走进酒店大门时，虞柏荷的手机铃声响了。

“你怎么不接？”

看着犹疑着不接电话的虞柏荷，麦桐说完，觉得自己的问话很无知，也很多余。

“你接电话，我先进去。”

麦桐即刻补充了一句。

“那个……”

麦桐准备走进大门时，虞柏荷犹疑着按掉手机来电，并拦住了麦桐说道："真是不好意思，我可能要失陪了。"

虞柏荷表情非常为难地看着麦桐，麦桐有些搞不懂了，仅仅凭借着一个来电显示就决定离开。但是麦桐瞬间便明白了，这是一个对虞柏荷来说极其重要的电话。

"你的心意我领了，就算我已经接受了你的好意，可以吧？"

虞柏荷的声音很小，带着近于祈求的语气，这让麦桐很为难的同时也很过意不去，如果不是自己的固执，或许，虞柏荷也不必如此为难。

"你要有急事你就先忙，我也跟你说了，不过是要答谢你，等有时间我们再聊。"

麦桐的话还没说完，虞柏荷便转身离开了。

麦桐愣愣地站在原处，看着只一瞬间，便连句"再见"都没说的虞柏荷，在麦桐懵懂之间，变成了一个驼色的背影，犹如一只扑棱着翅膀的鸽子，轻飘飘的，不用飞就消失得无影无踪。

如同一种幻觉。

麦桐站在酒店的门边，觉得自己像喝多了，云里雾里地不知如何是好。

十

麦桐索性走进酒店，坐到桌前，恍然如梦地看着服务生将酒和菜一样一样地摆放到自己眼前，觉得自己的想法很滑稽，做法也很荒诞，虽然这无关虞柏荷的突然离开。

一向孤高自傲的自己何时何地有过这种因为一件事而就范于肝脑涂地的谦卑，甚至准备摘下面具，与虞柏荷进行面对面的倾心交流或叫作灵魂剖白，虽然书评本身可以证明自己对虞柏荷评判的认可，但此举也说明了自己平日的虚伪和不真实。

麦桐长长地叹一口气，他不得不承认，虞柏荷的书评确实将他一向保护很好的虚伪变成了毫无用处且通体透明的软壳铠甲。

这就是文字的力量，无可替代的一种超魔力。

麦桐再次打开手机，打开书评的链接网址，看着一行行一句句的字字珠玑，觉得自己没错，在自己的文字面前，在对自己文字做出准确判断的人面前，做一回真我有什么不可。

人生难得有这样的机缘，想袒露心扉，也确实在行动，甚至准备在拆掉防线的那一刻，认认真真地由外向内一层一层地盘剥自己，让自己的灵魂，在看懂自己的人面前，也看清自己的灵魂。

这才是生命顶级时刻地活着，鲜活而有激情。

像男人对心仪女人般心生爱意，更像对一份挚爱的执拗痴狂，可是这一切的可能都从虞柏荷接到那个电话后成了不可能。麦桐相信，即便再有机会与虞柏荷在一起进行相同话题的探讨，恐怕自己已然没有了这份想真心真意的坦诚和急不可待的兴致。

冲动有时真的是魔鬼，在如镜子一般地照清麦桐真心的那一刻，又将麦桐的面具和铠甲进行了重新复位。

麦桐完全做回了自己。

在麦桐的手机被收起的那一刻，在他不得已地叹了一口气之后，觉得今生真性情的意欲流露恐怕不会再有了，因为他的潜意识里还对虞柏荷的归来抱有一丝希望，毕竟太想与虞柏荷针对自己的文字进行一场意义重大且别开生面的沟通和交流了。但是麦桐吃光了所有的菜，喝光了所有的酒，手机依然没有任何来自虞柏荷的信息。

这时，麦桐的手机无异于一个失去作用的玩具，即便它仍然可以作为一个工具被利用，比如给虞柏荷打电话，问问她忙没忙完自己的事，或许直接告诉虞柏荷，麦桐依然在酒店里等她，只是这样的话，麦桐是断然不能说的，这样的事，麦桐也是断然不能做的。

窗外，从阳光依然灿烂到夕阳很快落山，再到月亮渐渐升起，自斟自饮的麦桐始终看着窗外，有着满月的星空怎样在突兀之间便洒下了银亮的月光。夜风吹着窗外老树上的叶子，飘飘荡荡，显得很凄惶，也很惶恐。而室内的暖意融融被桌上空空如也的盘盏一点点地消失殆尽了。

麦桐无意间瞥见了等待自己买单的服务员，在一旁时不时地偷瞄自己的眼神，觉得仅仅是一顿酒菜的工夫，自己便比之前更寂寥更形单影只，且不只如此，好像余生都会在这种状态中，不得不完成生命的“活着”。从前的麦桐，天性里有满满的活泼和单纯，简单且感性，看见花开就笑，看到美女也笑。现在，他更多的却是矜持和木然，甚至无动于衷。

麦桐无限伤感起来，好像一切可以用心感知的人或事物都渐行渐远在自己的生活中，纵使自己依然在人山人海里，已然没有了感知的能力，原本好像那星星点点的想法和意念，现在不只是所剩无几，而是根本就寻它不着了。

麦桐对一切都无限失望地站起身，刚离开，便听到身后的服务员极其不耐烦地一件一件地收拾桌上盘碟的声响，听着令人心情更加郁闷，回味着这一天的点点滴滴，麦桐觉得已形同木雕的自己思维再次步入正轨。

这倒是好现象，这证明即便是失望，哪怕是绝望，依然还有一丝血脉尚存，这很难能可贵，尤其他的思维依然不肯就此罢手地活跃着。

这让麦桐不由得再次由衷地喜悦起来，这说明那些不被人知晓的喜怒哀乐再次准时准点地与麦桐相约，这才是写作之人的最佳状态。

才思如泉喷涌。

才情如命带华盖。

智慧的火花如酒店门口的霓虹璀璨闪烁，仿佛小说中的人物比之前更加鲜活、更有生命力，甚至觉得那些人物就是自己灵魂所幻化出的各种化身，活灵活现且生龙活虎。

世界原本就是残缺的。

“今生再不会来这个地方。”

麦桐暗自警示自己，虽然这警示是自说自话，但是在麦桐的人生里，却成为一次惨败滑铁卢般的不堪回首的事件。

十一

麦桐停住了脚步，是在归家的路上，是在从前遇见周松儿的那个路口再次遇见从自己眼前匆匆走过的周松儿。

“小坏蛋。”

麦桐借着酒劲和刚刚的兴奋劲，小声地嗔骂了一句。

“站住！”

麦桐突然天兵天将般地空降到周松儿面前。

“你！”

“你？”

麦桐和“周松儿”都愣住了。

“你是？”

“周松儿”说话了，但是，除了“周松儿”所有外表的皮囊跟周松儿确实很像之外，连说话的声音都不像。

不是周松儿。

“你！”

麦桐想说什么，却什么都没说。

麦桐搞不清自己了，明明就是周松儿，那衣服、那发型、那走路的姿势，包括那手里拿着的那个包包。

“神经病！”

“周松儿”离开了。

怎么会认错了人?

麦桐眼见着那个背影再看上去俨然还是周松儿的人从自己死死盯视的目光中渐渐消失，便觉得自己正受控于全部身心的不只是周松儿写的那首诗，好像也有对自己与周松儿过往的某种依恋。

在酒精的作用下。

在怅然若失的状态下。

在偌大的世界，自己已醉众人皆醒的混混沌沌中。

麦桐发现，天上的月亮刚刚还很圆很明亮，只这一会儿的工夫，便没有了颜色，也不再尽职尽责地为这世间照亮。四周一片漆黑，犹如黑云压城城欲摧般的黑暗。任何结果到来之前，都会将一种暗示或是一种警示先于未知地让你明了，顷刻间他产生了另一种感觉，自己的生活，或是向前行进的道理，只能是越来越艰难。站在夜空下，麦桐感到内心深处无边无涯的失望，只是，为什么会失望? 难道还有希望?

麦桐索性坐到路边，在夜风中，在茫茫宇宙的天地之间，独自体会着不被关注、不被尊重甚至不被发现的弱小存在的感觉。

自己安慰自己。

自己劝慰自己。

自己陪伴自己。

麦桐想让自己在这样的夜里，随便找个替代品一样女人，随便去某处，随便一起度良宵。如果可以那样，一定要肆无忌惮地将自己搁置在一个忘乎所以的温柔乡中，像虚构的小说故事那样，忘却一切地让自己沉浸在极乐当中，不再想自己是谁，也不用知道对方是谁，只一心一意地在无穷尽的消遣和消耗中，将一整天的所获所得，无论是好的还是不好的，都磨蚀粉碎，直至了无痕迹，甚至连记忆都不存留一星半点。

这样想过之后，麦桐觉得自己完全成了一个十足的低级动物，一边缝补着心灵的伤口，一边舔舐着心灵之外被玷污的龌龊。

很贪婪，完全不可救药。

十二

“陪我喝酒！”

麦桐给魏星打了电话。

麦桐借着酒劲实话实说后，就听魏星说“她不陪你我陪你”，结果几分钟时间，魏星就站到了麦桐的眼前。

十三

“不就是喝酒谈文学嘛！多大点事！”

魏星站到麦桐面前，看麦桐的眼神像看一个怪物。

“不这么说我你能死？”

麦桐抬起腿，伸出一只脚，还没等动作做完，就被魏星快速伸出的一只脚给踹回了原位。

“多大点事，都是书店的员工，跟谁谈不一样？居然把自己喝成这个德行！没出息！”魏星说完，一把将麦桐拎起来说道，“走，我就不信，我魏星跟你谈文学谈不明白。”

麦桐不懂。

魏星推着麦桐向前走。

麦桐依然一动不动地坚如磐石。

“谈你的文学，谈你的《无佳人》，可以吧？”魏星突然捶了麦桐一下道，“你呀，不就是那个书评嘛，我看着了。”

“真的？”

麦桐的惊异无异于发现了新大陆一般。

“虞柏荷写得是不错，但是……”

“但是什么？”

麦桐瞪大了眼睛，他有些不相信，那么好的书评在魏星这里怎么还能有“但是”。

“她写书评之前，如果能先问问我对你这本书的看法，那书评就绝对不是你看到的那个样。”

魏星说完，脸上现出更多的不屑，仿佛虞柏荷的书评在他魏星眼里，根本就是一篇有着硬伤且无法补救缺憾的残次品。

“告诉你魏星，我没喝多，我可要好好听听你的高见。”

麦桐说这番话时，觉得自己的内心无比欢畅愉悦，好像不用魏星说，自己也已全部了然一般。至于魏星要谈的究竟是自己的书，还是所谓的文学，都已经不重要了。

十四

“我说，你也改改你自己吧。”酒吧里，魏星一边给麦桐倒酒，一边语重心长地说，但是说完，麦桐的脸色不对劲，又即刻改了口道，“当然了，我也得改。”

麦桐听了，非常吃惊地看着魏星，觉得魏星不仅让自己觉着陌生，且很是高大上。

“我说得不对？”

魏星问麦桐。

“你说得太对了。”

麦桐这样说时，觉得自己好像从认识魏星的那天开始，就没这样由衷地夸赞过魏星，而魏星听了，也有同感似的看着麦桐，好像能说出这番话的麦桐根本就不是太阳究竟从哪一方升起的问题，而是自己的耳朵有了毛病。

“你说得确实对。”

麦桐随即又补充了一句。

魏星听完，不禁笑了，魏星笑得一脸灿烂，还长长舒了一口气，仿佛准备就此开始推心置腹地、语重心长地、没完没了地说。

“快说。”

麦桐有些急不可耐了。

“我呢，首先是个商人。然后，我才是文人。或者，也可以这么说，我实际上就是个假文人。”

“这倒是句真话。”

麦桐觉得魏星说的不仅仅是肺腑之言，更是历练后的一种成熟。

“你是纯粹的文人，我不是，我真的不是，虽然我每天在书店工作，每天跟那些智者在一起，但是，我不跟他们交流，我只跟利益在一起摸爬滚打。”

“够爽快。”

麦桐听了，端起酒杯，冲着魏星示意了一下，还没等魏星有所反应，便一口喝尽了自己杯子里的酒。

麦桐觉得自己刚刚说得够爽快，何止是对魏星的由衷赞叹，实际上也是对自己自身感受的高度概括，好像从认识魏星到现在，说过的话题数都数不清，却没有任何一次像眼下这样通透且干干净净。

完全没有任何修饰的内心独白。

这才是真正活着的样子，作为一个男人，作为一个活着的男人，作为一个有血有肉、有感有知的男人。

“麦桐，我替作者代售的书确实不少，但是，能像你这么幸运的也真不多，别说是自费出版的书，就算是常规出版的，一样在货架上落灰，就你那本《无佳人》，能在那么短的时间内售罄，确实是个奇迹，但也说明了一个问题。”

“什么问题？”

麦桐急忙追问，麦桐觉得魏星的话虽然多，但句句说到了自己最想了解又最不敢问询的节点上。

“你说什么问题？”

魏星没有回答，却反过来问麦桐。

“我写得好？”

麦桐的脸上露出很少出现的笑容，内心却希望魏星能迎合自己一个百分百的肯定。

“就算是好吧。”

魏星回答得有些轻描淡写，有些漫不经心。

“什么叫就算是好？”

麦桐有几分不悦，麦桐觉得事实应该胜于雄辩，书都卖没了是真的，在短时间内卖没了也是真的，这就足以说明读者喜欢《无佳人》，从这一点上看，魏星就有不善良的嫌疑。

“好就是好。”

麦桐十分肯定地说完，端起酒杯，心有不满地冲着魏星示意。

“就算是好吧。”

魏星配合地端起酒杯，带着一种不太情愿。

麦桐不禁想到，多亏自己很努力，没在迷茫中迷路，没被困惑所困住，尽管将来依然会有迷茫，依然会有困惑，但是，那都是将来的事，将来的事只能交给将来。

“喝酒。”

麦桐再次举起自己的酒杯，冲着魏星，真心实意地带着从未有过的敬意，他觉得与其说自己在认真地生活着，倒不如说自己在认真地跟生活做着较量，不过是因为一己之念的种种不舍，缺乏一种从容和大度。有的只是越来越在乎的斤斤计较和越来越纠缠不清的剪不断理还乱的情绪。

魏星的电话响了，在魏星喝了酒，准备继续长篇大论地推心置腹时。

“麦桐，有句话我一直想跟你说……”

魏星说话时，电话铃声没完没了，像号角，更像一种命令。

“接呀，我又不是外人。”

麦桐看着犹犹豫豫的魏星，觉得魏星刚刚说过的话，在此时此刻的犹豫中，显得不像肺腑之言。

“等我。”

魏星接通电话的那一刻，根本没听对方说什么，而是冲着手机，像对刚刚的感慨做个了结似的挂断了电话。

“走了。”

魏星看都没看麦桐一眼便离开了。

十五

麦桐的对面除了魏星坐过的那把椅子，让他可以感受到之前自己与魏星之间的情投意合之外，一切只是一眨眼的工夫，便改写了。

麦桐正襟危坐，像一尊活佛，愣怔了许久才明白，自己在很短的时间内，被放了两次鸽子，都是他最信任的人、都是他最想敞开心扉与之倾心交流并希望自己能够通过这种方式得到提升、得到认可、得到互动和互补的人。结果却是，这个夜里的凉，不只是夜凉如水，而是凉如冰水。这凉迅速弥漫了麦桐的全部身心，包括灵魂。

或许，这世界，可以相信的只有文字。

或许，这世界，麦桐可以不离不弃的也只有文字。

麦桐起身离开了酒吧。

麦桐发誓，今生再不主动找任何人进行这种准备倾情倾诉的所谓相聚。世界原本就是残缺的，麦桐不是不知道，只是在这一刻，他更清楚地知晓，残缺仅仅是一方面，残酷才是躲闪不及的必须面对的。

这在麦桐的人生里，不再是惨败滑铁卢的不堪回首，而是“创巨者其日久，痛甚者其愈迟”的永远不能回首了。

十六

麦桐成了一个比之前更孤单的人。

夜路下的路灯，一个挨着一个，像小说里一个又一个章节。

抬头看过去，路灯蜿蜒着，像一串珠链，闪着相同的光，在不同的位置，为不同的行人照着亮。麦桐看了一眼月色下的楼群和依稀可见的人影，像自己这样独来独往也是那人影中的一员，在夜空之下，思考着所有与自己有关且有头无尾的烦心琐事，仿佛所有未能消解的忧伤虽然一直在源源不断地滋生，却也被夜色逐渐消融。

人总要有个依靠才是。

“爱！”

麦桐一边走，一边在想这个人们嘴里说着、心里念着、身体追着、灵魂牵绊着，却各个被伤得体无完肤甚至遍体鳞伤的摸不着看不着却甩不掉的所谓“爱”，好像有了一个暧昧模糊的答案。

无非在用逃避的方式、疏离的方式、渐行渐远的方式，试图依靠自身的力量，自行解开那个被自己系在心里的结，不过是比从前更懂得爱自己罢了。听从自己内心的旨意，在内心王国里，享受无条件也是无限度的一种自由。

途经魏星坐过的水泥台阶，麦桐停下脚步坐下，静默无声地看着远处，以及更近处，觉得此时此刻的自己俨然成了魏星的翻版，呆呆地坐着一动不动，似守株待兔，又有所期待。只是魏星终能见到回家时走到他身边的自己，然后无所顾忌地向自己倾诉，而自己又能遇见谁，又能向谁倾诉呢?

谁都不能。

麦桐看了看自己的左边和右边，除了偶尔从眼前经过的陌生人，连身后的草虫都安静无声地沉寂着。风也无影无踪了。但是所有的人生过往，都在这个时候，大张旗鼓且毫不保留地空降到眼前，让麦桐好不容易平复的心绪更加杂乱，本想着离开家，在出租屋里寂静地独守流年，在漫天飞花落叶中保有初心地把玩文字，怎奈这兜兜转转之间，离不开放不下的依然是原来的儿女情长。

这才是最要命的，看上去好像在飞翔，实际上，仍在不知所向中迷惘着、寻找着精神上的支援和支撑。好在，累了、困了，睡一觉，做个美梦，一切又有了一个新的开始。

这样想来，这一天又与之前所有的日子没什么不同。

十七

麦桐坐到电脑前，在混沌后的懵懵懂懂中，竟有着意想不到的清醒与冷静。

如果孤单是人生的常态，那就一直这样好了，心门没有打开，又谈何让人走进来?最重要的是，让谁走进来?也许谁走进走出都是一种状态，或是一种暂时的存在形式，一生都那么短暂，还求多长多久?而奢求有时候又是一种负担的想象，奢求不到的时候是很累的、失望的，又是悲催的。

麦桐好像第一次明了，所有现状的形成应该不是自己在别人的心目中不重要，而是别人在自己的心目中同样不重要。

麦桐烧了水，沏了一壶茶叶和茶梗都还带有绿色的老白茶，透过瞬间变成金黄色的茶水，看着逐渐沉落于壶底的茶叶，已然没有了灵性，即便已经舒展了叶梗和叶身，仍如秋风习习中茶树上最后的那些叶片，残喘着秋天那抹寥寥无几的秋韵，将所有的余脉都尽显本色地奉献于这一壶茶水的清亮中，之后，再倾尽那一撮无奈微光中残存无几的细细碎碎。

生命便如此这般走到了尽头，带着依稀的绿意和对这世间的不舍，包括所能给予这世间的残存暖意。这暖意完好无缺地被麦桐感知到了。

麦桐感觉到了灵感的意态纷呈正繁花似锦般绵延不绝，仿佛比之前任何时候都更加丰硕华美，很多故事的细枝末节如季风潮水般地奔涌着源源不断的因果关联，甚至有一些位置根本就没想过要填充和修正，结果刚刚想到的结尾，前面的铺垫便呈现出了无死角的改进和更正。

这感觉好，这感觉让麦桐知道了改写的故事比之原来的，不仅是纵与横的扩展与完善，也有了一种更深、更广意义上的挖掘与提升。这对于写作本身是求之不得的甘之若饴，将所有纷来沓至的意念都悉心于笔间和纸端，将所有的深思熟虑都付诸虚构的故事中，然后在未来的某一日，将这一刻的所感所念全部付诸带着墨香和书香的白纸之上，让看到的人不仅捧读于手、铭记于心，更可以任由自己的感觉和感受随意发挥。

这想象是比自然和人生更丰富更随心所欲的力量，这力量让麦桐觉得，很多时候，自己或许也是被这样一种结果所吸引，不由自主，又身不由己，投入其中，又游离之外，在不同的人身上，在不同的世界中。麦桐觉得自己俨然成为写字为文的参与者和践行者，将一个又一个生活画面，用文字的形式，或归于故事脉络，或让自己也一同跟进地参与到情感纠葛中，一方面是更加收放自如地带着理性的思考，让思维的花朵成就深思熟虑后的真知灼见；另一方面，确实排解了一直以来都备受困扰的种种障碍。

有写作的障碍。

也有思索的障碍。

更有情感的障碍。

麦桐喝尽了茶壶里的茶水后，踱步到挂画前，觉得画中的女子已不再是视线中的醉卧于假山石处，而是衣袂飘然于麦桐的思维中，或变成小说里的主要人物，或幻化成景象描述中的一种与美有关的意境，就像色彩的绚烂、就像亲近的关怀，但只是那么一瞬间，他心中又陡然荡漾出几许与这季节相辅相成的悲凉。

麦桐弄不明白了，为什么总要在自己欣喜时，禁不住想到一些已经是遥不可及的感伤，还毫无限制地任这无人知晓的忧烦全部掺杂到已经恬淡的惬意中。不仅如此，还无数次地转换、变更，且从不疲倦。

这应该是一种毛病，但是，或许这才是真正意义上的自由，是心灵上的自由、是不受任何繁杂所拘束的自由、是不被任何人和任何事所侵扰牵绊的自由，更是麦桐用来好好地活着的自由。

这自由让麦桐觉得轻松自在，又随心所欲，不受拘束的同时，又不受限制，想自己能想的和愿意想的，无论是天马行空，还是无拘无束，到最后都会将这一刻所凝练出的沉潜淡定统统安放到灵魂至深处，生根之后再发芽，最后都变成纸上的花朵。

麦桐在这种状态下，写了整整一宿，带着暗夜中的寂静和敲打键盘的声声回响，以及思维火花的或燃或灭，将所有内心积郁的喜怒哀乐和酸甜苦辣都进行了细致入微的转化，且少一些瑕疵或更接近完美。

麦桐知道，自己希望的是用寂寞和梦想编织起来的故事，更知道自己最希望的是这故事能在自己的不断修正中，变得更加丰满、更加厚重、更加有根基，也更加有底气。当然除了这些，无论是故事的深度还是广度，抑或高度，麦桐都想让这个已经成形的故事更加圆满。

麦桐明白了，原来自己一向离不开又天天厮守在一起的这些中国汉字就是自己的信仰，也是广阔无垠的宇宙中爱的种子。

麦桐耕耘、收获，并在这爱的世界中，超越一切、战胜一切。

十八

天亮了。

麦桐终于离开电脑，躺到床上，看着床单上微微泛白的光亮，知道自己在这样的状态下写了整整一宿。这一宿，麦桐不再是从前那般艰于跋涉，而是一路疾行地将所有的所思所想都进行了既彻底又具有颠覆性的更改。

这才是麦桐一直以来都在孜孜以求的良好状态，整个人，包括灵魂，都在另一个自造的世界中，徜徉流连，带着与以往任何时候都有所不同的思维方式，成就了一项被麦桐看好的伟业。

重视人、尊重人、关心人的人文，以及被发现、被理解的普世……

十九

麦桐在两边都是萧瑟绿篱的甬道上，一脚一脚地踏到皮粉色的彩漆路面上，偶尔停下来听树上鸟雀的鸣叫，看落叶晃晃悠悠地从自己的眼前飘落，麦桐一边纳闷儿自己写了一夜，却依然兴奋的好状态，一边明了，自己因为投身写作而无数次地与这和谐自然的无缘错过。甚至后悔从前的许多光阴，怎么就从没想过要有规律地活着，比如早睡，比如早起，比如按时就餐，比如喝茶写字，比如眼前这般锻炼身体，但不是在一夜未睡之后。

怎么就从没想过让自己更像一个正常人那样活着，而不是昏天黑地地终日抱怨、终日沉陷于种种纠结。

“你怎么在这儿？”

麦桐奔向通往宽阔路面的一丛矮树林时，无意间一瞥，发现了一个蹲在路边的人，不是别人，正是周松儿。

周松儿没听见麦桐的话，继续蹲在地上找着什么东西，一副很焦急的样子。

“你在干什么？”

麦桐不解地走到周松儿近前，见周松儿在捡掉在地上的珠子。

“你这是？”

“不用你管。”

周松儿不但不回答麦桐，反而回了他一句，麦桐即刻将视线转向别处。

起风了，在风的裹挟中，地上的落叶满地翻卷着或飘飞远走，或匍匐在地面艰难挪移，迎面飘来的雨滴零零星星地落到麦桐的脸上、身上，麦桐看了一眼周松儿，依然不管不顾地盯视着地面，只想找到她要找的珠子。

麦桐想说“别找了、别捡了、别要了”，可是，看着原来是什么样现在依然是什么样的周松儿，麦桐什么都没说。

麦桐感到缘分渐行渐远，或许有一些过往确实会成为美好的回忆，但是回忆仅仅是一种记忆，记忆代替不了柴米油盐的生活，也代替不了快乐，更不能缓解越积越多的压力。

麦桐有些心酸。这酸不只是自己有话不能说也不可说的无奈，这酸也是两人把日子过到这种程度的心酸。如果相爱的当初，知道未来的眼前这光景，麦桐敢保证，周松儿也不会毫不犹豫地选择彼此相爱，只可惜回不去的路早已成为不可能。明天呢，眼下都无法打扫，又怎么去想明天。也罢，多一事不如少一事，自己总算自由了，总算不用再听任周松儿的管控了，何乐而不为呢。虽然这结果怎么看都不是一件坏事，但是麦桐的心里就是没来由地不开心。

麦桐看着依然寻找珠子的周松儿，觉得命运真不可思议，从前自己什么都听周松儿的，结果是一切尽毁，现在不再听周松儿的，依然是一切尽毁。

麦桐抬头看了看从天空飘向地面的越来越多的雨滴，想就此离开，但是却不由自主地脱掉外衣。

“我再告诉你一句，我不用你管！”

还没等麦桐将自己的衣服遮到周松儿的头上，周松儿突然站起身，满脸愠怒。

“你以为……”

麦桐想说“你以为我愿意管你？你以为脱了衣服我自己不知道冷”，但是麦桐的话还没全部说出来，麦桐透过淅淅沥沥的雨滴看到，周松儿的脸上全是泪。顷刻间麦桐不能自已地跟着流泪了。

但不是流到脸上，而是流进了心里，麦桐感受到了内心无比的疼痛。

“走吧。”

雨越下越大，周松儿看了看手里的珠子，又看了看天色，轻轻地拽了一下麦桐的手，声音小到细若游丝。

“都找到了？”

麦桐一边问，一边用自己的两个衣角遮住周松儿的肩，但是雨更大了，一件衣服的遮挡根本就是徒劳的。

“不要了。”

周松儿擦了一把脸，站在麦桐面前，面无表情的决绝里带着万般的无奈和不舍。刹那间，与以往似曾相识的感觉迅速漫过麦桐周身。原来，曾经彼此爱过的两个人，即便不再相爱了，各自身体里的某些信息依然完好地保留着，比如各自之间依然可以相通的微妙默契。

“不要了！”

周松儿展开手掌，看了一眼，一扬手，将手里的珠子全扔了。

“你怎么给扔了？”

麦桐见了，非常着急地问。

“早就该扔了。”

周松儿说完，将麦桐的衣服从头顶上抓下来，一把扔给麦桐，转身离开了。

“周松儿……松儿，你等一下！”

麦桐突然冲向雨中奔跑的周松儿。

麦桐突然觉得，之前自己做错了很多事，包括很多自己该做的事都没有做。比如，给周松儿买她喜欢的东西；比如，问问周松儿跟自己生活在一起是不是很幸福；比如，给周松儿做一顿她爱吃的饭菜。

麦桐这才发现，周松儿爱吃什么，自己根本不知道。

“松儿，你等一下！”

麦桐冲到周松儿面前，将已经完全湿透的衣服盖到周松儿头上，然后看着周松儿满脸的雨水和泪水，在有生之年，第一次知道什么是为对方的苦痛而心疼。

“是我对你不好，我知道了。”

麦桐说过之后，在秋凉的雨水中，顷刻间，一股暖意浸润了自己的周身，原来，这世间有一种温情的获得，只需要一件根本抵挡不了风雨的衣服，是一种用心用意的付出。而雨水落在麦桐和周松儿的头上、身上，带着云朵与天空交融在一起的温度，再次落进麦桐和周松儿的心里。

“我知道我错了。”

麦桐说的时候，全然觉得风雨不再是风雨，而是温暖的爱意，这突然现出的熟悉的怦然心动，让麦桐心生涟漪，知道自己血脉相通之间还有鲜活的欲望在，是爱人的欲望，是爱周松儿的欲望，这感觉极好，这感觉是身心麻木中的希望丛林，这感觉是重新热爱生活的希望所在。麦桐感受到了落雨缤纷中的天空纯净、路途通畅，以及自己思维的活跃敏捷，好像天空不再是落雨漫天，路上也不再车来车往，自己也完全避开了不安与烦躁。

这才叫及时雨。

麦桐与周松儿第一次在雨中，在一件衣服之下，在同样的步子中，怀揣着同样的心情，奔赴同一个方向的同一个地方。

直到以合二为一的方式躺到自家久违的床上，麦桐好像第一次明了人们常说的灵肉结合。原来，身体不过是每天都要供养它吃饭睡觉的一具躯壳，灵魂才是可以穿越身体任何角落去自由追风逐梦的使者。

周松儿依然姣好的形体、依然高耸的胸、依然蕴藏着无尽宝藏般将麦桐所有的注意力都集中到她的一颦一笑、一呼一吸之中。甚至周松儿无意间的一个轻声叹息都宛若莺啼婉转的余韵，带着一波还没消失一波又续接迭起的魅惑，让麦桐被灌了迷魂汤般地只有说不出的怜爱，滋生蔓延并无限泛滥。

“你看，我的衣服都湿了。”

周松儿抓起自己的衣服，一边不停地抖落衣服上的雨水，一边让麦桐看，麦桐却只看到周松儿细细的腰身，在自己的视线中，婉仪着柔弱万千的姿态，好像每一个自然的举动都有着生命脉象的支流，合着周松儿满脸的妩媚和麦桐翻云覆雨的欲念。

“你笑啥？”

周松儿问。

“我笑你！”

麦桐觉得，这个时刻用不着实话实说，因为有太多太多无法遏制的意念在麦桐的脑海中盘旋着、起伏着。

麦桐看着周松儿光滑细腻的肌肤，像丝滑锦缎般地在灯光下闪着鲜活的光亮，想起周松儿这曾带给自己无限遐想的身体，也曾是自己打发无聊时光时所给予自己的最亲和的寄托所在，心中不断升涌起更多美好无限的爱意。

有很多次，麦桐都尝试着鼓足勇气跟周松儿说几句肺腑之言，但是每次都被周松儿的冷漠击打得粉碎，如今，周松儿的身体就在自己唾手可得的眼前，却让麦桐有了几分犹疑。

“想什么呢？”

周松儿冷冷地问。

“想我们还能不能做夫妻。”

麦桐的回答非常无情，但是却在这无情的回答里，他感受到浑身抑制不住的力量，完全感受到了自己体内荷尔蒙的急剧膨胀。

麦桐不由自主地笑了，然后任由悲悯怜爱之心将已无法遏止的蠢蠢欲动无限度地张扬出来，是蓄积已久的，连滋生蔓延的过程都不必有的，只稍微一个意念，便将所有支离破碎的过往推波助澜为一种无法自控的冲动。

周松儿看着麦桐，已全部感知到麦桐身上所生发出来的情爱缠绵一般，与麦桐一起，将这死灰复燃的旧情升华成为五彩缤纷的斑斓和绚烂，当然，是一座可以贯穿两个身体世界的彩虹桥。虽然仅仅是暂时的。

麦桐抱起周松儿，像抱起一个熟睡的婴儿。

二十

麦桐与周松儿和好如初了，没经过任何言语的解释，一切都在无言中，将一直以来的渴念打捞到此时此刻必须高高在上的岸边，仿佛小别胜新婚似的缠绵，将之前所有的疏离一律赶尽杀绝。

“你的头发还没干。”

周松儿看着麦桐头上湿漉漉的头发，轻轻地抚摸着麦桐的肩膀，像母亲对待孩子，又如明媚和煦的阳光将一种无法替代的温暖传递给麦桐。麦桐被这种温暖包围了，甚至觉得自己的心境被这意外遁来的秋雨绵绵的日子滋润得春意盎然，并在依然继续的缠绵悱恻中，感受到了无休止的温情隽永。麦桐觉得，遇到周松儿前一天那些来自魏星和虞柏荷的失意与失落都被这脉脉的温情一笔勾销了。

“我去弄点吃的。”

周松儿起来离开了。

麦桐摸了一下自己的头发，湿漉漉的，周围静得出奇，除了厨房传来的声响，自己仿佛存在于真空中。麦桐看到周松儿手里拿着一把炒菜的铲勺，急匆匆地穿过客厅，然后站到冰箱前，从里面拿出两个西红柿，周松儿薄如蚕丝的睡衣，在她走动时，轻若无物般地飘摆着所有的皱褶。

麦桐不禁想到那个新创意的故事，那对天意无法阻挡的男女，分不开又不能相爱。麦桐摇了摇头，这确实是个庸常又俗陋不堪的俗套故事，写起来能顺手，但不一定能顺心，因为节外生枝的变数无法让麦桐确定，那个已知的结尾是否需要更改，因为过程一直悬而未决。

麦桐发现，这一刻，自己的想象力和三观像冰山周围不断升腾起来的云雾，不到阳光通透清冽的那一刻，想散尽所有的疑虑不太容易，也不太可能。问题是故事已经有了开始，只能继续，不能半途而废。甚至在麦桐的脑海中，顺便一掠而过的一种幻象都会在若干年后某个落日余晖的暗影中，只身坐在周松儿的对面，一边品茗茶香，一边体味茶色，一边想起眼下这番记忆中的景色。

“你还想在外面住多久？”

周松儿手里依然拿着那把炒菜的铲勺，天兵天将般地冲到麦桐近前，用一种麦桐再熟悉不过的生冷的口吻，不是柔声问询，而是厉声地质问。

麦桐听了，先是一愣，随后便感受到刚刚通体都在的温情，只因这一句话，便即刻消失殆尽了。

“不知道。”

麦桐说完，一把抓起自己的衣服和裤子，一边后悔着自己的意志不坚定，一边想狠狠地抽自己一大巴掌。

怎么就因着一场雨和一场意外邂逅，就懵懂回到了这个永世不想再回一次的家里，还是在床上。身体与身体的结合不过是生命与生命的挨靠，只有灵肉的结合才是爱意相融的花开花落。麦桐像对自己小说中人物所做出的无法更改的决断，看都没看周松儿一眼地离开了，但是他却在关上房门的那一刻，流下眼泪，像楼道外依然下着的细雨，顺着他的脸颊流下来。

我到底还是哭了，在自己的家门口。

麦桐看了一眼死寂沉沉的家门，一头冲下楼梯，像逃离，更像跌入无边的人间地狱。

二十一

“我不想跟你一起经历什么锦上添花！不想、不想，我永远都不想……”

就在麦桐兴高采烈地刚一见到周松儿，便将魏星怎样帮助自己联络到出版社的编辑并通过编辑的告知，明白了一系列与出书相关的事宜说出后，麦桐急不可耐地将这个无比激动的喜事告知给周松儿，得到的却是周松儿顷刻间将他拒之千里之外的冷若冰霜。

刚刚在家里的那一刻，麦桐正心旌荡漾在与周松儿温存后的愉悦和对于新故事的完善时，周松儿一句冷冰冰的质问让麦桐不得不迅速逃离。

怎么又这样了？

冲出小区，跑到路边，麦桐一个不留神，一脚踩进路边的积水中，脚面和脚底瞬间被冰凉的水浸湿了。麦桐觉得自己与周松儿的关系实在是无药可救，即使原本的心意根本不是这样，结果却一次又一次地在劫难逃，甚至比预料当中的还悲催。

麦桐真的不明白自己了，好像身上所有的神经都无法承受任何重负，虽然仅仅是某一句话、某一个眼神或某一个动作，但怎么都像钉子一样钉到了麦桐的心上。

疼痛难忍，且无法拔掉。

二十二

麦桐惊魂未定般躺到床上，闻着雨天带来的潮湿感，想着刚刚在自家床上与周松儿的那些欢愉，只一眨眼的工夫，就成了记忆。

真是荒唐，这根本不是生活。

原本，麦桐因为心情好，想好好地出去散散步，不承想却与周松儿不期而遇，只是遗憾，依然与以往没什么区别，唯一不同的是，这次多了一份确实可以回味的肌肤之亲，但如果这肌肤之亲无法等同于灵肉结合，还有什么可值得回味的。

不过是荷尔蒙的一次意外泛滥，仅此而已。这不是他想要的。

麦桐坐起身，看着没离开时守着的那壶凉茶，想着电脑里的小说文档各自安静地与自己做着一种静默无声的陪伴，觉得这样也不失为一种浪漫，仿佛文档里的每一字和每一句都带着无限度的扬张与丰富多彩，任由思绪深深沉浸在虚构的和现实的两种境遇中，不停地穿梭往来，带着各种不可思议的想法以及目不暇接的情境。

麦桐站起身走到窗前，看着雨后灰蒙蒙的天际，觉得有必要跟自己小说里创造的那些人物和谐相处，即便是无法和谐，也要尽力学会相处之道，这是对自己写作的更高要求，也是让自己与周遭生活能和谐统一的必要条件。他俨然变成了幻想王国里的天才，在困境中、在静默中、在失意后、在依然身处盲从和混沌状态的境遇中我行我素、天马行空。在灰蒙蒙的天色中，窗外所有的楼宇颓折着硬撑着的体态，依然鱼贯穿梭的车辆，在不同的街路上，依然不停歇地奔驰着，唯独麦桐一边固守着这个自怨自艾地被封闭起来的灵魂空间，一边独自一人与灵魂或交谈，或静默，或进行着世人皆不可知的你来我往。

孤独没什么不好。虽然婚姻已被麦桐和周松儿画上了一个意味着行将结束的感叹号，但是刚刚发生的那些余情未了的细节也不能被忽视，那份依然还在的弱如游丝的温情或许会成为日后可以续缘的星星之火。

直觉告诉他，或许用不了太久，还会“纵身火海”一次。

或许这才是他与周松儿之间最好的交往方式，不用回避，也不必掩饰，一切都明晰又明了，不受干扰的同时，也不被外界力量所侵占。独守时，有独守安然的快乐；张扬时，有张扬放任的随性。彼此之间，既心知肚明，又相互懂得，仿若天长地久的知己，不但不离不弃，且一同成长，不断提升，通过不同高度和角度的对等交流及和谐共处，使心智和理性一而再再而三地在获得满足时也获得扩展与延伸。

都是可怜之人，何必相互为难呢?

麦桐端起茶壶，看着茶壶里的凉茶在自己的视线中依旧残存着饱满的绿意，如同自己被延续着的创作生命，带着依然坚强的求生欲望，勇敢且执着，并用熬尽了所有气力才换来的新生，在一种完全靠着已经为数不多的但也没被斩断的余力里，抓着一直都显现着渺茫的希望。

是麦桐疲惫不堪中有些不自量力的英雄梦想。

麦桐被自己的梦想感动了。

麦桐发现，秋天竟也如同春天一样，是个适合做梦的季节，尤其对不同的人所寄予的不同情感和希望，让他真正了解了自己对人、对事、对文学以及对未来的已经迫在眉睫的适当调整。

一边是为之头破血流的付出完全有可能被永远搁浅的可能。

一边是偃旗息鼓后擦掉眼泪继续上路的信心满满的潜能。

“又想喝酒了？”

当麦桐将这种状态持续到上班，持续到姜君走到近前都仿若无物般的状态时，竟被姜君抓了个现行。

“也不知道怎么回事，从昨天开始……”

麦桐清晰明了着自己的口是心非。

“我明白，就是想喝酒了！”

姜君十分肯定地看着麦桐。

麦桐觉得姜君最能吸引自己的应该就是这种明察秋毫的善解人意，好像自己所有的心思，只要他姜君随意那么瞥上一眼，便能判断出八九分，甚至某些时候是百分百的精准。

“对了，我让你听一首歌。”

麦桐即刻转移了话题，也及时调整了自己的状态。

不是眼里再无佳人
怎能守着寂寞任自己一路形只影单
不是因为佳人还在
怎会禁锢心里的苦嘴上却笑着说甜

亲爱的　希望你也看这书里的片段
成全我　柴米油盐中放不下的痴念
红颜易老我不想要不可触摸的虚幻
我只想要你用爱为我撑起的那片天

姜君听得愣愣的，不知道麦桐在玩什么鬼把戏。

“这是根据我那本《无佳人》写的歌曲，作词、作曲和演唱的是天天在一起吵架的一对恋人，哪天我领你去认识认识，特有趣的一对小青年。”

“真的？”

麦桐的话音刚落，姜君便一迭声地惊呼起来，这出其不意的惊呼将他惊吓到了。

“不至于这么大惊小怪的吧？”

麦桐用疑惑的口吻一边对姜君说，一边极力压抑着自己也无法抑制住的心花怒放。

“我说，可真有你的，写了书，还有了这首歌，是不是就差将这本书给拍成电影了？”

“非常有这个可能。”

麦桐一边自豪地回应，一边觉得所谓的扬眉吐气也就是这样一番情形吧，独自一人熬过漫长岁月，一路艰辛，都是独自一人面对，不仅如此，还始终有风霜雨雪让自己饱受孤寒苟且的浸泡，其中就包括姜君当初对自己的不理解和不支持，但结果是好的，也是令人愉快的，这才是最让人欣慰之处。

“我说作家，好好的一本书，干吗写上那么不雅的字？那是我的书，虽然是你写的。”

姜君坐到麦桐的对面，用平生第一次无比崇拜的目光以及仰视的姿态，极其谦卑、极其恭敬地对他说，麦桐看到姜君展开到自己面前的《无佳人》扉页上，是自己那天愤然写下的“大坏蛋”三个字。

麦桐笑了。

在麦桐笑的尴尬中带着完全可以看得出来的歉意和感激。

“谢谢你肯赏脸买我的书。”

“啥？我肯赏脸买你的书？”

麦桐的话音还没落，姜君便现出了一百二十分的疑惑。

“这书不是你买的？”

麦桐拿起书，一边对照着姜君的表情，一边回想着自己刚刚说过的话。

“这书是你家周松儿送来的。”姜君说完，又即刻补充道，“当时小郝也在，也送了他一本，不信你问小郝。”

麦桐顿时僵住了，唯独思维像陀螺似的不停旋转，但即便如此，他依然觉得自己在思想的荒漠中，看不清答案，也不知道答案究竟在哪儿。或是这个答案之前的试题在哪里？谁出了这道不知道答案的试题？是自己还是周松儿？反正此刻的麦桐觉得有些疑惑，他甚至怀疑是不是自己对周松儿一直误解着呢？周松儿虽然嘴巴厉害，不让人喜欢之外，其他都挺好的。在偷偷地用一种她都不愿意说出的方式在帮助着自己。突然间麦桐感觉有些愧疚和不安。

“我出去一趟。”

麦桐说完，起身离开了，但不是去问小郝，而是径直回了家。

二十三

“怎么是这样？”

麦桐匆匆赶回家，在卧室的门后看到整整一箱的《无佳人》，跟麦桐出租屋里的那箱一模一样，旁边的空箱子里还有零星的几本，都是《无佳人》。

麦桐环顾了一眼这个从离开就再没走进的房间，看着书柜里满满的书和零星的小物件，都跟自己没离开之前一样，不仅摆放有序，而且各个都拥有着更温润的亮度。麦桐有些搞不明白自己，离开的时候，为什么只拿了那么一本自己看不透还不肯认真琢磨的书，这分明就是一个宝藏般的智慧殿堂，怎么就舍得离开了？

麦桐甚至不太明白，自己怎么能将这些智者冷落了这么久。

他拿出手机，毫不犹豫地拨打了周松儿的电话，这速度在麦桐的想象里根本就是永生不可能的举动，被“您拨打的电话已关机”震住了。

“已关机？大白天的已关机？”

麦桐再拨还是这句回答，他这才真正地觉察到，自己与周松儿之间已不是几条街道和几个小区的距离，而是一个城市中的陌路人一样，是同为地球人，却彼此远隔着万水千山。

曾经那么地相爱。

曾经手牵着手走进婚姻殿堂，走进这个屋檐下。

曾经同床共枕。

曾经水乳交融……

麦桐拿起与周松儿的合影，看着自己和周松儿脸上被岁月定格了太久的笑容，只看了一眼，便像翻出一本古老的、见不得光的落满了灰尘的旧书，不想看，也不愿意再看。

麦桐无法想象，凭借自己对爱情的理解、对婚姻的诠释、对周松儿的认知，怎么就被这样一个率性而为的疏忽，将婚姻漠然到如此疏离。麦桐明白了自己的肤浅、草率，以及欠妥帖。

当初，本可以静下来思前想后。

当初，本可以犹疑间瞻前顾后。

当初，本可以反思、反省，再反问。在反反复复中，像构思新作品那样，先描摹出故事的框架，再审慎出脉络纹理，可自己不但不认真对待，还草草收场，不仅如此，还毅然决然地放任不管。追根溯源，还是自己不理智、不成熟、不懂得珍惜、不懂得谦让，归根结底，还是不懂得经营。

麦桐突然感悟到，爱情或婚姻根本就没什么，不神秘也不神奇，不过是简单到再简单不过的两个彼此有好感的人，想永久生活在一起，却意外地在中途分开了。实际上，这种分开的本质不过是有意地对自己的自私自利熟视无睹。

二十四

麦桐去了周松儿工作的“奢华商贸”，路上，想好了各种各样的应急说辞，有几分自觉的认真，也有几分小鹿撞胸的感觉。

“奢华商贸”位于市中心最繁华的地段，商铺林立中的电子城像上天无意中洒落的一把棋子中的一颗，整个楼体的任何角落都被林林总总的广告遮天蔽日地围裹得严严实实，甚至想在林林总总的广告中找到自己想找到的广告有很大的难度。

这世界就是这样，明明知道希望渺茫，人们依然相信自己的努力，就像麦桐，奔往电子城的路上才发现，一向不知道也不打听甚至不关注周松儿究竟在哪一层的哪一家上班。这不只叫粗心大意，也是嘴上没有，心里也没有。按照麦桐写作时对人物的设定，麦桐觉得，在对周松儿的关注度上，不得不给自己打个最低分。

麦桐走进宽敞阔大的门厅，见中央的滚动电梯上，静止不动在上面的人像雕像一样地木然着僵硬无感的表情，心里想着无数个万一遇见周松儿的借口或叫作理由要怎样编排，却不知该去往哪里。

“周松儿休假了。”

麦桐终于凭借仅来过一次的记忆，找到周松儿工作的地方时，一个扎着两个羊角辫的服务员，面对麦桐的忐忑问询，无动于衷地支应着。

“休假了？”

麦桐简直不敢相信自己的耳朵。

“不可能。”

麦桐脱口而出，但是说完却异常后悔。这太意外了，这太出乎他的预料了，麦桐准备了N种版本的台词中，根本没有周松儿可能休假的预案。

“你是她老公，怎么还跑这儿来问我？”

扎着两个羊角辫的服务员收起了无动于衷的表情，看着麦桐像看陌生的顾客。

“我应该先给她打个电话。”

麦桐不置可否的表情尴尬得不知该如何是好。

“我说周松儿她老公，周松儿已经休过一次假了。”

“休过一次假？”

麦桐听得清清楚楚，却完全没听懂。

“我说，可别是周松儿有什么毛病瞒着你。”

扎着两个羊角辫的服务员一边疑惑地说着，一边上下打量着麦桐，好像麦桐不是周松儿的老公，而是神秘的不速之客。

“我，我最近工作太忙了，打扰了，不好意思，我走了。”

麦桐一边不知该说什么才好地仓皇解释着离开，一边心生疑惑地在想，她是不是跟周松儿合起伙来一起在骗我？

一切皆有可能。

麦桐只能用这句话来劝慰自己。

麦桐无法对那个扎着两个羊角辫的服务员说“我们分开到现在才多长时间”，休假抑或是有什么毛病都不如一个“作”字更确切。

麦桐冲出“奢华商贸”的大门，看着进进出出的人流与自己擦肩而过，觉得此举荒谬透顶，人海茫茫、举目无亲的感觉瞬间袭遍麦桐全身。尽管天气并不是太凉、尽管麦桐也搞不清自己与周松儿之间的关系，但有一点是可以肯定的，那就是在同一个城市、同一片天空、同一块土地上，麦桐与周松儿完全成了两个互不相干的陌生人。

麦桐回头看了一眼“奢华商贸”满墙体的广告，好像能从那些广告里寻到一些信息，可惜广告仅仅是广告，光影与光线、形状与色彩、字体与内容的交相辉映中，确实印证了周松儿进进出出的身影，但是眼下作为结婚证上依然与周松儿肩并肩微笑的丈夫，麦桐觉得自己确实失职了。

曾经的周松儿驻扎在麦桐的心灵深处很久很久，曾经的周松儿被麦桐婴孩般地呵护与守护，唯恐有一丁点儿的闪失。那时的周松儿不仅是麦桐精神家园的寄托，也是麦桐无比的感恩与自豪，心灵有了归属，灵魂有了寄托，有了爱，也有了家。

现在，家依然还在，却已经不能叫完全意义上的家了。爱大多被记忆封存着，即便在这一刻想起来了，也不过是走马观花的须臾闪念，没什么意义，也没有太大的价值，有的仅仅是挥之不去的惆怅。

二十五

华灯初上，走在回家的路上，麦桐在或明或暗的光影中，发现自己对周松儿的了解还局限于结婚之前。好像从结婚那天起，就一心投入写作中，也好像从结婚的第一天开始，就将周松儿搁置到一个自己不愿意也不想看到的地方。

怎么会这样？或者说，怎么变成这样的？

究其缘由，应该是在麦桐与周松儿结婚前，姜君换办公室时随手扔掉的老姚送给姜君的那本书。麦桐清楚地记得，之前老姚因为出版了那本书而高兴，请姜君、麦桐及小郝等人吃了一顿饭，麦桐清楚地记得当时的老姚是带着怎样的喜悦和激动将自己的文字呈现给姜君的，可姜君搬家的时候，竟像丢垃圾一样将那本一直摆在书柜里的书随意一丢，老姚的心血便流淌遍地，再也无法收拾了。

“这不是老姚写的那本书嘛。”

麦桐有意对姜君进行善意的提醒。

“就老姚那水平，我连一百个字都没看完，就再也不想看了。”

姜君说得很无奈，麦桐听了倒有几分得意，好像就是从那个时候才蓄意开始写书，因为感觉上姜君随手扔掉的那本书像随手扇给老姚的一记耳光，这不是因为麦桐吃不到葡萄偏要说葡萄酸，而是老姚送姜君书的时候，有意且得意地对当时在座的其他人调侃说为什么只拿一本书送给姜君，是因为姜君有文化。

“姜君有文化？要我说，是姜君有本事才对。”

离开酒店准备上车时，小郝曾一边开车门，一边小声对麦桐说：“就老姚这样的人，也能算文人？用一本书换一大桌的酒钱，就他会算账。”

“要不是因为这顿饭，我还真不知道老姚这么精明，以后别在我面前提他是什么文人，他不配。”

麦桐说完，觉得自己如此羡慕嫉妒恨地没有来由，没得到书的又不是自己一个，钱财物上又没有一星半点的损失，自己又跟着感慨什么呢？

麦桐决定倾注今生所有的聪明才智，一定要写成一本书，在那天回家的车上，在一路上任何人都没再说任何一句话的那个夜晚，动机和动力并驾齐驱，犹如山间泉水的源头、一泻千里的大河奔流、一个只有麦桐自己知道而不愿意向任何人说起的天大的秘密。

这秘密，周松儿自然不会知道，即便知道了，也不可能支持，由此在完成一本书的空间里，周松儿被麦桐隔离了、疏远了，也排斥了。

而写作如一粒开始发芽并长大的种子，在麦桐的心中，小心翼翼地被埋下，并在之后的日夜兼程中，风雨无阻地一路疯长成只属于他的宏图大愿。

“《无佳人》，怎么起了那么个名字？”

周松儿第一次见到麦桐的《无佳人》小说稿时，满脸不解的疑惑。

“啥？”

麦桐装作没听懂。

“这么大的世界无佳人？”

麦桐不再装作没听见，而是不可能听见，矛盾由此不仅仅是展开，而是逐渐演变激烈到白热化，好像周松儿对麦桐所有的不满和无休止的纠缠都与这部小说的名字有关。遗憾由此而不停地疯长，直到《无佳人》印刷出来，直到麦桐也可以像老姚那样到处送书时，他却辞职了，他没有了送姜君和小郝书的机会。麦桐还离开了家，终日将自己封闭在出租屋里，不只与整个世界脱轨，更与自己的过去脱离了所有的干系。

路边的水塘完美地弯曲着人工筑造的葫芦形状，一株株的睡莲在步道砖边沿的灰色暗影中，错落有致地与岸边的泥窑花盆景观一一对应着仅仅是一撮土的滋养和刚刚被洒水车无数的水滴饱浸，在月色下，繁星洒落般闪着晶莹剔透的光，让人觉得，即便夜色是黑的，睡莲仍比白天还彰显着出淤泥而不染的清爽与干净。

如果说周松儿是一朵花，应该就是这满眼的睡莲了。麦桐停下脚步，看着携带着秋风和凉意的睡莲，在自己的凝视中，因夜风吹拂，将花叶上的水珠不经意地抖落，却丝毫不影响花的沉静。好像所有的能力都聚集在这可以舞动生命的时光中，只等着用弥久的醇香来惊艳这不能再被怠慢的暗夜余晖，如封存彳亍的脚步，虽缓缓走来，却无比坚定。

想这一年从春天到夏天，再到这秋天，所有的芳菲盛然开放之后，人们的审美已经疲劳，已不再期待这天渐凉的季节再有什么花艳美色，睡莲便在这种旷达荒凉中粉墨登场，用一方独有的宁静和不争不夺的美，不为风凉，也不为秋来，只是循着散落零星的花叶，在麦桐开始急匆匆而后又停下的脚步里，从容着自己的美好。

麦桐拿出手机，连拍了不同角度的关于视线里的睡莲。他觉得只有这样，才能更好地将眼前的景致和脑海中的想法做一个最真实最如愿的了结，是对自己渐渐体会到的余情未了，也是对自己没有用心珍惜的爱情和婚姻。

麦桐觉得自己之所以从决定写作的那一刻，便始终保有初心地意欲决绝，不过是通过对写作的痴迷，将一种精神追求的外化体现，以一种孤独的方式，自设自造出一个完全属于自己的完美世界，并在这个世界里一意孤行地坚持自己的精神追求和精神探索，既探索生存的意义，也探索生活的价值，包括完美的生命。

麦桐看了一眼头顶上穿透枝叶的斑驳月光，仿佛积攒了整整一夏天的余温，斑驳落地为一堆堆的蒙尘暗影，在眼前一边展现秋的风韵，一边让洒落在灰黑色步道砖上的影子像边际不明的银片子闪来闪去、晃来晃去，一如此时的心情被一脚一脚地踩踏着，零零碎碎又不乏一种楚楚可怜的美。

有残缺，才需要修补。

有遗憾，才会有悔意。

都是如意随心的圆满，又见谁整天笑容满面地为着好事可以恒久而开心，终不能。只有不开心的和不如意的才能让人牵肠挂肚，藕断丝连才无法割舍，就像此时此刻，麦桐对周松儿的些许思念因着这份找不到和遇不着而加深加重。但凡麦桐见到了，也找到了，指不定又是一场冷战或是另一场不欢而散的开始。

麦桐决定约虞柏荷、彭露露和米粒一起吃饭。无论喝酒，还是抽烟，都要以书的名义，用作者和读者见面的契机求得一种想要的答案。

或许，女人更懂女人。

二十六

当麦桐坐到虞柏荷、彭露露和米粒的面前时，内心异常懊悔，一方面怪怨自己，为什么没想着将魏星一同约过来，这样的场合更适合魏星来周旋调节；另一方面，无论看谁一眼，都能想起曾经单独在一起时的点点滴滴。

这很为难，难的不只是看谁，而是他心里想的都是周松儿。这也让麦桐在内心觉得很狼狈，甚至没等开场，便已经想着如何逃离，最重要的是，麦桐坐在虞柏荷、彭露露和米粒之间，仿若曾经过往那般，一帮互不相干的人因为某种机缘围桌而坐，为了某个不咸不淡的话题，东一句西一句地闲聊胡扯，酒醉人散后，等待自己的是更加的落寞。

麦桐害怕出现那样的结局。

麦桐趁虞柏荷不经意间瞥见自己的目光时，尴尬地笑笑，算是对之前虞柏荷的失约轻描淡写地予以了谅解，之后，他又看了看比虞柏荷还心不在焉的米粒，以及与虞柏荷和米粒一样对这饭局不太上心的彭露露，再次后悔为什么不把魏星叫来。

如果有魏星在场，气氛会有很大的不同，最重要的是魏星善于应付这种僵局，甚至什么样的尴尬场面到了他面前，都能化腐朽为神奇，而绝不会一如眼前这般冷场。这种状况，别说想寻得一份答案，连最初的问题都会被混淆得一塌糊涂。想着旧事旧情中等待解决的各种情感羁绊，以及麦桐内心的欲望和矛盾，还有无法割舍的凡尘纠结，麦桐只觉得心乱如麻中，脑细胞不计其数地开始死亡。

或许一切都不复杂，也无须答案，因为过于美好的东西都带有侵略性，都会让人在猝不及防时闭了眼、醉了心。待清醒时，才发现满世界苍凉如水，之所以会这样，都是因为主观的想象。

麦桐觉得自己就像躯壳被硬生生地披上一件不搭的外套，不得不应景地编排、不得不虚妄地搜罗，心虚得如履薄冰，且不知从什么节点上牵出自己要说的话题。或许，自己就是被这种不谙世事的不解风情活生生地被禁锢，可是如期而至的生活不会因为麦桐的不会思考和没得到答案而有什么缓解。

该来的依然在来的路上，无法阻挡。

“大作家，我在给你倒酒呢，请你不要人在曹营心在汉！”

米粒一边给麦桐倒酒，一边看出端倪地直言不讳。

“米粒，作家不喝酒。”

彭露露冷冷地说。

“怎么不喝，大作家最爱喝酒了。”

没等彭露露的话说完，米粒即刻予以反驳。

这让麦桐尴尬异常，怎么就没想到这一点呢？如果现场气氛一直这样，麦桐觉得自己所谓的问题就完全没有提出的必要了。

“虞柏荷为我的那本书写了书评……”

麦桐看着虞柏荷、米粒和彭露露，一边说，一边觉得眼前之人已不再是邂逅时的只知外表而不了解其内在的相识之初，甚至这场面比当初不仅仅尴尬还多此一举。尤其彭露露，虽然不再缄默地一言不发，但是感觉上依然与相识的时候一样冷漠，怎么会对麦桐主动赠送的一本书感兴趣？麦桐相信对于自己的《无佳人》，彭露露既不会像米粒那样，从故事中努力升华出与之相对应的感同身受，也不会像虞柏荷那样，从字里行间发现些许珠玑，她心心念念的是让她痛心疾首地被她猜忌和怀疑的蛛丝马迹，是她邀请麦桐时所说的那个“于先生。”

彭露露或许看过《无佳人》，但只是从她只能从柴米油盐的简单冲突中，看到悬浮于故事表象的男欢女爱，而无力窥见生命的任何本质，一如她的情感生活，对已经不爱她的老公，依然日复一日地魂不守舍地监视、坚守，在情感的边缘挣扎着。

"我知道了，大作家今天请客，是为了虞柏荷的书评，而不是我写的那首歌。"

米粒疑惑妒忌的同时，现出几分上了当受了骗的不安和不满，麦桐见了，顿时感到羞愧难当，不仅如此，还清晰地回想起彭露露对自己的邀请，虞柏荷去自己出租屋拜访自己的所有细节。

"吃菜，吃菜，吃菜！"

虞柏荷拿起筷子，有些心猿意马地敷衍。麦桐拿起筷子，从一掠而过的匆匆一瞥中发现，虞柏荷不仅心不在焉，还心事重重。

"喝酒，喝酒……"

米粒示意彭露露端起酒杯以便缓解现场气氛，彭露露见了，非但没有响应，还心高气傲地显现出不以为然的表情，麦桐见了，更加懊悔，觉得自己非但没有设好可以缓解苦闷的局，还自寻了烦恼。

麦桐放下刚刚拿起来的筷子，离开饭桌、离开包房，先去服务台结了账，然后站到包房门口处的落地窗前，一边犹疑着要以怎样的心态和状态去完成这即将要进行的收场，一边瞥了一眼窗外突兀的枝丫残叶，在光影间闪动的几抹跟麦桐心情一样的微凉，难以捕捉，又无法在短时间内暖出温度，好像一切都在一种麻木状态中，形成一个固定的无法改变的模式。

麦桐觉得自己非常可怜，他不过是想知道自己的生活中如果没有爱情，或没有自己认可的爱情，是否可以好好地继续。比如，周松儿的付出，在他的眼里为什么不像付出；比如，周松儿对麦桐的好，为什么无法让麦桐觉得是真的好。

麦桐非常想知道，这究竟是自己认知上的问题，还是有意在扭曲事实的真相，都说层次低的人复杂，境界高的人简单，他觉得自己即便复杂，也是简单中的复杂，是有境界的复杂，可是为什么会是这样?

麦桐一把推开包房的门，冲着虞柏荷、彭露露和米粒说了一句“你们三位闺蜜好好在这儿聚，我先罚酒三杯，然后，我有事，必须离开……”

二十七

欺骗是这世上最不可原谅的下流行为。

麦桐一边痛骂自己的无能，一边仓皇着逃离，好像这世上最没人性的不是别人，而是自己。

“大作家，你别走得这么快呀，我还有问题要问你呢。”

米粒上气不接下气追上麦桐。

“你……”

麦桐一边惊异地看着眼前的米粒，一边回头瞥了一眼酒店的大门口。

“就我自己。”

米粒看着麦桐，脸上显现出几许歉意和不安。

“又和你男朋友又生气了？”

麦桐问。

“你怎么知道？”

米粒说的同时，脸上的惊异带着对麦桐的无比崇拜，好像麦桐不仅是她眼里的大作家，更是有着先知先觉的智者。

“你吧……”

麦桐很想语重心长地给米粒一些与她男朋友相处时应该有的包容心

和宽容，他想说“你要懂得谦让、要学会换位思考”，但是一个字都没说，觉得这些冠冕堂皇的道理米粒不用听自己讲都会知道，这些他自己知道却做不到，又有什么资格讲给米粒听?

“我们又开始冷战了。”

米粒低下头、嘟着嘴，好像有好多好多话要对麦桐说，又不知从哪一句开始说的样子。

“米粒，估计一时半会儿你也改变不了你男朋友，不然，就改变你自己吧。”

麦桐说完，没等米粒抬头说出她的疑惑，便大步流星地离开了。

是的，就改变自己吧，或许这才是捷径。

麦桐突然觉得，根本就没什么矛盾和纷争，即便有矛盾和纷争，也都是自己跟自己过不去，而矛盾和纷争的根源不过是自己战胜不了自己。

二十八

麦桐径直坐上了出租车，准备去河边，坐在车上一边看着车窗外依稀熟悉的景象，一边回想跟虞柏荷有关的点点滴滴。他道不清说不明这种混沌且混淆的感觉，总觉得这种感觉时有时无，又时轻时重，是该有还是不该有的呢? 有时他又很自责，和周松儿还有一纸契约，既然这纸契约还有法律效力，起码在道德上应该遵守它的合法性和合理性。但人性往往就是这样口是心非，麦桐依旧如此。瞬间的茫然和盲目来袭。

缘分或许就是这样，从猝不及防地美艳了时光，再由不经意的某个环节现出了拐点，之后一拐再拐，便消失了踪迹。虞柏荷在酒店门口接到的那个电话就是虞柏荷项链上的那个男子。

女人真傻，明明答案就摆在那儿，却偏要自欺欺人地用一种侥幸心理去验证。这世上谁肯把自己的最爱放置到自己看不见也摸不到的地方？明明就是个备胎，却偏要让自己相信，那是一份不能随意错过的真爱。真心爱着的，谁不是牢牢地抓在手里，更何况是一个活人。

可惜虞柏荷不懂！

麦桐懂得，却看不清自己的真爱！

他站在河边，见夜幕下的河水已不再是记忆中的样子，倒是萤火虫依然由远而近地飞过来，再飞过去，像记忆中的星光，照在闪闪亮亮的石子上，仿佛在用不同的方式反射着有虞柏荷来过的影子。

缘分这个东西真不可思议。从第一眼见到虞柏荷到刚刚的离开，几次的不期而遇，几次的擦肩而过，都是不远不近的距离，本可以有更美好更难忘的交集，可偏偏都被欲言又止打了大大的折扣。仿佛没缘，就是没缘的对面不相识，即便在一定的时间和空间，这世界只有彼此的两个人，不该发生的依然不可能发生。

说到底，还是人心的空间实在有限，想多加进去一个人根本不可能，哪怕仅仅是个身影。叠合在一起的星月朦朦胧胧，就像麦桐的内心。

麦桐只好选择离开。

他独自走在那条弯曲的土路上，感受着高高大大的不知名的树木在晚风中诡异着恐怖的暗影，芒草丛中有小动物逃窜着从麦桐的眼前一闪而过。他觉得自己与众人没有任何差别，得到的总是视而不见，得不到的又要莫名地在心里牵念。

X i

R e n

第六章 Chapter

真爱都有归宿

X i a n g

一

“你怎么在这儿？”

麦桐百思不得其解，有些失魂落魄般地终于走上通往出租屋的水泥台阶时，发现魏星坐在缓步台处的横沿上在发呆，完全是一个失魂落魄的人。

“你怎么回事？”

麦桐被这个意外惊异得不知该说什么才好。

“你也喝酒去了？”

魏星完全一副失魂落魄的样子。

“我喝什么酒？”

麦桐回答完，觉得无比坚强的自己居然也有这没喝酒像喝过酒一样的窘迫，想自己从河边回来这一路的心理，一定是受了太多失意的打击，不然不会如此这般没有底气。

“真没喝？”

魏星不信。

麦桐听了倒笑了。

麦桐突然觉得，男人与男人之间用这句话来问询或打招呼真的很爽、很惬意，这种感觉就好像喝酒本身是一个符号，是生命中必不可少的天经地义。只是觉得一向心无烦忧的魏星越来越奇怪，命运则更是越来越不可思议，好像一到自己心有解不开的心结或疑惑时，就会在回家的路上与魏星相遇。

“我已经等你很久了，真的，不骗你！”

麦桐这才发现，真正喝了酒的是魏星，而不是自己。

“又被你善良的老婆打了？”

麦桐实在无法相信，一向以有个善良的老婆而自居自傲的魏星，在家暴面前不仅很狼狈，还如此脆弱，只是这“家暴”在麦桐看来，确实是小题大做。

“我魏星从小到大，就没人敢打，到头来却要被我老婆打。”

魏星说完，抬起头看向天上的星月。也许因为自己的名字里有一个天上的明亮之物，所以深爱着蓝色无云的夜空，那些美人一般的闪烁着光芒的眼睛，魏星不知道哪颗才是属于他的。

“你看，都红了，明天就能变黑，再过几天就能变成黄色的。”

魏星让麦桐看他的手腕，麦桐不看倒好，这一看倒是笑得合不拢嘴，不过是一个比一颗小枣还小的红晕，被魏星说出来的像永远不能愈合的重伤害。

“但是，话又说回来，我怎么就不舍得打她呢？”

魏星低下了头，无比心疼地看着自己手腕上的那个红晕，麦桐明白了魏星不是手腕上的皮肉疼，而是心疼。

“是你该打！”

麦桐想都没想地顺嘴说了一句，魏星听了，“噌”的一声站起身，随后拍打了几下裤腿，很悲壮也很坚定地冲着麦桐说道：“走，在这儿没意思，喝酒去。”

“这么喝下去，回家还得挨打！”

这本是麦桐想对魏星说的话，但是，麦桐说出来的却是：“对，喝酒去！”

二

“麦桐，中午有一位出版社的编辑打来电话向我打听你。”

魏星停下脚步看着麦桐，满脸的纳闷儿和狐疑。

“所以，你才跑那儿去等我？”

麦桐十分感兴趣地停下脚步。

“等什么你，我是路过。”

魏星说完，酒醒了一大半。

“出版社的编辑向你打听我？”

麦桐的兴趣有增无减。

“为啥不直接找我呀！”

麦桐不太相信魏星的话。

“写《无佳人》的麦桐不是你，还是别人？”

魏星问。

“是我，当然是我。”

“问你手里还有没有完成的小说稿。”

“有，当然有。”

麦桐与魏星一问一答之间，头点得如鸡啄米。

“想不想知道那位编辑是怎么跟我说的？”

“当然想，快说。”

麦桐一个箭步蹿到魏星面前，神情紧张地看着魏星，觉得这个时候的魏星已经不是魏星了，这时魏星随口说出的一句话，就是大限将至的终极时刻。

“那编辑说，看了你的《无佳人》，觉得非常有哲理，有深度，也有一定的高度，那编辑说看了你的《无佳人》，最大的感受就是……”

魏星说到关键处，居然打了一个响隔。

“快说。”

无比焦急的麦桐使劲地捶了魏星一拳。

“你怎么也打我？”

魏星嗔怪着抱怨完麦桐道：“是舍不得死！”

“真的？”

麦桐太兴奋了，仿佛“死”是一回事，“舍不得死”又是一个完全可以与“死”相分离的新概念。

“是的！”

魏星并没像麦桐那么兴奋，但仍不失内心里的高兴和喜悦，这高兴和喜悦是麦桐不用通过魏星溢于言表的方式便可以直接感知到的，这高兴和喜悦，麦桐曾祈盼着能从周松儿那得到，但是很遗憾，他从未在周松儿那里得到过一星半点，后来希望能从写书评的虞柏荷那里得到，却在最迫切得到的时间里，被一次次的失意和失望所代替。

“活着多好，哪里舍得死！”

麦桐一边嘟哝，一边将视线从魏星的身上挪开，然后看了一眼周遭，又看了一眼天空和大地。觉得这世界再大、时空再辽远，问题依然是问题、答案终归是答案。一个人只要不死，总会听到自己想听到的声音。

“那编辑说，你这本《无佳人》最了不起的地方就是让读者明白，一个人只要活着，就会有希望。”

“当然了。”

麦桐说完，本想得意地笑笑，却鼻子一酸，无论如何都没笑出来。

生活是什么样子，麦桐很清楚，觉得自己的《无佳人》无论是书名还是内容，都是对自己人生过往的概括、总结和诠释。他不知道那位看了《无佳人》的编辑究竟经历过什么，但有一点可以证实，那就是那位编辑与自己对生活、生命，以及生存的感知和感悟是相同的或是相近的。

恍然间麦桐觉得，周松儿反常的行为必定是看过了《无佳人》，才有了让自己刮目相看的改变，而不仅仅是因为自己的离开。还有姜君对自己的态度也足以说明这一点，虽然姜君从未真正意义上跟自己探讨过《无佳人》，但是一种感觉，最起码是一种类似尊重的态度，从前在姜君那里，应该是很少或根本没有。

"当然了。"

麦桐又略有所思地自言自语地嘟哝了一句。

想想人生，还真是有意思，每个人的每一天都与自然的美好同存在、共生存，却乐少苦多地总要抱怨，好像别人活得都顺风顺水，唯有自己整日生活在水深火热之中，这种认知的本质看上去好像都是这样，实际上是贪欲之心在作祟。不过是不懂知足常乐所招惹的烦恼罢了，就像麦桐及麦桐的周遭之人，好的几乎都被无视、被搁置、被放任，看重的、在意的都在被无限度地扩展着、放大着，如麦桐一直在改写的小说，简直就是他一切苦痛的根源。

"活着太难了。"

麦桐的话锋一转，完全与刚刚的心态和气氛背道而驰。

"那编辑说了，只要你手里的书稿能保证《无佳人》的水准，不仅给你常规的版税出版，在首印的册数上也会尽最大努力让你满意。"

"真的？"

麦桐简直不知道应该先说"真是太好了"还是先问询"是不是真的"，麦桐只觉得，魏星的话或可信或可不信。

"兄弟，你遇到伯乐了，知不知道？"

魏星说完，态度极其认真地审视着麦桐的脸，见麦桐依然在发呆，突然用手掌使劲拍了一下麦桐的肩膀："咋了？你以为我也像你似的在无中生有地虚构？我没你这本事。"

"知道，知道，我知道……"

麦桐一边应和着回答魏星，一边无限感激起那些数都数不清的艰辛与挣扎，那些苦难没人理解，也不可能有人理解；那些苦难，无论春夏秋冬，也无论白天黑夜，包括梦里的梦着或警醒着，都是麦桐自己一个人与那个虚构的世界相互融合，再相互整合，直至成为无法分割的一体。

"好好写，没准儿真能走出一条人生的好路，那编辑说你的文字不仅有张力，也有可以继续挖掘潜能的空间。"

麦桐听了魏星的话，一边点头，一边无限感激地看着魏星，觉得魏星从没像此时此刻这般可敬又可爱。

"那什么……"

麦桐本想将刚刚想到的那些，再加上自己的万般慨叹，都一股脑儿地说给魏星，没想到却对魏星说："咱俩今天好好地喝，不醉不归。"

"对，不醉不归！"

三

"真羡慕你呀，想干啥就能干啥。"

魏星与麦桐走在夜路上，有意把"能"字说得特别重，好像只几天的光景，他魏星高高在上的养尊处优就被麦桐抢了风头。

麦桐没有回答，不是回答不上来，而是觉得这人生、这命运、这人性的变幻莫测不但不可思议，还让人很是着迷。尤其一路走一路说着心里话的魏星完全变了一个人似的，看上去很陌生的感觉，却格外亲和真实，也不掩饰平时的虚伪。

“我也搬你那儿去得了。”

魏星看了麦桐一眼。

“你没我这好命，搬哪儿都一样。”

“啥意思？”

魏星表情严肃地看着麦桐，态度极其认真地问。

“我能独守寂寞，你能吗？”

“我怎么不能！”

魏星回答得非常干脆。

“你得到处去拈花惹草！所以，对你来说，最重要的不是你住在哪儿，而是修炼和提高你的演技才是你未来的重中之重。”

“你太了解我老婆了。”

魏星立刻表扬了麦桐，且把他一向挂在嘴边的“善良”两字去掉了。

“是我太了解你了，口是心非天下排第一。”

麦桐说完，禁不住自顾自地哼笑起来，觉得虽然自己给魏星戴了一个不着边际的高帽子，但是魏星已不再是原来的魏星了，不再戴面具，也不再穿着什么通体的长马甲了。

“喝酒、碰杯，不醉不归……”

当麦桐和魏星在酒吧双双坐下，麦桐和魏星的情绪顷刻间达到了不仅仅是至高也是不能再高的状态。

一杯又一杯的酒仿若不是酒精，而是岁月的精华，带着麦桐和魏星之间少有的亲密无间以及恣肆奔放和激情澎湃，饱含对未来既模糊又一往情深的祈盼，质朴又单纯的情怀与情绪并驾齐驱，又相互交错。

“真好！”

麦桐不禁在放下酒瓶和酒杯的那一刻，发自肺腑地心有感触。

“不瞒你说，麦桐，这么多年，我一直生活在被你们羡慕却一点都不开心的生活里，可是，我不得不装作很开心，这才是最要命的。”

“我知道。”

麦桐回答。

“你怎么知道？”

魏星即刻瞪大了那双又圆又大的眼睛。

“就因为我知道，我才能当作家呀。”

麦桐带着可以看得出来的骄傲和自豪说。

“你这句话倒提醒我了，一会儿跟我去趟我们书店。”

魏星使劲地拍了一下桌子。

“这时候？小半夜了，你要去书店？上班？”

麦桐无比惊异地问。

“我要去买一套《红楼梦》。”

魏星的话还没说完，麦桐差点儿喷了酒。

“咱俩别再喝了，你这喝得不但不能归，都已经要做梦了。”

麦桐一边说，一边准备好即刻收场，魏星见了，一把抓住麦桐的手，一边极力阻止，一边极力表现出清醒的状态说：“麦桐，你知道我为什么一直说你的《无佳人》不错吗？”

麦桐听了，即刻一动不动地全神贯注地看着魏星说：“快说，为什么？”

“你可能还不知道你文字的价值。”

“我文字的价值？”

麦桐已经无法再一动不动地全神贯注了，几乎屏住了呼吸，目不转睛地看着魏星，几乎是哀求道：“快说。”

“麦桐，你那本《无佳人》走进的是人类心理的边缘世界，用的全是反传统手法，不像有的作者，意识流、拱形结构、人物对话、场景描述啊，一堆一堆的流水账，不用细看，只扫一眼都觉得迷糊……"

魏星一字一板地啰唆着。

"言简意赅，说重点。"

麦桐十分着急。

"只是，非常遗憾，你的小说要是能像《红楼梦》就好了。"

魏星居然在一个意外的酒嗝之后，改变了叙述方向。

"你还不如让我写一部《中庸》呢。"

麦桐说完，端起酒瓶，将酒瓶里的残酒一饮而尽。

麦桐发现，这种时刻，酒无疑成了最让自己敬畏的介质。酒替代了他和魏星之间所有无法相通相融的真情实感，所有的开心或不开心都在酒的清冽中，获得了意义非凡的化解和交融。

麦桐看到，越来越昏暗迷离的灯光下，自己与魏星那两个装过高度烈酒的酒杯壁上挂着浓稠的残浆，早就合谋好了要一起清晰反射墙壁灯昏黄的光亮般。只是，那光亮在麦桐和魏星都已经醉眼迷离的状态中，仿佛挂印着两人一起走过的所有岁月。从幼小时的孩提时代到青春懵懂的各种莽撞，再到各自怀揣着理想和希望，自顾自地上路，自顾自地行走，偶尔遇见了点点头，偶尔再遇见了挥挥手，但仅仅是点点头、挥挥手而已，真正这般心贴心地卸掉各自伪装，从小到大这是第一次，都开诚布公，都把自己皮肉之内的灵魂赤裸裸地给对方看，让对方了然一个最真实可信的自己，并通过一次又一次的举杯豪饮，将各自的不愉快和小感伤排解得干干净净。

最后，只剩下各自轻松自在的皮囊。

"我说，以后咱俩别这么喝酒了，改喝茶怎么样？"

麦桐觉得这时候的酒虽远胜于世间任何东西，但还是觉得茶好，只是他的话音还没落，魏星即刻拒绝道："不行，茶是你的诗，这酒是我的翅膀！"

魏星说完，“噌”的一下站起身，冲着麦桐“唰”地挥了一下手臂道：“这就跟我去书店，我要买一套我最喜欢的《红楼梦》！”

四

“咱俩先进茶庄喝茶，然后去书店。”

途经茶庄门口时，麦桐眼睛余光中茶庄牌匾上的“玉上烟”三个字不是之前的不易被发现，而是明晃晃地在麦桐的眼前跳跃过来，又跳跃过去。

“不去，我要买书。”

魏星根本无视麦桐提议的态度。

“德行！”

麦桐狠狠地冲着魏星嘟哝了一句，扭过头看到了与茶庄临近的花鸟鱼虫店。

“去看看花鸟鱼虫。”

麦桐再次提议。

“不去，我就要买我的《红楼梦》！”

魏星依然无视麦桐的提议，继续坚持自己的执念。

“损德行！天天在书堆里守着，这工夫倒急成了这样。”

麦桐狠狠地骂了一句后，不得不跟上魏星的步伐，但同时又觉得魏星这真性情流露得实在可爱。于酒醉之后去买自己喜欢的书，无疑算是魏星式的一种浪漫，由此更是觉得，人生真的不是一成不变的，人生总会在一个又一个路口，让人无意间便与意外的好事或好心情不期而遇。

一如眼下，仅仅是因为一本还没有买到手的书。

五

走进书店，一盏盏悬挂式的白炽灯显得异常明亮耀眼，书架上整齐排列的各种书籍何止是琳琅满目，更是品种繁多。这书香浓郁的所在，让麦桐觉得眼前包括周遭所有的空间，不只是知识的殿堂，更是智慧的汪洋。

“魏星，你们书店的书也太多了。”

麦桐这样说话时，才发现魏星已经不在自己的身边了。

“哼，《红楼梦》！”

麦桐知道，魏星是找寻他今夜必须买到手的《红楼梦》去了。看着书架上各种各样的书，觉得书店真的是一座高高在上的巍峨所在，各种各样的人生观、价值观，各种各样的想法和看法，各种各样的愿景，林林总总、繁繁杂杂，都通过文字这种方式，向世间完全且完整地展示着人类的文明、传递着人类文明的历史。

麦桐安静地看着书架上的书，有一些是麦桐从青春年少时就不知翻阅过多少次的，至今是记忆犹新的最爱，眼下与那些最爱的书，像面对生命中的匆匆过客，打一声招呼或对视一瞬间，便擦肩而过地成了又一次的道别。

麦桐随手拿出一本萨缪尔·贝克特的《等待戈多》，书封的色彩显得沉稳古旧，也许是因为被太多的人翻看过，又被太多的人放弃过，而这显得很陈旧的书，在他的手里再次被打扰到了似的。仿佛小说中的荒诞故事，以及要等待的人始终没出现，而出现的不过是依然会将书放回到书架的擦肩而过的过客。这让麦桐不得不心生感慨，一边浏览着书架上的书，一边流连其间，如同一个虔诚的朝圣者，虽然是在灯光下，却犹如在阳光中，经受着一次意义非凡的救赎和洗礼。

生存。

生活。

生命。

麦桐觉得，自己俨然成为跻身智者殿堂中的一员，一边用心思考人类这几种状态之间的相互关联，一边思考着用什么样的方式将三者有机地结合在一起，就像亲子鉴定中心那些最科学准确的结果，而自己就是手拿钥匙的把门人。

只是这钥匙的分量太沉重了，这责任太重大了。

“走。”

魏星不知在何时走近了麦桐。

“《红楼梦》呢？”

麦桐问。

“这儿呢！”

魏星突然将藏在身后的一套《红楼梦》举到麦桐的眼前，两眼发亮地欣喜若狂，完全是活生生的青春少年。

“你这么喜欢《红楼梦》？”

麦桐看着酒后一脸稚气的魏星，觉得眼前的魏星已然不是魏星，而是一面镜子，是能看见自己内心的镜子。好像很多年前的自己，就是这个样子，心里有梦、生活中也有梦，好像自己的梦里还有梦。

“我也选一本。”

麦桐说完，随手从书架上拿了一本，但不是《等待戈多》，而是《贝多芬传》。

“还喜欢贝多芬？就因为他的几首乐曲？”

魏星一边晃着手里的书，一边歪着头问。

“是的，我非常想知道是什么造就了他的《月光》，又是什么造就了他的《悲怆》，我更想知道，是什么造就了他有如崇山峻岭一样的伟大灵魂。”

六

离开书店的路上，他拿着那本在魏星看来根本就无济于自己更好写作的书，竟高兴得心花怒放，想唱歌，也想跳舞，更想摘天上的星星和月亮，甚至觉得自己珍藏的所有书里，这本才是最让自己喜欢的。

这喜欢的感觉好比麦桐和贝多芬的人生，在遭到一系列的冷遇、痛苦和绝望后，在渺茫的希望面前，终于看到了可以照亮自己前路的曙光。这曙光来得如此不易，这曙光是拯救生命于最危难时刻的生命之光。恍然间麦桐觉得，最初决定写作，并不顾一切投身其中，应该是自己人生中最完美的决定，这决定让麦桐明确地明了了自己还有坚持的勇气和能力，还有战胜困难的决心和毅力。

这曙光带来的结果是麦桐从最初的开始写作，一路艰难前行的过程中，所见到的花开与花落；这结果让麦桐更深刻地领悟到每天写作所用的中国文字不只是从远古文明一路被传承过来的文明符号，更有如一脉月光如水之下穿越了千年岁月而不朽不浊的汩汩清流，这清流使得中华民族在这片辽远而浩瀚的中华土地上，生息繁衍到越来越聪慧，越来越强大，越来越壮美，不仅如此，这肥沃的土地，这越来越富有的国度，这承载着上千年前中国古人的勤劳与勇敢、聪明和才智，在这个时刻，全部成为麦桐思绪中源源不断地生涌奔流的灵感源泉。

取之不尽。

用之不竭。

“魏星，生活还是很美好的，对吧？”

麦桐对身边说不上是依然还在高兴还是依然在兴致勃勃中有些疲惫有些倦怠的魏星说。

“美好、很美好，你说美好就美好。”

魏星一迭声地回答完，看了看手里的《红楼梦》，好像最急于的不是看书，而是沉睡中的一场美梦。

“天冷了。”

魏星冷不丁打了一个寒战，然后抱着臂弯里的《红楼梦》，眼巴巴地看着麦桐，像在祈求天不要亮，又像有求于麦桐却羞于启齿。麦桐拍了拍魏星的肩，第一次觉得魏星不是自己从前感觉到的那般健硕，甚至觉得魏星比自己去书店取书款时瘦了很多。

“你真的在减肥？”

麦桐问。

“我今天晚上住你那儿。”

魏星果然说出了麦桐已经预料的事，麦桐没有立刻回答，而是抬头看了看大色，满眼的璀璨星光，如同漫天的花朵，也如同奔流不息的朵朵浪花，像春天姗姗来迟的零星脚步，更像夏季徐徐吹来的晚风。

麦桐被这夜色深深打动了，每天都在博大精深的中国文字汪洋中流连，而忽略了太多这视线中宇宙万物生灵的千姿百态。忽然间麦桐发觉，这世间的万事万物无不可以入心入书入灵魂，细微的情感、不易被发觉的角落，不被人类所能及的无限远，都可以在文字的尽述中，永久地传播、恒久地传承。

“我这就送你回家。”

没等魏星反驳，麦桐即刻拦住一辆出租车，他不是容不下刚刚还把好消息带给自己的魏星，也不是对魏星曾经对自己的拔刀相助忘恩负义，而是想让这个在生命中异常美丽的日子过得更有意义，而不是与魏星一起，各自纠结各自的小情感以及小情绪。

“麦桐，你咋见死不救？”

魏星挣扎着要下车，麦桐则示意出租车的司机立刻开车。

“你那儿藏女人了？”

魏星一路上不依不饶，麦桐权当听不见。觉得小情感和小情绪不是不可以有，也不是不值得留守，而是这些小情绪和小情感来得不是时候。

七

麦桐将魏星送回了家，然后径直回了自己的家，而不是那间出租屋。打开房门，麦桐第一眼便见到周松儿的鞋整整齐齐地摆放在鞋架上，然后就见到安静地睡在月光下的周松儿。

物归原主好了。

麦桐拿出当初为了出书，跟周松儿软硬兼施才要来的银行卡，放到鞋架上周松儿的鞋和包包之间，带着一种责任重大的使命感，觉得那张银行卡仿佛成为最好的爱情信物一般。或许这见不得光的妥协会成为铺垫，随她周松儿怎么想吧，麦桐再也不想与周松儿争什么高低输赢了。

八

麦桐回到出租屋，没有一丝睡意，打开电脑中的小说文档，看着已经被更改了名字的小说，仿佛即将投身其中的是一场波澜壮阔的浩大工程。

他离开了电脑，开始给玻璃缸里的鱼换水，将落了灰尘的花瓶擦亮，扫地、沏茶、浏览五花八门的朋友圈，看文档链接里各种畅所欲言的各抒己见，即便是假话、套话或废话。

麦桐品着茶水，强化着自己的决心，可是一壶的茶水直到喝得只剩下明黄中泛着浅绿的一撮茶底，茶水也喝到无水无香的地步，虽品出世象的浑浊纷纭，但他依然不想坐到电脑前，进行改稿结束前的最后冲刺。

即便麦桐知道，只要坐到电脑前，灵感就会以突兀奔涌的方式幻化为妙笔生花的才华横溢，之后便是写尽故事结尾的轻松和惬意。可是非常遗憾，甩不掉的困顿和怠惰一如登山极限的挑战，一路乐此不疲地艰辛攀缘与拼力行进，却在不知不觉间，耗尽了所有般地让自己悬到高不成低不就的空间，仿若早已经到了山穷水尽之处，前路漫漫，又不能回头折返。眼见着曾经遥遥相望的山顶近在眼前，却变得比之前更加心有余而力不足。

麦桐不得不慨叹自己的无能为力，他能做的就是关上电脑，与小说里所有的人物做一个暂时性的告别。

麦桐继续将已经擦亮的花瓶再擦一遍，将刚刚扫过的地再扫一遍。而茶却再不想沏半壶了，包括五花八门的朋友圈，以及那些假话、套话或废话，麦桐一个字都不想再看了。犹疑恍然间，却拥有了一种比之前任何时候都更强烈更具有震撼力的成就感，是对自身认知度的根本转变，也是对自己作品的意欲征服。虽然麦桐已经心力和体力全部透支到几乎没有了奔跑的能力，但是他决定，用这夜最后的时光完成小说的修改。

麦桐终于坐到电脑前，开始了最后时刻最有希望也是最艰难更是最令自己难忘的拼搏之旅，好像之前所有的时日都是这个时刻的蓄势和铺垫，包括小说中的人物、故事的结尾，都在越来越快的节奏中，像一堆堆快乐的音符，像一声声胜利的号角，他知道这一路前行的自己一次次地攀登着、超越着、行进着，虽然每天都在希望中患得患失，一如眼下万籁俱寂的黑暗中，守在电脑前，一刻不停地敲打着键盘，不停地思考、不停地完善、不断地更改，想方设法用最接近华丽转身的结尾，为整个的长篇小说打出最后一个象征着结束的句号。

小说终于改完了，看着那个句号，麦桐想着自己虽然经历过数都数不清的键盘敲击，但这一次的按键却有一种起死回生的感觉，仿佛所有文学艺术的根芽、花朵与果实都是靠着他以往的苦难得以滋生并得到滋养，获得成长并成熟。他觉得不如此，就不可能获得花开满树的硕果累累。麦桐感知到了自己生命的鲜活与鲜美，也感知到了一种久违的苏醒。

是爱的苏醒。

麦桐保存好电子文稿，按下打印机开关，对整整两个季节的付出做出一个完美的总结，也是纪念。这一刻是他期盼已久的等待，是他与自己创造出来的文字，在这世间，再次以这种充满仪式感的方式初见。

麦桐看到，随着打印机有节奏的机械声响，一页又一页的小说稿抖动着纸角，带着墨香和令麦桐心旌荡漾的光芒，越积越厚。这安静又充满神奇的时刻，让麦桐明了，一张又一张带着墨香的纯白纸页承载的不只有麦桐书写出来的文字，更有那些刚刚过去的、依然还带着印记和声光景象的曾经过往。

麦桐拿起一沓打印文稿，再次像已经被确定的恋情即将被公之于众的浪漫那般，觉得写字为文到这时，才是最让自己心旌荡漾的浪漫。与所有的文字，在万籁俱寂中，带着一种莫名的喜悦和星星点点的窃喜，在不为人知的寂静中，有一种成功的喜悦，并清晰了自己为什么如此心甘情愿且死心塌地让自己的全部身心都被这些文字所囚禁。

这代价无疑是巨大的，也是不堪忍受的，更是无法回望的，但是麦桐不在乎那些模糊不清的未来中究竟还能不能托付或许会与日俱增的雄心勃勃和凌云壮志，会不会依然像这次这样幸运，被眼前这依然残酷着的现实和无聊泥沙俱下地全部埋葬。

即便被毁灭，那又如何?

在最后一页小说稿被打印出来时，麦桐义无反顾地这样想。是的，他不过是想在只属于自己的世界里无拘无束地随心所欲，虽然这是一种奢求，但是，他觉得在通往未来的路上，自己确实是独自行走了太久。

守着家徒四壁的安静，倚着光影寂寥的日夜，飞扬着所有天马行空的想象，将自己直抒心意的表达全部发挥到极致，虽然苦，却乐在其中，虽然不被理解，却步步惊心得犹如一场又一场的冒险。

这才是写作的魅力所在，看不清未来，却执意要找到那条可以畅通的路途，知道这世上本没有那条畅通的路，却不管不顾地孤注一掷于不只有失败的多种可能的结果中。

未知的才是最有魅惑力的，麦桐很享受这样的过程，每天与文字交流、纠缠、不离不弃的过程，有时却会分道扬镳地背道而驰，但最终都以和解的方式，让麦桐的文字成为文档里的被保存，以及眼前的被打印。

麦桐拿起文稿，觉得跟见到第一次打印的文稿一样，既没像想象中那般沉甸甸，也没有最初的那种不敢触及，好像很多事再次见怪不怪到习以为常，甚至已经成为他的一种生活习惯。

虽然一本书所承载的内容非常有限，但是有这些就足够了，因为这可看见可触摸的书稿才是麦桐最想要的。

麦桐新构思的故事也在这个时刻有了一个近于完美的结局，他决定在新的小说里，将自己完全隐藏起来，一改以往的写作习惯，塑造一个全新的角色，并让那个角色如他人说的那样。小说文本成就了作者，甚至缔造了作者的重生。

麦桐已然获得了意义非凡的重生，这重生不仅仅是一部小说的完成，也是另一部小说的行将开始，这重生让麦桐恍然间明白了自己对于周松儿不是不爱，而是爱得不够。

麦桐为自己内心这自怨自艾的心灵独白产生了几分欣喜，他了解自己，但凡自己能够这样想，就一定会在接下来的日子里这样做，这无疑是个好开端。麦桐心悦怡然地闻了闻小说稿上温热的墨香，觉得这同样可以留下记忆的嗅觉也会成为日后安定自己前行的全部力量。好像每完成一部小说，麦桐都会这样，与一个终日相守的故事告别，与一段投入其中的情绪告别，从此与另一个自我做永久的隔岸相望。只是这次多了一个沉重的附庸，是创作之外拖泥带水的情感纠葛，是理还乱的恋恋不舍或回头无岸。世事总要有归宿，就像这刚刚打印出来的小说；心事总会有结果，就像刚刚才下心头及又上眉头。

为什么以美好开始，不能以美好结束呢？

仅仅是因为爱情遇见了柴米油盐？如果爱情不许与柴米油盐相互纠缠，又拿什么来消磨岁月的时光？突然间麦桐觉得，一部作品的结束已然成为另一种思维方式的开始，仿佛新的思维模式在不知不觉中获得了相应的提升，并在更高的境界中，张狂着所有的恣肆汪洋，让麦桐刚刚得到缓解的心平气和如白驹过隙般地了无痕迹了。

这才是写作的残酷，用文字的形式优雅于众人面前，实际上却是以炼狱的方式，让作者在倾尽全力地付出后，得到丰硕回报时，获得灵魂的救赎，以及功德圆满的成全。

麦桐明白了，写作的过程不过是用自己挑剔的眼界去放大升华自己的三观认知，这过程本身带着必定与现实冲撞出些许硬伤的必然，让他大伤脑筋，可即便这样，他依然执拗着自己对生活的理解，并用心描摹、用力勾勒，其结果无非是想让更多的人感同身受于自己对生活的热爱。

麦桐觉得文稿中的哪一个字，在这个时刻，都仿若天上的星星，都有自己的位置，并在自己的位置发着光，且无论是哪一个字，都是这世上不可替代的独一无二，也正因如此，这文字的汪洋才如此浩瀚、如此井然有序、如此波澜壮阔，因为哪个字就是哪个字自己的天空，哪个字又都成不了哪个字的大地，而文字的天空和大地相互交融在一起，又幻化成更加包罗万象的神奇世界。

这神奇的世界是麦桐深陷其中且徜徉流连的世界。

这神奇的世界是麦桐为之倾心且有着无尽宝藏和无数谜底的世界。

麦桐在这个神奇世界中，与自己的《无佳人》结缘，并在之后的艰难前行中，与《袭人香》巧遇。

如果说，《无佳人》是让看到的人能够领悟到：一个人在不知自己已经是谁的茫然状态下，如行尸走肉般地生存着，却依然舍不得死。那么，《袭人香》就是让舍不得死的人明白：一个人无论身处怎样的人生低谷、无论遭受到怎样的人生际遇，只要活着，就会有希望。

天亮了。

晨光照进了房间，带着老健春寒秋后热的短暂，只在须臾之间，便将明晃晃的阳光洒满了房间，这份初冬将近前的温暖很难得，也让麦桐在这份难得中，获得了积极向上的一种力量。

麦桐觉得很欣慰，至少自己对生活本身是热爱的，虽然是以文字表达的方式，但谁又能说，这种爱不是热爱表象之下的深深挚爱？

这挚爱，是麦桐对生活的态度。

这挚爱，是麦桐对生命的敬重。

这挚爱，是麦桐对生存的深刻思考。

麦桐觉得，写作本身不只是承担着讲故事的义务，更有引导的责任与担当，写作不只是讲了一个好看的故事就万事大吉了，更是要在好看的故事中，给读到之人以启示。

“写作不做无用功。”

麦桐一边嘟哝着，一边更加明白一个新的概念、写作虽然限制了自己，但也成全了自己。画地为牢也好，作茧自缚也罢，刚刚过去的一夜和这温暖的清晨，让麦桐理解这些，包括之前的所有，都值得。

很不错!

麦桐开心地给了自己一个“很不错”的评价，因为在这个历练过程中，自己更懂得了写作的意义，哪怕自己的文字在这世间能影响到一个人，就不白写，但若影响了编辑，那自己的文字在推向读者时，意义和价值就不仅仅是影响了一个人，而是不知影响了多少个人。这样一想，仿佛更强的力量从麦桐的灵魂深处汩汩流向麦桐周身的任何一处角落，让他觉得自己已完全从原来的抒一己之见变成了可以普度众生的智者。

九

麦桐去了离小区不远的菜市场，买了青菜，买了米，买了各种调料和各种瓶装的下饭菜，回到出租屋，看着满载而归的收获，发现所谓的好日子不过是心绪健朗的状态中，把心仪的食材一一放进锅里，在火的助力下，让满屋飘出生活的味道。

不只如此，上班的路上，麦桐视线所及的草树、街道、行人似乎都在闪动着快乐的光影，包括那些林立刻板的高楼，也在这样的时刻，像形状各异的大型积木，多姿多彩。他觉得有必要对自己的所作所为和所思所想进行一次彻底的干预或审视，或是进行重新定位，这很重要，也是势在必行的，更是对自己对他人，包括对自己小说的读者们，以及自己的情感和自己的婚姻有个必要的交代。

麦桐明白了，出租屋让他在自说自话中坚强、觉醒，通过高度和角度的变换，看到自己在一向推崇的自由王国里，怎样奇迹般地获得禅悟的维度提升，他甚至觉得自己俨然成了不用医生诊断就可以自行自诊疾病的医生。瞬间，一切表象都成为通体通透的物质。

虽然曾经的自卑、焦虑、迷茫还会如影相随，且依然会不断升级，但是麦桐已经完全被这期间的安静、思索、付出，以及这刚刚获得的通体通透，注入了无比新鲜的血液，这血液让他找到了一个更新的自我。这新的自我带着麦桐的青春梦想和希望，虽然还有可能是以一种玩世不恭的不负责任的逃避方式，让麦桐逐渐摆脱那种透心彻骨的孤独和痛苦，但是麦桐灵魂的角落是活着的，是有生命力的，这一刻，麦桐看清了自己小说的精神骨架，也包括精神脊梁，是完全脱离于生活的一种有关文学艺术的存在。

这存在既是麦桐给自己的，也有麦桐给将来能看到他新书的读者的。这些读者中一定包含周松儿、姜君、魏星、小郝、虞柏荷、彭露露等，熟悉的和陌生的，他的读者粉丝群会越来越多。

十

姜君已经三天没上班了。

麦桐问了小郝，小郝眼神闪烁地说估计是姜君家里有了什么事情，麦桐想打电话问姜君，又觉得自己与姜君之间虽然已经和好如初，但是内心里总隔着一条永远都存在的裂痕，虽然这裂痕并不影响麦桐与姜君在一起时的心照不宣和工作上的配合默契，但就是有一种再也回不去的感觉。

第二天，麦桐没问，可是，已经第三天了，觉得实在是有必要打电话直接问姜君。

"小郝，我就琢磨着，姜君……"

下班。麦桐与小郝即将分手，就在小张拉开车门准备上车时，他突然返身回到小郝的近前。

"上车说。"

小郝示意麦桐上车，麦桐的心里有几分不安，尤其小郝的举动，让他验证了自己与姜君之间的距离确实不远不近，但绝对不是刚刚好。

"我们的姜领导步你后尘了。"

小郝语气平和地说。

"什么？"

麦桐简直不敢相信自己的耳朵。

"其实，我也不信，可是，他说他要像你这样活着。"

"开什么玩笑？我怎么活着呢，你和姜君又不是不知道。"

麦桐依然不敢相信自己的耳朵，他之所以不敢相信自己的耳朵，是因为他绝对相信小郝的话，相信姜君的做法。

“姜君说他原来想做更多有意义的事，但现在他发现所谓的有意义，不过是为少数的人在服务。”

“什么意思？我怎么听不懂？”

麦桐在小郝面前，好像第一次这样云里雾里，不止如此，还思维紊乱到无法快速进行梳理。

“姜君说他要过一种更有层次的生活，他说他也要像你这样，寻找一个可以脱离苦海的人生。”

“说啥呢？我一直都活得‘痛不欲生’。”

麦桐谦逊地说着这番话时，觉得自己虽然在说肺腑之言，但是一想到前一天的整夜未眠，包括今天一大早的心悦怡然，以及这整整一白天都如沐春光的无比欢畅，说话的声音越来越小。

“麦桐，你也知道咱这工作的性质，整天为那些人鉴定情感的真伪，你也知道，他们自己都很清楚，但就因为不确定，才来咱这儿求助于科学，问题是，这科学真让人觉得怎么也不科学。”

“这科学让太多的虚假见了光，也让太多的爱情一瞬间就下了地狱。”

麦桐抢答了小郝后面要说出的话，但实际上他的心里有很多很多想说的真心话，但只一瞬间便被犹疑泯灭了。他觉得那些前来鉴定的人为什么对已经建立起来的情感可以在知道真相后的瞬间进行全盘否定，可以扬长而去，好像血缘才是人与人之间唯一的纽带，好像最初酿成的错，即便用一生一世来补救，也无法获得哪怕是一句话或是一个字的原谅或是理解包容。难道这无关于狭隘或自私的态度才是生命本真的缩影？当然不会，原因只有一个，也许这个原因必须通过所谓的科学手段去检测或辨别。

太在乎了，才不肯谅解或是原谅。

太在乎了，才会斤斤计较、才会患得患失。

不在乎呢？或许就不用来亲子鉴定中心了。

“姜君的离开跟你的离开不一样，你跟我一样，都是给他打工，他可是身家性命都在这儿呢。”

小郝说完，看都没看麦桐，便将车开走了。

麦桐坐在车上，既没问小郝要去哪儿，也没再说一句话，麦桐觉得自己所有的思绪都应该跟小郝的思绪一样，在无边无际的牵挂和飘零中，若有若无，时断时续。这茫茫人海中的每个人都有自己的想法、都有自己的梦想、都有自己的心有不甘，但是太多的人都无可奈何地选择了日复一日地重复陀螺般的单调生活。

十一

“你俩都是我的榜样。”

在一家麦桐和小郝都没去过的小酒馆，小郝一边向麦桐敬酒，一边说，麦桐则平生第一次无比慌乱地不敢对这份敬意有任何怠慢。

“你是我的榜样。”

麦桐的话虽然有些夸大其词，但是一句真心话，恍然间麦桐觉得，小郝或许才是麦桐和姜君之间最稳健最有城府、智商和情商都最高的人。麦桐甚至悟出了一个道理，好像自己一路走来相遇的所有人真的不能再用好或不好去简单粗暴地进行评价，好像每个人都带着天然的使命，来到麦桐的身边，即便对他有诋毁、有伤害，结果也是一种成全。

或许，也正因为如此，麦桐才能从无知到有知、由愚昧变得聪慧，由低谷一步一步地走向高处，甚至从不会爱不懂得何为爱到明白应该如何去爱。

“我们互相学习吧。”

小郝谦虚地说。

“对，我们互相学习。”

麦桐不得不承认，如果没有小郝，他和姜君之间或许还心存芥蒂得形如陌路；如果没有小郝在麦桐和姜君之间看着像是无意、实则是有意的调和，麦桐和姜君的矛盾依然会是不可调和或根本就无法调和的关系。

“我敬你一杯酒！”

麦桐主动给小郝倒酒，他一边毕恭毕敬地倒酒，一边在想，小郝应该是自己学习的榜样，也应该是自己主动靠近的人。

“我是有眼无珠。”麦桐倒完酒，说完这句话，发现自己的话说得有问题，酒倒得也没水平，便即刻补充道，“我这人，你也知道写小说写的，把自己写呆了。”

“你不知道，姜君不是现在对这工作有成见的，你离开的那段时间，他没少跟我说。”

“他说什么了，你快给我说说？”

没等小郝继续说，麦桐便急不可耐地追问，麦桐太想知道姜君的想法了，因为离开的时候，晦暗的心情及懊恼的悔意不仅仅让他不愿意想起，而是一想起来，就会不寒而栗。

“姜君说他很佩服你，也很羡慕你，说他希望这个世界的人彼此之间能有更多的信任，而不是靠咱这科学的手段去判断，姜君说这种评判太残忍，也有些不人道，虽然来的那些人确实得到了正确的答案，但是你知道，这天天上演的都是什么故事呀，简直没得到想要的答案，也不会再拥有幸福了。”

小郝突然摊开两个手掌，无可奈何中显现出不得已的表情，麦桐狠狠地盯着小郝，无法想象这些话竟然是从小郝的嘴里说出来的，甚至觉得小郝的每句话听上去都掷地有声、铿锵作响。

“我敬你，我敬你，我必须敬你！”

麦桐频频端起了酒杯，甚至有些语无伦次又完全是发自肺腑地想一直给小郝敬酒。麦桐一边倒酒，一边在内心里不停地告诫着自己，再不要小瞧眼前这个从前自己从没将其放在眼里的仅仅是给姜君开车的司机小郝，不只如此，也不要再小瞧任何人。

“姜君说，靠科学的手段去判断情感真伪的本身就很愚蠢，尤其愿意相信的那些人。姜君说，这是最消耗情感能量的愚蠢行为，他还说，在这种科学面前，他觉得他一天都不想再付出所谓的工作热情和工作态度，他甚至说，他鄙视所有来这要答案的人。”

麦桐听着小郝一句又一句的“姜君”，想起了《鲁滨孙漂流记》中笛福说过的那句话：个人的怀表坏了，只是耽误个人的事儿。教堂钟楼上的大钟坏了，耽误的可是整个教区的事儿。

或者，姜君比自己还孤单、比自己还需要被理解、比自己还需要温暖。或者，姜君比自己更需要一份来自自己的关心和关怀。只是自己更想知道姜君的这种变化是在看了自己的《无佳人》之前就有，还是在看了自己的《无佳人》之后。

还是管好自己吧！

离开小酒馆时，麦桐在心里一再地告诫自己，他和小郝虽然走得踉踉跄跄，心里却异常敞亮，好像彼此从没如此畅所欲言，更没有如此口无遮拦，原来直抒胸臆这么爽。

“这世界可真美好！”

麦桐在内心里对自己这么说了一句后，看着小郝，满脸带着惬意道：“小郝，我们天天在人间的悲喜剧中当判官，你以为姜君就能做到毫发无损？没那么轻松的，我们又不是木头，我们的眼睛又不瞎，我们的耳朵又不聋，最重要的是，我们拥有的也是一颗颗人心哪！”

小郝与麦桐分手时的慨叹，让麦桐回到出租屋躺到床上时，依然有一种愤愤然的感慨哀叹，这应该就是人们常说的负能量，或者叫作被消耗。甚至这种被负能量消耗的整个过程是不知不觉的，是潜移默化的，是深入骨髓的，因为只要是人，就逃脱不了人的共同无奈和共同悲哀。

只是非常遗憾，远离根本不是解决问题的方式，祸根或隐患不会因为谁的不喜欢或是谁的避之千里就会消失，就会灭绝。丑陋依然会与美好共存，就像无奈与悲伤、幸福与忧愁，因为这是生命本身所与生俱来的存在。

“这世界可真是美好！”

麦桐翻了个身，瞪着两眼，在黑漆漆的夜里自说自话地表达着自己通过姜君这面镜子，看到的自己一路挣扎后的新生。仿佛在蓦然间觉得姜君做得很对，就像自己当初的辞职和住进这个出租屋，包括眼下，一个人孤零零地躺在床上，让自己的思想穿越出租屋的墙壁，飞向遥远的太空天际，再时不时地回身俯瞰地球上熙熙攘攘又终日痛不欲生的人类，知道了造化弄人的真正目的，不仅仅是让人生在苦痛中挣扎，更是让生命在苦痛中不断地成长、不断地壮大，从一种脆弱或渺小走向一种强壮或伟大。

即便这世上有太多的背叛、太多的谎言和太多的虚假，都在亲子鉴定中心那一纸鉴定的肯定中，家破人离、人情尽失，科学可信的结果，留给生活的，除了更加残酷无情的生活之路，连选择的空间都非常有限，但也正因如此，人世间才有了更多的沧桑、更多的感悟和更多的成熟与理性。

麦桐突然醒悟到，自己作为一位文学创作者，一味地从个人角度评判生活未免太狭隘，也太一己之见，更显自己自私和渺小。因为所有肯定或否定的结果都会在当事人日后错综复杂的情感中，成为殃及久远的毒瘤与祸根，而自己作为一个写作之人，如果不能站在智者的高度，从

“小我”跳到“大我”，最大限度地给予那些间接的关联者以关怀、关爱和同情，那么自己的文字，即便有包罗万象的故事脉络与走向，即便有着精彩的开头和精致的结尾，也不过是走马观花的简单描摹。

这样的行为和结果无异于消耗自己，也消费了他人。

“咚咚咚……”

轻轻的敲门声让麦桐不太相信自己的耳朵，刚刚还在思索的那些原因都被这隐隐的敲门声分散得没有了丝毫的踪影。

是姜君？不可能，姜君怎么可能找到这儿？麦桐觉得自己能这样猜测，都是智商不高的体现。

是魏星？有可能。麦桐一跃而起，煞有介事地打开门，看到来人后却愣住了。

是周松儿。

“……怎么？”

麦桐语塞得不知该说什么，麦桐看着周松儿手里拎着的一大兜沙琪玛，麦桐想笑想调和气氛，却越是想就越慌张。

“你……进来？”

麦桐嗫嚅着询问，不知道自己的邀请究竟算是唐突还是被动得可笑。

“给你这个。”

周松儿面无表情地将手里的食品袋交到麦桐手里，转身便准备离开。

“来都来了，进来能要你命？”

麦桐看着准备离开的周松儿，觉得浑身上下的酒劲在这个时刻无限度地膨胀起来。

“进来！”

麦桐命令周松儿。

“不进！”周松儿说完，转身离开后，又回过头来补充一句道，“谢谢你去电子城找我！”

周松儿说完，走进电梯。

麦桐拿着手里的食品袋，依然没有酒醒似的不知如何是好。

“这又是演的哪出戏？松儿，我还有话要对你说。”

麦桐说完，一手将食品袋扬到沙发上，抓起钥匙和手机，风一般地冲下楼梯。

十二

“你怎么回事？”

麦桐几乎是一个箭步冲到周松儿面前，麦桐觉得周松儿越来越不可理喻，包括那个麦桐始终不知原因的诡异的笑容。

“看你现在……”

周松儿明显闻到了麦桐身上的酒味。

“我现在。”

麦桐突然鼻子一酸，所有的委屈一股脑儿地喷涌而出，瞬间恢复的亲近感让麦桐忽然觉得自己曾经对周松儿许下的誓言很像一个骗子说给另一个智残的天方夜谭。谁说的爱情就是一场博弈，情场就相当于战场，可是原本相爱的两个人，其中的一方被打倒了，站立的那一方也不一定就是个高傲的胜利者。

双赢才能更好地继续牵手。

麦桐觉得有必要将曾经任性的“折其所爱”变成往后余生的“爱其所折”。

“走，跟我去个地方。”

麦桐拉起周松儿的手，冰冰凉，几乎没有温度，周松儿没有挣脱，顺从地跟着麦桐，像个听话的乖孩子，一同走过街路，一同穿过立交桥，像行人中所有的情侣一样，彼此沐浴在同一片天空下，迈着相同的步伐，与所有迎面走来的陌路人漠然地擦肩而过。

麦桐想起小时候听人说小孩子就是一张白纸，在这张白纸上，可以写最新最美的图画。那么婚姻呢？是不是也如小孩子一样，而且仅仅是一张白纸，答案必然是肯定的，只是不同之处在于小孩子的那张白纸大多由父母或老师在监督着画，而婚姻这张白纸必须由夫妻两个人画。

麦桐看了周松儿一眼，觉得自己与周松儿的这张白纸之所以被画得不但不成画，还一团乱到无法看，即便看也注定是一张不得不揉成团扔掉的无用垃圾，处处是败笔的画怎么能叫画。

原来，作这画时的每一笔都很重要，如果每次下笔时都能尽心尽力，像自己写小说那样，先构思，再将所思、所念进行不断的描摹和涂改，都不一定能画出好看的画，何况每一笔都不尽心，也不尽力。麦桐觉得，如果曾经跟周松儿一起在那张白纸上画的画也可以称作画，那画的名字只能叫作“两败俱伤”或叫作“不欢而散”。原本是要画“白头偕老”和“天长地久”的画，怎么就就画乱了、画糟了，是压根儿就不会画，还是不懂得怎么画？

麦桐想起与周松儿冷战的日子，虽然很难受，也很痛心，但是冷战却是必须的，也是必要的，因为不冷战就不知道谁输谁赢，不冷战就不知道自己在对方心目中的地位和价值，只是现在看来，这一切既无聊，又无意义。

麦桐不禁反省起自己在婚姻当中的所有言行，好像是自私了点，也好像任性了点，更好像自大了点，好像欠周全、欠考虑、欠顾全大局，总之应该是欠周松儿一个自己作为堂堂男人的大度和隐忍。麦桐这才想起自己不仅太知道周松儿爱吃什么，连当初周松儿与自己一样对诗歌、创作、未来充满绚丽多彩的梦想也被自己忘记了，自己只一味地需要周松儿的支持，却从没想过周松儿或许也想要一种来自自己给予她的支持和鼓励。

麦桐抬头看了看远方，空旷辽阔中有蓝天白云。近处有无数挂满枝头的树叶在深秋的风中闪着细细碎碎的光，这么美的世界，怎么就一直没有被及时地发现？麦桐从另一种意义上知道了自己穿行于岁月长河中的盲目和盲从，既缺乏理性，也缺乏思考，虽然他一向认为自己从没停止过思考。

这样，怎么能用“写作”两字来继续夜以继日？人生的意义不仅仅是只想着自己。突然间麦桐感受到一种从未有过的提升，是自己意识形态里思维能力被强化，也是自己思维能力不断提升。不能总想着自己如何心安理得般安逸，而应该想着如何使他人受益，从自己的故事中获得更多的启示和警示，而不仅仅是看一场与己无关的所谓故事。

麦桐感受到了自身的责任和担当，不只有对周松儿对自己的依恋，也有对社会的和读者的，或许这也是他一直以写作的方式，在追求一直在努力的自身价值，只是麦桐用了极端偏执的方式。但是即便如此，他也不后悔那些曾经经历过的苦闷彷徨、犹豫恐惧，是那些让麦桐在深深的思索和挣扎中，看清了这个世界，也看懂了自己，更看到了周松儿的付出。

“对不起啊。”

麦桐一边走，一边像在自言自语，实际上是在对周松儿说。

周松儿没有回答，但不是没听见，而是将头稍稍地靠向麦桐的肩。

“确实对不起。”

麦桐继续着自言自语，他说这句话时，觉得自己好像跌跌撞撞地一路走来，早已忘记了初衷。原本是想在这个世界，在今生与周松儿一起好好地活着、舒心地活着、开心快乐地活着，可是什么时候，将这些想法忘得一干二净了？这不该是自己的作风和品性才对，他否定着自己和做的那些事情，觉得这样的事情发生在自己身上是不可能的。但事情却发生在了麦桐身上。

山依然一如原来那般连绵起伏，山路依然一如原来那般或宽或窄，心情却迥然不同于原来那般了。

“一会儿让你看点东西。”

麦桐心情大好地对周松儿说。

“干吗要一会儿？我现在就要看。”

周松儿觉得麦桐没必要卖关子。

“现在看不了，必须一会儿看。”

“就能撒谎。”

“我怎么能撒谎，你看。”

麦桐抬起手，指着山坡上再有一个拐弯便出现在眼前的凉亭说。

“凉亭？你就为了领我来这凉亭？”

周松儿不以为然，麦桐却觉得意义非凡，因为方柱上那些细细密密的字虽然都不是麦桐的，却有麦桐的感慨参与其中。

“这哪有什么字啊？”

走进凉亭，周松儿看着被漆过的方柱上，一个字都没有，一边嘟哝，一边用疑惑的眼神印证她对麦桐的判断。

“我真没撒谎，这里原来有字，各种各样的字……”

麦桐极力解释的时候非常后悔当时为什么没用手机拍照，只是拍了照片又如何？那些字句与自己又有什么关联？

“就能撒谎。”

周松儿看都没看麦桐一眼地自言自语。

“就算是撒谎吧。”

麦桐只能无奈地回应着周松儿，在事实面前，他无话可说，但是麦桐特别不理解那位刷漆之人，怎么能在那些铮铮誓言面前下得了手，怎么会对那些信誓旦旦无动于衷，怎么能让那么美的人间情话在这世间彻底消失。

仅仅是用一种油漆，就将一切用心用意的情绪给涂抹得不留一丝痕迹。

麦桐更不理解自己，大老远地领周松儿到这儿，为的就是让周松儿看那些字迹模糊的字？靠着那些已经有些辨不清所以然的字来证实自己当初对周松儿许下的那些誓言都还在？如果不是，是想让周松儿知道，自己并没有忘记当初对周松儿许下的那些誓言？

即便周松儿懂得，又有何用？

麦桐看着空空如也的柱子，在内心里做了一次无须周松儿知道的自问自答，想必自己还不应该是最失望、最悲催之人，写那些字的人，说不定某一天，也像自己这般领着爱人来旧地重游，不见了字，必定会黯然神伤，也不一定，或许写下这些誓言后，便“新桃换旧符”了。

这瞬息万变的世界，麦桐作为一名DNA亲子鉴定师，清清楚楚、明明白白地见证了太多太多的人性本真里的丑陋与不堪，甚至是芸芸众生无法想象的包罗万象的异象。所有自以为真情的情，在初心、真心、动摇、无助、彷徨和挣扎时，所做的各种与情无关的事，所得到的与情无关的结果。

恍惚之间，麦桐觉得，自己一向的努力、一向的固执，在这一刻，好像再次被动摇、被瓦解。很多事情，麦桐作为丈夫，没能信守承诺地尽职尽责；作为儿子，没能像父亲希望的那样，做个顶天立地的铁血男儿，不仅如此，还无法兑现这天公不作美的各种誓言。

麦桐觉得自己有些像凉亭边沿处的那些衰草，虽然可以一岁一枯荣，虽然可以春天开放、夏天摇曳，却抵不过这秋风清凉中不得不走向枯黄的命运，或许，雪花漫天的寒凉时节，这些草干枯在寒风里也可以展现别人眼中的别样景致。

谁知道呢。

麦桐又有了近乎悲观的沮丧情绪，即便有周松儿在身边，即便有第二部小说修改完成后的心境豁朗，但也有说不清的忧伤和说不清的不开心，就这样，可即便如此，他还是笑了。

“你笑什么？”

周松儿问。

“我愿意笑。”

麦桐在周松儿的问话里，恍然觉得，很久以来，自己笑的时候还真是少，但是今天，不，从头一天听到小郝传达给自己的姜君说的那句话之后，他好像一直在笑，是发自心里的笑。

“你怎么还笑？”

周松儿不解地看着麦桐，好像麦桐与她在一起时，不但不用心，还游离了所有的好情绪。麦桐的脸上依然挂着笑容。

“实话告诉你吧，我看到了一朵小花。”

麦桐抬起头，看着树梢之外无限辽远的天际，那里根本没有花，那里只是一脉辽远无边的空旷。

“哪有什么小花？”周松儿的视线随着麦桐的视线扫视了一圈后，嘟哝着说，“你怎么还学会睁着眼睛说瞎话了？”

“你看这花。”

麦桐和周松儿的不远处，小小的、淡黄色的、已经与季节时日极不相符的一朵山菊花，在瑟瑟秋风中摇摇晃晃。麦桐看了一眼周松儿，觉得很不可思议，那花下的土里肯定有着一片温润所在，不然它怎么能在这样的时日，这样地开放?

麦桐看了看周松儿，觉得这朵小山菊花即便好看，即便在百花竞相开放之后，在所有的花都绽尽了美好，自己却在不惧寒冷萧瑟中弥香持久着这份傲然的沉静，这才是真正的美丽。

麦桐不禁想起虞柏荷、米粒和彭露露。如果说，第一次见到她们时，自己的想象依然还在，那么在这个时刻，那些想象不过是一种有形有影的意向，流经了麦桐的身边之后，又流向了远方，而周松儿真的有如秋天温润美好中的一种存在，在之前一个又一个的季节里，聚集了所有的能量，并久久地蛰伏，在这可以舞动生命的炫美时刻，用弥久的醇香和妖娆，不早也不晚地被麦桐感知、感动并感激。

十三

麦桐领周松儿站到高高的山顶，任山风在他们的身边吹来吹去，像记忆中的一些人，一个个来，又一个个去。最终，留在身边的只有天地间站在风中的麦桐和周松儿。

“山上的风好大。”

周松儿一边说，一边张扬着手臂，转着圈地看着山下四周整个城市的景观，麦桐不禁笑着酝酿了一个不可能告诉周松儿的决定，都说成功的人生是自己做导演，麦桐决定，做导演的同时也客串演员，因为与周松儿在一起，免不了还要吵吵闹闹，免不了还要重演悲剧和闹剧，但是无论什么戏，一起演好了。

“这世上最没良心的人就是你。”

周松儿停止了转动，周松儿突然站到麦桐面前，表情极其严肃地看着他。

“又怎么了？”

麦桐早有预料。

“麦桐，你真以为出版社的编辑会无缘无故地通过魏星找你？”周松儿说完，“嗖”地转了一圈道，“你以为生活是你随便胡编的那些小说？”

麦桐刚要说话，周松儿“嗖”地跑下山坡。

“周松儿。”

麦桐随即追向周松儿，却在猝然间明白了，所谓的作品售罄、所谓的编辑约稿，包括家里那些来历不明的《无佳人》，麦桐想起了那弯湖心里的株株睡莲，那一池碧翠中的满池荷粉和水波间漂荡的零星藕白，不正是跑下山去的周松儿？

抱怨不满的时候，仿佛花开得正盛、正艳，但无论怎样茂盛，也不过是须臾短暂，余香残存最深保有最多的，是静默中对自己的关怀、关爱，以吵嚷的方式、以冷战的方式、以麦桐不愿意接受的各种方式。但有一点始终没有变过，那就是周松儿的眼里、心里和嘴里只有麦桐一个人。

被爱，怎么会比爱人更幸福？

十四

“你？”

当麦桐示意周松儿回家，自己要回出租屋时，周松儿的疑问里满是不解和不安。

“你还不相信我吗？”

麦桐想说“我知道你是怎么想的”，也有心对周松儿说一两句温情脉脉的话语，但是他看着周松儿的表情，不是说不出来，而是觉得那样的话应该在更恰当的时机在更恰当的地点，在带有仪式感的情形中说出来，那样会更有意义。

“那我走了。”

周松儿带着麦桐熟悉的失望离开了。

麦桐则怀揣着希望，走进出租屋，看着房间里的一切，觉得有着无奈的遗憾，刚刚有了一点烟火气的自由王国，却在一早一晚之间，不得不说再见了。

这也是迟早会发生的事，麦桐知道，这世上没有永远，只是让他奇怪的是，这确实让麦桐的想象可以收放自如的自由空间，想离开时，却没有任何眷恋，好像这里的一切都与己无关。

麦桐拉开电脑桌下的抽屉，拿出那本从家里带来的《庄子》，觉得自己一心写作，对这样一本深有景仰的书，确实有大不敬之嫌。只这一本书却一任自己在整整两个季节里，将其冷落在抽屉里，但是他仿佛就在这一刻，悟懂了真正的《庄子》，但不是庄子消极避世的思想，而是庄子一贯采用的写作方式。

文学的哲学。

哲学的文学。

猛然之间麦桐觉得，自己不只是悟出了这两句话的辩证哲思，还懂了自己在写作过程中对文学作品的甄别和辨识，比如，刚刚买的那本《贝多芬传》。

贝多芬的人生又何尝不是音乐的哲学和哲学的音乐?

麦桐有些后悔，为什么没把与《庄子》放在一起的那本《道德经》也一起带来?如果一起带来，是不是在这一刻，也可以悟懂其意?是不是自己就不会沉迷偏执于清静无为而真正取法于《道德经》里的“道法自然”?将“无为”当作虚晃假释的一种“招牌”，将“无不为”作为走出人生低谷的真正“手段”。

麦桐捧着手里的书，仿若与智者进行心贴心的神游一般，躺在床上，看着经常看却什么都没看出来的吸顶灯上反射着自己变形的影子。仿佛自己身下的床不是床，而是一艘船，还在迷蒙状态中，摇摇晃晃地在越来越暗的光影中，载着自己的命运，驶向历历在目的旧时光。

那里有周松儿，有魏星，有姜君，有虞柏荷，有米粒，有彭露露，还有小郝，当然，也有茶店的郁金凯，也有米粒的男朋友，他们的脸、他们的表情、他们的言语，包括他们的想法，都在这一刻，汇聚成一条长长的由头至尾的连接，这连接既可以看到他们，也可以看到麦桐，这动态的景象中，有麦桐熟悉的，也有麦桐不熟悉的。

这就是人生。

像一张大网，将所有的生命都网罗其中，让所有的生命，在各自生存的过程中，体悟生命和生命之间的交往，以及交融，有身体的，也有心灵的，更有灵魂的。

有的人成了伴侣，有的人成了朋友，有的人成了同事，有的人成了邻里，各种各样的关系让生命在来来往往中，体悟酸甜苦辣，感受悲欢冷暖，认知真情假意，直到看透所有后，孤身一人站在灵魂的最高度，感叹事态的炎凉，感恩曾经的获得，感激自己的生命中来过的人、离开的人、记住的人、努力忘却的人。这世间便有了熙来攘往，有了摩肩接踵。

邻家的音响又打开了，这次没成为打扰，反倒是一种点缀，因为麦桐脑海中的一切，都在隐隐传来的音乐声中，让他知道自己一路穿行的不只有刚刚过去的两个季节，更有穿越岁月依然飞翔的青春梦想。一切的一切都在麦桐的思想里，如潮水般涌来，再落潮般退去，直到将麦桐身下的小船沉进水底，在一片朦胧摇晃中，彻底地混淆了麦桐周围的东南西北以及上下左右。

麦桐本能地挣扎起来，站到窗边，看向窗外。夕阳已经落山，通体艳红的彩霞在天边水袖曼舞般地翕动张合，一如大红裙裾的底摆，将巨大建筑的光影围裹成一株株米白色的洁净新芽。

生活又有了一个新的开始，而原来的那些都被写进了小说。

十五

“你，你怎么找到这儿来了？”

麦桐拎着抱着自己的东西，有书，有文件，有鱼缸，有茶，有大包有小裹地下楼时，因为太匆忙，在电梯门口处与低头走进的魏星差点儿撞到一起。

“你干吗？你咋拿了这么多的东西？”

麦桐和魏星愣愣地互问。

“看看！”

魏星拿出一把门钥匙让麦桐看，至于麦桐拎着抱着东西，魏星还没时间没心思考虑。

“啥意思？”

麦桐被魏星弄蒙了。

“我也租房了，跟你住上下楼。”

“啥？”

麦桐简直不敢相信自己的耳朵，麦桐甚至有一种自己与魏星都还没醒酒的感觉。

“等我安排好了，咱俩再喝！”

魏星仿佛心有灵犀一点通地了解着麦桐的心思，突然嬉皮笑脸地凑近麦桐，带着麦桐熟悉的魏星最爱喝的浓浓的曲酒香味。

“你先自己喝吧。”

麦桐说完，头都没敢回地闪开了。

十六

这是什么逻辑?

麦桐刚捋顺了一切，拎着抱着自己的东西离开了，魏星又重蹈覆辙地来这么一场你方唱罢我登场的亦步亦趋。麦桐一边犹疑着走在回家的路上，一边觉得自己的内心无与伦比地五味杂陈，不只是七上八下，更是惴惴不安，甚至觉得是自己的行为让魏星受到了很不好的影响，毕竟魏星的嘴里一直都是婚姻幸福、家庭和睦、工作顺利、万事如意，魏星还一向以高傲不羁为人、恃才傲物处世，在魏星眼里，这世界再怎样水深火热，都与他魏星无关。

怎么眨眼之间，从前只属于自己的人生闹剧就在魏星的身上重演了?麦桐想起了魏星买《红楼梦》时的执拗，觉得眼前的结果很突然，实质上也绝非偶然。

如果这世上的每个人都能畅所欲言地敞开心扉，麦桐相信这世界一定会比自己知道的和看到的更复杂、更令人费解、更匪夷所思。难道魏星要在出租屋里看《红楼梦》?

“真没想到，你小子竟然也有今天。”

麦桐太了解魏星了，魏星压根儿就不是拿着一本书可以从头看到尾的人。这只能说明魏星的烦恼不少于自己。不仅如此，魏星还开始成长了，也开始有行动了。

“不错。”

这说明魏星还活着。

"确实不错！"

麦桐又随口嘟哝了一句。

最初，麦桐将出租屋当成躲避现实烦恼的避难所，虽然自以为是地自认为是世外桃源。但是不知不觉之间，自己竟在世外桃源的天地间，不仅仅是躲避，还种了一棵常青树，这常青树下的花红草绿还引来了阳光，还有鸟儿的鸣唱，最重要的是，还有人们羡慕的目光。

比如姜君，竟然开始效仿。

比如魏星，竟然认为这里是好地方。可是自己却离开了。

麦桐不禁暗自庆幸自己没有让搬进出租屋的悲伤成为真正的悲伤，更没自编自演一出悲剧，好像一切都变成了美好而难忘的回忆，当然也成为麦桐人生中最让他引以为傲的时光。

这时光好美！

麦桐明白了，这出租屋是自己的人生得以成长的摇篮，或许这摇篮本身是一个人成长的必经之路，发生在自己的身上不足为奇，发生在魏星身上也很正常。

麦桐很欣慰地想到了刚刚完稿的《袭人香》，觉得《无佳人》如果是撷取众人思维的一个缩影，《袭人香》便是提取了大众取向的一部经典。

是的，《袭人香》完全超越了《无佳人》，无论感知还是认知，无论高度还是深度，都在麦桐原有的能力之上提高了很多，好像之前的《无佳人》是麦桐奋力穿越的一座高山，《袭人香》则是麦桐拼尽全力跨越的更高的山峰。麦桐异常兴奋起来，好像由魏星传达给自己的虽然是来自出版社编辑的夸赞，却给了麦桐一片更辽远的天空和大地，最重要的是，这天空和大地之间有周松儿的爱。

这才是可以自由呼吸的天地人和，站在这样的空间，可以看到更远的地方，可以发挥更漫无边际的想象，可以任由麦桐在这样的天地间嬉戏、怒笑、随性、安然。麦桐再次感受到了自己的幸运，是中国的汉字，在他失望甚至绝望时，一次又一次地成为他的救命稻草，甚至在很多时候，不仅仅是救命稻草，还是救世主。

是生命方向的科学引领。

是高维智慧的纵横拓展。

麦桐决定，从今往后，再不要将自己的写作停留在对故事的悲欢离合的描述上，写作时不能只是一味地想着怎样发泄自己的情绪，要跳出“自我”限制，要在“大我”的高远中体恤他人之心，悲悯他人之情，而不要一味地将自己的无望和无助都寄托在虚无缥缈的明天和未来上，不能将自己的迷茫再扩散成他人的迷茫。

好好地活在当下，不念过往，无望未来。写作要有种担当和责任，不只是写出好看的故事，也要益于芸芸众生。不然，不负责任地将一切都托付给遥遥无期的明天，再怎样冠冕堂皇，也不过是没有力量的哄骗自己。

文学，必须有文学的力量，才能成为一种可以引领人们走出生命阴霾的方向。麦桐的思维，在回家的路上，完成了由量到质的转变。

十七

麦桐走进房间，放下手里的东西，发现在厨房做饭的周松儿并不理会自己。

茶几上，一壶刚泡好的绿魁，宽阔的叶子如蓬勃生长的菜苗，在明净的玻璃杯里，青嫩油润且条索紧秀地抖动着叶间星星点点的碧绿，带着一抹又一抹细丝般的光亮。

“小坏蛋。”

麦桐翘着嘴，咬着牙齿说。

麦桐觉得周松儿所有的不好里，唯有这一点是极好的：心思细密且不动声色，看着像是无意之举，实际上是预谋已久的小心思。

“我回来了。”

麦桐抱着鱼缸走向厨房，既不怕吓到周松儿，也不再顾及自己的所谓的脸面和自尊，好像从离开到归来的两个季节，在自己和周松儿的生活和记忆中，全部被删除了。

“你去把客厅窗台上的睡莲放到你的鱼缸里。”

周松儿只看了麦桐一眼，便继续一边洗菜、切菜，一边头都没回地命令着麦桐，若在从前，麦桐必定是不愿意的，也必定是不可能服从的，因为他最讨厌周松儿指手画脚，尤其不可反驳的颐指气使，好像什么事，她周松儿必须说了算，她周松儿只能是一手遮天地独揽，麦桐必须听从周松儿的指挥和命令，甚至是周松儿带有操控性的指令，基于此，他才不得不以沉默来对抗，但是这一刻他却觉得，自己好像已经等待这份指令很久了。

麦桐将白瓷坛里已经盛开的睡莲小心地挪到鱼缸里，看着瞬间漂浮到水面的莲叶，娇小而浑圆，沁着碧翠的浅绿，拂袖低眉般地贴着水面漂浮，小鱼则比原来更加欢畅地穿梭于叶茎水间。

“这睡莲你若能养好，一年能开三个季节。”

周松儿不知何时站到麦桐旁边，手里拿着饭勺，与麦桐一起，认真地看着。

“这么小的鱼缸里？这么小的睡莲？”

麦桐才不相信。

“这有什么好怀疑的，卖家的说明书上就是这么写的。”

周松儿不以为然地回答。

麦桐则根本不关心小睡莲究竟可以花开几季，而是依然小心地将睡莲根部的小陶泥盆埋进鱼缸的白色石子中，小小的鱼缸成为客厅里一个随时可观可赏的活动画幅。

原来，生活竟然可以这样打理，让原来的一份单一再遇见一份单一。然后，在合二为一的新天地中，成为自己眼中的一道景致，这景致里，有双方对生活的热爱和用心，也有麦桐和周松儿各自寂寞时的诸多记忆，更有两种寂寞归结到一起后的美丽与和谐。

“你？”

麦桐发现周松儿身上穿着一件与下厨极不相符的蕾丝长裙，捶地的蕾丝花边全部落在周松儿的拖鞋和地砖上。

“我怎么了？”

周松儿顺着麦桐的视线明知故问。

“你开始戴耳环了？”

麦桐发现周松儿戴了一对精致小巧的耳环，樱桃般的晶莹甜美，车厘子般的玲珑剔透，渐变的酒红色，在强光的照射下，一如周松儿脸上的红晕，润亮而有光泽。

“结婚纪念日那天，我给自己买的。”

周松儿说完，转身离开了。

麦桐听了，竟鼻子一酸，差点儿流出了眼泪。

周松儿并非原来的周松儿，周松儿变了，变得不像初相识时的那般柔弱，那时周松儿的胆怯是随时随地都出现的，也随时随地都需要麦桐保护的，但是，现在的周松儿不仅学会了保护自己，也学会了爱护自己。

周松儿如此这般坚强。

那时的周松儿，无论什么时候，都穿着简洁的服饰，完全居家的随意，加上无止境的唠唠叨叨，很多时候能让麦桐崩溃。甚至，有些时候，麦桐回家的路上会有意放慢脚步，明明知道一进家门，迎面而来的就是劈头盖脸的数落，即便再想回家写作，也只是硬着头皮拖着慵懒的皮囊，不是归属感满身，而是不安和疲惫比在上班时更有过而绝无不及。

麦桐走进厨房，走近周松儿，看着周松儿将洗干净的韭菜在案板上摆放整齐，一刀一刀切下去，然后将切好的韭菜段放进一个竹青色的盘子里，韭菜比之前更显青翠，麦桐猝然间觉得自己仿若《廊桥遗梦》中的罗伯特·金凯遇见弗朗西斯时，老猎人归家的感觉，所有的孤寂和曾经自认为的苦痛都被这简简单单的生活日常给消融了。

“姜君辞职了。”

麦桐拿起一根葱，但仅仅是拿在手里。

“好事。”

周松儿说完，没有任何触动般地将一小碗鲜虾仁倒进锅里的滚水中。

麦桐听了，知趣地离开了。

周松儿确实变了，变得不再对与她无关的事牵挂于心，对麦桐也不再像从前那般一切都要尽然知晓，好像仅仅是她要做的那盘韭菜虾仁。

这世界，不只是周松儿变了，一切都变了。从前，麦桐觉得姜君和魏星，一个口口声声地大谈特谈理想和事业，却时时有着趋炎附势的嫌疑；另一个则看破红尘般高傲冷漠，甚至有虚伪空虚的嫌疑，没想到眨眼之间，姜君选择了离开，魏星却步了自己的后尘。

麦桐觉得，即便自己写作时会虚构，也绝对无法预想到身边这种种的突如其来，因为这才是实实在在的生活，但这实实在在的生活跟完全虚构的小说一模一样，甚至比小说还有深度和广度。

麦桐觉得自己比之前更有责任和义务了，毕竟自身并非完全意义上的一个作者，面向世界进行一种真实的记录和描摹，而是通过这样一种方式，让看到的人通过一个与己相关或相近的故事，懂得一个道理。

麦桐坐到电脑前，打开了电脑，将新构思的故事文档一一上传后，将故事梗概及人物小传仔细地看了一遍，并一边看，一边思索，且一边进行完善。久违的存在感，以一种悠闲自得的方式，带着永无止境般的生机与力量，让麦桐决定，在这个新作品的创作中，拿出百分之百的决心和匠心。

要比原来的两部小说投入更多的用心和耐心，不仅要在高度上高于那两部小说的立意和主旨，在深度上要比那两部小说挖掘出更具有质感的人性特质，倾情投入时要更注重理性思考，在人物的情感和故事中，让自己既是主导者，又是旁观者，并让自己最大限度地沉迷其中，让手捧自己文字的人，能在字里行间找到自己的所需所要，并以此被挖掘、被唤醒，让自身最不易被发觉的潜能都被发现被挖掘。

尤其情感、情绪、情怀，乃至情爱……

麦桐这才明了，一部小说所应该具有的社会功能既要有益，更要有用，这也同样包含其他，诸如一首歌、一场电影或一场话剧，乃至一顿美食、几句箴言、一些劝诫或一些安慰，包括笑容、美酒、香烟、花朵，以及各种长久的或短暂的陪伴，以及相依偎，也只有这样，一个生命才可以通过这样的存在，给予另一个生命以价值、温暖、力量和一种爱。

“吃饭！”

突然从饭厅传来周松儿的声音，又是忍无可忍的高声喊叫，将麦桐的思绪从创作的最佳状态里突然拉拽到现实。这现实是麦桐天上人间般地坐到久违的饭桌前，看着桌上接风洗尘的满桌飘香，心怀无限愧疚地看着周松儿，觉得自己离家之前没能好好地听话，没能让周松儿感受到自己可以依靠，有些无地自容，又不想透露一星半点。

“不用检讨了，赶紧吃吧。”

周松儿说完，看都没看麦桐一眼，就开始自顾自地吃起来，但是麦桐知道，周松儿的心是难过的、是委屈的、是情有不甘的，只不过周松儿与自己一样，都要在脸上透出一种刚硬的坚强。

生而为人，携手相伴，怎么如此不肯迁就？

麦桐第一次在周松儿面前看到了自己的丑陋，是妄自尊大的丑陋，是自私自利的丑陋。果然，麦桐看到了周松儿的眼泪，刚挂到脸颊，便滴落到饭碗里。

麦桐的心顿时跟着一沉，也流下了眼泪。

十八

夜准时准点来临，麦桐坐在电脑前，带着比之前更深的思考，准备将新作品里的男女主人公，在原来设想的基础上，添加各自的职业、兴趣、喜好，包括他们对情感的认知度以及三观取向。

太阳落山了，他们该分手了……

麦桐刚写出小说的开头，一只手，是周松儿的手，包括一杯咖啡、两块沙琪玛和周松儿亲吻麦桐额头时落在麦桐肩上的一根头发。

麦桐停住了手。

麦桐看向周松儿。

麦桐发现，与周松儿几乎贴近相看时才看清周松儿的脸上虽然带着一丝笑容，但是周松儿的笑容后面隐藏的是她的疲惫，也有自己的疲惫。当然，这些疲惫里藏匿更多的还有狼狈，有周松儿的，也有麦桐的。

“谢谢你！”

麦桐说完这句话，不是不理睬依然看着自己的周松儿，而是关掉电脑的显示屏，站起身，静默无声地将两个已经疲惫不堪，狼狈不堪的灵魂用力地捆绑到一起。

“再也别分开了。”

麦桐用一向都是只有自己才能听到的内心独白，低喃着对周松儿说，实际上是在坚定着自己，因为他怕自己过于热爱写作，在余生将怀里的周松儿再若干次地伤害到。

“你又在打什么鬼主意？”

周松儿突然拍了一下麦桐的肩膀，用一种麦桐近乎嗔怪的呢喃声调，让麦桐瞬间变成了一堆柴草，一再控制且再也无法控制的欲火将麦桐点燃了。

麦桐忘记了所有对周松儿的抱怨和不满。

麦桐再也不想用自己那份一文不值的所谓自尊和羞于想起的自私自利与周松儿继续任何形式上的对峙。忽然间麦桐觉得，自己与周松儿原本就是生长在一起的两个相爱之人，如并蒂莲花一般，不该人为地运用这人间所谓套路，有的只是亏欠给周松儿的热情、爱情和激情。而这些原本应该从爱上周松儿的那一刻，就全部归属于周松儿，只是非常遗憾，不知不觉中，这些都遗失在柴米油盐中，不仅被淡忘了，也被忽略了，甚至被消耗了。

“不写了。”

麦桐拉起周松儿那只拍了自己肩膀的手，一步一步地走向卧室，周松儿则在麦桐的引领中，像个蹒跚学路的孩童，从书房到卧室，乖顺又悄无声响。

欲念和占有欲终于在这个时刻准时准点地如期而至。麦桐觉得这种东西真的很神奇，没有的时候，身体里没有，想法里也没有，好像这世界的任何角落都没有，可一旦来了，便如排山倒海般地不仅自己的身体里有，自己的脑子里有，包括天上、地下、房间里、窗子外，满世界都被这欲念和占有欲把控了。

麦桐完全失去了理智，这理智将周松儿的理智瞬间湮灭成一片虚无。麦桐消失了，周松儿也消失了。麦桐和周松儿之前积攒守护的自我以及唯吾独尊的不可侵犯，都在这一刻土崩瓦解地消失了。

直到完全灰飞烟灭。

世界只剩下麦桐和周松儿合二为一的灵魂，以身体纠缠在一起的方式结合。

十九

回家后的第二天，清晨，有雾，麦桐醒了。

从卧室的门看出去，客厅窗台上的睡莲，在雾气蒙蒙的光影中，只这一夜的时间，便长出细长的花苞，像一块黛绿色的宝石，在鱼缸的边沿斜搭着细细的略微透明的梗。麦桐看了一眼身边的周松儿，低垂着眼帘，安静而乖顺，虽然也醒了，但已然没有了原来的任性和固执，以及以自我为中心的种种想当然。

如此不张扬的周松儿倒让麦桐觉得有几分生疏，仿佛原来那个无论什么时候都看麦桐不顺眼，嘴里唠叨的都是麦桐的不对和不是的周松儿才更像周松儿。

麦桐摸了摸周松儿的满头秀发，觉得安静的周松儿如果是那鱼缸里的睡莲，自己定要好好地守护一生，即便周松儿安静得没了思想，也没了意念，更没有了性格，但是周松儿有了与麦桐一样的、在经历了孤单和寂寞后的茅塞顿开，有了痛定思痛后的有所获和有所畏惧。

而麦桐的征服欲竟在这种安静中被销毁了。

被触摸的感动、被凝视的温暖、窒息又惊悸的魅惑，都在这一刻，变成了周松儿眼里闪动的泪光，如一汪被污染的清泉，麦桐只瞥了别处一眼，再回过头来时，周松儿脸上已挂上了泪花。

从前怎么就没能发现，如此清静平和的周松儿，分明就是不染凡尘的一瓣花瓣，这花瓣在那些被忽略、被厌烦的时日，带着怎样淡淡的幽香和颜色，被自己无视无识，并安静从容地完成着她自认为的有助于麦桐成长的创作使命，包括后来的默默付出。

毋庸置疑，周松儿才是比麦桐更了不起的人，用她从不言说的爱意。麦桐突然异常冲动地想告诉周松儿，包括自己在内的男人是信不得也靠不住的，因为男人的天性如此。但是，你不能因为这天性执意地去改变什么，因为男人的能力也是有限的。

除非，男人自己想改。但是，无论男人怎样想改，也只是改得了一时的习性，却改不了亘古都不会变的天性。

麦桐还想说“即便两人和好如初了，如果你还像从前那样，只想靠控制和捆绑，将我变成一己私有，已经和好的感情依然会像从前那般被消磨殆尽，因为好的夫妻关系应该是各自成长、各自成熟、各自强大”。但是麦桐什么都没说，说了也无济于事。因为生活根本没有固定模式，生活有的只是突如其来的节外生枝，包括各种意想不到的无常。

“你的脸色不太好。”

麦桐这样说着时，有些心疼。

当初的周松儿不是这样的，那时周松儿脸上的光彩可以照亮麦桐的内心，可是现在，周松儿脸上的光彩早已成为再也找寻不回来的旧时光。麦桐觉得，这与自己有关，与自己对周松儿的漠视、只索取不关怀有太多的关系。一阵心疼，让麦桐将周松儿搂到怀里。

曾经对周松儿有的都是无止境的厌烦，何时有过如此发自内心的一个拥抱。

“你接着睡吧，我做饭去了。”

周松儿说完，起身离开了。

很快，厨房传来用水壶接水的声音，水壶里的水开始哗哗响起，周松儿打开冰箱的门拿东西的声音，都是熟悉的声音却带着一种陌生，让麦桐觉得，自己置身的不是自己的家，而是家之外的某个地方。自由或与自由有关的一些东西，在麦桐的生活中彻底地失去了。

应该是在拥有爱情的那一刻起。

麦桐随手将袜子扔到了地板上，不仅如此，吃饭的时候，还有意将不爱吃的菜只夹了一口，便不再动一下。

“不好吃？”

周松儿问。

“好吃，我没说不好吃。”

麦桐这样回答完，依然不吃一口。

“你怎么转台了，我在看韩剧。”

周松儿一边问，一边看着问都不问自己一声便拿起遥控器转台的麦桐，满脸的不解和疑惑。

“我知道你在看韩剧。”

麦桐嘴上回答着，脸上却看着自己一向不喜欢的武打片。

“吃点水果吧。”

周松儿没有理会麦桐的无理，而是起身端来一盘水果。

麦桐没吃，反而关掉了电视，然后一头倒在卧室的床上，翻过身来，再翻过身去，将整个床单都弄皱了，不仅如此，枕头搭在床沿上，马上就要掉到地上，麦桐也权当没看见。

“你怎么不说我？”

麦桐突然坐起身，问走进卧室半天仍然在愣愣地看着麦桐的周松儿。

“能这么问，说明你神经还正常。”

周松儿说完，转身离开了，麦桐见了，则鼻子一酸，差点儿掉下眼泪。

原来的周松儿不是这样的，原来的周松儿袜子掉到了地上，她要吵，她要吵麦桐只知道穿而不知道洗；换了她周松儿最爱看的韩剧还了得，不仅一把抢回遥控器再转回去，还要数落麦桐好久好久。比如，没心没肺、不懂关心人、啥都看不懂，还让周松儿错过了自己爱看的韩剧。尤其是吃菜，麦桐不吃，周松儿会说“这菜多有营养，你必须吃，不吃我就白做了，花了那么多的钱”，不仅如此，周松儿还会一边说，一边用筷子敲打着盘子的边沿，时时提示麦桐要吃、要吃、必须吃……

周松儿再也不像原来的周松儿了。

麦桐躺在床上，眼泪终于流了出来。

麦桐觉得自己也再不像原来的自己了。原来的自己根本不会在意这些生活日常，甚至所有的这些在意，曾经在麦桐的眼里连过眼烟云的浮云都不是。

全都是理所当然。

麦桐坐起身，歪一下头，看了看客厅里，既没看电视，也没吃水果，更没有干什么活的周松儿只是坐在沙发上发呆。

这个家也不是原来的家了。

原来的家里随时随地都会爆发一场又一场战争，虽然一波未平另一波又起地总吵闹，但是好像麦桐和周松儿谁都不往心里去。

不过是吵一吵而已。

二十

“我跟你说几句话吧。”

麦桐坐到周松儿的身边。

“说吧。”

周松儿的声音异常平和。

“那袜子。”

“你特意扔地上的，我看见了。”

麦桐刚说完，周松儿即刻回答。

“还有那菜。”

“我知道你是故意不吃来气我。”

依然是麦桐刚说完，周松儿便即刻回答。

“还有，我刚才躺在床上，那床单让我翻来覆去……”

“我知道，你故意坏！”

“还有，你看的韩剧。”

“麦桐，我知道你坏，但是……”

“但是什么？”

麦桐变得极其敏感起来，虽然刚刚听到周松儿说了“但是”两个字，但还是急不可耐地追问。

“我比你还坏！”

周松儿面无表情地说。

麦桐听了，突然想笑，但是看着周松儿面无表情的样子，根本没敢笑，也自觉笑不出来。邻家传来洗衣机的呼隆呼隆声，客厅窗外的方向传来汽车喇叭的声音，楼下有行人走路的声音和小孩子跑来跑去的声音。所有的声音都是与麦桐和周松儿生活无关的声音，但是麦桐却在这些声音里听到了自己的心声，这声音告诉他，如果自己是不真实的，周松儿就会成为一个回音壁。

“我们都做回自己吧。”

麦桐拉起周松儿的手，白皙纤长且柔软，就是这样的手，在很长的时间内，曾为自己洗衣、为自己做饭、为自己操劳，可是自己却很少想过，这双手也需要真心温暖的呵护，麦桐决意此生好好呵护这双给他生活的味道的手，虽然岁月过后，这双手也会起斑，也会生出褶皱，但那时候的自己也会变成这样的，但决不放弃周松儿。

麦桐心里疼痛得要命，更希望周松儿不要隐忍，变回原来那个无论什么时候都口无遮拦且唠唠叨叨的周松儿，也只有那样，这个家才像真正意义上的家。

“贱！”

周松儿一边说，一边将自己的手从麦桐的手里挣脱出来并回手打了麦桐一下。

“是贱！”

麦桐听了，非常开心地一边应答，一边觉得只有这样跟自己说话的周松儿才是当初自己一心要娶的那个周松儿。单纯、直率，虽口无遮拦，却眼里心里尤其嘴里，时时刻刻都是麦桐，虽然从不懂得将麦桐的优点进行适当的扩大，却每一天每一刻都将麦桐的缺点进行无限度的扩大，并且牢牢地记在心间，好像她周松儿的存在就是要监视麦桐，管理麦桐，操控麦桐，用周松儿的话说：“我天天为你操心，你还不懂得领情。”

“贱！”

麦桐小声地自说自话，是对自己的想法和周松儿评价的综合判断。

“笨蛋，我又没说你。”

麦桐又补充了一句后，抬起头见周松儿的脸上挂着泪珠，这倒是个新鲜事，一向咄咄逼人的周松儿很少流泪，即便自己离开家时，周松儿的脸上也刚毅决然地没有屈服，更没有挽留。

“我知道你在说你自己。”

周松儿在麦桐擦她脸上的泪水时，噘着嘴说道。娇嗔的女子骂男人坏时，并非真的是在骂，不过是一种撒娇。恍然间麦桐懂得了，这世间有一种情感，无论怎样炽烈，也无论怎样狂热，都需要时间的冷却，因为时间可以检验真伪，时间也可以拉开距离，并在这时间和空间里认清自己，也看清对方。

麦桐看着周松儿笑了，仿佛自己爱意融融的笑容唤醒的是自己内心的爱，有对自己的，也有对周松儿的。如果说初相见时，周松儿给麦桐的是心动，那么现在周松儿给麦桐的则是心安。

麦桐终于知道自己一直孤单的原因了，因为自己总在自己建构的精神大厦里自艾自怜，别人进不来，自己也出不去，还自得其乐地自认为找到了所谓的世外桃源，不过是想通过写作来挑战什么、证明什么。

是挑战一个时常被更新的自我。

是证明一个自认为不合格也不优秀且时刻都需要提升的自我，而自己安心蜗居的所谓世外桃源根本就没与生活远离，更没与现实脱节，因为它完全根植生活，又回报给了生活，一如麦桐这一路走来的所得所获。

麦桐知道在新的作品里应该加入什么了，是原来的小说里缺乏的人与人之间久处不厌的彼此欣赏和相互喜欢，是自己一直想写却苦于不知该如何书写的深深眷恋，是这人世间最绵长最神奇也是最让世人陷于其中而无法自拔的爱。

爱。

原来，人们终其一生寻找的，就是爱。

是为了远离对孤单对寂寥甚至对死亡的恐惧，一个人一旦选择了爱，便选择了自己想要的一种生活方式。

窗外的秋风、细雨，及室内的依恋和温暖。

这么美好的感觉，麦桐好像第一次在自己的家里有了从未有过的体验，是安于现状的心平气和，也是再不想斤斤计较的从容。

“下雪了。”

周松儿突然挣开麦桐，兴奋好奇地指着窗外飞散得几乎看不清的小小雪花，像个小孩子。

“真下雪了。”

麦桐也觉得惊异，明明是秋末，怎么飘起了雪花？

周松儿将脸贴到窗玻璃上，看着窗外越来越多的雪花。

冬天快到了，麦桐决定把已经开始创作的故事起始时间确定为冬季，并将四面临海的岛屿改成喧嚣吵嚷的市中心，麦桐要将那两个不得已才聚到一起，又因为不得已才分开的恋人，变成失意后在城市中做短暂相守的匆匆过客，像同时从天边划过的两颗流星，像草叶下不期而遇的两只蚂蚁，都在见面的那一刻，用各自的触角碰了一下对方，算是打了一声招呼，然后各自上路。

活着，不过如此，流星也好，蚂蚁也罢，抑或芸芸众生的我、你、他。

“你咋又笑了？”

回过头来的周松儿见到了麦桐的笑容。

“我在笑我小说里的那两个人。”

麦桐笑着回答。

“你不是已经写完了吗？”

周松儿瞪大了惊奇的眼睛。

“我是说我新构思的一部小说。”麦桐故作神秘地又补充道，“这部小说绝对是一本远远超越《无佳人》和《袭人香》的小说，只是，这本书应该叫什么名字呢？”

麦桐看了看周松儿，觉得有必要问询一下。

“你等着。”周松儿略有所思地思忖了一瞬间后，一边说，一边起身将麦桐见过的那个笔记本拿出来，放到麦桐的手里，“这本里都是我写的诗，每一首诗的名字都可以被你选用作为小说的名字。”

麦桐拿起那个笔记本，看着封面，想起第一次见到这个笔记本的感觉，新作品的名字瞬间浮现到麦桐的脑海里。

“选哪个名字了？”

周松儿问。

“不告诉你。”麦桐说完，又煞有介事地补充了一句道，“因为这是个秘密。”

二十一

零零星星的雪花时断时续地飘了整整一夜，当麦桐站在姜君的办公桌前，看着空荡荡的桌面和几近被掏空的实木书柜时才幡然醒悟，从自己回来上班，姜君便与自己离开前的大有不同，姜君不再计较的隐忍里，一直压制着麦桐未觉察到的叛逆，和颜悦色的谦和中，实际上早已续聚着伺机离开的毅然决然。

而这些不仅心思缜密的小郝没有发觉，自己与姜君近在咫尺，也同样被假象所蒙蔽。

“亲子鉴定中心。”

麦桐在心里对这几个自己赖以生存的单位名称无比敬畏地嘀咕了一句，觉得这里有太多太多的真相，剥夺了太多人的快乐与幸福，他甚至觉得，很多人的权利和能力都是在这一念天堂一念地狱的彻底离散的起始中，让一切由着一纸权威的科学论断，被划分得天地辽远。

一别，便永不再见。

虽然这科学的结果与麦桐的生活牛马不相及，但是这仿佛可以无限蔓延的怪异气场，从一开始就不断持续地殃及着麦桐的全部身心，且让他的灵魂也跟着受到了牵连和干扰，仿佛自己也成为那些人中的一分子。

好像整个世界都是这样，不知道真相之前，活得不一定有多糟，知道真相以后，即便得到了令自己满意的结果，往后的日子也不一定就是风调雨顺、天天艳阳。既然如此，又为什么索要所谓的真相呢？活着本身究竟是为了快乐还是为了真相，而真相应该不是用来揭示的，应该是被保护的。基于此，麦桐觉得最初自己的离开是最正确的选择，虽然又折返回来，投身其中，但现在的自己已然不是原来的那个自己了。

只是让麦桐万万没有想到的是，姜君却成了没离开之前的那个自己。

亲子鉴定中心。

麦桐拿起一叠被封进袋子里的鉴定书，觉得包括自己在内的所有与之相关联的人，都在这飞速发展的大时代中，经历着对爱情、对婚姻、对情感、对责任义务和道德良知空前绝后的种种考验。

当然，这也是一种历练，是逃脱不了的历练。但无论怎样，这些对麦桐来说，都已经不像原来那般重要了，对他来说，最重要的是下班后究竟是应该回家陪周松儿吃一顿小别胜新婚的温馨晚餐，还是陪魏星去喝一顿孤单寂寞的酒。

答案当然不在麦桐的选择和决定里，因为一个人在生活的洪流中，不过是一粒尘埃，能飘向谁、可以飘到谁的身边，有时自己说了也不算。

而麦桐却想努力构思一部自己说了算的作品。但他也知道，自己只能在作品里说了算。

（全篇完）